TRAS LA HUELLA DE CRISTO

Kathy Reichs

TRAS LA HUELLA DE CRISTO

Traducción de Francisco Martín Arribas

Título original: *Cross Bones*
Autora: Kathy Reichs

Diseño de cubierta: Opalworks
Composición: David Anglès

Primera edición de bolsillo: abril 2008
Segunda edición de bolsillo: mayo 2010

Ref.: OBOL180
ISBN: 978-84-9867-139-1
Depósito legal: B-26117-2010
Impreso por Liberdúplex (Barcelona)

A Susanne Kira, editora, Scribner, 1975-2004
y al doctor James Woodward, rector
de la Universidad de Carolina del Norte
en Charlotte, 1989-2005.

Gracias por los años de apoyo y ánimo.

¡Que os vaya bien en la jubilación!

Apártate del mal y haz el bien. Habla de paz y ejércela.
Sagradas Escrituras Judías,

SALMO 34:14

Y el fruto de la justicia se siembra en la paz
para aquellos que hacen la paz.

NUEVO TESTAMENTO, SANTIAGO 3, 18

No pongáis a Dios como impedimento
de vuestro juramento de que seréis buenos,
piadosos e impondréis la paz entre los hombres.
Dios es oyente omnisciente.

CORÁN 2, 224

HECHOS

- Masada, reducto de la revuelta judía del siglo I contra los romanos, fue excavado entre 1963 y 1965 por el arqueólogo israelí Yigael Yadin y un equipo internacional de voluntarios. Se recogieron fragmentos y restos mezclados de aproximadamente veinticinco esqueletos en un conjunto de cuevas denominado Loci 2001/2002 situado por debajo del zócalo del perímetro amurallado, en el extremo sur de la cumbre. A diferencia de otros restos humanos hallados en el núcleo principal de las ruinas del extremo norte, no se informó inmediatamente a la prensa del hallazgo de estos huesos.

  En la década de 1990 apareció la fotografía de un esqueleto intacto hallado también en Loci 2001/2002 durante las excavaciones de 1963-1965. Nicu Haas, antropólogo físico del programa de excavación, no mencionó dicho esqueleto ni hizo descripción alguna del mismo. Yadin tampoco habló de él en los informes que publicó ni en ninguna entrevista a la prensa.

— No se recogieron notas oficiales de campo durante la excavación de Masada, pero sí hubo sesiones informativas periódicas entre Yadin y su personal. Las transcripciones de las mismas se conservan archivadas en el

13

campus de Mount Scopus de la Universidad Hebrea, pero faltan las páginas correspondientes a las fechas de descubrimiento y evacuación de Loci 2001/2002.

— En los seis volúmenes oficiales de la excavación en Masada no se menciona ni una palabra sobre los huesos de los veinticinco individuos mezclados, del esqueleto completo ni de los hallazgos en Loci 2001/2002.

— Aunque Nicu Haas tuvo en su poder los huesos durante más de cinco años, no publicó nada sobre los individuos mezclados ni sobre el esqueleto completo hallados en Loci 2001/2002. Las notas manuscritas de Haas, incluido un inventario completo de los huesos, muestran que ese esqueleto completo no llegó a sus manos.

— A finales de la década de los sesenta, Yigael Yadin afirmó en una conferencia de prensa que en pocas ocasiones se efectuaba la datación por el método de carbono 14 y que no era de su competencia dar curso a esa comprobación. En la revista *Radiocarbon* consta que Yadin envió muestras de otros yacimientos israelíes durante aquel período para someterlas a la prueba de carbono 14. A pesar de la incertidumbre a propósito de la fecha de los restos de Loci 2001/2002, Yadin no envió muestras de ellos para la datación por el método del radiocarbono.

• En 1968, durante la construcción de una carretera al norte de la Ciudad Vieja de Jerusalén, aparecieron los restos de un «hombre crucificado», Yehochanan, muerto a los veinticinco años aproximadamente en el siglo I. Incrustados en un hueso calcáneo de Yehochanan, había un clavo y fragmentos de madera.

- En 1973, Donovan Joyce, periodista australiano, publicó *The Jesus Scroll* [El pergamino de Jesús] (Dial Press). Joyce afirmaba haber viajado a Israel, donde conoció a un miembro del equipo de la excavación realizada por Yadin, y que allí vio un pergamino del siglo I robado en Masada que recogía el testamento de «Jesús hijo de Santiago». Según Joyce, el pergamino fue sacado clandestinamente de Israel y debió de ir a parar a la antigua URSS.

- En 1980, durante el terraplenado de una carretera al sur de Jerusalén, se descubrió una tumba que contenía osarios con inscripciones, con los nombres de Mara (María), Yehuda, hijo de Yeshua (Judas, hijo de Jesús), Matya (Mateo), Yeshua, hijo de Yehosef (Jesús, hijo de José), Yose (José) y Marya (María). La coexistencia de estos nombres en una sola tumba no es corriente. Las muestras óseas se han enviado al laboratorio para análisis de ADN.

- En 2000, el arqueólogo estadounidense James Tabor y su equipo descubrieron una tumba recientemente profanada en el valle de Hinom, en las afueras de Jerusalén, que contenía veinte osarios, todos ellos destrozados con excepción de uno. En la cámara inferior hallaron un sudario con restos de cabello y de huesos humanos. El análisis de carbono 14 demostró que el sudario era del siglo I y por el examen microscópico se comprobó que el cabello estaba limpio y exento de ácaros, prueba de que el inhumado era de buena posición social. Mediante análisis antropológico se determinó que eran restos de un varón adulto, y, por secuenciación del ADN, se demostró relación consanguínea de la mayoría de individuos de dicha tumba.

- En 2002, el coleccionista de antigüedades israelíes Oded Golan reveló la existencia de un osario del siglo I con la inscripción de «Santiago, hijo de José, hermano de Jesús». En otoño, el osario fue mostrado al público. La opinión pericial coincidió en que el pequeño sarcófago de piedra era del siglo I, pero las inscripciones suscitaron controversia. La evidencia circunstancial sugiere que el osario procede de la zona de Hinom, posiblemente de la tumba del «sudario» inspeccionada por Tabor.

    Se solicitó de la Agencia Israelí de Antigüedades un análisis de ADN de los huesos del osario de Santiago, ya que la secuenciación del ADN permitiría la comparación del mismo con los restos recuperados en la tumba del «sudario» de Hinom inspeccionada por Tabor. Pero la solicitud fue denegada.

Cuando este libro entraba en imprenta:
- En enero de 2004, se instruyó proceso legal a Oded Golan y otras personas por falsificación de antigüedades. El señor Golan proclama su inocencia y persiste en que el osario de Santiago es auténtico. La opinión de los expertos continúa dividida.

1

Tras una cena de Pascua a base de jamón, guisantes y puré de patatas, Charles *Le Cowboy* Bellemare le birló veinte dólares a su hermana, condujo su coche hasta una casa donde vendían crack en Verdún, y desapareció.

En verano aquella casa se revalorizó en el mercado inmobiliario y se vendió a buen precio. En invierno a los nuevos propietarios se los llevaban los demonios por lo mal que tiraba la chimenea. El lunes siete de febrero, el hombre de la casa abrió el tubo de tiro y empujó hacia arriba con el deshollinador. Sobre las cenizas cayó una pierna disecada.

El hombre llamó a la policía. La policía llamó a los bomberos y a la oficina del juez de instrucción. El juez de instrucción llamó a nuestro laboratorio forense y Pelletier se hizo cargo del caso.

Una hora después del desprendimiento de la pierna, Pelletier y dos técnicos del depósito de cadáveres miraban la casa desde el césped. Decir que la escena era desconcertante sería como decir que el día D fue un día muy ajetreado. Un padre escandalizado. Una madre histérica. Unos niños crispados. Vecinos fascinados. Policías fastidiados. Bomberos perplejos.

El doctor Jean Pelletir es el decano de los seis patólogos del Laboratorio de Ciencias Jurídicas y de Medicina Legal

(LSJML) de Quebec. Sufre de las articulaciones, le molesta la dentadura postiza y presenta tolerancia cero ante cualquier incidente o persona que le haga perder el tiempo. Pelletier echó un vistazo y pidió un martillo de demolición.

Pulverizaron la chimenea por fuera. Extrajeron un cadáver perfectamente ahumado, que, sujeto con correas a unas parihuelas, fue trasladado a nuestro laboratorio.

Al día siguiente, Pelletier miró atentamente los restos y dijo: «*Ossements*». Huesos.

Aquí entro yo, Temperance Brennan, antropóloga forense de Carolina del Norte y Quebec. ¿La Belle Province y Dixie? Es una larga historia que comenzó con un intercambio entre mi universidad, la Universidad Nacional de Carolina del Norte-Charlotte (NCCC), y la McGill. Al concluir el intercambio de un año volví al sur, pero conservé el empleo de asesora en el laboratorio de Montreal. Diez años más tarde sigo yendo y viniendo, y me considero uno de los pasajeros veteranos con más horas de vuelo.

Cuando llegué a Montreal para mi turno rotativo, en febrero, me encontré sobre la mesa la *demande d'expertise en anthropologie* de Pelletier.

El miércoles 16 de febrero los huesos de la chimenea formaban ya un esqueleto completo sobre mi mesa de trabajo. Aunque la víctima no había sido en absoluto partidaria de hacerse revisiones dentales periódicas —por lo cual cabía descartar la existencia de ficha odontológica—, el resto de indicios óseos correspondía a Bellemare. Edad, sexo, raza y estatura aproximada, además de los clavos quirúrgicos en el peroné y la tibia derechos, me confirmaban que se trataba de El Cowboy desaparecido.

Aparte de una fractura en la base craneal en el nacimiento del pelo, probablemente como consecuencia de la caída por la chimenea, no descubrí otros indicios de trauma.

Estaba considerando cómo y por qué un hombre sube a un tejado y cae por la chimenea, cuando sonó el teléfono.

—*Creo que necesito su ayuda, Temperance*

Sólo Pierre LaManche me llamaba por mi nombre completo cargando el acento en la última sílaba. LaManche acababa de hacerse cargo de un cadáver que yo sospechaba presentaría tejidos en descomposición.

—¿Una putrefacción avanzada?

—*Oui.* —Mi jefe realizó una pausa—: *Y otros factores de complicación.*

—¿Factores de complicación?

—*Gatos.*

Oh, Dios mío.

—Ahora mismo bajo.

Tras guardar en el disco el informe de Bellemare, salí del laboratorio, crucé las puertas de cristal que separaban la sección médico-legal del resto de la planta, doblé por un pasillo lateral y pulsé el botón de un ascensor solitario. Un ascensor accesible únicamente desde los dos niveles de seguridad del LSJML y desde la oficina del juez de instrucción, en la planta once. Tenía un único destino: el depósito de cadáveres.

Durante mi descenso al sótano repasé lo que se había tratado por la mañana en la reunión de personal.

Avram Ferris, judío ortodoxo de cincuenta y seis años, había desaparecido hacía una semana. La víspera, el cadáver de Ferris apareció en un trastero del primer piso de su negocio. No había señales de allanamiento ni indicios de lucha. La empleada dijo que últimamente su comportamiento había sido extraño. La familia descartaba sin lugar a dudas la posibilidad de suicidio.

El juez de instrucción ordenó la autopsia. Los familiares de Ferris y el rabino se opusieron y hubo una acalorada negociación.

Ahora iba a ver a qué compromiso habían llegado.

Y la labor de los gatos.

Al salir del ascensor giré a la izquierda y luego a la derecha en dirección al depósito. Cerca de la puerta exterior del ala de autopsias oí ruido en la sala de familiares, un triste cuarto reservado a quienes se cita para la identificación del cadáver.

Sollozos ahogados. Una voz de mujer.

Me imaginé el sombrío espacio con sus plantas de plástico, sus sillas de plástico y su ventana con discretos visillos, y sentí el dolor habitual. En el LSJML no realizábamos autopsias hospitalarias. Nada de hepatitis terminal. Nada de cáncer de páncreas.

Lo nuestro eran los homicidios, los suicidios, las muertes accidentales o repentinas e inexplicables. En la sala de familiares entraban sólo aquellos que habían sido sorprendidos por lo impensable y lo imprevisto. Su duelo siempre me conmovía.

Abrí una puerta de color azul oscuro y crucé un estrecho pasillo, pasé delante de varios ordenadores, escurridores y carritos de acero inoxidable a la derecha y más puertas azules a la izquierda, todas con el letrero de SALLE D'AUTOPSIE. Al llegar a la cuarta de ellas, respiré hondo y entré.

Además de los esqueletos, yo me ocupo de los cadáveres quemados, momificados, mutilados y en estado de descomposición. Mi trabajo consiste en restablecer la identidad borrada. Suelo utilizar la sala cuarta porque tiene ventilación especial. Aquella mañana la instalación no daba abasto para eliminar el olor a podrido.

Hay autopsias que se hacen sin que nadie esté presente. Pero otras están muy concurridas. A pesar del hedor, en la autopsia de Avram Ferris había una buena asistencia.

LaManche. Su técnico ayudante, Lisa. Un fotógrafo de la

policía. Dos agentes de uniforme. Un policía de la Sûrété du Quebec (SQ) a quien no conocía. Un tipo alto, con pecas y más pálido que el tofu.

Otro policía de la SQ a quien sí conocía *muy* bien. Andrew Ryan. Un metro ochenta y cinco. Pelo color arena. Ojos azules de vikingo.

Nos saludamos con una inclinación de cabeza. El poli Ryan. La antropóloga Tempe.

Por si la representación oficial no bastara, cuatro desconocidos formaban una barrera hostil, hombro con hombro, a los pies del cadáver.

Les eché un vistazo. Varones. Dos cincuentones y dos ya casi setentones, seguramente. Pelo negro. Gafas. Barbas. Trajes negros. Solideos *yarmulkes*.

La barrera me dirigió una mirada estimativa. Ocho manos impasibles entrelazadas a las correspondientes espaldas rígidas.

LaManche se bajó la mascarilla y me presentó al cuarteto de observadores.

—Dado el estado del cadáver del señor Ferris, necesitamos a una antropóloga.

Cuatro miradas de estupefacción.

—La doctora Brennan es especialista en osteología —dijo LaManche en inglés—. Y está al corriente de sus requerimientos.

Aparte de un minucioso muestreo de sangre y tejidos, yo no tenía mucha idea de sus requerimientos.

—Siento mucho su pérdida —dije, apretando la carpeta portapapeles contra el pecho.

Cuatro fúnebres inclinaciones de cabeza.

«Su pérdida» ocupaba el centro del escenario, sobre una lámina de plástico extendida entre los restos y el acero inoxidable. En el suelo y alrededor de la mesa habían puesto otras láminas de plástico. En el carrito había bacines, tarros y ampollas vacías.

El cadáver estaba desnudo y lavado, pero sin incisiones. En el mostrador vi dos bolsas de papel. Me imaginé que La-Manche había efectuado el examen externo con verificación de pólvora y otros rastros en las manos de Ferris.

Ocho ojos me siguieron cuando me acerqué al muerto. El observador número cuatro entrelazó las manos por delante de su bajo vientre.

Avram Ferris no parecía haber muerto hacía una semana. Parecía haber muerto en la época de Clinton. Tenía los ojos negruzcos, la lengua morada y la piel moteada, olivácea y con la textura de una berenjena. Su vientre estaba hinchado, y su escroto era como dos balones.

Miré a Ryan buscando una explicación.

—La temperatura del trastero era de casi noventa y dos grados —comentó.

—¿Tanto?

—Suponemos que un gato rozó el termostato —contestó Ryan.

Hice un cálculo rápido. Noventa y dos grados Fahrenheit eran unos treinta y ocho grados centígrados. No me extrañaría que Ferris ostentara el récord nacional de putrefacción.

Pero el calor no era el único factor crítico. El hambre puede volver loco al más dócil de los seres. El hambre causa desesperación y nos hace prescindir de la ética. Si comemos, sobrevivimos. Es el instinto común que impulsa a las manadas, al depredador, a las caravanas de vuelta y a los equipos de fútbol. Puede convertir a un tierno gatito en un buitre.

Hasta *Fido* y *Fluffy* se vuelven unos buitres.

Avram Ferris cometió el error de morir encerrado con dos gatos, uno de pelo corto y otro siamés. Y con una parca ración de Friskies.

Rodeé la mesa.

El temporal y el parietal izquierdos de Ferris aparecían extrañamente separados. No podía ver el occipital, pero era evidente que había recibido un tiro en la nuca.

Me puse los guantes, introduje dos dedos bajo el cráneo y palpé. El hueso cedió como si fuera fango. Sólo el cuero cabelludo lo sostenía por debajo.

Dejé reposar la cabeza y examiné el rostro.

No era fácil imaginarse qué aspecto habría tenido Ferris en vida. La mejilla izquierda estaba macerada, el hueso presentaba marcas de dentelladas y sobre ese horrible estofado rojizo destacaban unos fragmentos de brillos opalescentes.

Ferris conservaba casi intacta, aunque hinchada y marmórea, la parte derecha del rostro.

Me erguí y consideré la pauta de la mutilación. A pesar del calor y del hedor, los gatos no se habían aventurado más allá de la derecha de la nariz de Ferris ni más abajo, hacia el resto del cuerpo.

Comprendí por qué LaManche me necesitaba.

—¿Había una herida abierta en el lado izquierdo del rostro? —dijo.

—*Oui*. Y otra en la parte posterior del cráneo. La putrefacción y la obra de los gatos impiden determinar la trayectoria de la bala.

—Me hará falta un estudio radiológico del cráneo —le dije a Lisa.

—¿Con qué orientación?

—Desde todos los ángulos. Sólo el cráneo.

—No puede ser —dijo el observador número cuatro—. Hicimos un trato.

—Mi cometido es establecer la verdad en este asunto —replicó LaManche, alzando la mano enguantada.

—Dio su palabra de que no habría retención de especímenes. —Aunque el rostro del hombre era del color de la harina, una mancha rosada tiñó sus mejillas.

—Salvo en caso de que fuera absolutamente inevitable —añadió LaManche con voz persuasiva.

El observador número cuatro se volvió hacia el hombre que estaba a su izquierda. El observador número tres alzó la barbilla y miró a través de los párpados entornados.

—Déjele hablar —dijo el rabino impasible, aconsejando paciencia.

LaManche se volvió hacia mí.

—Doctora Brennan, proceda con su análisis sin manipular el cráneo ni los huesos no traumatizados.

—Doctor LaManche…

—Si no es posible, aplique el procedimiento normal.

No me gusta que me digan cómo he de hacer mi trabajo.

No me gusta trabajar sin el máximo de datos posibles ni aplicar ningún procedimiento que no sea el óptimo.

Me gusta y respeto a Pierre LaManche. Es el mejor patólogo que he conocido.

Miré a mi jefe. El viejo asintió imperceptiblemente con la cabeza; eso significaba: «Haga lo que le digo».

Miré los rostros de los cuatro observadores. Reflejaban la lucha secular entre el dogma y el pragmatismo. El cuerpo es un templo. El cuerpo tiene conductos, pus y bilis.

Los cuatro rostros reflejaban la angustia del duelo. La misma angustia que había llegado a mis oídos minutos antes.

—Por supuesto —dije—. Avíseme cuando esté listo para retirar el cuero cabelludo.

Miré a Ryan y él me hizo un guiño. Ryan el poli insinuándose como Ryan el amante.

La mujer seguía llorando cuando salí del ala de autopsias. Ahora ya no se oía a su acompañante o acompañantes.

Me sentía indecisa por temor a entrometerme en la intimidad del dolor de otro.

¿Era eso? ¿O era un simple pretexto para protegerme?

Contemplo muchas veces el dolor. He sido testigo en muchas ocasiones del brutal estado de shock de los deudos al enfrentarse al hecho de que sus vidas han sido fatalmente alteradas. No volverán a comer en compañía del ausente. Ya no habrá más conversaciones. Ni preciosos recuerdos que compartir.

Veo el dolor sin poder ofrecer ayuda. Soy un testigo ajeno que observa después del choque, después del incendio, después del tiroteo. Yo formo parte del aullido de las sirenas, del acordonamiento policial, del cierre de la bolsa del cadáver.

No puedo paliar ese dolor abrumador. Y detesto mi impotencia.

Había dos mujeres sentadas, una al lado de la otra, pero sin tocarse. La más joven tendría treinta o cincuenta años. Tenía el cutis blanco, cejas espesas y llevaba el pelo, negro y rizado, recogido sobre el cuello. Vestía una falda negra y un jersey negro largo con cuello alto hasta la barbilla.

La anciana tenía la piel tan arrugada que me recordó las muñecas que hacen en las montañas de Carolina con manzanas secas. Llevaba un vestido hasta los pies de un color entre negro y morado, con hebras sueltas en el lugar de los tres botones superiores.

Me aclaré la garganta.

La anciana alzó la vista y vi brillar las lágrimas en sus innumerables arrugas.

—¿Señora Ferris?

Los dedos nudosos apretaron varias veces un pañuelo.

—Soy Temperance Brennan, estoy de ayudante en la autopsia del señor Ferris.

La anciana dejó caer la cabeza hacia un lado y se le descolocó la peluca.

—Les acompaño en el sentimiento. Comprendo por lo que están pasando.

La más joven levantó sus impresionantes ojos color lila.

—¿De verdad?

Buena pregunta.

El duelo es difícil de entender. Lo sé. Mi comprensión del mismo es incompleta. Eso también lo sé.

Mi hermano murió de leucemia a la edad de tres años; perdí a mi abuela ya nonagenaria, y en ambos casos el dolor fue como un ser vivo que invadió mi ser y se instaló profundamente en mi medula y en mis terminaciones nerviosas.

Kevin era apenas un bebé grande y la abuela vivía sumida en recuerdos de los que yo no formaba parte. Yo les quería y ellos me querían a mí, pero no ocupaban el centro de mi vida. Y fueron dos muertes previsibles.

¿Cómo se supera la muerte repentina de un cónyuge? ¿O la de un hijo?

No quería imaginarlo.

—No pretenda entender nuestro sufrimiento —insistió la más joven.

Innecesariamente agresiva, pensé. Un pésame de circunstancias no deja de ser un pésame.

—Por supuesto que no —dije mirando a una y otra—. Ha sido un atrevimiento por mi parte.

Ninguna de las dos dijo nada.

—Siento mucho que hayan perdido a un ser querido.

La mujer más joven hizo una pausa tan larga que pensé que iba a replicar.

—Soy Miriam Ferris. Avram es… era mi marido. —Alzó la mano e hizo otra pausa, como si estuviera indecisa—: Dora es la madre de Avram.

Esbozó con la mano un gesto hacia Dora y la enlazó con la otra.

—Me imagino que nuestra presencia durante la autopsia está fuera de lugar. Nosotras no podemos hacer nada —añadió Miriam con voz ronca y cargada de pesadumbre—. Todo esto es... —me espetó sin acabar la frase, clavando en mí la mirada.

Traté de encontrar alguna palabra reconfortante, de ánimo, algo puramente lenitivo. Pero, aparte de los clichés habituales, no se me ocurría nada.

—Comprendo el dolor de perder a un ser querido.

Una contracción nerviosa hizo palpitar la mejilla derecha de Dora. Sus hombros se hundieron y dejó caer la cabeza sobre el pecho.

Me acerqué a ella, me puse en cuclillas y le cogí la mano.

—¿Por qué Avram? —dijo entre sollozos—. ¿Por qué mi único hijo? Una madre no debe enterrar a su hijo.

Miriam dijo algo en hebreo o yiddish.

—¿Qué Dios es éste? ¿Por qué hace esto?

Miriam la regañó en voz baja.

Dora alzó los ojos hacia mí.

—¿Por qué no se me ha llevado a mí? Yo soy vieja y estoy dispuesta —añadió con sus arrugados y temblorosos labios.

—Yo no sé la respuesta, señora —dije con un tono de amargura.

Una lágrima de Dora mojó mi pulgar. Bajé la vista al sentir la humedad. Tragué saliva.

—¿Les apetece tomar un té, señora Ferris?

—No. Muchas gracias —contestó Miriam.

Apreté la mano de Dora. Noté que su piel era seca y sus huesos frágiles.

Sintiéndome como una inútil, me levanté y le entregué una tarjeta a Miriam.

—Estaré unas cuantas horas arriba. Si desean algo, no dude en llamarme.

Al salir de la sala de familiares vi que uno de los observadores barbudos estaba en el pasillo.

Al llegar a su altura, el hombre me cortó el paso.

—Ha sido muy amable —dijo con un curioso tono chirriante, como la voz de Kenny Rogers en la canción *Lucille*.

—Una ha perdido a su hijo y la otra a su marido.

—He visto lo que ha hecho y es evidente que es usted una persona compasiva. Una persona de honor.

¿A qué venía todo aquello?

El hombre se mostraba indeciso, como si se debatiera consigo mismo. Al fin, metió la mano en el bolsillo, sacó un sobre y me lo entregó.

—Éste es el motivo de la muerte de Avram Ferris.

2

El sobre contenía una foto en blanco y negro de un esqueleto en posición supina, con el cráneo ladeado y las mandíbulas abiertas como en un grito congelado. Giré la foto. Detrás estaba escrita la fecha, «octubre 1963», y una anotación borrosa. «H de 1 H», quizá.

Miré con expectación al hombre con barba que me bloqueaba el paso, pero él no dijo nada.

—¿Por qué me enseña esto, señor...?

—Kessler. Creo que es el motivo de la muerte de Ferris.

—Eso ya me lo ha dicho.

Kessler cruzó los brazos, los abrió y se restregó la palma de las manos en el pantalón. Aguardé.

—Él dijo que estaba en peligro. Dijo que si algo le sucedía sería a causa de esto —añadió Kessler señalando con cuatro dedos la foto.

—¿Esto se lo dio el señor Ferris?

—Sí. —Kessler echó un vistazo hacia atrás.

—¿Por qué?

Kessler se encogió de hombros.

Volví a mirar la foto. El esqueleto estaba estirado, con el brazo derecho y la cadera parcialmente oscurecidos por una piedra o una cornisa. Junto a la rótula izquierda, en la tierra, había un objeto. Un objeto que me resultaba familiar.

—¿De dónde procede esta foto? —Levanté la vista.

Kessler miraba de nuevo hacia atrás.

—De Israel.

—¿El señor Ferris temía por su vida?

—Estaba aterrado. Dijo que si la foto salía a la luz pública causaría estragos.

—¿Qué clase de estragos?

—No lo sé. —Kessler alzó las manos—: Escuche, yo no tengo ni idea de qué es la foto. No sé qué significa. Acepté guardarla y nada más. Ésa es mi única intervención.

—¿Cuál era su relación con el señor Ferris?

—Éramos socios.

Le tendí la foto, pero Kessler bajó las manos a sus costados.

—Explíquele al agente Ryan lo que acaba de contarme —dije.

—Ahora sabe usted lo mismo que yo. —Kessler retrocedió un paso.

En aquel momento sonó mi móvil y lo saqué del cinturón.

Era Pelletier.

—*He recibido otra llamada acerca de Bellemare.*

Kessler me esquivó y se dirigió a la sala de familiares.

Yo esgrimí la foto, pero Kessler negó con la cabeza y continuó andando por el pasillo.

—*¿Ha terminado con el estudio de El Cowboy?*

—Estoy acabando.

—*Bon. La hermana está presionando para el entierro.*

Cuando desconecté el móvil y me volví no había nadie en el pasillo. Bueno. Le daría la fotografía a Ryan. Él tendría una copia de la lista de observadores. Si quería seguir la pista podría ponerse en contacto con Kessler.

Pulsé el botón del ascensor.

A mediodía terminé el informe sobre Charles Bellemare. Había llegado a la conclusión de que, por extrañas que fueran las circunstancias, el último viaje de El Cowboy había sido consecuencia de su propia locura. Recibido. Sintonizado. Fuera. O hacia abajo, en el caso de Bellemare. ¿Qué haría Bellemare en aquel tejado?

A la hora del almuerzo LaManche me informó de que había dificultad para examinar *in situ* las heridas craneales de Ferris. La radiografía mostraba sólo un fragmento de bala e indicaba que la parte posterior del cráneo y la mitad izquierda del rostro estaban destrozadas. Me dijo también que mi análisis sería crucial, ya que la mutilación por obra de los gatos había distorsionado la disposición de los fragmentos metálicos detectables en la radiografía.

Además, Ferris había caído con las manos debajo del cuerpo y la descomposición impedía que el análisis de los residuos de pólvora fuera concluyente.

A la una y media volví a bajar al depósito.

Ahora Ferris tenía abierto el tórax desde la garganta al pubis y sus vísceras flotaban en unos recipientes. El hedor de la sala era de alerta roja.

Estaban presentes Ryan y el fotógrafo, con dos de los observadores de la mañana. LaManche aguardó cinco minutos y a continuación hizo un gesto de asentimiento con la cabeza a su ayudante forense.

Lisa efectuó una incisión por detrás de las orejas de Ferris y en torno a la coronilla. Desprendió hacia atrás el cuero cabelludo con el escalpelo y los dedos, deteniéndose sucesivamente para que se tomaran las pertinentes fotografías del caso. A medida que se liberaban los fragmentos, LaManche y yo los examinábamos, hacíamos diagramas y los depositábamos en recipientes.

Cuando acabamos con la parte superior y trasera del cráneo de Ferris, Lisa retiró la piel del rostro y LaManche y yo repetimos el procedimiento: examen, diagramas y un paso atrás para que tomaran fotografías. Poco a poco, extrajimos del destrozo lo que habían sido los huesos maxilar, cigomático, nasal y temporal de Ferris.

A las cuatro, lo que quedaba del rostro de Ferris estaba recompuesto y una sutura en forma de Y cerraba su vientre y tórax. El fotógrafo había impresionado cinco carretes. LaManche tenía un montón de dibujos y notas, y yo disponía de cinco recipientes con fragmentos óseos.

Estaba limpiando los fragmentos óseos cuando apareció Ryan por el pasillo exterior del laboratorio. Observé su llegada por la ventana de encima del fregadero.

Sus marcadas facciones y sus ojos tan azules eran mi perdición.

Al verme, Ryan apoyó la nariz y la palma de las manos en el cristal. Yo le salpiqué con agua.

Él retrocedió y señaló la puerta. Yo vocalicé «abierta» y le hice un gesto para que entrara, sonriendo como boba.

De acuerdo. Tal vez Ryan sea lo que más me conviene. Pero esa era una conclusión a la que había llegado hacía poco.

Desde hace casi diez años Ryan y yo nos hemos dado muchos cabezazos, reanudando y rompiendo una relación llena de altibajos, acercamientos y rechazos. Caliente, frío. Caliente, caliente.

Me sentí atraída por Ryan desde el principio, pero he tenido que superar más obstáculos para dejarme llevar por esa atracción que firmantes tuvo la Declaración de Independencia de Estados Unidos.

Yo soy partidaria de separar el trabajo y el placer. La señorita no admite «romances de oficina». De ningún modo.

Ryan trabaja en homicidios. Yo trabajo en el depósito

de cadáveres. Es aplicable la cláusula de incompatibilidad profesional. Obstáculo número uno.

Luego, estaba el propio Ryan. Todos conocían su biografía. Natural de Nueva Escocia, hijo de irlandeses, el joven Andrew acabó recibiendo un corte con una botella de cerveza esgrimida por un motero. Al salir del coma, el muchacho ingresó en la policía y llegó al grado de teniente en el cuerpo provincial. El Andrew adulto es amable, inteligente e inflexible en lo que a su trabajo respecta. Y bien conocido como el Don Juan de su patrulla. Aplicable la cláusula de incompatibilidad por semental. Obstáculo número dos.

Pero Ryan venció con su dulzura mis defensas y, tras años de resistencia, finalmente me lancé. Y así se derrumbó el tercer obstáculo, frente al fuego navideño.

Lily. Una hija de diecinueve años, con iPod, piercing en el ombligo y madre jamaicana, recuerdo de la propia sangre de Ryan de la época en que se juntaba con los chicos malos.

Aunque desconcertado y algo amedrentado por la perspectiva, Ryan aceptó el fruto de su pasado y adoptó ciertas decisiones sobre su futuro. La última Navidad se comprometió a ejercer como padre a distancia, y esa misma semana me pidió que compartiera su cama.

¡Uauh! ¡Qué plan! Puse veto al plan.

A pesar de que aún comparto la cama con mi compadre felino, *Birdie*, Ryan y yo estamos esbozando un borrador previo de acuerdo.

Por ahora funciona. Es asunto exclusivo nuestro. Y nadie sabe nada.

—¿Qué tal, bombón? —preguntó Ryan al entrar.

—Bien —dije, añadiendo un fragmento a los que se secaban en el tablero de corcho.

—¿Es el fiambre de la chimenea? —preguntó Ryan, mirando el recipiente con los restos de Charles Bellemare.

—Del feliz viaje de El Cowboy —dije.

—¿Se suicidó?

Negué con la cabeza.

—Por lo visto se inclinó hacia donde no debía. No tengo ni idea de qué estaría haciendo sentado en una chimenea. —Me quité los guantes para enjabonarme las manos— ¿Quién es el rubio que estaba abajo?

—Birch. Trabaja conmigo en el caso Ferris.

—¿Es un nuevo colega?

Ryan negó con la cabeza.

—Servicio temporal. ¿Crees que Ferris se suicidó?

Me volví y le dirigí una mirada que expresaba: «Lo sabes mejor que nadie».

Ray puso cara de monaguillo inocente.

—No pretendo meterte prisa —dijo.

—Dime algo acerca de él. —Arranqué varias toallas de papel del portarrollos.

Ryan apartó los restos de Bellemare y apoyó el anca en mi mesa de trabajo.

—La familia es ortodoxa.

—No me digas. —Gesto irónico de sorpresa.

—Los cuatro magníficos estaban presentes para que se hiciera una autopsia kosher.

—¿Quiénes son? —Hice un burujo con las toallas y lo tiré a la papelera.

—El rabino, miembros de la sinagoga y un hermano. ¿Quieres saber los nombres?

Negué con la cabeza.

—Ferris no era tan religioso como ellos. Tenía un negocio de importación con oficina y almacén cerca del aeropuerto de Mirabel. Le dijo a su mujer que estaría fuera el jueves y el viernes, y según… —Ryan sacó un cuaderno de espiral.

—Miriam —dije yo.

—Exacto. —Me miró con extrañeza— Según Miriam, Ferris quería ampliar el negocio. El miércoles llamó hacia las cuatro y dijo que se iba de viaje y que volvería tarde el viernes. Como al anochecer no había llegado, Miriam pensó que algo le habría retrasado y que preferiría no conducir en sábado.

—¿Había sucedido en otras ocasiones?

Ryan asintió con la cabeza.

—Ferris no tenía costumbre de llamar a casa. Cuando Miriam vio que el sábado por la noche no aparecía, comenzó a llamar por teléfono. Nadie de la familia le había visto. Su secretaria tampoco. Miriam ignoraba sus planes, así que decidió no decir nada. El domingo por la mañana fue a mirar al almacén y por la tarde denunció la desaparición. La policía dijo que investigaría si no aparecía el lunes por la mañana.

—¿Por ser un adulto que prolonga un viaje de negocios?

Ryan encogió un hombro.

—Ocurre a veces.

—¿Ferris no salió de Montreal?

—LaManche cree que murió poco después de llamar a Miriam.

—¿La declaración de Miriam está comprobada?

—De momento.

—¿El cadáver apareció en un trastero?

Ryan asintió con la cabeza.

—Había sangre y materia encefálica en las paredes.

—¿Qué clase de trastero era?

—Uno de la oficina, en la primera planta.

—¿Y por qué había gatos allí dentro?

—La puerta tiene una de esas trampillas basculantes. Ferris les ponía allí la comida y guardaba el cajoncito de arena.

—¿Y recogió a los gatos para pegarse un tiro?

—Tal vez estuvieran allí cuando lo hizo, o quizás entrasen

después. Ferris debió de morir sentado en un taburete, pero luego cayó y bloqueó la gatera con el pie.

Reflexioné al respecto.

—¿Miriam no miró en el trastero cuando fue el sábado?

—No.

—¿No oyó rascar ni maullidos?

—A la señora no le gustan los gatos. Por eso Ferris los tenía en el trabajo.

—¿No notó mal olor?

—Parece ser que Ferris no era muy meticuloso con la higiene gatuna. Miriam dijo que si olió algo se imaginó que era meados de gato.

—¿No notó un calor excesivo?

—No. Si un gato rozó el termostato después de estar ella, Ferris habría estado recalentándose entre sábado y martes.

—¿Ferris tenía otros empleados aparte de la secretaria?

—No. —Ryan consultó las notas de la libreta—: Courtney Purviance. Miriam la llama secretaria, pero Purviance sostiene que es «socia».

—¿La esposa la rebaja o ella se atribuye más categoría?

—Más bien lo primero. Por lo visto, Purviance desempeñaba importantes funciones en el negocio.

—¿Dónde estaba Purvience el miércoles?

—Se marchó pronto a casa. Padece sinusitis.

—¿Por qué Purviance no encontró a Ferris el lunes?

—El lunes era una fiesta judía, y Purviance estuvo plantando árboles.

—El Tu B'Shvat.

—*Et tu, Brute.*

—Es la fiesta del árbol.

—Purviance insiste en que allí no hay nada que merezca la pena robarse. Un ordenador viejo y una radio más vieja aún. No existe inventario. Pero ella lo está verificando.

—¿Cuánto tiempo hace que trabaja para Ferris?

—Desde el noventa y ocho.

—¿Ferris tiene antecedentes muy sospechosos? ¿Socios conocidos? ¿Enemigos? ¿Deudas de juego? ¿Ha dejado plantada a una novia? ¿A un novio?

Ryan negó con la cabeza.

—¿Hay algo que sugiera que fue suicidio?

—Estoy indagando, pero de momento nada de nada. Matrimonio estable. En enero llevó a su mujer a Boca. El negocio no era brillante, pero les daba para vivir. Sobre todo desde que Purviance empezó a trabajar con él, un hecho que ella misma mencionó. Según la familia, no mostraba indicios de depresión, pero Purviance cree que en las últimas semanas estaba inexplicablemente malhumorado.

Recordé a Kessler y saqué la foto del bolsillo de mi bata de laboratorio.

—Es un regalo de uno de los cuatro magníficos. —Le tendí la foto—: Él cree que es el motivo de la muerte de Ferris.

—¿Es decir?

—Él cree que es el motivo de la muerte de Ferris.

—Eres insoportable, Brennan.

—Se hace lo que se puede.

Ryan examinó la foto.

—¿Cuál de los cuatro magníficos?

—Kessler.

Ryan enarcó una ceja, dejó la foto y hojeó su libreta.

—¿Estás segura?

—Es el nombre que me dio.

Cuando Ryan alzó la vista la ceja estaba en reposo.

—No hay ningún Kessler inscrito como testigo de la autopsia.

—Estoy segura de que me dijo que se llamaba Kessler.

—¿Era un observador autorizado?

—¿Y no uno de los miles de judíos ortodoxos que circulan por los pasillos?

Ryan hizo caso omiso de mi sarcasmo.

—¿Dijo Kessler qué hacía aquí?

—No. —Sin saber por qué, la pregunta de Ryan me fastidió.

—¿Tú lo habías visto en la sala de autopsia?

—Yo...

Yo sentí pena por Miriam y Dora y después me distrajo la llamada de Pelletier. Kessler llevaba gafas, barba y un traje negro. Mi mente no había captado más que un simple estereotipo étnico. No es que me fastidiase Ryan. Estaba molesta conmigo misma.

—Pensé que lo había visto.

—Volvamos al principio.

Le conté a Ryan el incidente en el pasillo.

—Así que Kessler estaba en el pasillo cuando saliste de la sala de familiares.

—Sí.

—¿No viste de dónde venía?

—No.

—¿Ni adónde se dirigió?

—Pensé que iría a hacer compañía a la madre y la viuda.

—¿Lo viste realmente entrar en la sala de familiares?

—En aquel momento yo estaba hablando con Pelletier —dije en un tono más cortante del que pretendía.

—No te pongas a la defensiva.

—No estoy a la defensiva —repliqué a la defensiva, desabrochándome el velcro de la bata de golpe con las dos manos—. Ampliaba detalles.

Ryan cogió la foto de Kessler.

—¿Qué es lo que veo?

—Un esqueleto.

Ryan puso los ojos en blanco.

—Kessler... —Me detuve—. El misterioso desconocido con barba me dijo que procedía de Israel.

—¿La foto procedía de Israel o la hicieron allí?

Otra metedura de pata mía.

—Esa foto tendrá más de cuarenta años. Lo más seguro es que no significa nada.

—Si alguien dice que es el motivo de una muerte, probablemente significa algo.

Me ruboricé.

Ryan dio la vuelta a la foto igual que había hecho yo.

—¿Qué es «M de 1 H»?

—¿Crees que es una M?

Ryan no hizo caso de mi pregunta.

—¿Qué sucedió en octubre de mil novecientos sesenta y tres? —preguntó más bien para sí mismo.

—Que Oswald no dejaba de pensar en Kennedy.

—Brennan, eres increíble...

—Eso está claro.

Me acerqué a Ryan, giré la foto y señalé el objeto a la izquierda de la pierna.

—¿Ves esto? —pregunté.

—Es un pincel.

—Es un sustituto de flecha para señalar el norte.

—¿Qué significa?

—Es un viejo recurso de los arqueólogos. Si no hay una referencia para indicar tamaño y dirección, se coloca un objeto que señale el norte para tomar la foto.

—¿Crees que la foto la hizo un arqueólogo?

—Sí.

—¿En qué excavación?

—En un enterramiento.

—Ahora está más claro.

—Escucha, ese Kessler debe de ser un chalado. Búscale y le interrogas. O habla con Miriam Ferris —dije, señalando la foto con un ademán—. A lo mejor sabe por qué su marido estaba aterrado por esto —añadí, quitándome la bata blanca—. Si es que le aterraba.

Ryan examinó la foto durante un minuto. Levantó la vista y dijo:

—¿Te has comprado las braguitas?

Me puse roja como un tomate.

—No.

—Las de satén rojo son muy sexy.

Entrecerré los ojos con un gesto de aviso de «aquí no».

—Me marcho.

Fui al armario, colgué la bata y vacié los bolsillos. Vacié mi libido.

Cuando volví, Ryan estaba de pie viendo de nuevo la foto de Kessler.

—¿Crees que alguno de tus «paleo-colegas» sabrá qué es esto?

—Puedo hacer unas llamadas.

—No vendría mal.

Desde la puerta, Ryan se volvió y movió las cejas de arriba abajo.

—¿Nos vemos después?

—El miércoles es mi día de tai chi.

—¿Mañana?

—Te apunto.

Ryan me apuntó con un dedo y me guiñó un ojo.

—Las braguitas.

Mi apartamento en Montreal está en la planta baja de un edificio de poca altura en forma de U. Tiene dormitorio, estudio, dos baños, comedor-sala de estar y una cocina en la que volviendo la espalda al fregadero se alcanza la nevera. Cruzando uno de los arcos de la cocina hay un vestíbulo con puertas acristaladas que da a un patio central. El otro arco da acceso a un cuarto de estar con puertas acristaladas a un pequeño patio cerrado. También dispone de una chimenea de piedra, buena carpintería, armarios espaciosos y aparcamiento subterráneo. No es lujoso. La ventaja del edificio es que está en pleno centro. Centre-ville. Todo lo que necesito queda a dos manzanas de mi dormitorio.

Birdie no apareció al oír la llave.

—¡Hola, *Bird*!

Ni rastro del gato.

—*Grrrec.*

—Hola, *Charlie.*

—*Grrec, grrec.*

—¿*Birdie*?

—*Grrrec, grrec, grrec, grrec, grrec.* —Un silbido de piropo.

Metí el abrigo en el armario, dejé el portátil en el estudio, la lasaña en la cocina y crucé el segundo arco.

Birdie estaba en la pose de esfinge, con las patas de atrás dobladas, la cabeza alzada y las patas delanteras encogidas hacia adentro. Al sentarme en el canapé, me miró y a continuación centró la vista en la jaula a su derecha.

Charlie alzó la cabeza y me miró a través de los barrotes.

—¿Cómo están mis niños? —pregunté.

Birdie no me hizo ni caso.

Charlie saltó hasta el comedero y lanzó otro silbido de piropo seguido de un gorjeo.

—¿Mi jornada? Cansada pero sin desastres.

No mencioné lo de Kessler.

Charlie ladeó la cabeza y me miró con el ojo izquierdo.

El gato, nada.

—Me alegro de que os llevéis tan bien.

Era verdad.

La cacatúa era un regalo de Navidad de Ryan. Aunque no me había entusiasmado la idea, por mis continuos desplazamientos a ambos lados de la frontera, a *Birdie* le encantó desde el primer momento.

Ante mi rechazo a su propuesta de cohabitación, Ryan propuso la custodia compartida. Cuando yo estaba en Montreal, *Charlie* era mía. Cuando estaba en Charlotte, se la quedaba Ryan. *Birdie* solía viajar conmigo.

El acuerdo funcionaba, y el gato y la cacatúa hacían buenas migas.

Fui a la cocina.

Aquel día el tai chi se me dio fatal, pero dormí como un tronco. La verdad es que la lasaña no es la comida ideal para «Asir la cola del gorrión» ni «La grulla blanca abre las alas», pero con «Silencio interno» se da de patadas.

Me levanté a las siete, y a las ocho estaba en el laboratorio.

Dediqué cuatro horas a identificar, marcar e inventariar

los fragmentos del cráneo de Avram Ferris. No había realizado un examen minucioso, pero capté ciertos detalles que me permitían ir perfilando un cuadro. Un cuadro desconcertante.

En la reunión de personal de aquella mañana hubo la habitual lista de tristes estupideces, brutalidades y banalidades.

Un hombre de veintisiete años electrocutado al orinar sobre las vías del metro en Lucien-L'Allier.

Un carpintero de Boisbriand que aporreó a su esposa de treinta años durante una discusión sobre quién debía llevar los troncos a la chimenea.

Un hombre de cincuenta y nueve años adicto al crack muerto de sobredosis en una pensión de mala muerte cerca de la puerta de Chinatown.

No había nada para la antropóloga.

A las nueve y veinte volví a mi oficina y telefoneé a Jacob Drum, un colega de la Universidad de Carolina del Norte en Charlotte. Me habló el contestador. Dejé un mensaje para que me llamara.

Llevaba una hora más con los fragmentos cuando sonó el teléfono.

—*Hola, Tempe.*

—Hola, Jake.

—*Aquí, en Charlotte, no pasamos de diez grados. ¿Hace frío ahí?*

En invierno, a los del sur de la frontera les encanta preguntar qué tiempo hace en Canadá. En verano, el interés cae en picado.

—Hace frío.

La máxima prevista era bajo cero.

—*Me marcho a un lugar donde el tiempo se ajuste a mi vestimenta.*

—¿Te vas de excavación?

Jake era un arqueólogo bíblico que trabajaba en Oriente Medio desde hacía casi treinta años.

—*Sí, señora. En la sinagoga del siglo primero. Llevo meses haciendo planes y ya tengo el equipo en Israel. El sábado me reúno en Toronto con un supervisor de campo. Y ahora estoy ultimando los detalles de mi viaje. Un incordio. ¿Sabes lo peculiares que son esas excavaciones? Sinagogas del primer siglo en Masada y Gamla. Figúrate.*

—Es una oportunidad excepcional. Escucha, Jake, me alegro de haberte pillado en casa. Quiero pedirte un favor.

—*Venga.*

Le describí la foto de Kessler sin decirle cómo había llegado a mis manos.

—*¿La hicieron en Israel?*

—Me han dicho que proviene de Israel.

—*¿Y es de los años sesenta?*

—Por detrás está escrito «octubre de 1963» y unas siglas. A lo mejor es una dirección.

—*Es muy vago.*

—Sí.

—*Me gustaría echarle un vistazo.*

—Puedo escanearla y te la envío por correo electrónico.

—*No te prometo nada.*

—Agradezco tu interés por examinarla.

Sabía lo que vendría a continuación. Jake recitó su rollo como un anuncio de cerveza mala.

—*Tienes que venir a excavar con nosotros, Tempe. Vuelve a tus raíces de arqueóloga.*

—Es lo que más desearía, pero ahora no puede ser.

—*En otra ocasión.*

—En otra ocasión.

Después de la llamada fui a la sección de reproducción fotográfica, hice una copia con el escáner de la foto de Kessler y la guardé en el fichero TPEG del ordenador de mi laboratorio. Después entré en la red y la envié a la cuenta de correo electrónico de Jake en la UNCC.

Volví al cráneo destrozado de Ferris.

Las fracturas craneales mostraban una enorme variabilidad de configuración. La interpretación exacta de cualquier pauta de fractura se basa en conocer muy bien las propiedades bioquímicas del hueso, así como los factores extrínsecos que intervienen en la fractura.

Sencillo, ¿no?

Como la física cuántica.

Aunque un hueso es en apariencia rígido, en realidad posee cierta elasticidad, y, por efecto de la presión, cede, cambia y se deforma; y una vez sobrepasado el límite de deformación elástica, se hunde o se fractura. Eso en el aspecto bioquímico.

En un cráneo, las fracturas siguen la trayectoria de menor resistencia. Y estas trayectorias las determinan factores como la curvatura de la bóveda, las apófisis y las sinuosas suturas interóseas. Estos son los factores intrínsecos.

Entre los factores extrínsecos se cuentan el tamaño, la velocidad y el ángulo de incidencia del objeto contundente.

Puede considerarse el cráneo como una esfera con crestas, curvas y fisuras. Hay varias formas previsibles de quebrar esa esfera por efecto de un impacto. Tanto una bala del calibre 22 como una tubería de cinco centímetros son objetos contundentes, pero la bala tiene mucha mayor velocidad y menor área de impacto.

Creo que lo habéis entendido.

A pesar del destrozo generalizado, me di cuenta de que estaba observando una configuración atípica en el cráneo de Ferris. Y cuanto más lo examinaba, más me inquietaba.

Estaba colocando un fragmento de occipital bajo el microscopio cuando sonó el teléfono. Era Jake Drum. Esta vez no me saludó con su relajado «hola».

—*¿De dónde me dijiste que has sacado esta foto?*

—No te dije nada. Yo...

—*¿Quién te la dio?*

—Un tal Kessler. Pero...

—*¿La tienes aún en tu poder?*

—Sí.

—*¿Hasta cuándo estás en Montreal?*

—El sábado emprendo un breve viaje a Estados Unidos, pero...

—*Si mañana hago un desvío hasta Montreal, ¿podrías enseñarme el original?*

—Sí. Jake...

—*Voy a telefonear a la compañía aérea* —dijo con la voz tan tensa como un amarre del *Queen Mary*—. *Entretanto, esconde esa foto.*

Había colgado.

4

Me quedé mirando el teléfono.

¿Qué podría ser tan importante para que Jake cambiara unos planes que le habían llevado meses?

Puse la foto de Kessler en el centro de la mesa.

Si no me equivocaba respecto al pincel, el esqueleto estaba situado en dirección norte-sur con la cara vuelta hacia el este, las muñecas cruzadas sobre el regazo y las piernas estiradas. Salvo cierto desplazamiento de los huesos pelvianos y de los pies, todo era anatómicamente correcto.

Demasiado correcto. Los extremos de ambos fémures estaban perfectamente encajados en la articulación rotuliana, pero las rodillas nunca encajan de esa manera. El peroné derecho estaba en el lado interno de la tibia derecha. Debería estar en el lado externo.

Conclusión: lo habían manipulado.

¿Era un arqueólogo quien había recompuesto los huesos para hacer la foto, o la recomposición respondía a otra cosa?

Llevé la foto al microscopio, disminuí el aumento y conecté la luz de fibra óptica. En la tierra sobre la que descansaban los huesos se advertían pisadas, y, al ampliar la imagen, observé dos tipos de suela como mínimo.

Conclusión: había intervenido más de una persona.

Examiné el género. Las crestas orbitarias del cráneo eran amplias y la mandíbula, cuadrada. Sólo era visible la mitad de la pelvis, pero la incisura isquiática era estrecha y profunda.

Conclusión: se trataba de un individuo varón, casi con toda probabilidad.

Examiné la edad. La dentadura superior parecía relativamente completa. La inferior mostraba huecos y las piezas estaban mal alineadas. La sínfisis púbica derecha, una de las superficies sobre la que se articulan anteriormente los dos huesos ilíacos, estaba inclinada hacia la lente. Aunque la foto era granulosa, la cara de la sínfisis aparecía totalmente lisa y plana.

Conclusión: el individuo era un adulto entre joven y de mediana edad. Posiblemente.

Fantástico, Brennan. Un adulto muerto con mala dentadura y huesos recompuestos. Posiblemente.

—Ahora sí que tenemos algo —dije, remedando a Ryan.

El reloj marcaba la una cuarenta. Me moría de hambre.

Me quité la bata blanca, apagué la luz de fibra óptica y me lavé las manos. Cuando ya estaba en la puerta, me sentí indecisa.

Volví al microscopio, recogí la foto y la guardé debajo de la agenda, en el cajón de la mesa.

A las tres seguía tan confusa respecto a los fragmentos de Ferris como a mediodía. Si acaso, más frustrada.

El alcance del disparo de un suicida es limitado. Se disparan en la frente, en el temporal, en la boca o en el pecho. Nunca en la espalda o en la nuca, porque eso requiere posturas muy difíciles para apuntar y apretar el gatillo con un dedo de la mano, o del pie. Es lo que suele permitir diferenciar la trayectoria de la bala de un suicidio y de un homicidio.

48

Al perforar el hueso, la bala desplaza pequeñas partículas del perímetro del orificio que abre, con una herida de entrada en bisel hacia dentro y otra de salida en bisel hacia afuera.

La bala entra. La bala sale. Trayectoria. Modalidad de la muerte.

¿Cuál era el problema? ¿Se había aplicado Avram Ferris una pistola a la cabeza o lo había hecho otro?

El problema consistía en que las partes afectadas del cráneo de Ferris eran como piezas revueltas de un rompecabezas. Para determinar el bisel, tenía que identificar antes lo que había entrado y por dónde.

Tras varias horas de recomposición del rompecabezas conseguí detectar un defecto ovalado detrás de la oreja derecha de Ferris, junto a las suturas del parietal, el occipital y el temporal. ¿Quedaba al alcance de Ferris? Era algo forzado. Pero vete tú a saber.

Había otro problema. El orificio presentaba bisel tanto en la superficie endocraneal como en la exocraneal.

Prescindamos del bisel. Tendría que basarme en la secuenciación de la fractura.

La función del cráneo es alojar el cerebro y una reducida cantidad de líquido. Así de simple. No cabe otra cosa.

Un balazo en la cabeza desencadena una serie de episodios, cada uno de los cuales puede estar ausente, presente o aparecer combinado con otro. Primero se produce un orificio, y con ello una fractura de irradiación por entre la superficie craneal. La bala atraviesa el cerebro y desplaza materia gris, creando un hueco antinatural. Aumenta la presión intracraneal, se desarrollan fracturas concéntricas de empuje perpendiculares a las fracturas que irradian desde la entrada y que producen un efecto palanca hacia afuera del hueso. Si hay intersección de fracturas de empuje y radiales, *¡bang!*, esa parte del hueso salta en pedazos.

Existe otra posibilidad. El hueso no salta en pedazos y la bala sale por el extremo opuesto del cráneo. Se produce una onda de fractura a partir del orificio de salida que incide sobre la que irrumpe desde el orificio de entrada. La energía se disipa entre las fracturas previas de entrada y aminora las fracturas de salida.

El símil sería: la bala que atraviesa el cerebro crea energía y esa energía atrapada busca la salida más rápida. En el cráneo, esa salida son las suturas abiertas y las grietas preexistentes. En resumen: las fracturas creadas por la salida de la bala no se cruzan con las creadas por la entrada. Ordenándolo todo, se obtiene la secuencia.

Pero ordenar la complejidad implica reconstrucción.

No había otro modo. Tenía que reunir todas las piezas del rompecabezas. Iba a necesitar mucha paciencia. Y mucho pegamento.

Saqué los recipientes de acero inoxidable, la arena y el pegamento Elmer's. Fui pegando los fragmentos de dos en dos y coloqué la reconstrucción en la arena para que se secase bien, sin distorsiones.

La música ambiental del laboratorio enmudeció.

Las ventanas se oscurecieron.

Sonó un timbre que indicaba el cambio al turno de noche de la centralita.

Seguí trabajando, seleccionando, manipulando, pegando, probando. Me envolvía un silencio acrecentado por la ausencia de personal.

Cuando miré el reloj eran las seis y veinte.

¿Qué era lo que me inquietaba?

¡Había quedado con Ryan en mi casa a las siete!

Corrí hacia el fregadero, me lavé las manos, me quité a toda prisa la bata blanca, cogí mis cosas y salí disparada.

Caía una lluvia fría. No; qué digo. Era aguanieve. Nieve

derretida que se me pegaba a la chaqueta y me abrasaba las mejillas.

Tardé diez minutos en despejar el glaciar que se había formado en el parabrisas, y otros treinta para recorrer un trayecto en el que normalmente invertía quince.

Cuando llegué vi a Ryan apoyado en la pared, junto al portal, con una bolsa de compra a los pies.

Hay una ley ineluctable de la naturaleza: cuando quedo con Andrew Ryan siempre estoy hecha un desastre. Y Ryan siempre tiene aspecto de guaperas a punto de saludar a un comité de recepción de admiradoras. Siempre.

Aquella tarde llevaba una cazadora de piloto, una bufanda de lana a rayas y vaqueros desgastados.

Ryan me sonrió al verme llegar, con el bolso colgado al hombro, el portátil en la mano izquierda y la cartera en la derecha, y con las mejillas enrojecidas por el frío, el pelo empapado y pegado a la cara, y un maquillaje que parecía un estudio impresionista de aguas residuales.

—¿Los perros del trineo se hicieron un lío con el rastro?

—Cae aguanieve.

—Hay que decirles ¡arre, arre!

Ryan se apartó de la pared, me liberó del ordenador con una mano y con la otra me apartó el flequillo casi congelado.

—¿Has tenido un encuentro con lo sobrenatural?

—He estado pegando fragmentos —contesté, sacando las llaves.

Ryan estuvo a punto de replicar algo, pero se contuvo. Se agachó, recogió la bolsa y me siguió camino del piso.

—¿Pajarito?

—*Charlie* —añadió Ryan.

—Grrec, grrec, grrec, grrec, grrec.

—Tú y *Charlie* entreteneos un rato, que yo voy a quitarme el pegamento —dije.

—Las braguitas...

—Ryan, ni siquiera las he encargado.

En veinte minutos me duché, me lavé el pelo, me lo sequé y me maquillé hábilmente, en plan sencillo. Me embutí unos pantalones de pana rosa, un top ajustado y unos pendientes de Issey Miyaki.

Nada de braguitas, pero sí un tanga de muerte. Rosa grisáceo. Una prenda que mi madre no habría osado ponerse.

Ryan estaba en la cocina. El piso olía a tomate, anchoas, ajo y orégano.

—¿Preparando tus célebres espaguetis *a la puttanesca*? —pregunté poniéndome de puntillas y besándole en la mejilla.

—¡Guau!

Me estrechó entre sus brazos y me besó en la boca. Ahuecó la cinturilla de mis pantalones y miró hacia abajo.

—No son braguitas, pero no está mal.

Le aparté apoyando las dos manos en su pecho.

—¿De verdad que no las has encargado?

—De verdad que no las he encargado.

Apareció *Birdie*, nos miró con ojos de censura y siguió hacia su comedero.

Durante la cena expuse mi frustración en el caso Ferris. En el café y los postres, Ryan me puso al día sobre su investigación.

—Ferris era importador de prendas para el culto. *Yarmulkes, talliths*.

Ryan malinterpretó mi mirada.

—El *tallith* es la estola de oración.

—Me sorprende que lo sepas

Ryan es católico, igual que yo.

—Lo miré en el diccionario. ¿Por qué has puesto esa cara?

—Porque debe de ser un mercado muy limitado.

—Ferris comerciaba también con artículos rituales para el hogar. *Menorahs*, *mezuzahs*, candelabros del Sabat, copas de *kiddush* y chales *challah*. Estos términos tengo que buscarlos.

Ryan me ofreció el plato de los pasteles. Quedaba un milhojas. Yo lo quería, pero negué con la cabeza. Ryan lo cogió.

—Ferris vendía en Quebec, Ontario y las Maritimes. Su negocio no era el Wal-Mart, pero se ganaba la vida.

—¿Has vuelto a hablar con la secretaria?

—Por lo visto, Purviance es algo más que una secretaria. Se encarga de la contabilidad, de las existencias y viaja a Israel y a Estados Unidos para evaluar el producto y tratar con los proveedores.

—Viajar a Israel no es ninguna bicoca en las actuales circunstancias.

—Purviance vivió en un kibbutz en los años ochenta y sabe moverse. Y habla inglés, francés, hebreo y árabe.

—Impresionante.

—Su padre era francés y la madre tunecina. En resumen, Purviance insiste en su versión. El negocio va bien y Ferris no tenía enemigos, pero ella le encontró en los días previos a su muerte extrañamente malhumorado. Le he dado un día para que termine el inventario del almacén, y entonces volveremos a hablar.

—¿Diste con Kessler?

Ryan fue al sofá y sacó un papel de la cazadora. Volvió a la mesa y me lo tendió.

—Ésta es la lista de testigos autorizados para asistir a la autopsia.

Leí los nombres.

53

Mordecai Ferris
Theodore Moskowitz
Myron Neulander
David Rosenbaum

—No hay ningún Kessler. —Una observación innecesaria—.
¿Has localizado a alguien que le conociera?

—Hablar con la familia es como hablar con la pared.
Ahora guardan el *aninut*.

—¿El *aninut*?

—La primera fase del duelo.

—¿Y cuánto dura?

—Hasta el entierro.

Visualicé mentalmente los fragmentos de cráneo tomando
forma en mis recipientes con arena.

—Quizá tengan una larga espera.

—La esposa de Ferris me dijo que volviera cuando la familia hubiese terminado de cumplir el *shiva*, que dura una
semana. Yo le sugerí que iría antes.

—Para ella debe de ser muy duro.

—Un dato interesante: Ferris tenía un seguro de vida de
dos millones, con una cláusula por muerte accidental que
duplica el importe.

—¿La beneficiaria es Miriam?

Ryan asintió con la cabeza.

—No tienen hijos.

Le expliqué a Ryan mi conversación con Jake Drum.

—No puedo creerme que se desplace hasta aquí.

—¿Tú crees que vendrá?

Reflexioné un instante.

—Tu indecisión me demuestra que albergas dudas —dijo
Ryan—. ¿Es un tipo insensato?

—Jake no es un insensato. Es otra cosa.

—¿Otra cosa?

—Jake es un arqueólogo fantástico. Ha trabajado en Qumran.

Ryan me miró intrigado.

—Los manuscritos del Mar Muerto. Es capaz de traducir mil lenguas.

—¿Alguna de las que se hablan en la actualidad?

Le tiré una servilleta.

Después de quitar la mesa, nos tumbamos en el sofá. *Birdie* se estiró junto al fuego. Hablamos de cosas personales.

Lily, la hija de Ryan, que vive en Halifax, salía con un guitarrista y estaba pensando en ir a vivir a Vancouver. Ryan temía que no hubiera relación entre una cosa y otra.

Mi hija Katy, en su duodécimo y último semestre en la Universidad de Virginia, iba a estudiar cerámica y esgrima, y a seguir un curso sobre mística femenina en el cine actual. Su estudio implicaba hacer entrevistas a dueños de pubs.

Birdie ronroneaba. O roncaba.

Charlie graznaba y volvía a graznar un verso de *Hard-Hearted Hannah*.

El fuego chisporroteaba y la nieve azotaba los cristales.

Al cabo de un rato todo quedó en silencio.

Ryan estiró el brazo y apagó la lámpara. El resplandor ámbar hizo bailar las sombras familiares de mi casa.

Ryan y yo acoplamos nuestros cuerpos como una pareja de tanguistas. Yo con la cabeza hundida en su clavícula. Olía a jabón y a los troncos que había acarreado para el fuego. Sus dedos me acariciaron el pelo. La mejilla. El cuello.

Me sentía feliz. Tranquila. A mil kilómetros de los esqueletos y de los fragmentos de cráneo.

Ryan es de contextura fibrosa, con músculos largos como sogas. Al final noté que uno de sus músculos se alargaba.

Dejamos a *Birdie* al cuidado del hogar.

5

Por la mañana Ryan se marchó pronto, comentando algo sobre neumáticos, equilibrado y llantas torcidas. Yo no soy muy buena oyente a las siete de la mañana. Y no siento el menor interés por los neumáticos.

Suelo utilizar la conexión aérea entre Charlotte y Montreal, y puedo recitar de memoria los vuelos de US Airways. Sabiendo que el vuelo directo diario había sido suprimido, estaba segura de que Jake no aparecería antes de mediodía. Me di la vuelta en la cama y me hundí en el sueño.

A las ocho tomé una rosquilla y un café, y me fui al laboratorio. Iba a estar fuera cinco días y sabía que la familia Ferris ansiaba tener noticias.

Y hacerse cargo del cadáver.

Pasé otra mañana con el tubo de Elmer's, uniendo las docenas de fragmentos pegados la víspera. Como si ensamblara átomos para formar moléculas y obtener células, logré reconstruir la bóveda.

Los huesos faciales no eran tan fáciles. El astillamiento era considerable, por obra de los gatos o por efecto de la fragilidad de los propios huesos. Era imposible reconstruir el lado izquierdo del rostro de Ferris.

No obstante, se esbozaba un patrón. Aunque las líneas eran complejas, no parecía haber fisuras cruzadas con la fractura en estrella irradiada por el orificio que se abría por detrás de la oreja derecha de Ferris. La secuencia de la fractura indicaba que ese era el orificio de entrada.

Pero ¿por qué los márgenes del orificio tenían el bisel hacia fuera del cráneo? En un orificio de entrada habría debido estar hacia adentro. Sólo se me ocurría una explicación, pero faltaban los fragmentos de la zona inmediata superior y de la izquierda. Para estar segura, me resultaba imprescindible obtener esos fragmentos.

A las dos escribí una nota a LaManche explicándole lo que me faltaba. Le recordé mi viaje para asistir al congreso anual de la Academia Americana de Ciencias Forenses en Nueva Orleans, y que volvería a Montreal el miércoles por la noche.

Durante las dos horas siguientes hice recados. Banco. Tintorería. Comida para el gato. Semillas para la cacatúa. Ryan había aceptado ocuparse de *Birdie* y *Charlie*, pero él tenía curiosas ideas respecto a la alimentación de animales domésticos y yo quería asegurarla convenientemente.

Jake me telefoneó cuando entraba en el garaje de casa. Estaba en el portal. Corrí escaleras arriba, le abrí la puerta y nos dirigimos por el pasillo hacia mi apartamento.

Por el camino recordé la primera vez que vi a Jake Drum. Yo era nueva en la UNCC y conocía a pocos profesores ajenos a mi especialidad. Y a ninguno del departamento de Estudios Religiosos. Jake se presentó una tarde en mi laboratorio, en una época en que las agresiones a las estudiantes habían provocado anuncios de medidas de seguridad por los altavoces del campus.

Me puse nerviosa como un ratoncito que ve a través de un cristal una pitón con cara de hambre.

Pero mis temores eran infundados: Jake sólo pretendía hacerme una pregunta sobre conservación de huesos.

—¿Quieres un té? —dije.

—Ya lo creo. En el avión he tomado una galletita salada y un Sprite.

—Los platos están a tu espalda.

Vi cómo Jake elegía tazas, y pensé en lo bien que quedaría encarnando a un asesino. Tiene la nariz afilada y prominente, y las cejas espesas, pegadas a unos ojos tan negros como los de Rasputín. Y mide uno noventa y cinco, pesa ochenta kilos y lleva el cráneo rapado. Los testigos no olvidarían fácilmente su aspecto.

Y ese día —me imaginé—, no habría faltado algún peatón que se apartara a su paso. Su nerviosismo era palpable.

Hablamos de cosas intrascendentes mientras hervía el agua.

Jake se alojaba en un pequeño hotel de la zona oeste del campus de la Universidad McGill y había alquilado un coche para ir a Toronto a la mañana siguiente. El lunes salía para Jerusalén, donde emprendería con su equipo israelí la excavación de la sinagoga del siglo primero.

Jake me hizo su habitual invitación a unirme a su equipo, y yo le di las gracias, lamentando no poder aceptar.

Cuando el té estuvo listo, Jake se sentó a la mesa del comedor. Cogí una lupa y puse la foto de Kessler sobre el cristal.

Jake miró la foto como si no la hubiera visto antes. Al cabo de un momento, la examinó detenidamente a través de la lente, con gestos discretos y deliberados.

En cierto modo, Jake y yo somos muy parecidos. Yo, cuando estoy molesta, me vuelvo arisca, cortante, y respondo con sarcasmos. Cuando estoy enfadada y la furia me desborda, me invade una serenidad glacial. A Jake le ocurre lo mismo. Lo sé porque le he oído hablar en los debates del consejo de facultad. Esa apariencia imperturbable es mi reacción ante el miedo. Y me imagino que a Jake también le sucede.

Su cambio de actitud me produjo un escalofrío mental.

—¿Qué ocurre? —pregunté.

Jake alzó la cabeza y dirigió la vista al vacío, hacia donde yo estaba. Me imaginé que estaba pensando en catas, paletas y olor a tierra removida.

A continuación dio un golpecito en la foto con su largo y delgado dedo.

Tuve un vago pensamiento. De no ser por los callos, las manos de Jake serían como las de un pianista.

—¿Hablaste con quien te la dio?

—Cuatro palabras. Estamos intentando localizarle.

—¿Qué te dijo exactamente?

Sentí dudas respecto a qué podía divulgar desde el punto de vista ético. Los periódicos habían dado la noticia de la muerte de Ferris. Pero Kessler no me había exigido confidencialidad.

Expliqué el asunto de los disparos, la autopsia y la escena con el tal Kessler.

—Dijo que la foto procede de Israel.

—En efecto —apostilló Jake.

—¿Es una corazonada?

—Es un hecho.

—¿Tan seguro estás? —dije, frunciendo el ceño.

—¿Qué sabes de Masada? —Jake se reclinó en la silla.

—Que es una montaña de Israel donde murió mucha gente.

Los labios de Jake esbozaron una especie de sonrisa.

—Amplíelo, por favor, señorita Brennan.

Retrocedí mentalmente a tiempos remotos.

—En el siglo primero antes de Cristo...

—Políticamente incorrecto. Se dice antes de la era actual.

—... la zona entre Siria y Egipto, en la Antigüedad la tierra de Israel, que los romanos llamaron Palestina, formaba parte del Imperio romano. Ni que decir tiene que los judíos estaban hartos. En el siglo siguiente estallaron una serie de revueltas para expulsar a los malditos romanos. Todas fracasaron.

—Nunca lo había oído exponer de esa manera. Continúa.

—Hacia el año 66 d. C., perdón, de la era actual, estalló otra revuelta en toda la región. Esta vez los romanos se pusieron nerviosos y el emperador desplegó el ejército para aplastar a los rebeldes. Me estrujé el cerebro para precisar fechas. —Al cabo de unos cinco años de la sublevación, el general Vespasiano conquistó Jerusalén, saqueó el templo y dispersó a los supervivientes.

—¿Y Masada?

—Masada es un peñón enorme en el desierto de Judea. Al principio de la guerra, un grupo de judíos zelotes se hicieron fuertes en la cumbre. El general romano..., no me acuerdo de su nombre...

—Flavius Silva.

—Ése. A Silva no le hizo ninguna gracia. Masada representaba un desafío que no pensaba tolerar. Silva montó campamentos de asedio, construyó una empalizada alrededor de la fortaleza y una rampa lateral. Cuando sus tropas consiguieron subir un ariete y abrir una brecha en las murallas no hallaron a ningún sitiado con vida.

No mencioné mi fuente, pero recordaba los hechos de una miniserie de los años ochenta sobre Masada. ¿Interpretaba Peter O'Toole a Silva?

—Excelente. Aunque tu relato carece de cierto sentido de la proporción. Silva no marchó contra Masada al mando de unos pelotones. Fue una campaña militar en toda regla, con la décima legión, tropas auxiliares y miles de prisioneros de guerra judíos. Silva estaba dispuesto a acabar con los rebeldes.

—¿Quién era su jefe?

—Eleazar ben Ya'ir. Los judíos ocupaban aquel baluarte desde hacía siete años y estaban tan decididos a resistir como el romano a aplastarlos.

Rememoré otros vagos recuerdos de la miniserie. Años antes, Herodes había realizado grandes obras en Masada. Hizo construir un recinto amurallado en la cumbre, torres de defensa, almacenes, cuarteles, arsenales y un sistema de aljibes para recoger agua de lluvia. Setenta años después de su muerte, los almacenes seguían estando llenos, los zelotes disponían de bastante comida.

—La principal fuente histórica sobre Masada es Flavio Josefo —prosiguió Jake—. Joseph ben Matatyahu, en hebreo. A principios de la sublevación del año 66, Josefo era comandante judío en Galilea, pero posteriormente sirvió con los romanos y, aparte de su lealtad o deslealtad, fue un magnífico historiador.

—Y el único cronista de su época.

—Es cierto. Pero las descripciones de Josefo son muy minuciosas. Según su relato, la noche anterior a la toma de la fortaleza, Eleazar ben Ya'ir reunió a sus seguidores. —Se inclinó hacia delante para hacer más gráfica la descripción—. Imagínate la escena. La muralla estaba ardiendo, y los romanos irrumpirían en el recinto al amanecer. No había posibilidad de huida. Ben Ya'ir convenció a los sitiados de que una muerte gloriosa era preferible a una vida de esclavitud. Lo echaron a suertes y a diez hombres les tocó matar a los demás. Otro sorteo determinó quién de los diez mataría al resto y después se suicidaría.

—¿No hubo disidentes?

—Si los hubo no les hicieron caso. Dos mujeres y varios niños se escondieron y salvaron la vida. Ellos son la fuente de gran parte de los datos de Josefo.

—¿Cuántos murieron?

—Novecientos sesenta hombres, mujeres y niños —dijo Jake con voz queda—. Para los judíos, Masada es la gesta más dramática de su historia. En particular para los judíos israelíes.

—¿Qué tiene que ver Masada con la foto de Kessler?

—La suerte de los restos de los zelotes siempre ha sido un misterio. Según Josefo, Silva dejó una guarnición en la cumbre después de conquistar Masada.

—Masada se ha excavado, claro.

—Durante años, los arqueólogos de todo el mundo babearon por un permiso de excavación que finalmente le fue concedido a un arqueólogo israelí, Yigael Yadin. Yadin trabajó dos temporadas con un equipo de voluntarios. La primera, desde octubre de 1963 hasta mayo del sesenta y cuatro; la segunda, desde noviembre del sesenta y cuatro hasta abril del sesenta y cinco.

Presentía adónde quería ir a parar Jake.

—¿El equipo de Yadin encontró restos humanos?

—Tres esqueletos en la parte baja de la terraza del palacio de Herodes.

—¿Palacio?

—Como temía las frecuentes sublevaciones, Herodes fortificó Masada como reducto de seguridad en caso de que tuviera que huir con su familia. Pero él no estaba acostumbrado a la austeridad, y, aparte de la muralla con torres de defensa, mandó construir palacios con columnatas, mosaicos, frescos, terrazas, jardines. Una maravilla.

Señalé la foto.

—¿Éste es uno de los tres?

Jake negó con la cabeza.

—Según Yadin, uno de esos tres esqueletos era el de un varón de algo más de veinte años. Cerca de él encontraron el de una mujer joven con las sandalias y el cuero cabelludo perfectamente conservados. No es broma. Yo he visto fotos. El pelo de la mujer parecía como si se lo hubiera trenzado aquella misma mañana.

—La aridez mejora la conservación.

—Cierto. Pero aquellos restos no correspondían exactamente a la interpretación de Yadin.

—¿Qué quieres decir?

—No tiene importancia. Según Yadin, el tercer esqueleto era de un niño.

—¿Y ése? —Volví a señalar la foto.

—Éste. Éste no tenía por qué encontrarse allí —respondió Jake, relajando la tensión maxilar.

6

—¿No tenía que estar allí?

—Ésa es mi teoría.

—¿La comparte alguien más?

—Algunos.

—¿Quién es?

—Ahí está el misterio.

Me recliné en el asiento, dispuesta a escuchar.

—Tras la toma de Masada, las tropas de Silva arrojaron los cadáveres por el precipicio o hicieron una gran pira en la cumbre. El equipo de Yadin efectuó algunas catas, pero no encontraron indicios de enterramiento masivo. Un momento.

Jake sacó dos objetos de una estropeada cartera de cuero y los puso en la mesa. Uno de ellos era un mapa.

Arrimé mi silla y los dos nos inclinamos sobre él.

—Masada tiene la forma de un avión Stealth, con un ala hacia el norte, la otra hacia el sur y la cabina de pilotaje hacia el oeste.

Mi mente configuró una ameba, pero no dije nada.

Jake señaló el extremo más alto de la cumbre, junto a la punta del ala sur de su avión.

—Aquí hay un conjunto de cuevas, unos metros por debajo de la muralla perimetral.

Jake sacó el segundo objeto de debajo del mapa. Era una

vieja fotografía en blanco y negro: huesos y tierra con pisadas de botas. Un *déjà vu* de la de Kessler. No exactamente.

En ésta aparecían huesos de varios individuos, esparcidos y revueltos. Además, la foto tenía una flecha oficial señalando el norte con una escala de tamaño, y en la esquina superior derecha se veían el brazo y la rodilla de un excavador limpiando con un pincel algo en la tierra.

—El equipo de Yadin encontró restos de esqueletos en una de las cuevas del extremo sur —aventuré sin apartar la vista de la foto—, y esta foto la hicieron durante la excavación.

—Sí —dijo Jake, señalando un punto del plano de Masada—. El emplazamiento fue designado como Cueva 2001. Yadin lo menciona en su informe preliminar sobre las excavaciones en Masada, e incluye una breve descripción de Yoram Tsafrir, el encargado de supervisar la excavación de ese lugar concreto.

—¿Cifra mínima de individuos en la cueva? —pregunté, contando cinco calaveras al menos.

—Depende de cómo interpretes lo que dice Yadin.

Levanté la vista, sorprendida.

—El número mínimo no es difícil de determinar. ¿Examinó los huesos un antropólogo físico?

—El doctor Nicu Haas de la Universidad Hebrea. Según los cálculos de Haas, en el informe de la primera temporada, Yadin señaló un total de veinticinco individuos: catorce varones, seis mujeres, cuatro niños y un feto. Pero si lees con cuidado el informe, apreciarás que a un varón muy mayor lo considera al margen de los otros varones.

—Lo que da un total de veintiséis.

—Exacto. En su libro de divulgación...

—¿El que publicó en 1963?

—Sí, *Masada: Herod's Fortress and the Zealot's Last Stand*. En él, Yadin hace prácticamente lo mismo, y dice que

Haas encontró catorce varones de edades comprendidas entre los veintidós y los sesenta años, un varón de más de setenta, seis mujeres, cuatro niños y un feto.

—Entonces, ¿existen dudas acerca de si el recuento es de veinticinco o veintiséis?

—Muy sagaz.

—Arrolladora. Pero podría ser un error humano.

—Podría ser —comentó Jake en un tono que daba a entender lo contrario.

—¿Edad de las mujeres y de los niños?

—Los niños tenían entre ocho y doce años. Las mujeres eran jóvenes, entre quince y veintidós años.

—¿Crees que éste es el septuagenario? —pregunté de repente, señalando la foto de Kessler.

—Llegaré a ello en un minuto. De momento, centrémonos en la cueva. En los dos informes, ni Tsafrir ni Yadin indican cuándo fue descubierta ni explorada la cueva 2001.

Aventuré:

—Será un simple descuido…

Jake me cortó en seco.

—Jamás anunciaron el descubrimiento a la prensa.

—Quizá fuese por respeto a los muertos.

—Yadin convocó una rueda de prensa cuando encontraron los tres esqueletos del palacio —replicó Jake, moviendo las manos con los dedos extendidos, como E. T.—. Gran noticia. Hemos encontrado restos de los judíos defensores de Masada. Era a finales de noviembre de 1963. La cueva 2001 fue descubierta y vaciada en octubre del mismo año, un mes antes de la conferencia de prensa. —Señaló acusadoramente la foto con el índice—. Yadin conocía el descubrimiento de los huesos de la cueva y no lo mencionó.

—Si las fechas no se hicieron públicas, ¿cómo sabes que la cueva fue descubierta y excavada?

—He hablado con un voluntario que trabajó en la excavación. Es persona de fiar y no hay motivos para que mienta. Y créeme, me he documentado bien en los periódicos. No sólo está esa conferencia de prensa, sino que durante las dos temporadas de excavaciones la prensa informó con asiduidad sobre los descubrimientos de Masada. El *Jerusalem Post* conserva archivos de los artículos y he dedicado muchas horas a estudiar los archivos dedicados a Masada. En ellos se mencionan los mosaicos, los pergaminos, la sinagoga y los *mikvehs*, los tres esqueletos del palacio norte. Pero no hay ni una palabra sobre los restos de la cueva 2001. —Estaba embalado—. Y no sólo el *Post*. En octubre del sesenta y cuatro, el *Illustrated London News* publicó un amplio reportaje con fotografías sobre Masada, donde se habla de los esqueletos del palacio, sin ningún respeto hacia los muertos, pero no se dice nada sobre los restos de la cueva.

Charlie eligió ese preciso momento para emitir su canto tirolés.

—¿Qué demonios es eso?

—Mi cacatúa. Suele hacer eso si le das cerveza.

—No me digas —comentó Jake perplejo.

—Claro que sí. —Me levanté y recogí las tazas—. Charlie se pone muy sensiblero cuando bebe. ¿Otro té?

Jake sonrió y me tendió su taza

—Sí, por favor.

Cuando regresé al comedor, Jake se rascaba una arruga del cuello. Me recordó una oca.

—Vamos a ver —dije—, Yadin habló largo y tendido sobre los esqueletos del palacio, ¿y no dijo nunca nada en público sobre los huesos de la cueva?

—La única mención que he encontrado sobre la cueva 2001 es la que hizo en la conferencia de prensa que convocó Yadin después de la segunda campaña de excavaciones.

Según el *Jerusalem Post* del 28 de marzo de 1965 dijo que lamentaba que sólo se hubieran encontrado veintiocho esqueletos en Masada.

—Veinticinco de la cueva y los tres del palacio.

—Si es que eran veinticinco.

Reflexioné un instante.

—¿Quiénes eran los individuos de ese enterramiento de la cueva, según Yadin?

—Judíos zelotes.

—¿Basándose en qué?

—En dos elementos. Los útiles encontrados y la similitud de los cráneos respecto al de uno encontrado en las cuevas de Bar Kochba, en Nahal Hever. En su momento, se pensó que ese tipo de enterramientos correspondían a judíos muertos durante la segunda insurrección contra Roma.

—¿Y era así?

—Resultó que eran del calcolítico.

Repaso mental. Calcolítico: útiles de piedra y cobre. Cuarto milenio antes de la era actual, posterior al Neolítico y antes de la Edad de Bronce. Muy anterior a Masada.

—Los antropólogos físicos no dieron mucho crédito a la clasificación del cráneo —dije.

—Claro. Pero ésa fue la conclusión de Haas y Yadin la aceptó.

Se produjo un largo y reflexivo silencio. Lo rompí.

—¿Dónde están ahora los huesos?

—Se supone que todos esos esqueletos han vuelto a enterrarse en Masada.

—¿Se supone?

La taza de Jake cayó con un golpe seco sobre la mesa.

—Permíteme que te anticipe algo brevemente. En su libro de divulgación, Yadin menciona de pasada los restos humanos recogidos en la cueva 2001. Shlomo Lorinez, un miembro ultraortodoxo del Knesset, lo leyó y se subió por las paredes. No conocía el informe de prensa del sesenta y cinco en el que se mencionaban los esqueletos y montó una protesta en el Knesset, acusando a los cínicos arqueólogos y a los investigadores médicos de violar la ley judía. Exigió saber dónde estaban los restos y un digno sepelio para los defensores de Masada.

»Hubo una gran controversia pública. El ministro de Asuntos Religiosos y los principales rabinos propusieron que los restos de Masada yacieran en un cementerio del Monte de los Olivos. Yadin se opuso y opinó que debían enterrarse los tres esqueletos en Masada y los restos de la cueva 2001 en el mismo lugar del hallazgo. Yadin ganó, y en julio del sesenta y nueve todos los restos volvieron a ser enterrados en el extremo superior de la rampa romana.

Me resultaba todo muy confuso. ¿Por qué se opuso Yadin al enterramiento de los huesos de la cueva en el Monte de los Olivos? ¿A qué venía la propuesta de volver a enterrar los esqueletos del palacio en Masada y reubicar los otros en la cueva? ¿Era por dejar a éstos fuera de suelo sagrado? ¿O le molestaba la idea de que los del palacio y los de la cueva compartiesen una misma tumba?

Charlie rompió mis reflexiones con unas notas de *Hey, Big Spender*.

—¿Se descubrió algo más con los huesos de la cueva?

—Muchos utensilios caseros. Cazuelas, candiles, cestería.

—Lo cual indica que las cuevas estuvieron habitadas.

Jake asintió con la cabeza.

—¿Por quiénes?

—Corrían tiempos de guerra y Jerusalén era un horno. Debieron de llegar muchos refugiados, y algunos de ellos vivirían al margen de la comunidad de zelotes.

¡Ajá!

—Entonces, ¿los de la cueva no eran judíos?

Jake asintió con gesto solemne.

—Y esa noticia no le interesaba a Israel.

—En absoluto. Masada es un símbolo sagrado. El último baluarte de los judíos, que se suicidaron antes que rendirse. El lugar era una alegoría del nuevo estado. Hasta hace poco el ejército israelí celebraba ceremonias con tropas especiales en la cumbre de Masada.

—¡Oh!

—Según Tsafrir, los huesos de la cueva estaban revueltos, con harapos, como si los cadáveres hubieran sido amontonados —dijo Jake—. No es habitual en un enterramiento judío.

Birdie eligió ese momento para saltar a mi regazo.

Hice las presentaciones. Jake le acarició una oreja y continuó con la historia.

—La Exploration Society de Israel ha publicado hasta ahora cinco volúmenes sobre las excavaciones de Masada, pero aparte de eso y un mapa con la indicación de la cueva 2001, no se menciona para nada que se hayan encontrado en aquel lugar ni restos humanos ni objetos. —Se reclinó en la silla y cogió la taza. Volvió a dejarla—. Espera. No. Hay un anexo al final del cuarto volumen con un informe dedicado al análisis de carbono 14 realizado sobre los restos textiles de la cueva cuatro años después. Pero nada más.

Dejé a *Birdie* en el suelo y saqué la foto de Kessler de debajo del plano de Masada.

—Bien, ¿qué pinta este esqueleto en todo eso?

—Eso es lo curioso. En la cueva 2001 había un esqueleto intacto y separado de los huesos revueltos. Él individuo está en decúbito supino con las manos cruzadas y la cabeza de lado —dijo Jake, atravesándome con la mirada—. Un esqueleto que no aparece mencionado en ningún informe.

—Supongo que te enterarías de ello a través del mismo voluntario que trabajó en la cueva en los años sesenta.

Jake asintió con la cabeza.

—Y ahora vas a decirme cómo el esqueleto fue vuelto a enterrar con los otros —aventuré.

—Eso es. —Jake apuró la taza—. La prensa menciona sobre el reenterramiento, veintisiete individuos, tres del palacio del extremo norte y veinticuatro de la cueva.

—Ni veinticinco ni veintiséis. Tal vez no contaron el feto.

—Estoy seguro de que excluyeron el feto y el esqueleto completo.

—Vamos a ver. Lo que dices es que un excavador voluntario, un testigo presencial, te contó que él y Tsafrir encontraron un esqueleto completo en la cueva 2001, y que ese esqueleto no fue mencionado en la conferencia de prensa, ni en el informe de Yadin ni en el libro de divulgación.

Jake asintió con la cabeza.

—¿Y tú crees que ese esqueleto no fue vuelto a enterrar como el resto de los huesos y los esqueletos del palacio?

Jake volvió a asentir con la cabeza.

Di unos golpecitos sobre la foto de Kessler.

—¿Recordaba el voluntario que se hubiera hecho esta foto?

—La hizo él mismo.

—¿Quién tuvo el esqueleto durante los cinco años que estuvo sin enterrar?

—Haas.

—¿Lo publicó?

—No. Y curiosamente, Haas redactó informes exhaustivos con dibujos, tablas, medidas y reconstrucciones faciales inclusive. Su análisis de los enterramientos en Civ'at ha-Mivtar es increíblemente minucioso.

—¿Haas vive aún?

—No, sufrió una mala caída en 1975 y quedó en coma. Murió en el ochenta y siete, sin recobrar el conocimiento. Y no dejó ningún informe.

—Así que Haas no podrá aclarar el recuento de esqueletos ni el misterio del esqueleto completo.

—Si no es mediante una sesión de espiritismo...

—No te pases.

Jake cambió de rumbo.

—Vamos a ver. Tú eres Yadin. Tienes en tu poder ese esqueleto raro. ¿Qué es lo primero que haces?

—¿En la actualidad?

—En los años sesenta.

—Yo estaba con dientes de leche.

—Colabora.

—Haría un test de carbono 14 para determinar la antigüedad.

—Me dijeron que esa clase de análisis no se hacía en Israel. Sitúalo en el contexto. En sus invectivas en el Knesset, Lorinez insistió en que los esqueletos de Masada habían sido enviados al extranjero.

—¿Lorinez era el ultraortodoxo que propugnaba volver a enterrar los restos?

—Sí. Y lo que dijo Lorinez tiene sentido. ¿Por qué no encargó Yadin una datación por carbono 14 de los huesos de la cueva?

—O sea, que tú crees que Lorinez tenía razón —dije.

—Sí. Pero, según Yadin, los huesos de Masada no salieron del país.

—¿Por qué no?

—En una entrevista en el *Post* leí que Yadin dijo que no era de su incumbencia poner en marcha ese análisis. Y en el mismo artículo, un antropólogo atribuye esta decisión al elevado coste de la prueba.

—El análisis de carbono 14 no es tan caro. Hasta principios de los años ochenta costaba unos 150 dólares. Es sorprendente que Yadin no lo encargase, dada la importancia de la excavación.

—No tan sorprendente como el hecho de que no redactara un informe sobre los huesos de la cueva —añadió Jake.

Me tomé un instante de reflexión y al cabo dije:

—¿Sospechas que los inquilinos de la cueva no formaban parte del núcleo de zelotes?

—Exacto.

Cogí la foto de Kessler.

—Y este es el esqueleto completo que no figura en los informes.

—Exacto.

—¿Y por qué?

—Ésa es la pregunta del millón de dólares.

Cogí la foto.

—¿Dónde está actualmente?

—Ésa, doctora Brennan, es la otra pregunta del millón.

7

Cada año, una desventurada ciudad se convierte en la sede del gran circo de la Academia Americana de Ciencias Forenses. Durante una semana, ingenieros, psiquiatras, dentistas, abogados, patólogos, antropólogos y un sinfín de pirados de laboratorio se reúnen como polillas en una alfombra enrollada. Ese año le tocó en suerte a Nueva Orleans.

De lunes a miércoles se celebran reuniones de la junta y del comité, además de los encuentros de negocios. Jueves y viernes, las sesiones científicas ofrecen información privilegiada sobre teoría y técnicas avanzadas. Cuando era estudiante graduada, y luego ayudante novel, acudía a estas presentaciones con el ardiente celo de una fanática religiosa. Ahora, prefiero mantener contacto informal con mis viejos amigos a través de la red.

En cualquier caso, el congreso es agotador.

En parte, es culpa mía. Me ofrezco voluntaria para demasiadas cosas. Tradúzcase que no me resisto como es debido a dejarme impresionar.

Pasé el domingo trabajando con un colega con quien compartía la autoría de un artículo que iba a publicarse en el *Journal of Forensic Sciences*. Las tres jornadas siguientes discurrieron como una exhalación entre las Reglas de Robert, la salsa de mayonesa con mostaza y rondas de copas.

Cóctel Hurricane para mis colegas bebedores discretos. Para mí, Perrier.

Los temas de conversación versaron sobre dos cuestiones: las aventurillas de cada cual y los casos raros. Lo máximo de este año en cuanto a rarezas y extravagancias fueron piedras biliares fósiles del tamaño de palomitas de maíz, un suicidio en una cárcel con un cable de teléfono y un policía sonámbulo que se voló los sesos.

Yo esbocé los detalles del caso Ferris. Hubo diversidad de opiniones respecto al curioso bisel. La mayoría coincidía con la posibilidad que yo imaginaba.

Mi agenda no me permitía quedarme a la lectura de las comunicaciones científicas. Cuando el miércoles tomé el taxi para el aeropuerto de Nueva Orleans, estaba deshecha.

Tres cuartos de hora de retraso por problemas técnicos. Bienvenidos a los viajes aéreos en Estados Unidos. Si registras el equipaje con un minuto de retraso, el vuelo ha salido. Si lo registras un cuarto de hora antes, lo han retrasado. Problemas técnicos, problemas de personal, problemas meteorológicos, problemas de problemas. Me los sé todos de memoria.

Al cabo de una hora, cuando terminé de redactar las actas del comité en el portátil, mi vuelo de las cinco cuarenta fue retrasado hasta las ocho.

Adiós a la conexión en Chicago.

Frustrada, me arrastré hasta la cola de atención al cliente, aguardé y conseguí un vuelo alternativo. La buena noticia fue que aquella misma noche podría llegar a Montreal. La mala noticia: aterrizaría casi a medianoche. Suplemento de la mala noticia: pasaría por Detroit.

Enfadarse no sirve de nada en estas circunstancias, si no es para incrementar la tensión.

En el quiosco de prensa del aeropuerto, varios millones de ejemplares del libro superventas del año me impedía el paso.

Cogí uno de la punta de la pirámide. La solapa anunciaba un misterio que haría pedazos «una antigua verdad explosiva».

¿Como la de Masada?

¿Por qué no? Todo el mundo lo estaba leyendo.

Cuando aterricé, había leído cuarenta capítulos. Vale, eran cortos. Pero la historia era intrigante.

Pensé si Jake y sus colegas leerían el libro y, en caso afirmativo, cómo valorarían la tesis.

El jueves, la alarma del despertador me sentó como un puñetazo.

Al llegar a la planta doce del edificio Wilfrid Derome, buque insignia de la policía provincial y de los laboratorios forenses, fui directamente a la reunión de personal.

Sólo había dos autopsias. Una fue para Pelletier y la otra para Emily Santangelo. LaManche me dijo que, a raíz de la petición de mi nota, había encargado a Lisa la revisión del cráneo de Avram Ferris, y que ella había recogido más fragmentos y los había enviado desde el depósito al laboratorio. Me preguntó cuándo pensaba tener terminado el análisis. Calculé que a primera hora de la tarde.

Efectivamente, junto a la pila del laboratorio me esperaban siete fragmentos con el número de la etiqueta forense asignada al cadáver de Ferris.

Me puse la bata blanca, escuché los mensajes telefónicos y respondí a dos llamadas. A continuación me senté ante los recipientes con arena y comencé a manipular los fragmentos para encajarlos en los segmentos reconstruidos.

Dos de ellos pertenecían al parietal. Otro encajaba en el occipital derecho y uno no encajaba en nada. Tres se acoplaban al borde del traumatismo oval.

Era suficiente. Ya tenía la respuesta.

Me estaba lavando las manos cuando gorjeó el móvil. Era Jake Drum, con una cobertura desastrosa.

—Parece que llames desde Plutón.

—*No hay servicio...* —Se oían chasquidos y chisporroteos— *... desde que Plutón ha sido degradado de planeta a...*

¿Degradado a qué, a luna?

—¿Estás en Israel?

—*En París... cambiado de planes... el Musée de l'Homme.*

Oí una sarta de estallidos y chasquidos trasatlánticos.

—¿Me llamas con un móvil?

—*... un número de acceso... falta desde... setenta.*

—Jake, llámame desde un teléfono fijo. Casi no te oigo.

Por lo visto, él tampoco me oía.

—*... sigo investigando... a llamarte desde un teléfono fijo.*

Se oyó un pitido y la línea se interrumpió.

Colgué.

Jake había ido a París. ¿Por qué?

Para visitar el Musée de l'Homme. ¿Por qué?

De pronto caí.

Puse la foto de Kessler en el microscopio, lo encendí y observé la anotación ampliada.

«Octubre, 1963. M de l'H.»

Lo que yo había creído que era el número 1 era una ele minúscula. Y Ryan tenía razón. La primera *H* era en realidad una *M*. *M de l'H. Musée de l'Homme.* Jake había reconocido la abreviatura, había volado a París, estaba en el museo y le habían dado un número de acceso al esqueleto de Masada.

LaManche usa zapatos de suela de goma y no lleva en los bolsillos llaves ni calderilla. Ni esposas. Nada que tintinee. Para lo grande que es, se mueve muy sigilosamente.Mi mente estaba planteándose el próximo «por qué», cuando mi nariz captó el aroma de Flying Dutchman.

Giré sobre la silla. LaManche acababa de entrar en el laboratorio de histología y estaba detrás de mí.

—¿Lo tiene listo?

—Listo.

Nos sentamos los dos y coloqué mis reconstrucciones sobre la mesa.

—Omitiré los conceptos básicos.

LaManche sonrió paternalista y yo me mordí la lengua.

Cogí el segmento formado por la parte posterior del cráneo de Ferris y señalé con el bolígrafo.

—Traumatismo en oval con fracturas estrelladas.

Señalé la tela de araña de la intersección de las fisuras en aquel segmento y en otros dos.

—Fracturas concéntricas de expansión.

—¿Con entrada inferior por debajo del oído derecho? —preguntó LaManche, mirando los segmentos.

—Sí, pero es complicado.

—Por el bisel.

LaManche había dado en el clavo.

—Sí.

Volví al primer segmento y señalé el bisel hacia fuera del traumatismo en ojal.

—Si el cañón del arma está en contacto con el cráneo, puede crearse un bisel ectocraneal por efecto del rebufo de los gases —dijo LaManche.

—No creo que sea éste el caso. Mire la forma del ojal.

LaManche se inclinó más.

—Una bala que entre perpendicular a la superficie del cráneo produce un traumatismo circular —dije—. Una bala que incida tangencialmente produce una perforación irregular más ovalada.

—*Mais oui*. Un orificio en forma de ojo de cerradura.

—Exacto. Una porción de la bala se desprendió y se perdió fuera del cráneo. De ahí que el bisel de la entrada esté orientado hacia afuera.

LaManche alzó la vista.

—Entonces, la bala entró por detrás del oído derecho y salió por la mejilla izquierda.

—Sí.

LaManche reflexionó.

—Esa trayectoria no es corriente, aunque sí posible, en un suicidio. Monsieur Ferris no era zurdo.

—Pero hay otra cosa. Mírelo más de cerca.

Tendí una lupa a LaManche. La alzó y la situó sobre el orificio ovalado.

—El reborde está festoneado. —LaManche lo examinó durante unos treinta segundos—: Como si el círculo estuviera superpuesto al óvalo.

—O al revés. El borde del traumatismo circular es limpio en la superficie externa del cráneo. Pero mire por dentro.

Dio la vuelta al segmento.

—Bisel endocraneal —dijo él sin dudarlo—. Es una entrada doble.

Asentí con la cabeza.

—La primera bala entró perpendicular al cráneo de Ferris. De libro de texto. Borde externo limpio, borde interno en bisel. La segunda percutió sobre el mismo punto, pero en diagonal.

—Produciendo un orificio en forma de ojo de cerradura.

Asentí con la cabeza.

—Ferris movió la cabeza o al asesino le tembló la mano.

¿Cansancio? ¿Tristeza? ¿Resignación? LaManche hundió los hombros al oír mi siniestra conclusión:

—Avram Ferris recibió dos tiros en la nuca. Una ejecución.

Aquella noche Ryan hizo la cena en mi piso. Pescado ártico, espárragos y lo que en Dixie llamamos puré de patatas. Las puso al horno, las peló y las aplastó con un tenedor, añadiendo cebolletas y aceite de oliva.

Yo le contemplaba admirada. Me han dicho que soy ingeniosa, incluso genial. Pero en cuanto a guisar soy una nulidad. Aunque dispusiera de varios años luz para pensarlo, mi cerebro jamás concebiría el puré de patatas sin cocerlas previamente.

A *Birdie* le encantaron los *fruits de mer* de Ryan y estuvo durante toda la cena atento a los trocitos que le dábamos. Después, se tumbó junto al fuego con un ronroneo que daba a entender que no hay nada como la vida de felino.

Después de cenar, compartí con Ryan mis conclusiones sobre la muerte de Ferris. Ryan ya lo sabía. Ahora la investigación oficial era por homicidio.

—El arma es una Jericho de nueve milímetros —dijo.

—¿Dónde estaba?

—Al fondo del trastero, debajo de un carrito.

—¿Era de Ferris?

—Si era de él, nadie lo sabía.

Me serví ensalada.

—La policía judicial recogió una bala de nueve milímetros en el trastero —prosiguió Ryan.

—¿Sólo una?

Aquello no coincidía con mi hipótesis del doble impacto.

—En un panel del techo.

Ni aquello tampoco.

—¿Qué hacía esa bala a semejante altura? —pregunté.

—Tal vez Ferris se abalanzó sobre el asesino, forcejearon y la pistola se disparó.

—O tal vez el asesino se la puso a Ferris en la mano y apretó el gatillo.

—¿Para simular un suicidio? —dijo Ryan.

—Cualquiera que vea la televisión sabe que tienen que quedar restos de pólvora.

—LaManche no los encontró.

—Lo cual no quiere decir que no los hubiera.

Reflexioné al respecto. LaManche había extraído una bala de la cabeza de la víctima. La policía había encontrado otra bala en el techo. ¿Dónde estaba el resto de la evidencia balística?

—¿Dices que Ferris estaba sentado en un taburete cuando recibió los disparos? —pregunté.

Ryan asintió con la cabeza.

—¿De cara a la puerta?

—Que seguramente estaba abierta. La policía judicial está examinando la oficina y los pasillos. No puedes ni imaginarte la cantidad de porquería que hay allí.

—¿Y los casquillos?

Ryan negó con la cabeza.

—El asesino debió de recogerlos.

Aquello tampoco tenía sentido.

—¿Por qué dejaría la pistola y se entretendría en recoger los casquillos?

—Una pregunta muy sagaz, doctora Brennan.

Lo que yo no tenía era una explicación sagaz.

Ofrecí ensalada a Ryan, pero rehusó.

—Hoy he vuelto a ver a la viuda —dijo él, cambiando de tema.

—¿Y?

—La dama no ganaría un concurso de Miss Simpatía.

—Está afligida.

—Eso dice.

—¿No te lo crees?

—Me parece que algo la reconcome.

—Una alegoría poco afortunada —dije pensando en los gatos.

—Tienes razón.

—¿Hay algún sospechoso?

—Una plétora.

—Qué palabra tan sexy —comenté.

—Braguitas —dijo él.

—Ésa no.

En los postres le hablé a Ryan de lo que había descubierto respecto a la foto de Kessler.

—¿Así que Drum se desvió para ir a París?

—Eso parece.

—¿Está convencido de que la foto es del esqueleto de Masada?

—Y Jake no es fácil de convencer.

Ryan me dirigió una mirada extraña.

—¿Conoces bien a Jake?

—Desde hace más de veinte años.

—La pregunta era por la intimidad, no por la antigüedad de la amistad.

—Somos colegas.

—¿Sólo colegas?

—¿Te lo tomas como algo personal? —dije, poniendo los ojos en blanco.

—Humm.

—Humm.

—Estoy pensando que podríamos juntar nuestros datos.

No tenía ni idea de a qué se refería.

—He tenido otra charla con Courtney Purviance —comentó Ryan—. Una mujer muy interesante.

—¿Simpática?

—Hasta que le hablas de Ferris o sobre detalles del negocio. Entonces, se cierra como una almeja.

—¿Para proteger al jefe?

—O por temor a verse en la calle. Me dio la impresión de que no aprecia mucho a Miriam.

—¿Qué te dijo?

—No es por lo que dijo. —Ryan reflexionó un instante—. Fue más bien por su actitud. En cualquier caso, saqué en claro que Ferris comerciaba de vez en cuando con objetos procedentes de excavaciones.

—¿De Tierra Santa? —aventuré.

—Legalmente adquiridos y transportados, naturalmente.

—Hay un importante mercado negro de antigüedades —dije.

—Enorme —añadió Ryan.

Sinapsis mental.

—¿Crees que Ferris está implicado en lo del esqueleto de Masada?

Ryan se encogió de hombros.

—¿Y que por eso le mataron?

—Eso piensa Kessler.

—¿Has localizado a ese Kessler?

—Lo haré.

—Podría ser una coincidencia.

—Podría ser.

Yo no lo creía.

8

Ryan me despertó poco después de las seis para un acoplamiento previo a la llegada de la aurora. *Birdie* salió del dormitorio. En el pasillo, *Charlie* entonó unas notas de *Caricias*, de Clarence Carter.

Mientras me duchaba, Ryan tostó unos bollos e hizo café. Durante el desayuno hablamos del proceso de reeducación de la cacatúa.

Aunque me lo callara con ocasión del canto tirolés, no me había pasado desapercibido el poco ortodoxo *répertoire noir* de *Charlie*. Pero, después de un hábil interrogatorio, Ryan confesó que había obtenido nuestro querido pajarito como consecuencia de una redada de la brigada antivicio en una empresa femenina. Al pájaro se le habían contagiado los gustos desenfadados de aquellas mujeres.

Dediqué meses a reorientar los talentos líricos de *Charlie*, con resultados dispares.

A las ocho puse un CD para entrenamiento de cacatúas y nos fuimos los dos al edificio Wilfrid Derome. Él se dirigió al departamento de Homicidios, en el primer piso, y yo subí al ascensor de los laboratorios de la policía judicial, en la planta doce.

Después de tomar unos primeros planos fotográficos y redactar un informe, le dije a LaManche que los restos con que había trabajado podían ser entregados a la familia Ferris. Aunque lo habían enterrado durante mi estancia en Nueva Orleans, se había previsto la inhumación de los fragmentos craneales en una fosa contigua al féretro.

A las diez y media llamé a Ryan. Me dijo que nos veríamos en el vestíbulo cinco minutos más tarde. Esperé diez. Aburrida, entré en la cafetería a por una coca-cola sin azúcar para levantar el ánimo. En el mostrador cedí al impulso de comprar unos pastelitos escoceses.

Cuando salí, Ryan me aguardaba ya en el vestíbulo. Di un sorbo a la bebida y guardé los dulces en el bolso.

Durante veintisiete años, Avram Ferris había dirigido su negocio de importación en un modesto polígono industrial de la autopista de Laurentides, a medio camino entre la isla de Montreal y el aeropuerto de Mirabel.

Construido en los años setenta, Mirabel fue proyectado como la octava maravilla de la aviación comercial, y se le auguraba un brillante futuro. Sin embargo, al estar situado a casi cincuenta kilómetros de la ciudad, hubo que proyectar una línea de ferrocarril de alta velocidad que lo uniera con el centro. ¡En un santiamén en la puerta de embarque!

Pero ese ferrocarril nunca se construyó. A principios de los noventa la conexión era intolerable y cada vez iba a peor. El taxi al centro costaba sesenta y nueve dólares. Finalmente, las autoridades tiraron la toalla, dejaron aparcado Mirabel y optaron por su rival, geográficamente más adecuado. En la actualidad, a Mirabel llegan los vuelos chárter y de mercancías. Todos los vuelos nacionales, norteamericanos e internacionales aterrizan y despegan en Dorsal, rebautizado hace poco como aeropuerto Pierre Elliott Trudeau International.

A Avram Ferris no le importaba. Había iniciado Les Imports Ashkenazim cerca de Mirabel y allí siguió. Y allí murió. Vivía en Côte-des-Neiges, un barrio residencial de clase media escondido detrás del Hospital General Judío, al noroeste de *le centre-ville*.

Ryan tomó por la autovía Décarie, que discurre hacia el este por Van Horne y luego al norte por Plamondon y Vézina. Aparcó junto al bordillo y señaló una caja de ladrillo de dos plantas en una fila de cajas de ladrillo de dos plantas.

Miré el conjunto.

Los edificios eran idénticos, a derecha e izquierda. Tenían puerta con marco de madera y balcones en la planta superior. Todos los caminos de entrada estaban limpios de nieve. Todos los setos eran altos. En todas las entradas había furgonetas Chevrolet y Ford bajo marquesinas de plástico de soporte tubular.

—No es un vecindario de jaguars y monovolúmenes deportivos —comenté.

—Se diría que los vecinos celebraron una reunión para prohibir cualquier adorno que no fuera de color blanco.

Ryan señaló con la barbilla un edificio del fondo.

—El negocio de Ferris está en la primera planta a la izquierda. Su hermano vive debajo, y la madre y otro hermano, en el dúplex de al lado.

—Para Ferris sería un infierno ir y venir cada día al trabajo.

—Probablemente se quedaría aquí por afecto a la expresividad arquitectónica.

—¿Dijiste que Avram y Miriam no tienen hijos?

Ryan asintió con la cabeza.

—Se casaron cuando ya no eran jóvenes. La primera mujer no andaba bien de salud y murió en el ochenta y nueve. Ferris volvió a casarse en el noventa y siete. No hay prole.

—¿Eso no va contra sus costumbres?

Ryan me dirigió una mirada extraña.

—Por el *mitzvot*.

Siguió mirándome con perplejidad.

—Según la ley judía hay que tener hijos y no desperdiciar la semilla.

—Hablas como el almanaque del granjero.

Nos acercamos al pequeño pórtico. Ryan subió la escalinata y pulsó el último timbre. Aguardamos. Ryan volvió a llamar. Continuamos aguardando.

A nuestra espalda apareció una anciana tirando de un carrito de la compra que traqueteaba al ritmo de sus pisadas.

—¿La viuda no tiene que quedarse en casa? —preguntó Ryan, llamando por tercera vez.

—El *shiva* sólo dura una semana.

—¿Y después?

—Se cumple el *kaddish* diario, sin fiestas y sin afeitarse ni cortar nada, pero básicamente la vida continúa.

—¿Cómo sabes todo eso?

—Mi primer novio era judío.

—¿Un amor imposible?

—Se fue a vivir a Altoona.

Ryan abrió la contrapuerta y llamó con el puño.

La mujer del carrito se detuvo, se volvió y miró sin recato por encima de sus tres vueltas de bufanda.

A la derecha corrieron un visillo. Toqué a Ryan en el codo y ladeé la cabeza.

—Dora está en casa.

Ryan sonrió encantado.

—Avram era un buen judío que guardó ocho años de viudez. Tal vez tuviera mucha intimidad con su madre.

—Tal vez le dijera que se metiera en sus asuntos.

—O puede que la madre se diera cuenta de todo.

Se me ocurrió una cosa.

—A las ancianas les gustan los dulces.

—Es proverbial.

Metí la mano en el bolso y saqué los pastelitos.

—La madre nos recibirá con los brazos abiertos, muéstrate afectuoso.

—¡Demonios! —dijo Ryan, volviéndose—, qué bien se nos da esto.

Pero no abrió la puerta Dora, sino Miriam. Vestía pantalones negros, blusa negra de seda y rebeca negra, y lucía un collar de perlas.

Igual que en nuestro primer encuentro, me impresionaron sus ojos. Ahora la veía ojerosa, pero no importaba. Sus iris color lavanda quitaban el hipo.

Miriam era muy consciente del impacto de sus ojos en los hombres. Tras un escueto vistazo a mi persona, volvió la mirada a Ryan y se inclinó imperceptiblemente, sujetándose por la muñeca la mano con que recogía la rebeca a la altura de la garganta.

—Agente —dijo con voz queda y algo entrecortada.

—Buenos días, señora Ferris —dijo Ryan—. Espero que se encuentre mejor.

—Gracias.

Miriam tenía un cutis palidísimo y me pareció más delgada.

—Me gustaría aclarar ciertos datos —dijo Ryan.

Miriam dirigió la mirada al vacío, hacia un punto más allá de nosotros. El carrito de la anciana sonaba mientras se alejaba. Miriam volvió a mirar a Ryan y ladeó levemente la cabeza.

—¿No podría ser en otro momento?

Ryan dejó flotar la pregunta en el espacio que configurábamos los tres.

—¿Quién es? —dijo una vocecita dentro de la casa.

Miriam se volvió y contestó en yiddish o en hebreo.

—Mi suegra no se encuentra bien.

—Su esposo ha muerto, y no puedo retrasar la investigación por comodidad de los familiares del difunto —replicó Ryan con cierta rudeza.

—No dejo de pensar en ello un solo instante del día. ¿Cree, entonces, que es un homicidio?

—Igual que usted, me parece. ¿Trata de eludirme, señora Ferris?

—No.

El lavanda de los ojos de ella y el azul de los ojos de Ryan se enfrentaron impávidos.

—Quiero preguntarle de nuevo sobre ese hombre llamado Kessler.

—Se lo repito. No lo conozco.

—¿No lo conocería su suegra?

—No.

—¿Cómo lo sabe usted, señora Ferris? Kessler dijo que conocía a su esposo. ¿Ha hablado de Kessler con su suegra?

—No, pero ella nunca ha mencionado ese nombre. Por su negocio, mi marido conocía a muchas personas.

—Una de las cuales pudo meterle dos balas en la cabeza.

—¿Trata de impresionarme, agente?

—¿Sabía que su esposo comerciaba con antigüedades?

Las cejas de Miriam se fruncieron imperceptiblemente.

—¿Quién le dijo eso?

—Courtney Purviance.

—Ah, ya.

—¿No es cierto?

—La señorita Purviance suele exagerar su papel en los negocios de mi marido —replicó Miriam con voz cortante.

—¿Sugiere que mintió?

—Sugiero que esa mujer no tiene otra cosa en la vida más que su trabajo.

—La señorita Purviance dio a entender que la actitud de su esposo cambió antes de su muerte.

—Eso es absurdo. Si Avram hubiese tenido preocupaciones yo lo habría advertido.

Ryan volvió a insistir.

—¿No es cierto que su esposo comerciaba con antigüedades?

—Eran una parte mínima del negocio de Avram.

—¿Le consta?

—Me consta.

—Usted me dijo que no estaba muy al corriente del negocio.

—Pero sí lo bastante.

Era un día despejado, con una temperatura baja por encima de cero grados.

—¿Incluirían esas antigüedades restos humanos? —preguntó Ryan.

Los ojos violeta se abrieron sorprendidos.

—Dios bendito, no.

Casi nadie se siente a gusto ante las pausas en una conversación. Frente al silencio, se busca la necesidad de llenarlo. Ryan sabe sacar partido de esa tendencia, y así lo hizo en esta ocasión. Aguardó, y funcionó.

—Eso sería *chet* —añadió Miriam.

Ryan mantuvo la pausa.

Miriam abrió la boca para ampliar su respuesta cuando se oyó de nuevo la vocecita a sus espaldas. Ella volvió la cabeza y habló por encima del hombro. Al mirarnos de nuevo, un rayo de sol hizo brillar cierta humedad en su labio superior.

—Tengo que ayudar a mi suegra a prepararse para el Sabat.

Ryan le tendió un tarjeta.

—Si se me ocurre algo le llamaré. De verdad, quiero que

el asesino de Avram comparezca ante la justicia. —añadió, agrandando otra vez los ojos.

—Que tenga un buen día —dijo Ryan.

—*Shabbat shalom* —dije yo.

Cuando dábamos media vuelta para marcharnos, Miriam retuvo a Ryan del brazo.

—Agente, independientemente de lo que pueda usted pensar, yo amaba a mi marido —añadió en tono desolado y escalofriante.

Ryan y yo no dijimos una palabra hasta que nos sentamos en el coche.

—¿Qué crees? —preguntó él.

—No lo sé —contesté.

Los dos reflexionamos un instante.

—¿Qué es *chet*? —preguntó Ryan.

—Algo parecido a pecado —contesté.

—La dama no parece partidaria de la solidaridad femenina —dijo Ryan.

—Hizo como si yo no estuviera presente —comenté.

—Pero estabas —dijo Ryan.

—Digo yo —añadí.

—No es precisamente una admiradora de Purviance.

—No.

Ryan le dio al contacto y arrancó.

—Yo me considero un tanto experto en análisis de carácter —dijo.

—Me parece una observación acertada.

—Pero no acabo de entender el de Miriam. Parece afligida, y de pronto deja asomar esa actitud de absoluto rechazo. ¿Se protege de algo?

—Estaba sudando —dije.

—En un día frío —añadió Ryan.

Paramos en una esquina.

—¿Y ahora qué hacemos? —preguntó Ryan.

—El policía eres tú —dije.

—La pistola no es de nadie. No hemos podido averiguar nada. Las indagaciones entre los vecinos de Ferris en el polígono industrial han sido infructuosas. Y lo mismo las declaraciones de la familia y de las personas relacionadas con el negocio. Estoy esperando un informe sobre impuestos y llamadas telefónicas al almacén, y está en curso una investigación sobre Kessler en todas las sinagogas.

—Por lo visto, has indagado a fondo.

—He indagado como un loco, pero como si nada —replicó Ryan.

—¿Y ahora qué?

—La policía judicial sigue analizando el escenario del crimen y Purviance continúa verificando si han robado algo. Sólo nos queda almorzar.

Apenas había sacado el Whopper cuando sonó mi móvil. Era Jake Drum, y esta vez la comunicación era audible.

—¿Así que fuiste a París? —pregunté, y vocalicé a Ryan el nombre de Jake Drum.

—*Fue fácil. En vez de ir a Toronto en coche para volar directo a Tel Aviv, hice escala en el Charles de Gaulle.*

—¿Tan importante es el esqueleto?

—*Puede ser algo tremendo.*

—¿Qué has averiguado?

Ryan desenvolvió mi hamburguesa y me la tendió. Di un mordisco, sosteniéndola con una mano.

—*Mi corazonada era exacta* —dijo Jake—. *Un esqueleto de Masada llegó al Musée de l'Homme en noviembre de 1963. Localicé el expediente del espécimen y conseguí un número de acceso.*

—Continúa.

—*¿Qué estás comiendo?*

—Una hamburguesa.

—*La comida rápida es un sacrilegio en una ciudad como Montreal.*

—Es rápida.

—*Un terreno gastronómicamente resbaladizo.*

Yo estaba rematando el sacrilegio con una coca-cola sin azúcar.

—¿Sigue ahí el esqueleto?

—*No* —contestó Jake con tono de decepción.

—¿No?

Di otro bocado al Whopper y me manché la barbilla de salsa de tomate. Ryan me limpió con una servilleta.

—*He hablado con una mujer llamada Marie-Nicole Varin, que trabajó en el inventario de los fondos a principios de los años setenta y recuerda que había un esqueleto de Masada. Pero ahora no está en el museo. Lo hemos buscado por todas partes.*

—¿Nadie lo ha vuelto a ver desde los años setenta?

—*No.*

—¿No hay una ficha con los movimientos de las piezas?

—*Debería haberla. Pero falta parte del expediente.*

—¿Qué explicación da el museo?

—*C'est la vie. Del personal de entonces no queda casi nadie. Varin realizó el inventario con un estudiante graduado llamado Yossi Lerner y cree que Lerner debe de seguir viviendo en París. Y aquí viene lo bueno: Varin cree que Lerner es estadounidense o canadiense.*

Me quedé con la hamburguesa ante la boca.

—*Estoy tratando de localizarle.*

—Bonne chance —dije.

—*Necesito algo más que suerte.*

Le conté a Ryan lo que me había dicho Jake.

Escuchó en silencio.

Terminamos las patatas fritas.

De paso por Van Horne, vimos a un hombre con abrigo negro largo, sombrero negro, pantalón hasta la rodilla y calcetines blancos cruzarse con un niño con vaqueros y una cazadora de los Blue Jays.

—Estamos en pleno Sabat —dije.

—Lo cual, probablemente, no fomentará el sentido de la hospitalidad hacia nosotros por estos pagos.

—Probablemente.

—¿Has hecho alguna vez vigilancia?

Negué con la cabeza.

—Es apasionante —dijo Ryan.

—Eso he oído —dije.

—A lo mejor, Miriam sale.

—Y deja sola a Dora.

—Yo tengo pendiente hablar a solas con Dora.

—Podríamos comprar unas flores —aventuré.

Pasamos por una floristería y regresamos a casa de Ferris, cuarenta minutos después de habernos ido.

Una hora más tarde, Miriam salió de la casa.

9

Dora nos abrió a la segunda llamada. A la luz del sol su piel arrugada parecía transparente.

Ryan hizo las presentaciones.

La anciana nos miró sin comprender. Yo pensé si no estaría bajo los efectos de algún fármaco.

Ryan mostró su placa. Dora la miró impasible. Era evidente que no sabía quiénes éramos. Yo le ofrecí el ramo y los dulces.

—*Shabbat shalom* —dije.

—*Shabbat shalom* —respondió ella, casi como en un acto reflejo.

—Sentimos mucho la muerte de su hijo, señora Ferris. He estado de viaje, si no, la habría visitado antes.

Dora aceptó mis obsequios y se inclinó a oler las flores. Se irguió, miró los dulces y me los devolvió.

—Lo siento, señorita, no son *kosher*.

Sintiéndome como una tonta, los guardé en el bolso.

Dora dirigió la vista a Ryan y de nuevo a mí. Eran unos ojos pequeños, húmedos y enturbiados por los años.

—Usted estuvo en la autopsia de mi hijo.

Tenía un ligero acento, quizá de Europa del Este.

—Sí, señora.

—En casa no hay nadie.

—Es con usted con quien queremos hablar, señora Ferris.

—¿Conmigo? —preguntó la anciana, sorprendida y un tanto atemorizada.

—Sí, señora.

—Miriam ha salido a comprar.

—Sólo será un momento.

La anciana se mostró indecisa, pero al fin se volvió y nos dio paso a un vestíbulo con un espejo ahumado que conducía a una salita de estar soleada con muebles de formica.

—Voy a por un florero. Siéntense, por favor.

Se alejó por un pasillo a la derecha de la entrada.

Yo examiné el cuarto de estar. Era una muestra del mal gusto de los años sesenta. Tapicería blanca de satén. Mesas de roble laminado. Paredes con empapelado en relieve y moqueta de pelo bastante largo. Se detectaban más de diez olores. Desinfectante. Ajo. Ambientador. Y algún mueble despedía aroma a cedro.

Dora volvió arrastrando los pies y dedicó un instante a colocar las flores. Luego, se acomodó en una mecedora con almohadones en el asiento y el respaldo, estiró las piernas y se alisó el vestido. Por debajo del dobladillo asomaban unas zapatillas de deporte azules.

—Los niños están con Roslyn y Ruthie en la sinagoga.

Imaginé que eran las nueras de las otras viviendas. Dora entrelazó las manos sobre el regazo y se las miró.

—Miriam ha vuelto a la carnicería a por algo que olvidó.

Ryan y yo intercambiamos una mirada, y él asintió con la cabeza indicándome que empezara yo.

—Señora Ferris, sé que ya ha hablado con el agente Ryan.

La anciana alzó su mirada turbia e impasible.

—Lamentamos molestarla de nuevo, pero queríamos saber si desde entonces ha recordado alguna cosa más.

Dora negó despacio con la cabeza.

—¿Tuvo su hijo alguna visita fuera de lo corriente en las semanas antes de su muerte?

—No.

—¿Tuvo alguna discusión con alguien?

—No.

—¿Estaba adscrito a algún movimiento político?

—Avram dedicaba su vida a la familia. Al negocio y a la familia.

Yo no hacía más que repetir las preguntas de Ryan. El interrogatorio 101. Una estratagema que a veces da resultado y desencadena recuerdos olvidados o detalles que en principio se consideraron irrelevantes. Y era la primera vez que interrogábamos a Dora a solas.

—¿Tenía enemigos su hijo? ¿Alguien que le deseara algún mal?

—Somos judíos, señorita.

—Me refería a alguna persona en concreto.

Nueva táctica.

—¿Conoce a los testigos de la autopsia de su hijo?

—Sí —contestó Dora, prestando atención y profiriendo una especie de gargarismo.

—¿Quién los designó?

—El rabino.

—¿Por qué aquella tarde sólo volvieron dos de ellos?

—Sería una decisión del rabino.

—¿Conoce a un hombre llamado Kessler?

—Conocí a un tal Moshe Kessler.

—¿Estuvo él presente en la autopsia de su hijo?

—Moshe murió en la guerra.

Mi móvil eligió aquel preciso momento para sonar.

Miré la pantalla. Número privado. No atendí la llamada.

—¿Sabía usted que su hijo vendía antigüedades?

—Avram vendía muchas cosas.

Mi móvil volvió a sonar. Pedí disculpas y lo desconecté.

Impulso. Frustración. Inspiración. Un nombre bailaba en mi cabeza como una melodía inoportuna. No sé por qué hice la pregunta.

—¿Conoce a un hombre llamado Yossi Lerner?

Las arrugas que rodeaban los ojos de Dora se acentuaron y la anciana frunció sus resecos labios.

—¿Le dice algo ese nombre, señora Ferris?

—Mi hijo tuvo un amigo llamado Yossi Lerner.

—¿De verdad? —pregunté con cara de palo y voz tranquila.

—Avram y Yossi se conocieron siendo estudiantes en McGill.

—¿Cuándo fue eso? —pregunté sin mirar a Ryan.

—Hace años.

—¿Seguían en contacto? —añadí, como sin darle importancia.

—No tengo ni idea. Dios mío —añadió Dora, conteniendo la respiración—. ¿Está implicado Yossi en esto?

—Claro que no. Sólo le pregunto nombres. ¿Sabe dónde vive ahora el señor Lerner?

—Hace años que no veo a Yossi.

Se oyó abrir y cerrarse la puerta de la casa. Segundos después, Miriam entraba en el cuarto de estar.

Dora sonrió.

Miriam nos miró de un modo tan inexpresivo como si viera moho. Se dirigió a Ryan.

—Le dije que mi suegra no está bien. ¿Por qué la molesta?

—Yo estoy bi… —terció Dora.

Miriam le interrumpió tajante.

—Tiene ochenta y cuatro años y acaba de perder a su hijo.

Dora profirió un sonido, como llamando la atención.

Ryan aplicó de nuevo la táctica de dar la callada por respuesta y esperar a que Miriam rompiera el silencio. Pero esta vez no dio resultado.

—No me molestan. Estábamos hablando tranquilamente —terció Dora, alzando su mano surcada de venas azules.

Miriam clavó la mirada en Ryan como si Dora no hubiese intervenido.

—¿De qué hablaban?

—De Eurípides —contestó Ryan.

—¿Se cree que tiene gracia, agente?

—De Yossi Lerner.

Observé a Miriam con atención, esperando una reacción que no se produjo.

—¿Quién es Yossi Lerner?

—Un amigo de su esposo.

—No lo conozco.

—Un compañero de estudios.

—Sería antes de casarnos.

Miré a Dora. La anciana tenía la mirada borrosa, como si estuviera contemplando recuerdos.

—¿Por qué preguntan sobre ese Yossi Lerner? —dijo Miriam, quitándose los guantes.

—Su nombre salió a relucir.

—¿En la investigación?

Los ojos violeta no mostraban la menor sorpresa.

—Sí.

—¿En qué contexto?

Oí el pitido de la alarma de un coche fuera de la casa. Dora ni se inmutó. Ryan me miró y asentí con la cabeza.

Ryan le explicó a Miriam lo de Kessler y la foto.

Miriam escuchó impasible. No se detectaba en ella ningún interés ni emoción.

—¿Existe alguna relación entre ese esqueleto y la muerte de mi marido?

—¿Se lo digo crudamente o dorando la píldora?

—Crudamente.

Ryan fue alzando los dedos para subrayar la secuencia.

—Matan a un hombre. Un individuo presenta la foto de un esqueleto y dice que es el motivo del asesinato. Ese individuo desaparece. Y —añadió, alzando un dedo— hay pruebas de que el esqueleto de la foto procede de Masada. La víctima comercia con antigüedades israelíes. —Esgrimió otro dedo. Estiró el tercero—. El esqueleto estuvo en poder de Yossi Lerner. La víctima era amigo de Yossi Lerner.

—El otro era un cura.

Nos volvimos los tres hacia Dora.

—El otro muchacho era cura —repitió sin mirarnos—. Pero eso fue después. ¿O no?

—¿Qué otro muchacho? —pregunté en tono amable.

—Avram tenía dos amigos. Yossi, y después ese otro chico —dijo Dora, apoyando su mejilla al puño—. Era cura. Estoy segura.

Miriam se acercó a su suegra, pero no la tocó.

Rememoré la escena en la sala de familiares del depósito de cadáveres. Las dos mujeres estaban una al lado de la otra, pero distantes. Sin tocarse. Sin abrazarse. La más joven no compartía su fuerza con la otra. La anciana no buscaba el consuelo de la joven.

—Eran muy amigos —prosiguió Dora.

—¿Su hijo y esos muchachos? —dije a guisa de estímulo.

Dora sonrió por primera vez.

—Se interesaban por todo. Siempre estaban leyendo. Se hacían siempre preguntas y discutían. A veces toda la noche.

—¿Cómo se llamaba el cura? —pregunté.

Dora negó rotundamente con la cabeza.

—Sólo recuerdo que era de la Beauce. Él nos llamaba *zayde* y *bubbe*.

—¿Dónde conoció su hijo al cura?

—En la universidad de Yeshiva.

—¿En Nueva York?

Dora asintió con la cabeza.

—Avram y Yossi acababan de graduarse en McGill. Por aquel entonces Avram era más religioso y estudiaba para ser rabino. El cura que digo hacía estudios sobre religiones de Oriente Próximo o algo parecido. Supongo que por el hecho de ser los tres canadienses sentían afinidad.

Dora desvió la mirada.

—¿Era ya entonces cura? —dijo, como si hablara consigo misma—. ¿O se ordenó más tarde? —Cerró el puño con mano temblorosa—. Dios mío, Dios mío.

Miriam se acercó a Ryan.

—Agente, me niego a que continúen.

Ryan me miró de reojo y nos levantamos. Miriam despidió a Ryan con la misma actitud que la primera vez.

—Descubra al asesino, agente, pero por favor, no moleste a mi suegra cuando está sola.

—En primer lugar, me parece más soñadora que molesta. Y además no puedo consentir semejante limitación a mis indagaciones. Pero procuraremos ser amables.

Para mí, nada.

En el coche, Ryan me preguntó por qué se me había ocurrido mencionar a Lerner.

—No tengo ni idea —dije.

—Buen impulso —comentó.

—Buen impulso —repetí.

Convinimos en que habría que investigar la pista de Lerner.

Mientras él conducía, yo leí mis mensajes. Tenía tres. De Jake Drum.

«Tengo un contacto con información sobre Yossi Lerner. Llámame.»

«He hablado con Yossi Lerner. Llámame.»

«Noticias extraordinarias. Llámame.»

Se lo dije a Ryan.

—Llámale —dijo.

—¿Tú crees?

—Sí. Quiero saber más sobre Lerner.

—Estoy deseando saber qué ha averiguado Jake, pero no falta mucho para llegar a casa. Esperaré y hablaré por el teléfono fijo. De móvil a móvil es peor que hablar con Zambia.

—¿Tú has llamado a Zambia?

—Nunca lo consigo.

Diez minutos más tarde, Ryan me dejaba en casa.

—Tengo servicio de vigilancia este fin de semana y ya llego muy tarde. —Me cogió la barbilla y acarició mi mejilla con el pulgar—: No dejes ese asunto de Lerner y cuéntame qué ha averiguado Jake.

—Que tengas una apasionante vigilancia —dije.

—Ya sabes a quién me gustaría vigilar —replicó.

—No sé si llamarlo así.

Ryan me besó.

—Queda pendiente —dijo.

—Tomo nota —respondí.

Ryan se dirigió al edificio Wilfrid Derome y yo entré en casa.

Después de saludar a *Birdie* y *Charlie* me puse unos vaqueros y me hice una taza de Earl Grey. Luego, llevé el teléfono al sofá y marqué el número de Jake.

Contestó inmediatamente.

—¿Todavía estás en Francia? —pregunté.

—*Sí.*

—Llegarás con retraso a la excavación.

—*No empezarán sin mí. Soy el jefe.*

—Ah, sí, claro.

—*Lo que estoy descubriendo aquí es más importante.*

Birdie saltó a mi regazo. Le acaricié la cabeza y él estiró una pata y se lamió la mano.

—*He hablado con Yossi Lerner.*

—Me lo decías en un mensaje.

—*Lerner aún vive en París. Es de Quebec.*

Tenía que ser el Yossi Lerner que recordaba Dora.

—*Lerner trabajaba a tiempo parcial en el museo cuando estaba el esqueleto de Masada. Estaba investigando para su tesis doctoral. Ahora, escucha esto.*

—No te pongas dramático, Jake.

—*Te vas a quedar pasmada.*

Efectivamente.

10

—*Te pondré en antecedentes. Este Lerner es un pájaro raro. No tiene familia. Vive como un hurón. Y hace trabajos de arqueología en Israel, Egipto y Jordania. Consigue alguna beca, hace una excavación, escribe un informe, y a otra cosa. Hace muchos trabajos de recuperación* —dijo Jake.

—Recupera objetos antes de que entren en acción las excavadoras.

—*Exacto.*

—¿Está afiliado a alguna entidad?

—*Tuvo algunos empleos, pero dice que no le interesa el trabajo fijo porque es muy rutinario.*

—Un ingreso fijo llega a ser una rutina.

—*A él, desde luego, no le interesa el dinero. Vive en una casa del siglo* XVII *sin ascensor que parece un cuartel de mosqueteros, en un apartamento del tamaño de un Buick al que se llega por una escalera de caracol hecha de piedra. Pero tiene buenas vistas a Notre-Dame.*

—¿Así que has ido a verle?

—*Cuando le llamé me dijo que trabajaba por la noche y me invitó a su casa. Pasamos dos horas celebrando al Rey Sol.*

—¿De qué modo?

—*Dando buena cuenta de una botella de Martell VSOP Medaillon.*

—¿Qué edad tiene?

—*Puede que cincuenta y tantos.*

Avram Ferris tenía cincuenta y seis.

—¿Es judío?

—*No tan ferviente como cuando era joven.*

—¿Y qué cuenta?

—*¿Lerner?*

—No, Jake. Luis XIV.

Me recliné en el sofá y *Birdie* se puso a trepar sobre mi pecho.

—*Lerner se mostró frío al principio, pero tras el cuarto trago comenzó a hablar por los codos. No querrás que te cuente lo de la pianista, ¿verdad?*

—No.

—*Lerner trabajó en el Musée de l'Homme entre el setenta y uno y el setenta y cuatro, cuando preparaba su tesis.*

—¿Sobre qué?

—*Sobre los manuscritos del Mar Muerto.*

—Probablemente los esenios tardarían menos en escribirlos.

—*Lerner se toma las cosas con calma. Y en serio. Por aquel entonces el judaísmo era algo muy serio para él.*

—¿Y todo cambió con la pianista?

—*¿Quién ha dicho nada de una pianista?*

—Vuelve a lo del esqueleto de Masada.

—*En el setenta y dos le pidieron a Lerner que ayudara a inventariar una serie de piezas del museo, y fue entonces cuando descubrió un expediente con una factura de embarque y la foto de un esqueleto.*

—¿La factura daba a entender que procedía de Masada?

—*Sí.*

—¿Qué fecha tenía?

—*Noviembre de 1963.*

Locus 2001, la cueva por debajo de la muralla perimetral, en el extremo sur de Masada. Los huesos revueltos. El esqueleto completo.

Según el informador de Jake, la cueva 2001 fue descubierta y explorada en octubre de 1963, un mes antes de la fecha del documento del museo. Sentí una punzada de emoción.

—¿Estaba firmado?

—*Sí, pero Lerner no recuerda el nombre. Él buscó en las dependencias del museo, encontró el esqueleto, hizo una anotación en el expediente señalando el estado de la pieza y el lugar de almacenamiento según el reglamento, y a otra cosa. Pero algo le preocupaba. ¿Por qué habían enviado aquel esqueleto al museo? ¿Por qué lo habían dejado en una caja aparte? ¿Estás ronroneando?*

—Es el gato.

—*Al año siguiente Lerner leyó un libro del periodista australiano Donovan Joyce en el que decía que Jesús sobrevivió a la crucifixión.*

—¿Y que se retiró a una bonita playa?

—*Vivió hasta la edad de ochenta años y murió luchando en Masada contra los romanos.*

—Una novela.

—*Eso no es todo. Cuando estuvo en Masada, Jesús escribió su testamento en un rollo.*

—¿Y cómo se enteró Joyce de todas esas perlas?

—*En diciembre de 1964, Joyce estuvo en Israel en busca de documentación para su libro, y contó que fue a verle un hombre que se presentó como el profesor Max Grosset, un excavador voluntario del equipo de Yigael Yadin. Grosset afirmó que había robado un antiguo manuscrito de Masada y pidió ayuda a Joyce para sacarlo del país. Grosset juró que el pergamino era de crucial importancia y que, sólo por la autoría, su valor era incalculable. Joyce no quiso implicarse, pero juró que había visto y tocado el pergamino.*

—Y después escribió un libro sobre ello.

—*Joyce fue a Tierra Santa para ver Masada, pero los israelíes no le dieron permiso para visitar la cumbre. Obligado a abandonar su idea previa sobre el libro, se reorganizó y optó por investigar sobre la plausibilidad del manuscrito de Grosset. Asombrado por lo que descubrió, acabó consagrando ocho años al proyecto. Aunque no volvió a ver a Grosset, Joyce afirma que descubrió información sorprendente sobre la paternidad de Jesús, estado civil, crucifixión y resurrección.*

—Uh, uh.

—*Joyce menciona en el libro los esqueletos hallados en la cueva 2001.*

—No me digas.

—*Según Joyce, los veinticinco individuos de la cueva eran un grupo muy particular, distinto a la población de zelotes judíos. Y concluye que, tras la conquista de Masada, por respeto a esos individuos, el general Silva ordenó a sus tropas que no tocaran el enterramiento.*

—¿Porque eran restos de Jesús y de sus discípulos?

—*Eso es lo que da a entender.*

—¿Lerner cree en esa extravagante teoría?

—*El libro está agotado, pero conseguí un ejemplar, y tengo que admitir que, si eres de mente abierta, el argumento de Joyce se sostiene.*

—Jesús.

—*Exacto. Volvamos a Lerner. Después de leer el libro de Joyce, nuestro piadoso estudiante decidió que cabía la posibilidad de que el esqueleto que había encontrado en el museo fuese el de Jesús.*

—Cristo y sus seguidores en el lugar más sagrado del judaísmo.

—Así es. Semejante posibilidad conmocionó a Lerner.

—Y habría conmocionado a Israel. Por no hablar del cristianismo. ¿Qué hizo Lerner?

—Le invadió una profunda angustia. ¿Y si era Jesús? ¿Y si en vez de Jesús era una figura importante del cristianismo en ciernes? ¿Y si el esqueleto caía en poder de quien no debía? ¿Y si la historia se filtraba a la prensa? Se destruiría el símbolo sagrado de Masada. El mundo cristiano montaría en cólera ante lo que consideraría una artimaña judía. Su angustia fue indescriptible.

»Tras varias semanas de tortura mental, Lerner decidió hacer desaparecer el esqueleto. Estuvo varios días planeando cómo robarlo y destruirlo. Pensó en quemarlo, en hacer polvo los huesos a martillazos o tirarlos al mar atados a una pesa.

»Pero su conciencia fluctuaba. Un robo es un robo. Si era el esqueleto de Jesús, se trataba de un judío y de un hombre santo. Lerner no podía conciliar el sueño. Al final, fue incapaz de decidirse a destruir los huesos y vivía atormentado por la idea de que otra persona descubriera el esqueleto. En defensa de la cultura religiosa y de la tradición, decidió hacer desaparecer el esqueleto.

—Rompió el expediente y robó el esqueleto.

—Lo sacó del museo en una bolsa de deportes.

—¿Y? —pregunté, incorporándome.

Birdie saltó al suelo, se volvió y me miró con sus ojos redondos y amarillos.

—Ahora viene lo impresionante. ¿Cómo se llama la víctima de ese caso de homicidio?

—Avram Ferris.

—Me lo esperaba. —Lo que a continuación dijo Jake me dejó de piedra—. Lerner entregó el esqueleto y la foto a Avram Ferris.

—Su amigo de la infancia —comenté casi sin respiración.

—*Ferris había pasado dos años en Israel, en un kibbutz, y se encontraba en París camino de Montreal.*

—La hostia.

—*La hostia.*

Después de terminar la comunicación llamé a Ryan. No contestaba. Seguramente habría iniciado su apasionante servicio de vigilancia.

Era tal mi impresión que, incapaz de comer, me fui al gimnasio. Las preguntas se encadenaban en mi cabeza mientras subía escalones y escalones en el aparato de escalones móviles StairMaster. Intenté organizarlas de manera lógica.

¿La foto de Kessler mostraba realmente el esqueleto de Masada?

En caso afirmativo, ¿tenía Ferris en su poder el esqueleto de Masada cuando lo mataron?

¿Quién más sabía que estaba en su poder?

¿Planeaba Ferris vender el esqueleto en el mercado negro? ¿A quién? ¿Por qué ahora?

¿O es que se había ofrecido a destruirlo por dinero? ¿Quién lo pagaba? ¿Judíos? ¿Cristianos?

Si no era eso, ¿quién mató a Ferris?

¿Cuál era el actual paradero del esqueleto?

¿Dónde estaba Kessler?

¿Quién era Kessler?

¿Por qué se hizo cargo Ferris de un esqueleto robado?

Se me ocurrían varias respuestas a esta última pregunta. ¿Por lealtad hacia un amigo? ¿Por solidaridad, para que no se tambaleara el símbolo sagrado de la leyenda de Masada o por temor a un tremendo enfrentamiento teológico judeocristiano en un momento en que el apoyo del Occidente cristiano era fundamental para el futuro de Israel? Dora decía que su hijo era muy religioso en aquella época. ¿Vivió Jesús después de la crucifixión y durante el sitio de Masada? Eso sería una pesadilla para cristianos y judíos.

¿Lo sería? Jesús era judío. ¿Por qué no iba a estar con sus seguidores en Masada?

No. Jesús era un hereje judío. Había ofendido a los sacerdotes.

Vuelta a repasar las preguntas.

¿Qué había hecho Ferris con el esqueleto?

El lugar más lógico para esconderlo habría sido su almacén.

La policía no había encontrado ningún esqueleto.

¿No lo habría escondido para que resultara imposible encontrarlo?

Tomé notas mentalmente. Preguntar a Ryan. Preguntar a Courtney Purviance.

Me enjugué el sudor de la frente y seguí dale que dale.

Lo del almacén no acababa de encajar.

La Tora prohíbe dejar un cadáver veinticuatro horas sin enterrar, el Deuteronomio o algo así. ¿No se habría hecho impuro Ferris por guardar restos humanos en su lugar de trabajo? ¿No le causaría inquietud? Salí de la agotadora escalera y me coloqué en el banco de musculación.

Tal vez Ferris fuese un simple intermediario y había entregado el esqueleto a otra persona.

¿A quién?

¿Alguien que compartiese su desasosiego y el de Lerner?

Pero la prohibición de la Tora afecta a cualquier judío.

¿A alguien que tuviera otra motivación para desear la desaparición del esqueleto?

¿Una motivación cristiana?

Si Jesús no murió en la cruz, si vivió y sus huesos acabaron en el Musée de l'Homme, la noticia sería un terremoto tanto para el Vaticano como para los cristianos protestantes. Había que abortar de raíz la posibilidad para no echar por tierra el principio básico de la religión cristiana. Nada de sepulcro vacío. Ni ángeles. Ni resurrección. Ni pascua. La investigación y la controversia ocuparían los titulares de los periódicos de todo el mundo durante meses. Años. Sería un debate sin precedentes, un debate enconado y demoledor.

Me detuve en pleno ejercicio.

¡El tercer amigo! ¡El cura de la Beauce!

Dora decía que fueron muy amigos.

Los curas no tienen reparos ante los huesos humanos. Para ellos son reliquias. En Europa están en los altares, a la vista del público.

De pronto, no pude contener el deseo de dar con aquel cura.

Miré el reloj. Eran las seis y media. Cogí la toalla y me dirigí al vestuario.

El móvil estaba prácticamente sin cobertura. Me puse la sudadera y la chaqueta y salí a toda prisa.

Jake contestó a la cuarta llamada con voz somnolienta.

Mientras andaba por Ste-Catherine, le expliqué la historia de Ferris, Lerner y el cura.

—Necesito saber un nombre, Jake.

—*Aquí es medianoche pasada.*

—¿No trabaja Lerner por la noche?

—*Okay.*

Le oí bostezar.

—Y todo lo que puedas averiguar sobre ese cura. ¿Estuvo implicado en el robo del esqueleto? ¿Dónde vivía en 1973? ¿Dónde vive ahora?

—*Si usa slip o calzoncillos...*

—Más o menos.

—*Si le llamo a esta hora a lo mejor me echa la bronca.*

—Confío en tu habilidad persuasiva.

—*Y mi encanto juvenil.*

—También.

Salía de la ducha cuando sonó el teléfono.

Me arrollé una toalla y, patinando por los baldosines, llegué al dormitorio y descolgué.

—*Sylvain Morissonneau.*

—Eres una estrella del rock. —Anoté el nombre detrás de un extracto del banco.

—*No me confundas con Sting* —dijo Jake.

—¿Estuvo implicado Morisonneau en el robo del esqueleto?

—*No.*

—¿Cuál es su paradero actual?

—*Lerner no conocía tanto a Morisonneau. Dice que poco después de hacer amistad en Yeshiva, Morisonneau se marchó a París, y no ha vuelto a saber nada de él desde 1971.*

—Oh.

—*Pero me he enterado de un dato. Morisonneau es cisterciense.*

—¿Monje trapense?

—*Si tú lo dices...*

Tras una cena de pollo descongelado Thai con arroz, conecté el ordenador e inicié una búsqueda en la red.

Charlie no paraba de graznar *Get Off of My Cloud*. *Birdie* ronroneaba a la derecha en la mesa.

En la búsqueda aprendí varias cosas.

En 1098 de la era actual, los monjes benedictinos iniciaron una reforma en el monasterio de Cîteaux, en Francia, para restaurar en la medida de lo posible la estricta observancia de la regla de San Benito. Cosa que no logré averiguar qué era.

En latín, Cîteaux es *Cistercium*, y los que emprendieron la reforma recibieron el nombre de cistercienses.

En la actualidad hay varias órdenes cistercienses, una de

las cuales es la OCOE, Orden Cisterciense de Observancia Estricta. Los trapenses, nombre genérico de la OCOE, proceden de otra reforma, iniciada en otro monasterio francés, La Trappe, en el siglo XVII.

Muchas reformas. Pensé que era lógico. Los monjes tienen mucho tiempo para pensar y optar por mejorar las cosas.

Encontré tres monasterios cistercienses en Quebec. Uno en Oka, junto a Lac des Deux-Montagnes. Otro en Mistassini, cerca de Lac Saint-Jean. Y un tercero en la región de Montérégie, cerca de Saint-Hyacinthe. Los tres con página web en Internet.

Estuve dos horas haciendo clic en vínculos con datos sobre la jornada monástica, el viaje espiritual, el sentido de la vocación y la historia de la orden. Pero, por más que busqué, no di con la lista de la congregación de ningún monasterio.

Estaba a punto de abandonar cuando localicé una noticia breve:

El 17 de julio de 2004, los monjes de la abadía Sainte-Marie-des-Neiges, bajo la presidencia de fray Charles Turgeon, de la OCOE, eligieron octavo abad de la congregación a fray Sylvain Morissonneau, de 59 años, natural del condado de Beauce, Quebec. Fray Morissonneau estudió en la Universidad de Laval y se ordenó sacerdote en 1968, y luego reanudó sus estudios universitarios en Estados Unidos. Fray Morissonneau ingresó en la abadía en 1971. Durante los ocho años anteriores a su elección, fue gerente del monasterio. Por todo ello, aporta a su cargo conocimientos prácticos y académicos.

Así que Morissonneau se había dedicado a la vida contemplativa, pensé mientras salía de la página del monasterio y hacía clic en el MapQuest de Canadá.

Perdone, padre, que esté a punto de turbar su soledad.

11

Montérégie es una franja agrícola que se extiende entre Montreal y la frontera de Estados Unidos. Salpicada de colinas y valles, y atravesada por el río Richelieu, limita con el río San Lorenzo. Es una región llena de parques naturales y espacios verdes, el Parc National des Îles-de-Boucherville, el Parc National du Mont-Saint-Bruno y Le Centre de la Nature du Mont Saint-Hilaire. El turismo acude a Montérégie atraído por el paisaje y sus productos, y para hacer ciclismo, esquiar y jugar al golf.

La abadía Sainte-Marie-des-Neiges está situada a orillas del río Yamaska, al norte de la ciudad de Saint-Hyacinthe, en el centro del trapezoide que forman Saint-Simon, Saint-Hugues, Saint-Jude y Saint-Barnabé-Sud.

La región de Montérégie también está llena de santos.

Al día siguiente, a las nueve y veinte, dejaba la carretera de dos carriles para entrar en una calzada adoquinada que serpentea entre manzanos unos ochocientos metros y que a continuación describe una curva cerrada y cruza un muro de piedra. Una discreta placa señalaba que había llegado a la residencia de los monjes.

El monasterio se extiende tras un amplio espacio de césped, a la sombra de enormes olmos. Construido en piedra gris de Quebec, el edificio parece una iglesia con réplicas. Sus tres lados se prolongan en diversas dependencias de las que parten alas suplementarias. En la intersección del ala este con la iglesia se alza una torre circular de cuatro pisos, y sobre la parte oeste se eleva una recargada aguja. Algunas ventanas son arqueadas y otras, cuadradas y con contraventanas. Entre el edificio principal, los campos de maíz y el río que discurre por detrás, hay otros edificios.

Miré el conjunto durante unos instantes.

Gracias a mi cibertour, sabía que muchos monjes hacen concesiones a las necesidades económicas y producen productos de pastelería, queso, chocolate, vino, vegetales y artículos piadosos para la venta. Y que hay conventos que ofrecen albergue a huéspedes en busca de renovación espiritual.

Los chicos de este convento no parecían formar parte de esta clase tan emprendedora. No vi ninguna placa de bienvenida, tienda de recuerdos ni coches aparcados.

Me dirigí a la puerta principal y nadie salió ni a recibirme ni a impedirme el paso.

Tras mi navegación por Internet sabía que los monjes de Sainte-Marie-des-Neiges se levantaban a las cuatro de la mañana, celebraban varios servicios de oración y después trabajaban de ocho a doce. Planeé mi visita para que coincidiera con el horario laboral matutino.

En febrero no estarían cultivando los manzanos ni el maíz. Aparte de gorriones y ardillas, no vi ningún otro animal.

Salí del coche y cerré la puerta con suavidad. Había algo en el ambiente que imponía silencio. Una puerta de color naranja, a la derecha de la torre circular, me pareció la mejor alternativa. Iba caminando en dirección a ella cuando apareció un monje por la esquina del ala de la aguja. Vestía un manto marrón con capucha y calzaba sandalias con calcetines.

No se detuvo al verme, sino que continuó caminando

despacio hacia mí, como si se diera tiempo para encajar el encuentro.

Se detuvo cuando estaba a tres pasos de mí. Había debido de sufrir algún accidente, pues el lado izquierdo de su rostro era flácido, tenía el párpado izquierdo caído y una línea diagonal le surcaba la mejilla.

Me miró sin decir palabra. Llevaba la cabeza rapada, y su barbilla puntiaguda y su rostro enjuto configuraban una especie de diagrama músculo-óseo.

—Soy la doctora Temperance Brennan —dije—. He venido a hablar con Sylvain Morissonneau.

Silencio.

—Es un asunto urgente.

Más silencio.

Le enseñé mi carnet de los servicios de la policía judicial. El monje lo miró sin inmutarse.

Yo ya había previsto una recepción fría. Saqué del bolso un sobre cerrado con la fotografía de Kessler, avancé un paso y se lo tendí.

—Haga el favor de entregárselo a fray Morissonneau. Seguro que me recibirá.

Una mano como la de un espantapájaros surgió del manto, me arrebató el sobre y me hizo señas de que le siguiera.

El monje me condujo a un pequeño vestíbulo a través de la puerta de color naranja y a una sala lujosamente recubierta de madera. Olía como el lunes por la mañana en las escuelas parroquiales de mi niñez. Era una mezcla de madera húmeda, desinfectante y cera de muebles.

Entramos en una biblioteca y el monje me hizo un ademán indicándome que me sentara. Con la palma de la mano, me dio a entender que aguardase.

Una vez a solas, examiné el lugar.

La biblioteca parecía el decorado de una película de Harry Potter. Paredes con paneles de madera oscura, armarios de cristales emplomados, escaleras desplazables sobre una guía que llegaban hasta el tercer nivel de estanterías. Allí se había gastado madera como para deforestar la Columbia Británica.

Conté ocho largas mesas y doce archivadores para tarjetas con tiradores de latón en los cajones. No vi ningún ordenador.

No oí entrar al monje. Fue como si se hubiera materializado.

—Doctora Brennan.

Me levanté.

Éste llevaba una sotana blanca y una ancha banda marrón hasta los pies por delante y dividida en dos por detrás. No vestía manteo.

—Soy el padre Sylvain Morissonneau, abad de esta comunidad.

—Perdone que no le anunciara mi visita. —Le tendí la mano.

Morissonneau sonrió sin sacar las manos del hábito. Parecía más viejo que el otro monje, pero mucho mejor alimentado.

—¿Trabaja en la policía?

—En el laboratorio médico-legal de Montreal.

—Por favor, sígame —dijo Morissonneau en inglés con acento de Quebec, e hizo un gesto idéntico al del otro fraile.

Morissonneau me condujo de nuevo por el pasillo principal, a través de un espacio abierto, hasta una nave estrecha. Tras cruzar por una docena de puertas cerradas, entramos en una especie de despacho.

Morissonneau cerró la puerta y volvió a hacer un gesto.

Me senté.

Comparado con la biblioteca, aquel cuarto era espartano. Paredes blancas, suelo de baldosines grises, una sencilla mesa de roble y varios archivadores metálicos anodinos. Los únicos adornos eran un crucifijo detrás del escritorio y, sobre unos armarios, un cuadro de Jesús conversando con los ángeles y con mucho mejor aspecto que la versión tallada de la cruz en la pared.

Mis ojos fueron del cuadro a la cruz y pensé: «Antes y después». Me sentí sacrílega.

Morissonneau se sentó en la silla de respaldo recto de detrás de la mesa, puso la fotografía en la carpeta secante, entrelazó las manos y me miró.

Yo aguardé. Él aguardó.

Yo aguardé un poco más. Vencí.

—Supongo que habrá visto a Avram Ferris —dijo él en voz queda y con tono monocorde.

—Efectivamente.

—¿Es Avram quien le dio mi nombre?

—No.

—¿Qué es lo que quiere Avram?

Suspiré hondo. Detestaba lo que tenía que hacer.

—Lamento ser mensajera de malas noticias, padre. Avram Frerris fue asesinado hace dos semanas.

Los labios de Morissonneau musitaron una plegaria. Bajó la vista hacia sus manos. Cuando alzó la mirada, su rostro estaba ensombrecido por una expresión que ya he visto otras veces.

—¿Quién lo mató?

—La policía está indagando.

Morissonneau se inclinó sobre la mesa.

—¿Hay alguna pista?

Yo señalé la fotocopia.

—Esa foto me la entregó un hombre llamado Kessler —dije.

No hubo ninguna reacción.

—¿Conoce al señor Kessler?

—¿Puede describirme a ese caballero?

Así lo hice.

—Lo siento, pero por esa descripción podrían ser muchas personas.

Tras las gafas de montura de oro los ojos de Morissonneau miraban impávidos.

—¿Muchas personas que tuvieran acceso a la foto?

Morissonneau hizo caso omiso de mi pregunta.

—¿Por qué ha venido a verme?

—Me dio su nombre Yossi Lerner.

Caliente.

—¿Cómo está Yossi?

—Bien.

Le expliqué a Morissonneau lo que me había contado Kessler sobre la foto.

—Ya entiendo.

Arqueó los dedos y dio unos golpecitos sobre el secante. Por un instante desvió la mirada de la fotocopia hacia el cuadro que había a mi derecha.

—A Avram Ferris le dispararon en la nuca, como si fuera una ejecución.

—No me diga más. —Morissonneau se levantó—: Haga el favor de esperar —añadió con el consabido gesto de la palma.

Empezaba a sentirme como el perro *Lassie*.

Morissonneau salió a buen paso del cuarto.

Transcurrieron cinco minutos. En algún lugar del vestíbulo, un reloj hizo sonar sus campanadas, pero en el resto del edificio todo estaba en silencio.

Transcurrieron diez minutos.

Aburrida, me levanté y me acerqué al cuadro. Tenía razón, pero no del todo. El cuadro y el crucifijo configuraban un antes y un después, pero yo había invertido el orden.

La pintura representaba la pascua de Resurrección. Había cuatro figuras junto a un sepulcro, dos ángeles sentados sobre un sarcófago de piedra y una mujer, probablemente María Magdalena, entre ambos. A la derecha, Jesús resucitado.

Igual que ocurrió en la biblioteca, no oí entrar a Morissonneau. Advertí su presencia cuando ya estaba a mi lado con una caja de madera de sesenta por noventa centímetros en las manos. Se detuvo al ver que miraba el cuadro y la expresión de su rostro se suavizó.

—Es bonito, ¿verdad? Mucho más delicado que la mayoría de las representaciones de la Resurrección.

El tono de su voz era ahora totalmente distinto. Era como el de un abuelo que enseña fotos a sus nietos.

—Sí, es cierto.

La pintura tenía un toque etéreo precioso.

—Es de Edward Burne-Jones. ¿Lo conoce? —preguntó él.

Negué con la cabeza.

—Fue un pintor inglés victoriano, discípulo de Rossetti. Casi todos sus lienzos tienen esa calidad levemente ensoñadora. Éste se titula *La mañana de la Resurrección*. Es de 1882.

La mirada de Morissonneau se detuvo durante un instante sobre la tela, y a continuación tensó la mandíbula y apretó los labios. Dio la vuelta a la mesa, puso la caja en ella y tomó asiento.

Guardó un instante de silencio, como quien recuerda el pasado, y volvió a tomar la palabra con voz tensa.

—La vida monástica está consagrada a la soledad, la oración y el estudio. Es la que yo elegí. —Hablaba despacio, haciendo pausas a destiempo—. Al hacer mis votos, dejé atrás la preocupación por la política y los cuidados del mundo.

—Puso sobre la caja una mano con manchas cutáneas—. Pero no puedo cerrar los ojos a lo que sucede en el mundo ni volver la espalda a la amistad.

Se miró la mano, presa de una lucha interior, como no sabiendo si continuar.

Continuó:

—Estos huesos proceden del Musée de l'Homme.

Sentí una llamita en el pecho.

—¿Es el esqueleto que robó Yossi Lerner?

—Sí.

—¿Desde cuándo está en su poder?

—Desde hace demasiado tiempo.

—¿Accedió a guardarlo por Avram Ferris?

Asintió con la cabeza.

—¿Por qué?

—Hay tantos «porqués». ¿Por qué se empeñó Avram en que yo lo guardase? ¿Por qué consentí? ¿Por qué he mantenido oculta esta falta de honradez?

—Empiece por Ferris.

—Avram aceptó el esqueleto de Yossi por lealtad y porque Yossi le convenció de que su descubrimiento acarrearía una auténtica catástrofe. Después de introducirlo en Canadá, Avram lo tuvo varios años guardado en su almacén, pero finalmente empezó a inquietarle. Más que inquietud, fue una obsesión.

—¿Por qué?

—Avram era judío y esto son restos humanos —dijo Morissonneau acariciando la caja—. Y... —Levantó la cabeza y la luz se reflejó en un cristal de sus gafas—. ¿Quién anda ahí?

Sentí un roce de tela.

—¿Hermano Marc? —añadió Morissonneau en tono severo.

Volví la cabeza. Una figura llenaba el marco de la puerta. Con la mano en los labios, el monje de la cicatriz enarcó una ceja.

Morissonneau meneó la cabeza de un lado a otro.

—*Laissez-nous* —dijo para despedirle.

El monje hizo una inclinación y se fue.

Morissonneau se levantó de pronto, cruzó el despacho y cerró la puerta.

—Avram comenzó a sentir inquietud —dije yo en cuanto se sentó.

—Él creía lo que creía Yossi —añadió con voz queda.

—¿Que era el esqueleto de Jesucristo?

Morissonneau alzó la vista hacia el cuadro y volvió a bajarla. Asintió con la cabeza.

—Y usted, ¿lo cree?

—¿Creerlo? No, creerlo no lo creía, pero no sabía. Ni sé. No podía arriesgarme. Pero ¿y si Yossi y Avram estaban en lo cierto y Jesús no murió en la cruz? Sería el toque de difuntos del cristianismo.

—¿Porque minaría los principios fundamentales de la religión?

—Eso es. La religión cristiana descansa en la premisa de la muerte del Salvador y en su resurrección. La creencia en la Pasión es fundamental para una fe que anima a mil millones de creyentes. Mil millones de almas, doctora Brennan. Las consecuencias de socavar tal creencia son imprevisibles.

Morissonneau cerró los ojos, como si reflexionara sobre las inauditas consecuencias, pensé. Cuando los abrió, habló con voz firme.

—Seguramente, Avram y Yossi estaban equivocados. Yo no creo que éstos sean los huesos de Jesucristo. Pero ¿y si la prensa recogiera la historia? ¿Y si el estercolero que son hoy los medios de comunicación de masas se entregase al nauseabundo espectáculo de vender su alma por una cuota de audiencia mayor que la del noticiario de la noche? El debate consiguiente sería una auténtica catástrofe. —No aguardó a que yo replicara—. ¿Sabe qué ocurriría? Que miles de millones de vidas quedarían descabaladas. Se produciría un enorme quebranto de la fe y se desencadenaría la devastación espiritual. El mundo cristiano entraría en crisis, y no acabaría ahí, doctora Brennan. Nos guste o no, la cristiandad es un poder político y económico, y el hundimiento de la Iglesia cristiana provocaría un trastorno generalizado. El caos mundial. —Taladró el aire con un dedo—. Sería como arrancar de raíz la civilización occidental. Esto es lo que creí entonces y lo que creo aún más fervientemente ahora que el extremismo islámico crece como nueva rama del fanatismo religioso. —Se inclinó hacia delante—. Soy católico, pero estudié la religión musulmana y observé de cerca los acontecimientos de Oriente Medio, y ya entonces vi el malestar y la amenaza de la crisis que se avecinaba. ¿Recuerda los juegos olímpicos de Munich?

—Los terroristas palestinos secuestraron a varios miembros del equipo israelí y mataron a doce atletas.

—Esos secuestradores pertenecían a una facción de la OLP llamada Septiembre Negro. Fueron capturados, y casi un mes más tarde otros terroristas se apoderaron de un avión de Lufthansa y pidieron la libertad de los asesinos de Munich. Las autoridades alemanas accedieron. Eso fue en 1972, doctora Brennan. Yo fui testigo del despliegue informativo, convencido de que aquello no era más que el principio. Los sucesos a que me refiero ocurrieron un año antes de que Yossi robara el esqueleto y se lo entregara a Avram.

»Yo soy un hombre tolerante y siento el mayor respeto por mis hermanos musulmanes, que suelen ser muy trabajadores, amantes de su familia y de la paz, personas que suscriben los mismos valores que usted y yo encarecemos. Pero entre los buenos, existe una siniestra minoría movida por el odio y consagrada a la destrucción.

—Los yihadistas.

—¿Conoce el wahabismo, doctora Brennan?

No lo conocía.

—El wahabismo es una forma extremista del Islam que floreció en la península Arábiga y que desde hace más de dos siglos es la religión dominante en Arabia Saudí.

—¿Y en qué se diferencia del islamismo en general?

—Por su rigidez en la interpretación literal del Corán.

—Algo similar al antiguo integrismo cristiano.

—En muchos aspectos, sí. Pero el wahabismo va más lejos. Propugna el rechazo y la aniquilación de todo lo que no se base en la doctrina original de Mahoma. El extraordinario aumento de la secta se inició en los años setenta, cuando Arabia Saudí comenzó a financiar mezquitas y escuelas, llamadas madrasas, desde Islamabad hasta Culver City.

—¿Tan perverso es ese movimiento?

—¿Cómo estaba Afganistán cuando gobernaban los talibanes? ¿O Irán con el ayatolá Jomeini? —No esperó mi réplica—. Los wahabitas no se interesan exclusivamente por la mente y el alma. La secta tiene ambiciones políticas centradas en la sustitución del gobierno seglar por un grupo religioso fundamentalista o un solo jerarca en todos los países musulmanes.

¿Paranoia patriotera? No manifesté mis dudas.

—Los wahabitas se infiltran en los gobiernos y en los estamentos militares de todo el mundo musulmán para tomar posiciones y expulsar o asesinar a los dirigentes civiles.

—¿De verdad cree eso?

—No hay más que ver la destrucción del Líbano que provocó la invasión siria. O Egipto y el asesinato de Anuar al Sadat, los atentados contra Mubarak en Egipto, contra Hussein de Jordania y Mussarraf en Pakistán. Ahí está la represión de los líderes seglares en Irán. —Volvió a alzar la mano, señalándome con el dedo. Un dedo tembloroso—. Osama bin Laden es wahabita, igual que sus grupos del 11-S. Esos fanáticos han emprendido lo que llaman Tercera Gran Yihad o guerra santa, y todo, «todo» es lícito para su causa.

La mano de Morissonneau cayó sobre la caja. Comprendí adónde quería ir a parar.

—Incluso los restos de Jesucristo —añadí.

—Incluso los supuestos huesos de Jesucristo. Esos locos utilizarían su poder para manipular a la prensa, tergiversando y distorsionando la historia a favor de sus propósitos. Se crearía un circo sobre la autentificación de los huesos de Jesús, demoledor de la fe de millones de personas, y eso permitiría a los yihadistas socavar los cimientos de la Iglesia, que es mi vida. Si yo podía, en la medida de mis posibilidades, impedir esa farsa, era mi obligación hacerlo.

»Mi primera motivación al hacerme cargo del esqueleto fue la defensa de mi amada Iglesia. En aquel entonces, el temor al extremismo islamista era algo secundario. Pero ese temor creció con el paso de los años. —Expulsó aire por la nariz y se reclinó en el asiento—. Y se convirtió en la razón de guardarlos ocultos.

—¿Dónde?

—En el monasterio hay una cripta. Y en el cristianismo no existe la prohibición de enterramiento de los muertos entre los vivos.

—¿No se sintió obligado a comunicarlo al museo?

—Doctora Brennan, entiéndame. Yo soy un hombre de Dios y para mí la ética es importante. No me resultó nada fácil adoptar la decisión. Ha sido una lucha interior todo este tiempo.

—Pero asumió ocultar el esqueleto.

—Yo era joven entonces. Que Dios me perdone. Lo consideré como uno de esos engaños necesarios en nuestra época. Luego, a medida que pasó el tiempo y nadie, incluido el museo, parecía interesado por el esqueleto, pensé que lo mejor era callar. —Se puso en pie—. Pero ya basta. Ha muerto un hombre. Un hombre honrado. Un amigo. Tal vez por culpa de una caja de huesos y de la fantástica teoría de un libro desquiciado.

Me puse en pie.

—Confío en que hará cuanto esté en su mano para que este asunto permanezca estrictamente confidencial —añadió Morissonneau.

—No tengo fama de ser complaciente con la prensa.

—Eso tengo entendido.

Debí de poner cara de sorpresa.

—Hice una llamada.

Así que el aislamiento de Morissonneau no era tan estricto.

—Me pondré en contacto con las autoridades israelíes —dije—. Es muy posible que les devolvamos el esqueleto, y dudo mucho de que ellos convoquen una conferencia de prensa.

—Lo que suceda ahora está en manos de Dios.

Cogí la caja y se removió con un sonido hueco.

—Le ruego que me informe al respecto —dijo Morissonneau.

—Lo haré.

—Gracias.

—Procuraré que su nombre no figure en este asunto, padre. Pero no se lo garantizo.

Morissonneau hizo un gesto con intención de hablar, pero no dijo nada más.

12

No mantuve el límite de velocidad, ni mucho menos, pero la suerte me acompañó. La ley debía de estar orientando sus radares hacia otro lado.

Al llegar al edificio Wilfrid Derome, aparqué en la zona reservada a los agentes. ¡Que se jodan! Era sábado y quién sabe si no llevaba a Dios en mi Mazda.

La temperatura había subido justo por encima de los cinco grados y la nevada prevista empezaba a caer en forma de aguanieve. Montones de nieve sucia y reblandecida se deshacían y encharcaban las aceras y bordillos.

Abrí el maletero, cogí la caja de Morissonneau y entré en el edificio sin perder tiempo. En el vestíbulo no había nadie salvo los vigilantes.

Tampoco en la planta doce.

Coloqué la caja en mi mesa de trabajo, me quité la chaqueta y llamé a Ryan.

No contestaba.

¿Llamo a Jake?

Primero los huesos.

El corazón me saltaba en el pecho mientras me ponía la bata blanca.

Pero ¿creía realmente que era el esqueleto de Jesús?

Naturalmente que no.

Entonces, ¿qué había en la caja?

Alguien había decidido alejar aquella osamenta de Israel. Lerner la había robado. Ferris la había transportado y escondido, y Morissoneau la había guardado, violentando su conciencia.

¿Había muerto Ferris por culpa de aquellos huesos?

El fervor religioso impulsa a cometer actos obsesivos. Que un acto así sea racional o irracional depende del punto de vista. Lo sabía. Pero ¿a qué tanta intriga? ¿Por qué esa obsesión en esconderlos sin destruirlos?

¿Tenía razón Morissonneau? ¿Serían capaces los yihadistas de matar por apoderarse de ellos? ¿O estaba el buen fraile lanzando abominaciones contra principios religiosos y políticos que él consideraba opuestos a los suyos?

No lo sabía. Pero ahora estaba firmemente decidida a encontrar respuesta a esos interrogantes.

Cogí un martillo del trastero.

La madera estaba seca, los clavos eran viejos y las tablas se astillaban al arrancarlos.

Cuando ya sólo quedaban dieciséis clavos, dejé a un lado el martillo y levanté la tapa.

Polvo. Huesos secos que olían a antiguo, como el primer fósil de un vertebrado.

Los huesos largos estaban debajo, en paralelo, mezclados con las rótulas y los huesos de las manos y de los pies. El resto formaba una capa intermedia y el cráneo estaba encima de todo, con la mandíbula separada y las órbitas vacías mirando hacia arriba. El esqueleto era como tantos otros que yo había visto en suelos agrícolas, en tumbas o, simplemente, desenterrados por una excavadora en alguna obra.

Puse el cráneo en un anillo estabilizador de corcho, le coloqué la mandíbula y contemplé la calavera.

¿Qué aspecto tendría en vida? ¿Quién había sido?

Nada. No me dejé llevar por las especulaciones.

Comencé a colocar los huesos, uno por uno.

Cuarenta minutos más tarde, tenía sobre la mesa un esqueleto anatómicamente completo. No faltaba nada, salvo el huesecillo hioides de la garganta y algunas falanges de manos y pies.

Estaba metiendo un formulario en la carpeta portapapeles cuando sonó el teléfono. Era Ryan.

Le conté mi expedición matutina.

—*¡Dios bendito!*

—Podría ser —comenté.

—*Ferris y Lerner eran creyentes.*

—Morissonneau no estaba tan convencido.

—*¿Y tú qué crees?* —preguntó Ryan.

—Yo acabo de empezar a examinarlo.

—*¿Y?*

—Acabo de empezar a examinarlo.

—*Yo no puedo moverme hasta que acabe la vigilancia, pero esta mañana he recibido una llamada. Es muy posible que haya una pista en el homicidio de Ferris.*

—No me digas —dije.

—*Cuando quede libre te lo explico* —dijo Ryan.

—¿De qué pista se trata?

—*Cuando quede libre te lo explico.*

—¡Touché!

—*Somos profesionales, ¡qué diablos!* —dijo Ryan.

—Y no caemos en especulaciones temerarias —añadí.

—*Ni caben conclusiones precipitadas.*

Nada más concluir la comunicación, fui corriendo a la cafetería de la planta baja, devoré un sandwich de atún, acompañado con una coca-cola sin azúcar, y volví sin demora al laboratorio.

Quería atacar a todo gas las cuestiones clave. Pero me

obligué a ceñirme al protocolo. Guantes. Luz. Formulario. Respiré hondo. Comencé a estudiar el género.

Pelvis: escotadura ciática estrecha, cintura pélvica estrecha, huesos púbicos robustos formando una V invertida por delante.

Cráneo: arcos orbitarios gruesos, rebordes orbitarios romos con crestas, inserciones musculares y apófisis mastoides grandes.

No había ambigüedades. Era un esqueleto de hombre.

Me centré en la edad.

Cambié de ángulo la luz y observé la sínfisis o unión central en la pelvis de los dos huesos púbicos. La superficie estaba picada y ligeramente deprimida verticalmente sobre el reborde ovalado en su perímetro. De los bordes superior e inferior sobresalían pequeñas excrecencias espinosas.

La sínfisis púbica derecha presentaba un aspecto similar.

Me levanté y fui al refrigerador de agua. Bebí un vaso. Respiré hondo.

Ya más tranquila, volví al esqueleto y escogí las costillas tres, cuatro y cinco de ambos lados del tórax. Sólo dos conservaban intacto el extremo esternal. Aparté las otras y examiné minuciosamente aquellas dos. Los extremos de ambas presentaban hendiduras profundas en forma de U rodeadas por finas paredes terminadas en bordes afilados, y tanto del borde superior como del inferior sobresalían espículas óseas.

Me aparté y dejé el bolígrafo.

¿Qué sentía? ¿Alivio? ¿Decepción? No estaba segura.

Las sínfisis púbicas correspondían a la categoría seis del método de determinación de edad de Suchey-Brooks, un parámetro de medición basado en el examen de la pelvis de centenares de adultos con edad y fecha de defunción documentadas. En el varón, la categoría seis corresponde a una media de edad de sesenta y un años.

Las costillas correspondían a la categoría seis del método de clasificación de edad de Iscan-Loth, basado en la cuantificación de cambios morfológicos en costillas recogidas en autopsias de adultos. En el varón, corresponde a un abanico de edad entre cuarenta y tres y cincuenta y cinco años.

Asumiendo que los portadores del cromosoma Y abarcan una amplia variabilidad. Asumiendo que aún faltaba realizar el examen radiológico de los huesos largos y de las raíces molares. Estaba segura de que mi conclusión provisional se confirmaría. Rellené las casillas del formulario.

Edad de la muerte: entre cuarenta y sesenta años.

Aquel individuo no había muerto a los treinta y pocos años, como Jesús de Nazaret.

«Si» es que Jesús de Nazaret había muerto a los treinta y tantos. Según la teoría de Joyce, había vivido hasta los ochenta.

Aquel individuo no correspondía ni a un caso ni a otro, ni tampoco había vivido hasta los setenta, por consiguiente, tampoco correspondía al caso del varón anciano de la cueva 2001.

Pero ¿el esqueleto descrito por el informante de Jake correspondía a un varón anciano? Tal vez no. El esqueleto del septuagenario de Yadin quizá se encontrara mezclado con otros huesos y la osamenta separada correspondiera a otro individuo distinto. Un individuo de cuarenta y seis años. Como éste.

Pasé a la fase siguiente. Ascendencia.

Correcto.

Casi todos los métodos de evaluación racial se basan en variaciones de la forma del cráneo, la arquitectura facial, la configuración dental y la craneometría. Aunque yo suelo basarme en el último parámetro, existía un problema.

Si tomaba las medidas y las comparaba mediante Fordisc

2.0, el programa establecería la comparación del desconocido con blancos, negros, indios norteamericanos, hispanos, japoneses, chinos y vietnamitas. De poco iba a servir que el esqueleto de la caja fuera de alguien que había vivido en Israel hacía dos mil años.

Revisé los rasgos y los cotejé con la lista. Huesos nasales prominentes. Abertura nasal estrecha. Perfil facial plano en vista lateral. Pómulos recogidos sobre el rostro. Y así sucesivamente. Todo sugería que se trataba de un caucásico, o al menos de un individuo de origen europeo. Ni negroide ni mongoloide.

Efectué las mediciones y las cotejé. Indicaban, sin ningún género de dudas, que se trataba del cráneo de un blanco.

Muy bien. Los datos del ordenador y los del observador coincidían.

¿De quién se trataba? ¿Era un individuo de Oriente Medio? ¿Del sur de Europa? ¿Judío? ¿Gentil? Eso no podía determinarlo. Y el análisis de ADN tampoco me iba a servir.

Pasé a la estatura. Seleccioné los huesos largos. Eliminé los que presentaban extremos corroídos o deteriorados y medí el resto sobre un tablero osteométrico. Incorporé los datos al Fordisc 2.0, para establecer un cálculo basado en los parámetros de varones recogidos en el banco de datos, y tecleé: raza desconocida. Altura: entre ciento sesenta y ciento sesenta y cinco centímetros.

Pasé las horas siguientes examinando todas las protuberancias, crestas, orificios y apófisis; todas las carillas y sínfisis, y toda la superficie cortical con la lupa, milímetro a milímetro. No encontré nada. No existían variaciones genéticas. No había lesiones ni indicadores de enfermedad. Ninguna señal de trauma. Ninguna herida penetrante en manos y pies.

Apagué la luz de fibra óptica del microscopio y estiré la espalda hacia atrás; sentía arder los hombros y el cuello.

¿Me estaba haciendo vieja?

Nada de eso.

Fui a la mesa, me senté en la silla y miré el reloj. Las seis menos cinco. Medianoche en París. Demasiado tarde para llamar.

Jake contestó con voz somnolienta y me dijo que aguardara un instante.

—*¿Qué ocurre?* —preguntó al fin.

Sonó el chasquido de abrir una lata de refresco.

—No es Jesús.

—*¿Qué?*

—El esqueleto del Musée de l'Homme.

—*¿Qué pasa con él?*

—Lo estoy examinando.

—*¿Y qué?*

—Es el de un varón de mediana edad y de estatura media.

—*¿Cómo?*

—Jake, no estás a la altura de la conversación.

—*¿Tienes los huesos de Lerner?*

—El esqueleto completo; en mi laboratorio.

—*¡Cristo!*

—No es de él.

—*¿Estás segura?*

—Este individuo cumplió los cuarenta. Calculo que debía de tener más de cincuenta cuando murió.

—*Ochenta, no.*

—En absoluto.

—*¿No tendría setenta?*

—Lo dudo.

—*Entonces, no es el varón anciano de Masada que mencionaron Yadin y Tsafrir.*

—¿Sabemos con certeza que el anciano que dijo Yadin era el esqueleto separado?

—Pues no. *Los huesos del anciano podrían haber estado mezclados con los del montón. En ese caso el esqueleto separado de los otros sería uno de los catorce varones de entre veinte y sesenta años.*

—O uno no incluido en la relación.

—*Sí.* —Hubo una larga pausa—. *¿Cómo conseguiste el esqueleto?*

Le expliqué la historia de Morissonneau y mi visita al monasterio.

—*¡Dios bendito!*

—Eso dijo Ryan.

Jake volvió a hablar casi en un susurro.

—*¿Qué vas a hacer?*

—Lo primero, informar a mi jefe. Son restos humanos que han aparecido en Quebec, competencia del juez de instrucción. Además, el esqueleto podría constituir una prueba en una investigación de homicidio.

—*¿De Ferris?*

—Sí.

—*¿Y después?*

—Sin lugar a dudas, mi jefe me dirá que me ponga en contacto con las autoridades de Israel.

Hubo otra pausa. El aguanieve azotaba la ventana y trazaba riachuelos en el cristal. Doce plantas más abajo, el tráfico atascaba las calles y discurría lentamente por el puente Cartier. Las luces de posición de los coches trazaban cintas rojas relucientes sobre el pavimento.

—*¿Estás segura de que es el esqueleto de la foto de Kessler?*

Buena pregunta. Eso no se me había ocurrido.

—No he observado nada que lo contradiga —contesté.

—*¿Y algo que lo corrobore?*

—No —respondí sin convicción.

—*¿Merece la pena hacer otro examen?*

—Voy a hacerlo ahora.

—*¿Hablarás conmigo antes de ponerte en contacto con Israel?*

—¿Por qué?

—*¿Prometes llamarme antes?*

Por qué no. Jake era el origen de toda la historia.

—Claro, Jake.

Después de colgar, me senté un instante con la mano sobre el teléfono. A Jake no le había hecho mucha gracia que me dispusiera a notificar el hallazgo a las autoridades israelíes. ¿Por qué?

¿Quería hacer valer sus derechos para publicar la noticia del descubrimiento y el análisis de los restos? ¿Temía perder el control del esqueleto? ¿Desconfiaba de sus colegas israelíes? ¿Desconfiaba de las autoridades israelíes?

No tenía ni idea. ¿Por qué no se lo había preguntado?

Sentía hambre. Me dolía la espalda. Quería irme a casa a cenar con *Birdie* y *Charlie* y tumbarme con un libro.

Pero cogí la foto de Kessler y la puse bajo la lente. La moví despacio, desde la bóveda del cráneo hacia abajo, pasando por el rostro.

En la frente no había ningún signo distintivo.

Ojos. Nada.

Nariz. Nada.

Pómulos. Nada.

Doblé mi cabeza hacia la derecha y luego hacia la izquierda para aliviar el dolor de cuello.

Volví a mirar.

Enfoqué la boca atentamente, comparándola con la del cráneo que tenía en la mesa.

Observaba algo raro.

Volví a mirar por la lente y aumenté la ampliación. Los dientes crecieron de tamaño.

Enfoqué el incisivo central y recorrí despacio la mandíbula, desde el centro hasta el final.

Se me hizo un nudo en el estómago.

Me levanté, aparté la lupa y cogí el cráneo. Lo giré hacia el paladar y examiné la dentición.

Se me acentuó el nudo en el estómago. Cerré los ojos.

¿Qué demonios significaba aquello?

13

Quité la foto del portaobjetos y la acerqué al cráneo. Lupa en mano, conté desde la línea media del paladar hasta el hueco de la derecha.

Dos incisivos, un canino, dos premolares. Hueco. Dos molares.

Al esqueleto de la foto de Kessler le faltaba el primer molar superior derecho. Al cráneo que tenía en la mesa, no.

¿No era el esqueleto de la foto?

Volví al microscopio, alcé la lente y puse el cráneo en el porta. Dirigí la luz de fibra óptica hacia los molares del maxilar derecho. Con el aumento, vi que las raíces de los molares estaban más al descubierto de lo normal. Se veían los bordes de los alvéolos picados y porosos. Periodontitis. Nada de particular.

Lo que sí era particular era el estado de la superficie de masticación del molar superior derecho. La corona era alta y redondeada, mientras que las coronas de los molares contiguos aparecían totalmente desgastadas.

¿Qué demonios era aquello?

Articulé la mandíbula y noté la oclusión. El primer molar hacía contacto antes que los demás molares de la hilera. Cuando precisamente aquel molar habría debido estar más desgastado que los dientes contiguos; no menos.

Me erguí y reflexioné. Había dos posibilidades. A: Se trataba de un esqueleto distinto al de la foto de Kessler. B: Era el mismo esqueleto con un molar insertado en el hueco.

Si habían insertado un molar, existían dos posibilidades. A: Que fuera el mismo molar desprendido. Muchas veces los huesos se desprenden del alvéolo al descomponerse el tejido blando. B: Era un molar de otro, insertado por error en el maxilar. Esta posibilidad explicaría la diferencia de desgaste de la corona.

¿Cuándo habían insertado aquel diente? Tres posibilidades parecían razonables. A: Al efectuar el enterramiento. B: Durante la excavación de Yadin. C: Durante la estancia del esqueleto en el Musée de l'Homme.

El instinto me decía que era la B.

Muy bien. Si el diente había sido sustituido durante la excavación en Masada, ¿quién lo había hecho? Múltiples posibilidades. A: Yadin. B: Tsafrir. C: Haas. D: Un excavador.

¿Qué me decía mi instinto?

Un excavador había visto el diente junto al esqueleto, había comprobado si ajustaba en el maxilar; le pareció que sí y lo insertó por las buenas. Los huesos de la cueva 2001 estaban entremezclados. No se hicieron registros minuciosos, y los estudiantes y los excavadores voluntarios siempre cometen errores.

Así que, ¿un incidente funerario? ¿un simple error? ¿Ninguna de las dos cosas, y se trataba de un esqueleto distinto al de la foto de Kessler?

Le di vueltas y más vueltas en la cabeza. Era imprescindible la opinión de un odontólogo.

Eran las siete y diez de la tarde del sábado. Sabía lo que Marc Bergeron, el especialista dental de nuestro laboratorio, diría.

Había que hacer una radiografía apical.

Hasta el lunes no había nada que hacer.

Frustrada, me pasé una hora más examinando la foto de Kessler con aumento. No descubrí ningún rasgo ni detalle anatómico que relacionara inequívocamente el esqueleto de la foto con los huesos que tenía encima de la mesa.

Durante el resto del día me sentí nerviosa y bloqueada. *Birdie* y yo vimos un partido de baloncesto de la NCAA. Yo era forofa de Duke, pero *Birdie* apoyaba a los Clemson Tigers. Probablemente por afinidad felina.

El domingo por la mañana tardé menos de media hora en localizar y pedir por Internet un ejemplar del libro de Donovan Joyce, *The Jesus Scroll* [El pergamino de Jesús]. La publicidad lo presentaba como la obra más inquietante jamás escrita sobre el cristianismo. Buenas críticas en la prensa. Lástima que estuviera agotado.

Cada cierto tiempo, con intervalos de pocas horas, llamé a Jake. Tenía el móvil desconectado. A la una, dejé de enviar mensajes y probé en su hotel. Había pagado la cuenta y se había marchado.

La vigilancia de Ryan terminó con tres detenciones y la incautación de un camión cargado de tabaco. Se presentó a las seis, ojeroso y con el pelo húmedo de la ducha. Yo tomé una Perrier y él una cerveza Moosehead. Después, fuimos a pie a Katasura, en la rue de la Montagne.

Mi territorio de *centre-ville* estaba tranquilo. Algunos estudiantes junto a la Concordia University y unos pocos juerguistas por la rue Crescent.

No sé qué tienen los domingos. O tal vez fuese cosa de la temperatura. El aguanieve del sábado por la noche había dado paso a un cielo despejado y un frío polar.

Después del *sushi* puse a Ryan al corriente de los detalles del esqueleto de Morissonneau, añadiendo mi conclusión de que los huesos pertenecían a un varón blanco que debía de tener entre cuarenta y sesenta años en el momento de morir.

—Por lo tanto, mi cálculo sobre la edad descarta que sea el septuagenario de la cueva 2001, el Jesús bíblico de treinta y tres años y el Jesús octogenario de Donovan Joyce.

—Pero ¿estás segura de que la foto de Kessler es la del esqueleto separado de la cueva 2001 que Lerner robó en el Musée de l'Homme y entregó a Ferris, y que éste entregó a Morissonneau?

Le expliqué a Ryan el detalle del molar.

—Entonces, ¿sospechas que no es el mismo esqueleto?

—O que es el mismo esqueleto, pero con ese molar insertado después de hacer la foto.

—¿Encontró el diente caído y se lo insertó en el alvéolo?

—Posiblemente.

—No te veo muy convencida.

—A mí la corona me parece menos desgastada.

—Lo que significa que el diente puede ser de otra persona más joven.

—Sí.

—¿Y eso qué significaría?

—No lo sé. Tal vez sea una confusión. Yadin excavaba con voluntarios. Tal vez uno de ellos insertara el molar creyendo que era del esqueleto.

—¿Vas a ir a ver a Bergeron?

—El lunes.

Ryan me puso al corriente de su pista en el caso Ferris.

—Busqué en los ficheros el nombre de Kessler y no encontré muchos.

—¿Escasean los delincuentes judíos?

—Meyer Lansky —dijo Ryan.

—Acepto la rectificación —dije.

—Bugsy Siegel —añadió Ryan.

—Segunda rectificación.

—David Berkowitz.

—Tercera.

—Buscando, buscando, di con un tal Hershel Kaplan. Kaplan es un estafador aficionado. Un par de estafillas con tarjetas de crédito y cheques falsos. Y usa también los nombres de Hershel Cantor y Harry Kester.

—A ver si lo adivino: Kessler es otro alias de Kaplan.

—Hirsch Kessler —dijo Ryan sacando una fotocopia del bolsillo trasero del pantalón—. ¿Es tu hombre?

Examiné la foto: gafas, pelo negro y nada de barba.

—Puede ser.

¿Por qué todos me parecen iguales? Me sentía como una imbécil.

Cerré los ojos e intenté recordar a Kessler. Abrí los ojos y miré la foto de fichero. Algo hizo clic en mi subconsciente. ¿Qué?

El cuello alargado. Los párpados caídos. Cierta palabra cuando Kessler me abordó fuera de la sala de familiares. Estaba en blanco. No lo recordaba. La misma palabra me había venido antes a la mente.

—Kessler tenía barba. Pero creo que es él. —Le devolví el papel—. Lo siento, no puedo asegurarlo.

—Algo es algo.

—¿Dónde se encuentra ahora Kessler? ¿O Kaplan?

—Estoy en ello.

De vuelta en casa, Ryan habló con *Charlie* mientras yo me duchaba. Estaba desnuda frente al tocador cuando él entró en el dormitorio.

—No se mueva.

Me volví con un picardías en la mano y un salto de cama de satén en la otra.

—Explíqueme qué hace, señora.

—¿Es usted policía?

—Por eso le hago este interrogatorio.

Alcé las prendas de lencería y enarqué una ceja.

—Deje ese camisón y apártese del tocador.

Lo hice.

En el laboratorio fue una típica mañana de lunes de locos. Cuatro muertos en un incendio. Otro por arma de fuego. Un ahorcado. Dos apuñalados. Un infanticidio.

Para mí, sólo hubo un caso.

Habían encontrado unos restos al excavar los cimientos de un bloque de apartamentos en Côte Saint-Luc. La policía sospechaba que eran huesos craneales de un niño pequeño.

Tras la reunión matinal, pedí a LaManche que viniera al laboratorio. Le enseñé el esqueleto de Morissonneau, le expliqué la historia y la posible procedencia y le dije cómo había llegado a mis manos.

Tal como esperaba, LaManche asignó a los restos un número de la policía judicial y me dijo que lo procesara como un caso para el juez de instrucción. La decisión final sería de mi competencia. Si certificaba que eran huesos antiguos, tenía plena libertad para entregarlos a los arqueólogos pertinentes.

Cuando se fue LaManche, le pedí a Denis, el técnico de laboratorio, que hiciera una radiografía de la dentadura del esqueleto. Después me puse a trabajar en el caso del niño.

Desde luego, las muestras parecían ser de alguien muy joven y correspondían a parietales incompletos. En las superficies cóncavas se apreciaba el patrón vascular por contacto con la superficie externa del cerebro.

La limpieza dio resultado. Los «huesos» eran fragmentos

de cáscara de coco y el patrón venoso era consecuencia de la acción del agua sobre la capa de lodo.

Cuando entregué el informe a la secretaria del laboratorio, Denis me tendió un pequeño sobre marrón. Puse los negativos en la caja de transparencias.

El primer examen confirmó mis sospechas de que el primer molar había sido reinsertado en el maxilar. Y no con mucha habilidad. En la radiografía se apreciaba que el ángulo de acoplamiento no era correcto y que la raíz no encajaba perfectamente en el alvéolo.

Y algo más. La corona de los dientes se desgasta con el tiempo. Bien. Yo había detectado una discrepancia en el desgaste. Pero hay otras características que también se modifican con el tiempo. Cuanto más vieja es una pieza, más dentina secundaria acumula sobre la cápsula de la pulpa y el cuello gingival. No soy dentista, pero el primer molar del maxilar derecho era menos radioopaco que los otros molares.

Llamé a Marc Bergeron. La recepcionista me dijo que aguardara. Escuché Mil Violines tocando algo parecido a *Sweet Caroline*. Imaginé a un paciente tumbado con la boca abierta y el tubo aspirador en ella. Me felicité de no ser yo.

Marc se puso al teléfono mientras sonaba una versión soporífera de *Uptown Girl*. Me haría un hueco por la tarde.

Estaba empaquetando el cráneo cuando llamó Jake.

—¿Has visto mis mensajes? —pregunté.

—*Dejé el hotel el sábado y volé a Tel Aviv a medianoche.*

—¿Estás en Israel?

—*En Jerusalén. ¿Qué ocurre?*

Le expliqué las discrepancias entre el esqueleto de la fotografía y el que había examinado en el laboratorio y le describí el molar de carácter aberrante.

—*¿Y eso qué quiere decir?*

—Esta tarde voy a consultarlo con nuestro odontólogo.

Se hizo una larga pausa.

—*Quiero que cojas ese molar y uno de los otros.*

—¿Para qué?

—*Para un análisis de ADN. Y quiero que cortes fragmentos femorales. ¿Hay algún problema?*

—Si Ferris y Lerner están en lo cierto, esos huesos tendrán casi dos mil años.

—*Se puede extraer ADN mitocondrial de huesos antiguos, ¿no?*

—Se puede. Pero, ¿y qué? El análisis forense es de índole comparativa con el ADN de la víctima o el de un miembro de la familia. Si se logra extraer y ampliar ADN mitocondrial, ¿con qué lo vas a comparar?

Un largo silencio de Jake.

—Cada día se producen nuevos adelantos. Nunca se sabe lo que surgirá o qué parámetros pueden ser relevantes. Y tenemos fondos específicos para esa eventualidad. ¿Qué me dices de la raza?

—*¿A qué te refieres?*

—¿No hubo hace poco un caso en que el perfil de la raza se certificó como blanco y un laboratorio arguyó, correctamente, que era negro?

—*Te refieres al caso de Derrick Todd Lee, de Baton Rouge. Pero era un análisis basado en ADN nuclear.*

—¿No se puede extraer ADN nuclear de un hueso antiguo?

—*Hay quien asegura haberlo hecho. Los estudios sobre ADNa están en auge.*

—¿ADNa?

—*ADN antiguo. En Cambridge y Oxford están trabajando para obtener ADN nuclear de restos arqueológicos. En Canadá, en Thunder Bay, hay un instituto llamado Paleo-DNA Laboratory.*

Recordé haber leído un artículo en *The American Journal of Human Genetics*.

—Un equipo francés comunicó el hallazgo de ADN nuclear y mitocondrial en esqueletos de dos mil años de antigüedad de una necrópolis en Mongolia. Pero, Jake, aunque pudieras detectar ADN, la predicción racial es muy limitada.

—*¿Hasta qué extremo?*

—Hay una empresa en Florida que anuncia un test que traslada los marcadores genéticos con pronóstico sobre la posible mezcla racial. Dicen que puede predecirse el porcentaje de linaje indoeuropeo, nativo americano, de Asia oriental y subsahariano.

—*¿Eso es todo?*

—De momento.

—*No servirá de mucho con huesos de la antigua Palestina.*

—No.

Se produjo otro de los silencios de Jake.

—*Pero el análisis del ADN mitocondrial o nuclear demostrará si ese molar antiguo es de otro individuo.*

—No es gran cosa.

—*Pero podría llegar a serlo.*

—Podría.

—*¿Quién hace esas pruebas?*

Se lo dije.

—*Ve a ver al dentista, a ver qué dice sobre el diente viejo. Y recoge muestras. Y corta también fragmentos suficientes para un análisis de carbono radiactivo.*

—El juez de instrucción no aprobará la factura —dije.

—*La pagaré con los fondos de la beca.*

Me estaba subiendo la cremallera de la parka cuando entró Ryan.

Lo que me dijo hizo que mis pensamientos dieran un giro de ciento ochenta grados.

14

—¿Miriam Ferris tiene relación con Hershel Kaplan?

—Vínculos de afinidad.

—¿De afinidad?

—Es un término de parentesco. A través del matrimonio —dijo Ryan, sonriendo—. Lo digo como tributo a tu pasado de antropóloga.

Hice un diagrama mental de lo que decía.

—¿Miriam Ferris estuvo casada con el hermano de la mujer de Her-shel Kaplan?

—De la primera mujer.

—Pero Miriam negó conocer a Kaplan —dije.

—Le preguntamos por Kessler.

—Uno de los alias de Kaplan.

—Enrevesado, ¿verdad?

—Si Kaplan era de la familia, Miriam tenía que conocerle.

—Es de suponer —dijo Ryan.

—Le habría reconocido en la autopsia.

—Si le hubiera visto.

—¿De verdad crees que Kaplan es Kessler? —pregunté.

—Tú estabas razonablemente convencida cuando te enseñé la foto del fichero —dijo Ryan, mirando la caja que había encima de la mesa.

—¿Vive todavía el hermano de la mujer de Kaplan?

—De la primera mujer. Antes de divorciarse, el marido de Miriam fue cuñado de Kaplan. De todos modos, murió por complicaciones diabéticas en 1995.

—Entonces, Kaplan y su mujer se separaron y él quedó soltero. Y el marido de Miriam murió y ella está libre.

—Eso es. El asesinato de Ferris, para la afligida viuda, ha sido como una venganza. ¿Qué es esa caja?

—Es el cráneo del esqueleto de Morissonneau. Se lo llevo a Bergeron para que haga un dictamen dental.

Ryan hizo una mueca macabra.

—A los pacientes les va a encantar.

Yo puse los ojos en blanco.

—¿Cuándo se casó Miriam con Avram Ferris?

—En el noventa y siete.

—Muy rápido tras la muerte del marido.

—Algunas viudas se recuperan enseguida.

A mí no me parecía que Miriam fuera de ésas, pero no dije nada.

—¿Y Kaplan, cuánto tiempo lleva divorciado? —le pregunté.

—La señora pagó la fianza de su segundo encarcelamiento en Bordeaux.

—¡Uf!

—He examinado el informe de la cárcel de Kaplan. No causó problemas y se mostró sincero en su deseo de rehabilitarse. Le conmutaron la mitad de la pena.

—¿Quién controla su libertad condicional?

—Michael Hinson.

—¿Cuándo salió en libertad?

—En 2001. Según Hinson, Kaplan es un hombre de negocios legal desde entonces.

—¿De qué negocio?

—Pececillos y cobayas.

Enarqué una ceja.

—*Centre d'animaux Kaplan.*

—¿Tiene una tienda de mascotas?

Ryan asintió con la cabeza.

—Es dueño de una casa. Abajo tiene los peces y él vive en el piso de arriba.

—¿Sigue presentándose a la policía?

—Todos los meses. Es modélico.

—Admirable.

—No ha faltado nunca a la cita hasta hace dos semanas. El catorce de febrero no se presentó ni llamó.

—¿El lunes siguiente al fin de semana en que mataron a Avram Ferris?

—¿Vamos a ver los perritos?

—Bergeron me espera a la una.

Ryan consultó su reloj.

—¿Nos vemos abajo a las dos y media?

—Traeré Milk-Bone.

La consulta de Bergeron está en la Place Ville-Marie, en un complejo de varias torres en la esquina con René-Lévesque y la Universidad. La comparte con un colega llamado Bouganvillier, a quien no conozco, pero siempre me lo he imaginado como una buganvilla con gafas.

Fui en coche al *centre-ville*, lo dejé en el aparcamiento subterráneo y tomé el ascensor a la séptima planta.

Bergeron atendía a un paciente y me senté en la sala de espera con la caja a mis pies. Tenía enfrente de mí a una mujerona que hojeaba un ejemplar de *Châtelaine*. Cuando cogí una revista, alzó los ojos y sonrió. Vi que necesitaba un buen dentista.

Cinco minutos después de mi llegada hicieron pasar a

la mujer. Me imaginé que estaría un buen rato en manos de Bergeron.

Instantes después salió un hombre del sancta sanctórum con la chaqueta en el brazo, la corbata floja y el paso acelerado. Apareció Bergeron y me hizo pasar a su despacho.

Del fondo del pasillo llegaba un zumbido penetrante. Me imaginé a la mujer de la revista y la planta de *La tienda de los horrores*.

Mientras desenvolvía mi paquete puse a Bergeron al corriente. Me escuchó con sus brazos huesudos cruzados sobre el pecho y su blanca pelambrera erizada a la luz de la ventana. Cuando concluí, Bergeron cogió el cráneo y examinó los dientes del maxilar superior. Miró la mandíbula, la articuló y verificó la oclusión molar.

Bergeron extendió la mano y le entregué el sobrecito marrón. Encendió una caja de transparencias, puso encima las radiografías dentales y se inclinó. A la luz fluorescente, su cabello destellaba como el plumaje de un milano.

Transcurrieron unos segundos. Un minuto.

—*Mon Dieu*, no hay duda. —Dio unos golpecitos con su dedo esquelético en el segundo y tercer molares del maxilar superior derecho—. Mira las cápsulas de la pulpa y los alvéolos. Este individuo tenía como mínimo cincuenta años. Quizá más. —Luego señaló el primer molar—. Se aprecia mucha menos dentina. Este diente es sin lugar a dudas de otra persona más joven.

—¿Cuántos años más joven?

Bergeron se irguió y expulsó aire.

—Treinta y cinco años. O tal vez cuarenta. No más.

Bergeron volvió a inclinarse sobre el cráneo.

—El desgaste de la corona es mínimo. Probablemente, más bien lo primero que lo segundo.

—¿Puedes decirme cuándo reinsertaron ese molar?

Bergeron me miró como si le hubiese pedido que calculase de memoria raíces cuadradas.

—Un cálculo aproximado —añadí.

—El pegamento está amarillento y escamoso.

—Espera —dije alzando la mano—. ¿Dices que el diente está pegado?

—Sí.

—Entonces, ¿no lo reinsertaron hace dos mil años?

—Desde luego que no. Hará unos veinte años, si acaso.

—¿En la década de los sesenta?

—Es muy posible.

Alternativa B o C, inserción durante la excavación de Yadin o en el Musée de l'Homme. Mi instinto me hacía inclinarme por lo primero.

—¿No te importaría extraer los tres molares superiores?

—Con mucho gusto.

Bergeron metió el cráneo en la caja y salió del despacho rápidamente, moviendo su metro ochenta con la gracia de una tabla de planchar.

Recogí las radiografías, pensando si no estaría haciendo una montaña de un grano de arena. El viejo diente pertenecía a un individuo más joven. Y alguien lo había insertado. Tal vez un excavador voluntario. Quizá Haas. O un trabajador del museo poco experto.

Seguía oyéndose el silbido al fondo del pasillo.

Hay infinidad de circunstancias en que se producen errores de identificación. Al recoger los restos. Durante el transporte. Al seleccionarlos. Al limpiarlos. O quizá después, una vez hubieron llegado al museo, en París.

Bergeron regresó y me devolvió la caja en una bolsa de plástico con línea de cierre por presión.

—¿Puedes darme algún dato más?

—El que reinsertó la muela era un asno.

Le centre d'animaux Kaplan era una tienda de dos pisos con fachada de cristal entre otros comercios de dos y tres pisos con fachada de cristal de la rue Jean-Talon. El anuncio del escaparate ofrecía Nutrience para perros y comida para gatos, peces tropicales y un periquito especial con jaula incluida. Dos puertas abrían directamente a la acera, una de madera y otra de cristal. Sonó un tintineo al cruzar Ryan y yo la segunda.

La tienda estaba rebosante de olores y sonidos. En una pared burbujeaban los acuarios y la otra estaba ocupada por jaulas con pájaros con plumas de todos los colores, desde los más chillones a otros más grises. Más allá de los peces pude ver otros representantes de la taxonomía de Linneo. Ranas. Una serpiente enroscada. Algo peludo que se había ovillado como una pelota.

En la parte delantera había conejos, gatitos y un lagarto con una barba que podía con la de mi tía abuela Minnie. Había jaulas con cachorros de perro que dormitaban. Uno de ellos se levantó, apoyó las patas en la rejilla y movió la cola. Otro mordisqueaba un pato de goma.

En el centro de la tienda había estanterías paralelas. Un chico de unos diecisiete años colocaba collares en unas perchas, enfrente de los pájaros.

Al oír el tintineo, el chico se volvió sin decir palabra.

—*Bonjour* —dijo Ryan.

—*Your* —contestó el jovenzuelo.

—¿Puede atendernos, por favor?

El chico dejó la caja de cartón en el suelo y vino hacia nosotros con andar desgarbado.

Ryan le enseñó la placa.

—¿Policías?

Ryan asintió con la cabeza.

—Guay.

—Muy guay. ¿Cómo te llamas?

—Bernie.

Bernie se ajustaba escrupulosamente a su papel de pandillero modernillo. Vaqueros caídos con la bragueta a la altura de las rodillas, camisa desabrochada sobre una camiseta cutre. Pero su delgadez le daba peor aspecto. Todos son iguales.

—Soy el agente Ryan y ella es la doctora Brennan.

Bernie miró en mi dirección. Sus ojos eran pequeños y negros, enmarcados por unas cejas que se unían en el centro. Probablemente se gastaba la paga en pomada contra el acné.

—Buscamos a Hershel Kaplan.

—No está.

—¿Suele ausentarse el señor Kaplan con frecuencia?

Bernie encogió un hombro y ladeó la cabeza.

—¿Sabes dónde ha ido hoy?

Bernie se encogió de hombros.

—Bernie, ¿encuentras muy difíciles las preguntas?

Bernie se rascó el pelo de la frente.

—¿Te las hago otra vez? —añadió Ryan en tono capaz de hacer temblar al más pintado.

—A mí no me fastidie. Yo soy un simple trabajador.

Un perrillo comenzó a llorar para que lo soltaran.

—Escúchame bien. ¿Ha estado hoy aquí el señor Kaplan?

—He abierto yo.

—¿Ha llamado?

—No.

—¿Está el señor Kaplan en el piso de arriba?

—Está de vacaciones, ¿vale? —respondió Bernie, cambiando el peso, que no era mucho, de una pierna a otra.

—Podrías haberlo dicho desde un principio, Bernie.

Bernie miró al suelo.

—¿Sabes adónde ha ido el señor Kaplan?

Bernie negó con la cabeza.

—¿Ni cuándo volverá?

El chico siguió negando con la cabeza.

—Aquí pasa algo raro, Bernie. Me da la impresión de que no quieres hablar conmigo.

Bernie continuó mirándose el barro de sus zapatillas de deporte.

—¿Es que temes perder la paga extra que te ha prometido Kaplan?

—Escuche, yo no sé nada —replicó Bernie, alzando la cabeza—. Kaplan me dijo que cuidara la tienda y que no dijera que se había marchado.

—¿Cuándo te lo dijo?

—Hará una semana.

—¿Tienes llave del piso del señor Kaplan?

Bernie no contestó.

—¿Vives con tus padres, Bernie?

—Sí —respondió el chico con desdén.

—Podríamos pasarnos por tu casa y preguntarle a tu madre.

—Tronco... —musitó casi gimiendo.

—¿Bernie?

—La llave debe de estar en el llavero.

Ryan se volvió hacia mí.

—¿No hueles a gas?

—Tal vez. —Olfateé. Yo notaba muchos olores—: Sí, puede que tengas razón.

—¿Y tú, Bernie? ¿Hueles a gas?

—Es el hurón.

—A mí me huele a gas. —Ryan se desplazó unos centímetros hacia la izquierda y después hacia la derecha, olfateando—: Sí. Es gas. Esto es muy peligroso. —Se volvió hacia Bernie—. ¿Quieres que lo comprobemos?

Bernie se mostraba escéptico.

—No querrás correr riesgos, con todas esas criaturas a tu cuidado —dijo Ryan en un tono de lo más razonable.

—Seguro, tío.

Bernie fue al mostrador y sacó las llaves de debajo de la caja registradora.

Ryan las cogió y se volvió hacia mí.

—El ciudadano nos ha pedido que comprobemos una fuga de gas.

Yo me encogí de hombros de una manera que a Bernie le hubiera encantado.

Ryan y yo cruzamos la puerta de cristal, giramos a la izquierda y volvimos a entrar al edificio por la puerta de madera. Una escalera estrecha y empinada conducía al descansillo del segundo piso.

Subimos pisando fuerte.

Ryan llamó a la puerta. No contestaron. Ryan volvió a llamar con más fuerza.

—Policía, señor Kaplan.

No contestaron.

—Vamos a entrar.

Ryan probó con varias llaves. La cuarta funcionó.

El apartamento de Kaplan tenía una cocinita, un cuarto de estar, un dormitorio, un baño con azulejos blancos y negros y bañera con patas. En las ventanas había persianas venecianas y las paredes estaban decoradas con reproducciones baratas de paisajes.

Había ciertas concesiones a la tecnología actual. Una ducha de mano chapucera complementaba la bañera. Sobre la encimera de la cocina había un microondas, y el teléfono del dormitorio disponía de contestador automático. Aparte de eso, el piso parecía copiado de una película de bajo presupuesto de los años treinta.

—Elegante —comentó Ryan.

—Discreto —añadí.

—Detesto que los decoradores se pasen.

—Se pierde todo el efecto del linóleo.

Pasamos al dormitorio.

Una mesa plegable alojaba las guías telefónicas, los libros de registro y un montón de papeles. Me acerqué a ella y comencé a fisgar. A mis espaldas, Ryan abría y cerraba los cajones de la cómoda. Transcurrieron unos minutos.

—¿Has encontrado algo? —pregunté.

—Muchas camisas viejas.

Ryan fue a la mesilla de noche.

Hizo su descubrimiento a la vez que yo hacía el mío.

15

Cogí la carta en el momento en que Ryan apretaba el botón del contestador automático.

Leí al mismo tiempo que oía la voz melosa: «Mensaje para Hershel Kaplan. Su reserva para el sábado veintiséis de febrero está confirmada en el vuelo de Air Canada número nueve cinco ocho cero, operado por El Al, con salida del Aeropuerto Internacional Pearson de Toronto a las veintitrés cincuenta. Por favor, tome nota de que, debido a las medidas de seguridad, El Al requiere que los pasajeros registren su equipaje con tres horas de antelación a la salida. Que tenga un vuelo agradable».

—Kaplan se ha ido a Israel —dijo Ryan.

—Kaplan debe de conocer a Miriam Ferris mejor de lo que pensamos —dije—. Mira esto.

Ryan se acercó a mi lado y le tendí una tarjeta amarillo pálido.

Hersh:

Consideras la felicidad un sueño imposible. Lo he leído en tus ojos. El placer y la alegría se han desplazado más allá de tu imaginación.

¿Estás enfadado? ¿Avergonzado? ¿Tienes miedo? No lo tengas. Vamos adelantando despacio, como nadadores que sobreviven en un mar proceloso. Las olas se calmarán. Triunfaremos.

Te quiere,
M. F.

Señalé las iniciales estampadas en la tarjeta.

—Son dos iniciales con muchos significados.

—Raramente en papel de carta. Y M. F. no es una combinación muy corriente.

Ryan reflexionó un instante.

—Morgan Freeman. Marshall Field. Millard Fillmore. Morgan Fairchild.

—¡Qué bárbaro! Masahisa Fukase —añadí.

Ryan me miró sorprendido.

—Fukase es un fotógrafo japonés que capta impresionantes fotos de cuervos.

—Algunas fotos de Fairchild también son impresionantes.

Ryan puso los ojos en blanco.

—Tengo la corazonada de que esto lo escribió Miriam. Pero ¿cuándo? No tiene fecha. ¿Y por qué?

—¿Para darle ánimos a Kaplan en la cárcel?

Señalé en la última línea «Triunfaremos».

—¿Para animar a Kaplan a pegarle dos tiros al marido?

De pronto, la habitación se volvió fría y oscura.

—Hay que ir a Israel —dijo Ryan.

De vuelta al Wilfrid Derome, Ryan se dirigió al departamento de Homicidios y yo volví al laboratorio. Cogí el fémur derecho del esqueleto de Morissonneau, bajé a la sala de autopsias número cuatro y lo puse encima de la mesa.

Conecté la sierra Stryker, me coloqué la mascarilla y corté dos fragmentos, de dos centímetros y medio, de la parte central. Volví al laboratorio y llamé a Jake. De nuevo le despertaba a medianoche.

Le expliqué lo que me había dicho Bergeron del extraño molar.

—*¿Cómo fue a parar el diente de otra persona al maxilar de ese esqueleto?*

—Sucede a veces. Supongo que el molar se incluyó de algún modo con el esqueleto durante la recuperación de los huesos en la cueva. La raíz se acopla bien al alvéolo, y alguien, tal vez un voluntario, lo insertó en el maxilar.

—*Y Haas lo pegó después.*

—Tal vez. O tal vez alguien en el Musée de l'Homme. Debe de ser un error.

—*¿Cortaste muestras para el análisis de ADN?*

Le reiteré mi escepticismo respecto al valor del ADN en un caso en que no existían muestras para comparación.

—*Quiero que hagan el análisis.*

—De acuerdo. A cargo del dinero de tu beca.

—*Y el de carbono 14.*

—¿El de carbono 14, normal o urgente?

—*¿Qué diferencia existe?*

—Días o semanas. Y varios cientos de dólares.

—*Urgente.*

Le dije los nombres de los laboratorios donde iba a enviar las muestras. Dio su aprobación y me indicó un número de cuenta para cargar la factura.

—Jake, si el análisis del carbono 14 indica que el esqueleto es tan antiguo como tú dices, tendré que ponerme en contacto con las autoridades israelíes.

—*Llámame primero.*

—Te llamaré, pero me gustaría que...

—*Gracias, Tempe.* —Oí una rápida aspiración y me dio

la impresión de que Jake estaba a punto de decir algo. Tras una pausa, añadió—: *Esto puede ser sensacional.*

Iba a expresarle mis dudas, pero decidí no insistir. Quería dejar las muestras preparadas para que las recogieran por la mañana.

Después de colgar, entré en Internet y en la página correspondiente bajé los formularios de solicitud de análisis de ADN y de carbono 14.

El molar en cuestión no era del mismo individuo al que correspondían los huesos, las piezas dentales y el resto del esqueleto. Como quería que le hicieran un análisis de ADN aparte, le asigné una referencia distinta.

Asigné otro número de referencia a uno de los fragmentos del fémur y a uno de los molares que Bergeron había extraído.

Anoté el registro del segundo molar del esqueleto y del segundo fragmento del fémur para análisis de carbono 14.

Cuando terminé el papeleo, le pedí a Denis que enviara por correo urgente las muestras de hueso y de dientes a los respectivos laboratorios.

Ya estaba hecho. No podía hacer nada más.

Pasaron varios días.

El grosor del hielo aumentaba en el cristal de las ventanas y la nieve se acumulaba en la valla de mi patio.

A finales de invierno, mi caso entró en una fase de calma. No se veían autostopistas ni campistas. Nieve en el campo, hielo en el río. Los depredadores de basuras aguardaban el final del invierno.

Al llegar la primavera los cuerpos florecerían como las mariposas monarca que invaden el norte. De momento, todo estaba en calma.

El martes por la mañana compré el famoso libro de Yadin sobre las excavaciones de Masada. Preciosas fotografías y capítulos y más capítulos sobre los palacios, los baños, las sinagogas y los pergaminos. Pero Jake tenía razón. Yadin apenas dedicaba una página a los esqueletos de la cueva y no incluía más que una foto. Costaba creer que el libro hubiese desencadenado tal controversia cuando se publicó, en 1966.

El martes por la tarde, Ryan se enteró de que Hershel Kaplan había llegado a Israel el 27 de febrero. Se ignoraba su paradero. La Policía Nacional israelí le buscaba.

Ryan me llamó el miércoles por la tarde diciéndome que le gustaría que le acompañase a hacer unas preguntas a Courtney Purviance, y después iríamos a almorzar.

—¿Qué preguntas?

—*Nada importante. Un simple detalle acerca de un socio de Ferris. Un tal Kligman dice que pasó a ver a Ferris aquel viernes. Nada de particular. Es una comprobación.*

¡Bah! No tenía nada mejor que hacer.

Ryan me recogió hacia las cuatro.

Purviance vivía en una típica casa de Montreal, en Saint-Leonard. Piedra gris, adornos azules, escalinata de hierro hasta la puerta. El portal era pequeño y con el suelo de baldosines, mojado por la nieve derretida por la sal. Había cuatro buzones con nombres escritos a mano y un timbre. Purviance vivía en el 2-B.

Ryan pulsó el botón. Contestó una voz femenina. Ryan dio su nombre y la mujer respondió con una pregunta.

Mientras Ryan se identificaba, yo miré los nombres de los otros inquilinos.

Purviance le dijo a Ryan que esperase un momento.

Ryan se volvió hacia mí y me vio sonreír.

—¿Qué es lo que te hace tanta gracia?

—Mira esos nombres —dije, señalando al 1-A—. ¿Cómo se dice eso en francés?

—El pino.

—Y éste es «oliva» en italiano —añadí, golpeando en el 1-B—. Y el 2-A es «roble» en letón. Tenemos un congreso internacional de árboles aquí, en Saint-Leonard.

Ryan sonrió y meneó la cabeza.

—No sé cómo funciona tu cerebro, Brennan.

—Es asombroso, ¿no?

Sonó el zumbador de la puerta y subimos al segundo piso. Al llamar Ryan con los nudillos, Purviance volvió a pedirle que se identificara. Lo hizo. Se oyeron mil cerrojos, la puerta se entreabrió y por el resquicio asomó una nariz. La puerta se cerró. Se oyó quitar una cadena y la puerta volvió a abrirse.

Ryan me presentó como una colega suya. Purviance asintió con la cabeza y nos condujo a una salita de estar atiborrada de muebles antiguos. Y todas las estanterías, mesas y superficies horizontales, atiborradas de objetos de recuerdo.

Purviance estaba mirando la reposición de la serie *Ley y Orden*. El detective Briscoe le decía a un sospechoso que no sabía una mierda.

Purviance apagó el televisor y se sentó enfrente de Ryan. Era baja, rubia y le sobraban veinte kilos. Calculé que tendría poco más de cuarenta años.

Mientras ellos dos hablaban, fijé mi atención en el apartamento.

El cuarto de estar comunicaba con un comedor que daba paso a la cocina, estilo country. Imaginé que se accedía al dormitorio y al baño por un pequeño pasillo que había a la derecha. Salvo el cuarto donde estábamos, el piso no debía de recibir luz natural durante más de una hora al día.

Volví a mirar a Ryan y a Purviance. Estaba ojerosa y cansada. Pero cuando el sol le daba en la cara, como ahora, Courtney Purviance era sorprendentemente hermosa.

Ryan le preguntó sobre Harold Klingman y Purviance contestó que Klingman tenía una tienda en Halifax. Sus dedos colocaban y recolocaban el ribete de un cojín.

—¿Esa visita del señor Klingman a Ferris era algo fuera de lo común?

—El señor Klingman solía pasar por el almacén cuando venía a Montreal.

—Ese viernes usted estaba enferma.

—Tengo problemas de sinusitis.

No me extrañó. La mujer interrumpía de vez en cuando sus frases con resoplidos, sorbía por la nariz y carraspeaba bastante. Y no pasaban muchos segundos sin que se llevara la mano a la nariz. Me daban ganas de darle un kleenex.

—Usted dijo que Ferris se mostró extraño los días anteriores a su muerte. ¿Puede extenderse un poco más?

Purviance encogió un hombro.

—Pues, no sé. Parecía más tranquilo.

—¿Más tranquilo?

—No hacía tantas bromas. —La mujer intensificó el alisamiento del ribete—. Estaba más retraído.

—¿Tiene alguna explicación ese comportamiento?

Purviance lanzó un resoplido y dejó el cojín, y se llevó la mano a la nariz.

—Hablaba mucho con Miriam.

—¿Cree usted que tenía problemas en el hogar?

Purviance enarcó las cejas y alzó la palma de las manos en un gesto de ignorancia.

—¿Le dijo alguna vez Ferris algo sobre problemas matrimoniales?

—No directamente.

Ryan hizo algunas preguntas más sobre la relación de Purviance con Miriam y después abordó otros temas. Al cabo de un cuarto de hora puso fin a la entrevista.

Desde allí fuimos directamente a almorzar a Saint-Laurent. Ryan me preguntó qué pensaba de Purviance. Yo le dije que aquella mujer no sentía precisamente cariño por Miriam Ferris. Y necesitaba un buen spray nasal.

El jueves llegó el libro de Donovan Joyce, *El pergamino de Jesús*. Hacia el mediodía lo abrí para echarle un vistazo.

En un momento dado comenzó a nevar. Cuando alcé la vista, el cielo se había oscurecido y la capa de nieve acumulada en la valla de mi patio había crecido en altura.

La teoría de Joyce era más embrollada que la trama de la novela que había comprado en el aeropuerto. Era más o menos como sigue. Jesús era hijo ilegítimo de María. Sobrevivió a la crucifixión. Se casó con María Magdalena. Vivió largos años, escribió su testamento y murió en el asedio de Masada.

El resumen que me había hecho Jake sobre la relación de Joyce con Max Grosset era exacto. Según Joyce, Grosset era un profesor estadounidense con acento británico que trabajó como excavador voluntario en Masada. Grosset le contó a Joyce, durante un encuentro casual en el aeropuerto de Ben-Gurion en diciembre de 1964, que durante la campaña de excavación del año anterior había desenterrado el pergamino de Jesús. Lo había escondido y volvió a Masada para recogerlo.

Joyce vio el rollo de Grosset en los lavabos del aeropuerto. La escritura le pareció hebrea, pero Grosset dijo que era arameo y le tradujo la primera línea: *Yeshua ben Ya'akob Gennesareth*, «Jesús de Genesaret, hijo de Jacob/Santiago». El autor había añadido el dato extraordinario de que era el último descendiente de los reyes macabeos de Israel.

Aunque Grosset le ofreció 5.000 dólares, Joyce se negó a ayudarle a sacarlo de contrabando de Israel. Pero Grosset lo consiguió por sus propios medios, y el rollo fue a parar a Rusia.

Joyce no pudo desarrollar el tema previsto para su libro, porque le denegaron el permiso de visita a Masada, e intrigado por lo que había visto en los servicios del aeropuerto Ben-Gurion, investigó el nombre que mencionaba el pergamino y llegó a la conclusión de que se utilizó el apelativo de «Hijo de Santiago» porque José había muerto sin hijos y, según la ley judía, su hermano Santiago crió al hijo ilegítimo de María. «Genesaret» era uno de los nombres históricos del Mar de Galilea o lago Tiberíades.

Joyce estaba convencido hasta tal punto de la autenticidad del pergamino, que dedicó ocho años a investigar sobre la vida de Jesús.

Todavía estaba leyendo cuando Ryan llegó con comida mexicana de sobra para alimentar a todo el estado de Guadalajara.

Abrí una coca-cola sin azúcar y Ryan una Moosehead. Mientras comíamos las enchiladas, le resumí los puntos principales.

—Jesús se consideraba descendiente de los asmodeos.

Ryan me miró.

—Los reyes macabeos. Su movimiento no era exclusivamente religioso, sino que perseguía obtener el poder político.

—Ah, bien. Otra teoría conspirativa.

Ryan hundió un dedo en el guacamole. Yo le tendí una tortilla.

—Según Joyce, Jesús quería ser rey de Israel. Roma se opuso y el castigo fue la muerte. Pero a Jesús no le traicionaron; él se sometió a la autoridad tras la negociación de un intermediario.

—A ver si lo adivino: ¿Judas?

—Sí. El trato fue que Pilatos pusiera en libertad a Barrabás para que Jesús se entregara.

—¿A santo de qué?

—Porque Barrabás era hijo suyo.

—Ya —comentó Ryan escéptico.

—Este trueque de presos conllevaba un plan de huida minuciosamente preparado, cuyo éxito dependía del factor tiempo.

—El tiempo es oro.

—¿Quieres que te lo cuente o no?

—¿Hay alguna posibilidad inmediata de sexo?

Entrecerré los ojos.

—Bien, cuéntamelo.

—Había dos formas de crucifixión, la lenta y la rápida. En la primera, el condenado tardaba en morir hasta siete días. Según Joyce, Jesús y sus discípulos no tuvieron más remedio que organizar el plan mediante la ejecución rápida.

—Yo elegiría la rápida.

—Como se aproximaba el Sabat y la Pascua, según la ley judía ningún cadáver podía permanecer en la cruz.

—Pero la crucifixión era un asunto romano. —Ryan cogió otra enchilada—. Los historiadores están de acuerdo en que Pilatos era un tirano y un déspota. ¿Por qué tenía que importarle la ley judía?

—A Pilatos le interesaba que la población estuviera contenta. Bien, el plan incluía el empleo de una droga que provocaba un estado de muerte aparente, la *Papaver somniferum* o *Claviceps purpurea*.

—Me encanta que digas palabrotas.

—Son la amapola del opio y el cornezuelo, un hongo del que se obtiene el ácido lisérgico. En idioma moderno, heroína y LSD. Estas dos drogas eran conocidas en Judea. Se lo administrarían a través de una esponja ensartada en una caña. Según el Evangelio, Jesús rehusó primero la esponja, pero después aceptó, bebió y, acto seguido, murió.

—¿Pero no dices que vivió?

—No lo digo yo. Lo dice Joyce.

—¿Y cómo retiras un cuerpo vivo de una cruz delante de testigos y guardianes?

—Manteniendo a los testigos alejados. Sobornando a los guardianes. Allí no había ningún juez de instrucción.

—Vamos a ver. Jesús está fiambre. Le llevan al sepulcro, despierta, se cura y, no se sabe cómo, acaba en Masada.

—Eso es lo que dice Joyce.

—¿Qué hacía ese chalado en Israel?

—Me encanta tu apertura mental. Joyce fue a investigar para escribir un libro sobre Masada, pero las autoridades israelíes no le dieron permiso.

—Tal vez el incidente de Grosset es pura imaginación de Joyce. O es una historia totalmente inventada.

—Tal vez lo sea. —Me serví el resto de la salsa—. O puede que sea auténtica.

No sucedió gran cosa en los días sucesivos. Terminé de leer el libro de Joyce. Y el de Yadin.

Jake también tenía razón en ese aspecto. Yadin hacía la descripción de los restos de la época de Herodes, hablaba sobre los romanos que ocuparon Masada poco tiempo después del 73 y de los monjes bizantinos que se establecieron en los siglos V y VI. Aportaba datos concretos sobre el período de la revuelta judía, incluida una minuciosa descripción de los tres esqueletos descubiertos en el palacio del extremo norte. Grandes angulares, primeros planos, diagramas, mapas. Pero sólo dedicaba una foto y un párrafo a los esqueletos de la cueva.

Extraño.

El domingo, Ryan y yo fuimos a patinar sobre el lago Beaver y después nos atracamos de mejillones en L'Actuel, en la rue Peel. Yo tomé *la casserole marinière au vin blanc* y

Ryan *la casserole à l'ail*. Hay que admitir que el muchacho es capaz de zampar ajo como para matar a un marine.

El lunes comprobé el correo electrónico y encontré el informe del laboratorio sobre el análisis de carbono radiactivo.

No me decidía a leerlo. ¿Y si el esqueleto tuviera sólo cien años? ¿O si fuera de la Edad Media, como la sábana de Turín?

¿Y si fuera de la época de Cristo?

¿Y qué? Según mis cálculos de su edad al morir, el individuo resultaba demasiado viejo para ser Jesús. O demasiado joven, según Joyce.

Hice doble clic y abrí el archivo.

El laboratorio detectó suficiente material orgánico para hacer un análisis triple de las muestras óseas y del diente. Los resultados figuraban como datos en bruto y a continuación se expresaban en años antes del presente y en una cronología antes y después de la era cristiana. Todo era políticamente correcto, desde el punto de vista arqueológico.

Miré los datos del molar.

Muestra 1: Antigüedad media (AP – años antes del presente) 1.970 +/– 41 años
Fecha media en años 6 antes de la era cristiana – 76 era cristiana
Muestra 2: Antigüedad media (AP – años antes del presente) 1.937 +/– 54 años
Fecha media en años 14 era cristiana – 122 era cristiana
Muestra 3: Antigüedad media (AP – años antes del presente) 2.007 +/– 45 años
Fecha media en años 47 antes de la era cristiana — 43 era cristiana

Miré las fechas del fémur y coincidían con las del molar.

Dos milenios. El esqueleto era de la época de Cristo.

Mi mente se quedó en blanco un instante. A continuación, argumentos y preguntas se agolparon en mi cerebro.

¿Qué significaba aquello?

¿A quién tenía que llamar?

Llamé a Ryan, me respondió el contestador automático y le dejé un mensaje donde le decía que los huesos tenían dos mil años.

Llamé a Jake. Contestador. El mismo mensaje.

¿Y ahora, qué hacía?

Sylvain Morrissonneau.

Un impulso disipó todas mis incertidumbres. Cogí la chaqueta y el bolso y salí disparada hacia Montérégie.

Una hora después estaba en la abadía de Sainte-Marie-des-Neiges. Esta vez entré directamente por la puerta de color naranja y atravesé el vestíbulo que separaba la biblioteca del pasillo que conducía al despacho de Morissonneau. No apareció nadie.

Se oía un cántico en sordina en algún lugar a la derecha. Me dirigí hacia allí.

Había caminado unos diez metros cuando una voz entre dientes me dio el alto.

—*Arrêtez!*

Me volví.

Los ojos del monje en la penumbra eran como dos manchas sin pupilas.

—No tiene derecho a entrar aquí.

—Vengo a ver al padre Morissonneau.

El rostro bajo la capucha se tensó.

—¿Quién es usted?

—Soy la doctora Temperance Brennan.

Los ojos, oscuros y sin expresión, se clavaron en los míos.

—¿Por qué interrumpe nuestro duelo?

—Perdone, pero tengo que hablar con el padre Morissonneau.

Hubo un leve fulgor en los ojos del fraile, como una cerilla encendida tras un cristal oscuro. El hombre se santiguó.

Lo que dijo me estremeció.

16

—¿Muerto?

La mirada de gárgola permaneció impávida.

—¿Cuándo? —farfullé—. ¿Cómo?

La voz del monje era neutra, carente de emoción.

—¿Por qué ha venido aquí?

—No hace mucho visité al padre Morissonneau y me pareció que gozaba de buena salud —dije sin ocultar mi sorpresa—. ¿Cuándo murió?

—Hace casi una semana —respondió el monje lacónico.

—¿Cómo?

—¿Es usted de la familia?

—No.

—¿Es periodista?

—No.

Saqué una tarjeta del bolso y se la entregué. El monje bajó la vista y volvió a levantarla.

—El miércoles dos de marzo el abad no regresó de su paseo matinal. Buscamos por los alrededores y encontramos su cadáver en una senda.

Contuve la respiración.

—Le falló el corazón.

Recordé la entrevista. Morissonneau me había parecido una persona sana, e incluso robusta.

—¿Seguía el abad algún tratamiento médico?

—No estoy autorizado a dar ninguna información.

—¿Tenía antecedentes de enfermedad coronaria?

El monje no se molestó en contestar.

—¿Llamaron al juez de instrucción?

—El Señor reina sobre la vida y la muerte y aceptamos su voluntad.

—Pero el juez de instrucción, no —le espeté.

Me asaltaron imágenes estroboscópicas: el cráneo astillado de Ferris, Morissonneau acariciando la caja del esqueleto, el cuadro de Burne-Jones de *La resurrección*, palabras sobre la yihad. Asesinato.

Me entró miedo y comencé a enfadarme.

—¿Dónde está ahora el padre Morissonneau?

—Con el Señor.

Dirigí al monje una mirada airada.

—¿Dónde está su cadáver?

El monje frunció el ceño.

Yo fruncí el mío.

Un brazo enfundado en un hábito me señaló la puerta. Me echaban.

Podría haber replicado que tendrían que haber informado de la muerte del abad, que aquello era incumplimiento de la ley, pero no me pareció el momento adecuado.

Musité mis condolencias y salí de allí sin demora.

Durante el trayecto a Montreal, se acentuó mi miedo. ¿Qué había dicho Jake sobre el esqueleto que me había entregado Morissonneau? Que su descubrimiento podía ser una bomba.

¿En qué sentido?

Avram Ferris lo había tenido en su poder y le habían matado. Sylvain Morissonneau lo había tenido en su poder y había muerto.

Ahora lo tenía yo en mi poder. ¿Corría peligro?

De vez en cuando dirigía la mirada al retrovisor.

¿Había muerto Morissonneau de causa natural? Tendría unos cincuenta años y gozaba de buena salud.

¿Lo habían asesinado?

Sentía una opresión en el pecho. Me sentía asfixiada y encerrada en el coche. A pesar del frío, abrí una ventanilla.

Ferris había muerto durante el fin de semana del doce de febrero. Kessler/Kaplan había llegado a Israel el veintisiete. A Morissonneau lo habían encontrado muerto el dos de marzo. Si había algo extraño en la muerte de Morissonneau, Kaplan no estaba implicado. A menos que hubiese regresado a Canadá.

Volví a mirar por el retrovisor. Ningún coche.

Yo había ido a ver a Morissonneau el sábado veintiséis. Había muerto cuatro días después. ¿Coincidencia? Tal vez. Una coincidencia del tamaño del lago Titicaca.

Tenía que llamar a las autoridades de Israel.

El laboratorio estaba relativamente tranquilo para ser lunes. Abajo, estaban practicando sólo cuatro autopsias.

Arriba, LaManche se disponía a marcharse para dar una conferencia en la Escuela de Policía de Ottawa. Lo paré en el pasillo y le expliqué mi preocupación por la muerte de Morissonneau. LaManche dijo que se ocuparía de ello.

A continuación le comuniqué los resultados del análisis de carbono 14 del esqueleto.

—Dada su antigüedad aproximada de dos mil años, puede entregar los huesos a las autoridades competentes.

—Lo haré enseguida —dije.

—Sin pérdida de tiempo. Nuestro espacio de almacenamiento es limitado.

LaManche hizo una pausa, recordando, quizá, la autopsia de Ferris y los testigos.

—Es conveniente no ofender a ninguna de las comunidades religiosas residentes. —Hizo otra pausa—: Y, por remota que sea la posibilidad, las circunstancias más inocuas pueden dar lugar a incidentes internacionales que debemos evitar. Hágalo lo antes posible, por favor.

Recordé mi promesa y llamé a Jake. No estaba. Le dejé un mensaje diciéndole que iba a ponerme en contacto con las autoridades israelíes para concretar la devolución del esqueleto de Morissonneau.

Me senté un instante, pensando a qué entidad llamar. No se lo había preguntado a Jake porque le había prometido hablar con él antes. Ahora no contestaba y LaManche quería que resolviera el caso.

Mis pensamientos dieron un rodeo. ¿Por qué a Jake le inquietaba tanto que hablase con Israel? ¿Qué temía? ¿Había alguien en concreto que él no quería que se enterara?

Volví a las cuestiones más inmediatas. Estaba segura de que la Policía Nacional israelí no se interesaría por una muerte acaecida dos mil años antes. Aunque la arqueología israelí no era mi ámbito profesional, sabía que en casi todos los países del mundo existen entidades encargadas de la conservación del patrimonio histórico y cultural, antigüedades incluidas.

Entré en Internet y busqué en Google las palabras «Israel» y «antigüedades». Casi todas las referencias incluían la Agencia Israelí de Antigüedades. A los cinco minutos de búsqueda tenía el número.

Miré la hora. Las once y veinte; las seis y veinte en Israel. No sabía si habría alguien trabajando aún.

Marqué el número.

Una mujer contestó al segundo tono.

—*Shalom.*

—Shalom. Soy la doctora Temperance Brennan. Perdone, pero no hablo hebreo.

—*Está al habla con las oficinas de la Agencia Israelí de Antigüedades* —añadió la mujer en un inglés con fuerte acento local.

—Llamo desde el Laboratorio de Ciencias Jurídicas y de Medicina Legal de Montreal, Canadá.

—*¿Perdón?*

—Soy antropóloga forense del laboratorio médico legal de Montreal.

—*¿Y bien?* —Réplica en tono aburrido e impaciente.

—Aquí han salido a la luz unos restos en circunstancias extrañas.

—*¿Restos?*

—Un esqueleto humano.

—*¿Sí?* —En tono no tan aburrido.

—Los análisis indican que este esqueleto pudo ser desenterrado en Masada, durante las excavaciones de Yigael Yadin en los años sesenta.

—*¿Cuál es su nombre, por favor?*

—Temperance Brennan.

—*Un momento, por favor.*

Aguardé y transcurrieron cinco minutos. La mujer se puso de nuevo al habla. Ya no parecía nada aburrida.

—*¿Puede decirme cómo llegó ese esqueleto a sus manos?*

—No.

—*¿Perdón?*

—Explicaré las circunstancias a la autoridad que corresponda.

—*La AIA es la autoridad competente.*

—Dígame quién es el director, por favor.

—*Tovya Blotnik.*

—Quisiera hablar con el señor Blotnik.

—*Ya se ha marchado del despacho.*

—¿No podría localizarle en otro...?

—*Al doctor Blotnik no le gusta que le molesten en casa.*

Algo me impulsaba a no desvelar la historia. ¿La advertencia de Jake de que le llamase antes de hacer nada? ¿La referencia de LaManche a las relaciones internacionales? ¿Una corazonada irracional? No sabía por qué, pero me sentía reacia.

—Perdone mi franqueza, pero preferiría hablar con el director.

—*Soy la antropóloga física de la AIA. Si los restos han de venir aquí, el doctor Blotnik me encargará a mí los trámites.*

—¿Cómo se llama usted?

—*Ruth Anne Bloom.*

—Perdone, doctora Bloom, pero necesito la corroboración del director.

—*Es una petición fuera de lo corriente.*

—Pero insisto en ello. Se trata de un esqueleto fuera de lo corriente.

Un silencio.

—*¿Puede darme su número de contacto?* —replicó con voz glacial.

Le di los números del móvil y del laboratorio.

—*Pasaré recado de su llamada.*

Le di las gracias y colgué.

Volví a entrar en Internet y busqué en Google: Tovya Blotnik. Apareció el nombre y una serie de artículos en relación con una controversia sobre una antigua arqueta de piedra llamada el osario de Santiago. En todos ellos figuraba Blotnik como director general de la AIA.

Bien. Blotnik era auténtico. ¿Por qué mis recelos con Anne Bloom?

¿Por el hecho de que Lerner y Ferris creyeran que el esqueleto que guardaba en el laboratorio era el de Jesucristo? ¿Por qué Jake me había dicho que no hiciera lo que estaba haciendo?

No estaba segura, pero no dejaba de pensar en ello.

Estaba repasando las últimas fotos del esqueleto de Morissonneau cuando reapareció Ryan con cara de sorpresa contenida. Le hice una seña con la mano para que entrara.

—Le han cogido —dijo.

—Me rindo —dije.

—A Hershel Kaplan.

—¿Cómo ha sido?

—El genio hurtó una chuchería.

—¿Robó algo?

—Se guardó un collar en el bolsillo. Todo por puro error. Quería pagarlo.

—Sí, claro. ¿Y ahora qué?

—Me gustaría extraditarlo a Canadá.

—¿Puedes hacerlo?

—No, a no ser que presente cargos contra él para solicitar la extradición oficial a través de Asuntos Exteriores.

—¿Tienes pruebas para imputarle?

—No.

—De todos modos, recurriría.

—Sí. —Ryan señaló hacia el esqueleto con la barbilla—. ¿Qué sucede con «Max» de Masada?

—El carbono 14 señala que nació hacia la época de la estrella de Belén.

—Hostia.

—Voy a devolverlo a Israel.

Le expliqué la conversación con la AIA.

—No pareces muy contenta, si no me equivoco.

Reflexioné un instante.

—Jake me dijo que no hablase con nadie en Israel antes de hacerlo con él.

—¿Y por qué llamaste?

—LaManche quiere que despachemos el esqueleto.

—¿Por qué no te fías de esa Bloom?

—Supongo que por la advertencia de Jake. No lo sé. Algo dentro de mí me aconsejó esperar a hablar con Blotnik.

—Probablemente tienes razón.

—Hay algo más.

Le conté lo de Morissonneau.

Ryan frunció el ceño. Iba a decir algo cuando sonaron mi móvil y el suyo.

Ryan sacó el chisme del cinturón, miró el número y señaló el teléfono de sobremesa. Yo asentí con la cabeza y fui al laboratorio anexo.

—Temperance Brennan.

—*Aquí Tovya Blotnik, desde Jerusalén* —dijo una voz navideña, oronda y feliz.

—Encantada de que me haya llamado, señor. No esperaba que lo hiciera hasta mañana.

—*Ruth Anne Bloom me localizó en casa.*

Impedimentos solventados.

—Gracias por tomarse la molestia —dije.

—*No tiene importancia. Es un placer atender a colegas extranjeros* —dijo Blotnik, conteniendo la risa—. *¿Trabaja para un juez de instrucción en Canadá?*

Le expliqué mi cargo.

—*Muy bien. ¿Qué es eso de un esqueleto de Masada?*

Le describí la foto que había dado origen al asunto. A continuación, sin darle nombres, le conté que el esqueleto había sido robado del Musée de l'Homme por Yossi Lerner, y que después había sido ocultado por Avram Ferris y Sylvain Morissonneau.

Le resumí el resultado de los análisis de carbono radiactivo.

No mencioné a Hershel Kaplan, ni el libro de Joyce, ni la motivación del robo y ocultación del esqueleto. Tampoco mencioné las muestras enviadas para análisis de ADN.

Omití que Ferris y Morissonneau hubieran muerto.

—*¿Cómo obtuvo la foto?* —preguntó Blotnik.

—Me la dio un judío residente de Montreal.

No mentía.

—*Probablemente se trata de algún absurdo malentendido.* —La ironía de Blotnik sonaba forzada—: *Pero no podemos descartarlo sin más, ¿no es cierto?*

—Eso creo.

—*Y seguro que estará deseando verse libre de este lío.*

—Me han autorizado a entregar los restos. Si me indica una dirección a donde enviarlos, llamaré a los servicios de...

—*¡No!*

Era un no contundente.

Aguardé.

—*No, no. No se tome tantas molestias. Yo enviaré a alguien.*

—¿Desde Israel a Quebec?

—*No hay problema.*

¿No hay problema?

—Doctor Blotnik, el transporte intercontinental de materiales arqueológicos es algo habitual. Para mí no es ninguna molestia embalarlos y enviárselos por el medio de transporte que usted me indique...

—*Insisto en que no.*

No dije nada.

—No hace mucho, hemos tenido experiencias lamentables. ¿Se ha enterado por casualidad del asunto del osario de Santiago?

El osario de Santiago era la arqueta de piedra mencionada en la información de Internet. Recordé vagamente la noticia publicada hacía unos años acerca del deterioro de un osario prestado al Royal Ontario Museum.

—¿El osario de Santiago es esa pieza que se rompió durante el transporte a Toronto?

—Se hizo añicos, más bien. Entre Israel y Canadá.

—Como usted quiera, señor.

—Sí, por favor. Es preferible. En breve le comunicaré el nombre de mi comisionado. —Antes de que dijera nada, Blotnik volvió a la carga—. ¿Está el esqueleto en lugar seguro?

—Por supuesto.

—La seguridad es de suma importancia. Nadie debe tener acceso a esos restos.

Cuando regresé al laboratorio Ryan sostenía el receptor en la mano.

—Kaplan no habla —dijo.

—¿Y?

—El agente de la policía israelí dice que va a presionarle.

Ryan se percató de que no me enteraba de lo que decía.

—¿Qué ocurre, cielo?

—No lo sé.

La expresión de Ryan mudó sutilmente.

—Demasiada intriga con ese esqueleto —dije—. Aunque sea el esqueleto excluido de Masada. Si es que existe un esqueleto de Masada excluido.

Le expliqué mi conversación con Blotnik.

—Un viaje de ocho mil kilómetros resulta un tanto exagerado —comentó Ryan.

—Un poco. El transporte de antigüedades de un continente a otro es corriente. Hay empresas especializadas.

—Vamos a ver —le comentó Ryan, poniéndome las manos en los hombros—. Nos vamos a cenar tranquilamente y luego, en tu casa, podríamos dejarnos llevar por el arte de la danza.

—No he encargado las braguitas.

Dirigí la mirada a la ventana. Me sentía angustiada e inquieta, sin saber por qué.

Ryan me acarició la mejilla.

—Tempe, las cosas no van a cambiar de hoy a mañana.

Vaya si tenía razón.

17

Aquella noche soñé con el hombre llamado Tovya Blotnik. Llevaba gafas negras y sombrero negro, como Belushi y Aykroyd haciendo de Blues Brothers. Blotnik estaba en cuclillas, excavando con una paleta. Era de noche y al mover la cabeza la luna hacía brillar los cristales de sus gafas. Recogía algo del suelo, lo levantaba y se lo ofrecía a otra persona que estaba de espaldas a mí y que, al volverse, era Sylvain Morissonneau con un pequeño cuadro negro en las manos.

Morissonneau raspó el polvo del cuadro, brotó luz de la punta de sus dedos y poco a poco apareció la imagen de cuatro figuras en un sepulcro: dos ángeles, una mujer y Jesús resucitado. El rostro de Jesús se difuminó y no quedó más que una calavera blanca y brillante, sobre cuyas órbitas y huecos descarnados comenzó a tomar forma, como entre la niebla pegada a un terreno montañoso, un nuevo rostro. Era el rostro del Jesús de la cabecera de la cama de mi abuela. El Jesús con aquella mirada efectista de «te sigo a donde vayas». El Jesús que no había dejado de atemorizarme en mi infancia.

Intenté echar a correr pero no podía moverme.

Jesús abrió la boca y de ella salió un diente flotando. El diente aumentaba de tamaño y se acercaba a mí trazando espirales.

Intenté apartarlo de un manotazo.

Abrí los ojos.

La única luz que había en la habitación eran los dígitos de mi radio-reloj. Ryan roncaba plácidamente a mi lado.

Mis sueños no suelen ser rompecabezas freudianos. Mi subconsciente elabora los acontecimientos en forma de escenas psicodélicas. ¿Era por el comentario de Morissonneau sobre la calidad ensoñadora del cuadro de Burne-Jones? Fuese cual fuese el desencadenante, este sueño había sido extraordinario.

Miré el reloj. Eran las seis menos cuarto.

Intenté dormir.

A las seis y cuarto me levanté.

Birdie me siguió hasta la cocina. Hice café. *Charlie* inició un silbido de piropo y lo interrumpió para hurgar en el comedero.

Me llevé la taza al sofá y *Birdie* se sentó en mi regazo.

Fuera, dos gorriones picoteaban inútilmente en la nieve del patio. Sabía lo que sentían.

Más preguntas que respuestas a propósito del esqueleto. Ninguna explicación sobre la muerte de Sylvain Morissonneau. Ningún progreso en el caso Ferris.

No tenía ni idea de por qué Jake no había contestado a mis llamadas.

¿O sí?

Entré de puntillas en el dormitorio, cogí el bolso, volví al sofá y saqué el móvil.

Jake me había llamado dos veces. ¡Maldita sea! ¿Cómo no lo había oído? Porque había estado de fiesta con Ryan. Jake me había dejado un simple mensaje. Dos veces. «Llámame».

Marqué su número y contestó de inmediato.

—Menos mal que tienes cobertura internacional —comenté—. Tanta llamada urgente a Jerusalén me va a obligar a hipotecar la casa de St. Bart's.

—*¿Tienes una casa en St. Bart's?*

—No. Pero me gustaría. —*Birdie* se acomodó en mi regazo—: He recibido los resultados del análisis de carbono 14. El esqueleto tiene dos mil años.

—*¿Te has puesto en contacto con alguien?* —dijo Jake.

—Con la AIA. No tuve más remedio, Jake.

—*¿Con quién hablaste?* —Voz tirante.

—Con Tovya Blotnik. Va a enviar a un comisionado a Montreal para recoger el esqueleto.

—*¿Sabe Blotnik que enviaste muestras para el análisis de ADN?*

—No. ¿Te consta que esos resultados tardarán?

Jake no respondió a mi pregunta.

—*¿Sabe lo del molar distinto?*

—No. Pensé que tú querrías hablar antes de ello. Jake, hay algo más.

Le conté lo de la muerte de Morissonneau.

—*¡Hostia! ¿Crees que le falló el corazón?*

—No lo sé.

Un suspiro.

—*¿Te dijo Blotnik algo sobre una tumba y un osario?*

—Me mencionó el osario de Santiago.

Otro suspiro. *Charlie* rompió el silencio con unas notas de *Caricias*. Me vino al pensamiento lo que habría visto el pájaro la noche anterior. La voz de Jake me sacó de mis reflexiones.

—*¿Estás segura de que dijo el osario de Santiago?*

—Sí. ¿Por qué es tan importante ese osario de Santiago?

—*Dejémoslo de momento. Tempe, escucha. Escúchame bien. Es importante. No le menciones lo de las muestras de ADN. ¿De acuerdo? ¿Retendrás esa información?*

—¿Por qué?

—*Por favor, confía en mí y no digas nada de momento sobre las muestras de ADN.*

—En este momento no hay nada que decir.

—*Y no quiero que le entregues a Blotnik el esqueleto.*

—Jake, yo...

—*Te lo ruego. ¿Puedes hacerme ese favor?*

—No, si no me dices qué es lo que ocurre. ¿Por qué no debo colaborar con la AIA?

—*No puedo decírtelo por teléfono.*

—Si Masada es el lugar de origen, legalmente tengo que devolver el esqueleto a Israel. No puedo negarme.

—*Tráelo tú misma. Yo corro con los gastos.*

—En este momento no puedo viajar a Israel.

—*¿Por qué no? Yo trataré el asunto con Blotnik.*

—¿Que lo lleve yo?

¿Qué diría LaManche? ¿Y Ryan? ¿Quién iba a ocuparse de *Birdie* y *Charlie*?

Dios mío, estaba razonando como mi madre.

—Tengo que pensarlo, Jake.

—*Déjate de pensarlo. Ven a Israel y tráete el esqueleto.*

—No creerás en serio que tengo el esqueleto de Jesús...

Se hizo una larga pausa. Cuando Jake volvió a hablar lo hizo con una voz distinta, más baja y contenida.

—*Lo único que puedo decirte es que ando detrás de algo muy gordo.*

—¿Muy gordo?

—*Si mis cálculos son exactos, es una bomba. Por favor, Tempe, haz la reserva de vuelo. O, si quieres, la hago yo. Nos veremos en el Ben-Gurion. No hables con nadie de tu viaje.*

—No quiero fastidiar tu arrebato de George Smiley, pero...

—*Dime que vendrás.*

—Me lo pensaré.

Estaba pensándomelo cuando apareció Ryan. Se había puesto los vaqueros. Nada más. Los llevaba caídos.

Mi libido se puso alerta.

Y Ryan lo notó.

—Puedo dejar que se me caigan los vaqueros...

Puse los ojos en blanco.

—Voy a hacer café.

Ryan me besó en la cabeza, bostezó y desapareció. *Birdie* saltó de mi regazo y fue tras él.

Oí un traqueteo, después el refrigerador. Ryan volvió a aparecer con mi taza del águila de las Fuerzas Aéreas USA, se sentó en un sillón y estiró las piernas.

Charlie silbó unas notas de *Dixie* y graznó ¡*Caricias!*

—¿Hablabas por teléfono? —preguntó Ryan.

Esgrimí el móvil.

—Jake quiere que vaya a entregar el esqueleto a Israel. Tiene verdadero empeño.

—Tierra de sol y diversión.

—Y de terroristas suicidas.

—Y eso. —Ryan sopló sobre su café—. ¿Tú quieres ir a Israel?

—Sí y no.

—Me encantan las mujeres que saben lo que quieren.

—Siempre he deseado visitar Tierra Santa.

—Ahora no hay mucho trabajo. El laboratorio no va a colapsarse porque faltes una semana.

—¿Y los niños? —señalé con la mano a *Birdie* y *Charlie*—. ¿Y si Katy me necesita?

Nada más decirlo me sentí idiota. Mi hija tenía veinticuatro años y estaba a mil quinientos kilómetros. Y muy cerca de su padre.

—¿Te preocupa la violencia?

—He estado en sitios peores.

—¿Por qué no vas?

No sabía qué decir.

Me «necesitaban» en el laboratorio.

Dos niños habían encontrado unos huesos en un baúl en la buhardilla de su tío. ¡Qué fuerte! ¡Llamar a la policía!

Eran huesos humanos de mujer blanca, entre treinta y cuarenta años en el momento de la muerte. Detalle importante: todos los huesos presentaban diminutas perforaciones y algunas de ellas conservaban unos alambres. Las tibias se articulaban con los huesos del tobillo, y los huesos del tobillo con los huesos del pie.

Podéis imaginarlo. El tío de los niños era un médico jubilado. Se trataba de un esqueleto didáctico. Terminé el informe a las nueve y cinco.

Después de almorzar, mis pensamientos derivaron hacia Jake y su misterioso gran descubrimiento. ¿Qué sería? ¿Y por qué tanta preocupación por «Max» de Masada, como llamaba Ryan al esqueleto? Max no podía ser Jesús. Era demasiado viejo en el momento de la muerte. O demasiado joven. ¿No era ésa la tesis del libro de Joyce?

Tanto Jake como Blotnik habían mencionado el osario de Santiago. Y en Internet había artículos sobre él. Hice una investigación en la red y me enteré de lo siguiente:

Un osario es una arqueta de piedra. Los osarios cumplían una función importante en los enterramientos judíos del siglo I en Israel. Los muertos se depositaban en la tumba hasta que se pudrían y un año después se recogían los huesos para guardarlos en osarios.

En Israel y Palestina se habían descubierto miles de osarios. Se puede comprar uno en el mercado de antigüedades por unos cientos de dólares.

El osario de Santiago es una arqueta de piedra caliza del siglo I, de unos cincuenta centímetros de largo, con una inscripción en arameo que dice: «Santiago, hijo de José, hermano de Jesús».

Cuando se dio a conocer al público en 2002, el osario de Santiago causó sensación. Según diversas opiniones, antes de su descubrimiento, no existía evidencia histórica de la existencia de Jesús, salvo en las Escrituras. La arqueta constituía el primer indicio material de su existencia.

De acuerdo. Era una bomba.

En 2003 se formó un comité de autentificación. El comité dictaminó que el osario era auténtico y la inscripción falsa, basándose fundamentalmente en una espectrometría de masas de los isótopos de oxígeno de la pátina, una concreción causada por oxidación superficial.

El dictamen suscitó controversias. Muchos expertos mostraron su disconformidad, tacharon al comité de poco riguroso y lo acusaron de haber llegado a una conclusión precipitada.

Resumen: Nadie ponía en entredicho la antigüedad del osario. Algunos cuestionaban la inscripción, en su totalidad o en parte, y otros aceptaban su autenticidad sin reservas.

Ryan apareció a las dos. Apoyó el trasero en la mesa y enarcó las cejas. Yo también.

—Por curiosidad, hice una comprobación en tu monasterio y me enteré de algo interesante.

Me recliné en la silla.

—El padre André Gervais llamó al puesto de policía de Saint-Hyacinthe hace una semana.

—¿Gervais es un monje de la abadía de Sainte-Marie-des-Neiges?

Ryan asintió con la cabeza.

—Por lo visto, un coche con dos individuos aparcado dentro del recinto infundió sospechas en la congregación. Saint-Hyacinthe envió un coche patrulla. —Ryan hizo una pausa efectista—. El conductor y el pasajero eran palestinos.

—¡Jesús!

—No. Éstos eran de los otros. —Ryan ojeó una libreta—. Jamal Hasan Abu-Jarur y Mohamed Hazman Shalaideh. Era un coche alquilado.

—¿Qué hacían allí?

—Dijeron que eran turistas y que se perdieron. Tenían los pasaportes en regla y no estaban fichados. El policía les dijo que se fueran de allí.

—¿Cuándo fue eso?

—El uno de marzo.

Sentí un hormigueo en el cuero cabelludo.

—Tres días después de mi visita y un día antes de la muerte de Morissonneau.

—Puede ser una casualidad.

—Están surgiendo muchas casualidades.

—Y ahora la buena noticia.

—Estupendo.

—Hershel Kaplan hizo catorce viajes a Israel durante los dos años anteriores a su última aventura en Burdeos. Resulta que el primo de Kaplan es uno de los anticuarios menos escrupulosos de Jerusalén.

—¡Sigue!

—Ira Friedman es el agente de la Policía Nacional israelí con quien me he puesto en contacto. Friedman interrogó a fondo a Kaplan y me ha dado a entender que van a imputarle cargos por violación de las leyes de Antigüedades y de Protección de Lugares Santos, por profanación de tumbas, destrucción de bienes culturales, fraude a Hacienda, allanamiento, quebrantamiento de cerraduras, el motín de la *Bounty*, el homicidio de Lesnitsky, el secuestro de Rapunzel, el robo del vellocino de oro y el hundimiento del *Edmund Fitzgerald*.

—¿Todo eso?

—Es una paráfrasis. Friedman tiene a Kaplan seriamente preocupado por su futuro. Además, le mencionó mi nombre y el hecho de que en Canadá están pendientes de aclaración ciertos cheques falsificados.

—Muy astuto.

—La amenaza ha dado resultado. Kaplan ha demostrado un enorme interés en hablar con las autoridades de Canadá.

—Lo cual quiere decir...

—Que quiere hablar a solas conmigo.

—Qué buenos instintos.

Ryan esbozó una sonrisa tan ancha como el Chattahoochee.

—Friedman quiere que vaya a Jerusalén. Los jefes han dado su conformidad.

—¿Y la policía paga los gastos?

—¿No es fantástico? Asuntos Exteriores se lo pasó a la Policía Montada del Canadá y ésta nos lo pasó a nosotros. Y yo soy el principal investigador del caso Ferris y el afortunado viajero.

—Hay que ver cómo nos solicitan en Israel —comenté.

—¿Podemos negarnos? —añadió Ryan.

—Qué demonios; no.

18

Hay una ventaja cuando se vuela a una zona de guerra: asientos de sobra.

Mientras encargaba el billete a Air Canada, Denis empaquetó el esqueleto de Masada y lo metió en una bolsa de jockey.

Fui corriendo a casa para dejar en buenas manos el gato y la cacatúa. Winston, el portero del edificio, aceptó cuidarlos. Le debo un botellín de Crown Royal.

Estaba haciendo la maleta cuando Ryan hizo sonar el timbre. Cerré la tapa, saqué un ratón de juguete de mi escondite, se lo eché a *Birdie* y salí zumbando.

Conozco a Ryan desde hace años y he viajado con él varias veces. Es un hombre con grandes cualidades, pero entre ellas no figura la paciencia en los aeropuertos.

Tomamos el vuelo del puente aéreo a Toronto de las siete de la tarde, y él no paró de quejarse de las salidas adelantadas y las esperas interminables.

Ryan tenía más razón que un santo. Volábamos a Tel Aviv con El Al, y las medidas de seguridad eran más estrictas que las de Los Álamos en los años cuarenta. Después de explicar una y otra vez el contenido de mi bolsa y mostrar la documentación correspondiente, enseñar, una por una, las bragas en el control de equipajes y contarles nuestra vida y futuras aspiraciones en el interrogatorio personal, eran más de las diez.

Ryan empleó los pocos minutos que quedaban en dar palique a la agente de la puerta de embarque. Entre risitas, la amable señora accedió a ascendernos a clase de negocios.

Embarcamos y despegamos a la hora. Un milagro de la aviación.

Mientras volábamos a altura de crucero, Ryan aceptó la segunda copa de champán tras un intercambio de sonrisas con la azafata.

Yo tengo mi rutina en los vuelos internacionales.

Fase uno: me tomo el zumo de naranja y leo hasta la hora del almuerzo.

Fase dos: como poco, porque vi *¡Aterriza como puedas!* y me acuerdo del pescado en mal estado.

Fase tres: pongo el letrero de NO MOLESTAR, reclino el asiento hacia atrás y me trago las películas que haga falta hasta quedarme dormida.

Seguí mi rutina comenzando por una guía de Tierra Santa escrita por Winston. No me pregunten por qué. A mí me consta que nunca ha salido de Quebec.

Ryan leía *Dublineses*, de James Joyce, y se comió todo lo que le sirvieron. Al empezar la primera película, ya estaba roncando.

Yo aguanté *Piratas del Caribe*, *Shrek* y la escena de las macetas de *Arsénico por compasión*. Hacia el amanecer me quedé dormida, pero sin dejar de pensar.

O al menos, eso es lo que creía.

Cuando abrí los ojos, una azafata estaba retirando la bandeja del desayuno de Ryan.

Enderecé el asiento.

—¿Has dormido bien, cielo?

Ryan intentó apartar el cabello de mi mejilla. Estaba pegado. Lo despegué y me lo recogí con las manos tras las orejas.

—¿Quieres café? —preguntó Ryan, aplanándome las puntas del flequillo.

Asentí con la cabeza.

Ryan esgrimió la taza para llamar la atención de la azafata y me señaló con el dedo. Desplegué mi bandeja y rápidamente se materializó un café.

—Gracias, Audrey.

¿Audrey?

—Es un placer, agente —replicó la tal Audrey con la sonrisa falsa de la noche anterior.

Las medidas de seguridad en el aeropuerto Ben-Gurion no fueron tan estrictas como en el Pearson. Quizá por la placa de Ryan. O por la minuciosa documentación del juez de instrucción. Tal vez por el convencimiento de que si llevábamos nitroglicerina en el secador de pelo ya lo habrían descubierto.

Al salir de la aduana vi a un hombre apoyado en la pared a unos metros a la izquierda. Tenía una buena pelambrera y vestía un jersey de color arcilla, vaqueros y zapatillas de deporte. Salvo por las espesas cejas y unos años de más, parecía el doble de Gilligan.

Gilligan nos miraba. Le di un codazo a Ryan.

—Ya le he visto —dijo Ryan si perder el paso.

—Se parece a Gilligan.

Ryan me miró.

—De *La isla de Gilligan*.

—No me gustaba nada.

—Pero sabes qué personaje digo.

—Sólo me gustaba Ginger —replicó Ryan—. Ginger tenía talento.

Gilligan se apartó de la pared, dejó caer las manos y separó los pies sin disimular para nada su interés hacia nosotros.

Cuando estábamos a unos pocos metros, se puso en movimiento.

—*Shalom* —Era una voz más profunda de lo que esperaba en un tipo de su complexión.

—*Shalom* —contestó Ryan.

—¿El agente Ryan?

—¿Quién lo pregunta?

—Ira Friedman.

Friedman tendió la mano y Ryan se la estrechó.

—Bienvenidos a Israel.

Ryan me presentó. Estreché la mano de Friedman y él me dio un apretón más fuerte del que cabía esperar de un individuo con la complexión de Gilligan.

Friedman nos condujo a un Ford Escort mal aparcado en la zona de taxis. Ryan cargó el equipaje, abrió la portezuela delantera y me ofreció el asiento.

Ryan mide un metro ochenta y cinco y yo uno sesenta. Opté por el asiento de atrás.

Aparté papeles, una especie de manual, un amasijo de envoltorios de comida, unas botas, un casco de moto, una gorra de béisbol y una chaqueta de nailon. Había patatas fritas en la juntura. Las dejé tal cual.

—Disculpe por el coche —dijo Friedman.

—Ningún problema.

Quité las migas de la tapicería y traté de acomodarme, pensando en si no hubiera sido mejor declinar su oferta de recogernos en el aeropuerto.

Por el camino, Friedman puso a Ryan al corriente.

—Alguien de vuestro departamento se puso en contacto con los de vuestro Ministerio de Asuntos Exteriores, y éstos se pusieron en contacto con los delegados de la policía israelí en Estados Unidos y Canadá. Por lo visto, el de Asuntos Exteriores conocía a nuestro representante en el consulado en Nueva York.

—Un contacto personal puede abrir muchas puertas.

Friedman desvió la mirada, ajeno al sentido del humor de Ryan.

—Nuestro representante en Nueva York envió un escrito a la Unidad de Relaciones Internacionales de la sede central en Jerusalén. La IRU transmitió la solicitud a la división de delitos graves de la policía y yo la recibí.

Friedman entró en la autopista 1.

—Normalmente, estas solicitudes no prosperan. Nosotros no teníamos nada que preguntarle a vuestro sospechoso e ignorábamos su delito. Eso, suponiendo que llegásemos a encontrarle, pues una vez que un turista entra en el país escapa a todo control. Y, aun en caso de localizarle, tampoco está legalmente obligado a contestar a nuestras preguntas.

—Pero Kaplan tuvo la amabilidad de birlar un collar —dijo Ryan.

—Un siclo de plata de Herodes con cadena de oro, el muy imbécil, porque ni siquiera era auténtico —dijo Friedman despectivo.

—¿Cuánto tiempo puedes retenerle?

—Veinticuatro horas, y ya han pasado. Moviendo hilos, puedo alargarlo a cuarenta y ocho. Pero luego hay que imputarle algún cargo o ponerle en libertad.

—¿No va a presentar denuncia el dueño de la tienda?

Friedman se encogió de hombros.

—A saber. Ha recuperado la moneda. Pero si soltamos a Kaplan, no le perderé de vista.

Friedman miraba de vez en cuando por el retrovisor; nuestras miradas se cruzaban y nos sonreíamos.

Entre un tema y otro, yo procuraba asimilar el paisaje.

Sabía, por el libro de Winston, que la carretera de Tel Aviv a Jerusalén nos llevaba desde la llanura costera a través del Shefelah, o tierras bajas, hacia la meseta de Judea y las montañas. Anochecía, y no veía gran cosa. Enlazábamos curva tras curva, y de pronto, las luces de Jerusalén centellearon ante nuestra vista. Una luna de color vainilla rozaba el Monte del Templo e iluminaba la ciudad vieja con fulgor ámbar.

Yo conocía pocas panorámicas que suscitaran una reacción física. El volcán Haleakala al amanecer, el Taj Mahal a la luz del crepúsculo y la reserva nacional de Masai Mara durante la migración de la fauna salvaje.

Jerusalén bajo la luna me cortó la respiración. Friedman se dio cuenta y nuestras miradas se cruzaron.

—Es impresionante, ¿verdad?

Asentí con la cabeza en la oscuridad.

—Hace quince años que vivo aquí y todavía se me pone la carne de gallina.

Yo no lo escuchaba. Diversas imágenes cruzaban mi mente. Terroristas suicidas. Pastorcillos de Belén. Los asentamientos de la orilla occidental. Clases de catecismo en la iglesia de mi parroquia. Escenas de noticiarios con jóvenes airados.

Israel es un lugar donde las maravillas del pasado chocan a diario con la cruda realidad del presente. Mientras nos desplazábamos a través de la noche, no podía apartar de mi mente el antiguo enclave que, desde siempre, había estado en el centro de todo ello.

Un cuarto de hora después de aquella primera visión de Jerusalén, estábamos en la ciudad. Coches alineados en los bordillos de las aceras, pegados unos a otros como perros en un desfile canino inanimado. Tráfico intenso y aceras llenas de peatones; mujeres con *hijab* o burka, hombres con sombrero negro, adolescentes con Levi's 501.

«Qué parecido a Quebec», pensé, con su gran contraste

de religiones, lenguas y culturas —francesa e inglesa—, cada una por su lado. En Jerusalén eran tres. Musulmanes, cristianos y judíos, todos separados entre sí.

Abrí la ventanilla.

El aire estaba lleno de olores. Cemento, humos de escape, un leve aroma a flores, especias, basura, frituras.

Oí el familiar ruido urbano; cláxones, el zumbido del tráfico en un paso elevado, el sonido de un piano que se escapaba por una puerta abierta. La sinfonía de miles de centros urbanos.

Ryan había reservado habitación en el American Colony, en Jerusalén Este, una residencia de estilo turco transformada en hotel. Su razonamiento había sido: sector árabe; nada de bombas.

Friedman giró en Nablus Road hacia una rotonda bordeada de flores y palmeras. Dejó atrás una tienda de antigüedades, y antes de completar la vuelta detuvo el coche bajo un pórtico con enredaderas.

Friedman descargó nuestras maletas.

—¿Hay hambre?

Los dos asentimos con la cabeza.

—Les espero en el bar. —Friedman cerró el portaequipajes—. En la planta baja.

Ryan había elegido acertadamente. El American Colony estaba lleno de antigüedades, candelabros, tapices y cacharros de cobre trabajado. Los suelos eran de piedra pulimentada. Tenía ventanas y puertas arqueadas, y en el centro del edificio de la planta baja había un patio rebosante de flores.

Sólo faltaba el pachá.

Nos esperaban, y la inscripción fue rápida.

Ryan hizo unas preguntas mientras yo miraba los nombres inscritos en unas placas de mármol. Saul Bellow, John

Steinbeck, Jimmy Carter, Winston Churchill, Jane Fonda y Giorgio Armani.

Mi habitación no desmerecía del vestíbulo. Armario con espejos, escritorio tallado, alfombra persa, cuarto de baño radiante con espejos de marco dorado y azulejos blancos y negros.

Quería ducharme y echarme en la cama, pero me lavé los dientes, me cepillé el pelo, me cambié y bajé al bar.

Ryan y Friedman estaban sentados en un compartimento del bar, con sendas botellas de cerveza Taybeh.

Friedman hizo señas a un camarero. Pedí una Perrier y ensalada árabe. Ryan pidió espaguetis.

—El hotel es precioso —comenté.

—Lo construyó hacia 1860 un capitoste árabe cuyo nombre no recuerdo. Él ocupaba la habitación número uno, en las de abajo se alojaban sus esposas en verano, y en invierno se trasladaban a la primera planta. Él ansiaba un hijo, pero como no venía, se casó por cuarta vez y construyó otras dos habitaciones. Pero murió sin que su nueva esposa colmara sus deseos. —Friedman dio un sorbo de cerveza—. En 1873, un abogado rico de Chicago, llamado Horatio Spafford, envió a su esposa y a sus cuatro hijas de vacaciones a Europa. El barco naufragó y sólo se salvó la madre. —Otro sorbo de cerveza—. Pasaron dos años y tuvieron otro par de hijas, pero perdieron a un hijo. Los Spafford eran religiosos, miembros de una iglesia que no recuerdo, y decidieron buscar consuelo en Tierra Santa. En 1881 llegaron a Jerusalén y se instalaron con otros amigos en la ciudad vieja. Ese grupo, al que llamaron la Colonia Americana, adquirió fama por su ayuda a los pobres.

»Abreviando, llegaron otros y el grupo aumentó. Los Spafford alquilaron esta casa y la compraron. ¿Han oído hablar de Peter Ustinov?

Ryan y yo asentimos con la cabeza.

—En 1902, el abuelo de Peter comenzó a enviar turistas aquí desde un hotel en Jaffa del que era propietario. Esto se convirtió en el American Colony Hostel y, posteriormente, en hotel. Un hotel que ha sobrevivido cuatro guerras y cuatro regímenes.

—Los turcos, los británicos, los jordanos y los israelíes —dije yo.

—Exacto. Pero no han venido a oír lecciones de historia. ¿Por qué se interesa tanto Canadá por ese chorizo de Kaplan?

Ryan le puso al corriente de la investigación del caso Ferris.

—Es un buen salto, de falsificador a homicida —dijo Friedman.

—Ya lo creo —asintió Ryan—. Y la viuda mantiene una relación con Kaplan.

—Que ella no mencionó —añadió Friedman.

—Eso es —dijo Ryan.

—Y Kaplan huyó del país.

—Eso es.

—Y la viuda espera cobrar cuatro millones —dijo Friedman.

—Eso es.

—Cuatro millones es un buen móvil.

—No se te escapa nada —comentó Ryan.

—¿Te propones interrogar al señor Kaplan?

—Lo antes posible.

—¿A primera hora de la mañana?

—No, le daré tiempo a que se lave los dientes.

Friedman se volvió hacia mí.

—Perdone, pero no he captado su relación con el caso.

Le expliqué las circunstancias en que Kaplan me había

entregado la foto, Morissonneau, el esqueleto y mi llamada a la AIA.

—¿Con quién habló?

—Con Tovya Blotnik y Ruth Anne Bloom.

—¿Bloom es la mujer de los huesos?

Sonreí. A mí me colgaban la misma etiqueta.

—Sí.

—¿Le mencionaron esa caja de huesos? —preguntó Friedman.

—¿El osario de Santiago?

Friedman asintió con la cabeza.

—Blotnik me habló de ello. ¿Por qué?

Friedman hizo caso omiso de mi pregunta.

—¿Ese tal Drum le ha aconsejado que no se haga notar mucho aquí?

—Me aconsejó que no entrara en contacto con nadie en Israel antes de hablar con él.

Friedman apuró la cerveza. Volvió a tomar la palabra con una voz neutra, como si ocultara lo que realmente pensaba.

—Su amigo le ha aconsejado bien.

Bien. Pero, como se verá, en vano.

19

Las cinco y veinte. Por la ventana veía las copas negras de los
árboles, el minarete de la mezquita era una sombra al otro
lado de la calle. Me había despertado bruscamente el altavoz
que llamaba al *fajr*, la oración de la mañana.

Dios es grande, clamaba el muecín en árabe. Rezar es
mucho mejor que dormir.

Yo no estaba muy segura. Me sentía perezosa y confusa,
como un paciente que despierta de la anestesia.

Terminaron las lamentaciones amplificadas y el gorjeo de
los pájaros llenó el silencio. Ladró un perro y se oyó el golpe
de la portezuela de un coche.

Me quedé en la cama, atenazada por la ambigua sensación de una tragedia inminente. ¿De qué? ¿Cuándo?

Vi cómo la habitación cambiaba lentamente del plata al
rosa, a la vez que los sonidos del tráfico aumentaban en in-
tensidad. Indagué en mi inconsciente. ¿A qué se debía mi
malestar? ¿Jet lag? ¿Miedo por mi seguridad? ¿Culpabilidad
por la muerte de Morissonneau?

¡Humm! Era un recoveco que no había explorado. A los
cuatro días de mi visita al monasterio, Morissonneau apareció muerto en un sendero. ¿Había sido yo el detonante de la
muerte del monje? ¿Debería haber previsto que iba a ponerle
en peligro?

¿Había puesto en peligro a Morissonneau?

¿Qué demonios era aquel esqueleto?

En parte, mi angustia procedía del hecho de que ignoraba lo que otros sabían. Blotnik. Friedman. Incluso Jake ocultaba algo.

Sobre todo Jake. ¿Tenía mi amigo sus propios planes? No, no creía que fuera eso. ¿Qué era lo que me ocultaba?

Para empezar, el osario de Santiago. Todos hablaban de él. Me prometí desentrañar ese misterio aquel mismo día.

Me sentí mejor. Entraba en acción. O al menos, me lo planteaba.

Me levanté a las seis, me duché y bajé al restaurante, esperando que Ryan también se hubiese levantado pronto.

También esperaba que hubiera aceptado el hecho de que yo ocupara la habitación 304 y él la 307, en el mismo pasillo.

Habíamos discutido lo de las habitaciones antes de salir de Montreal, y yo insistí en que nos alojaríamos por separado, alegando que viajábamos a Israel por asuntos oficiales. Él objetó que nadie se enteraría y yo le comenté que sería divertido ir y venir de una a otra en plan furtivo. Ryan no estaba de acuerdo. Pero yo me impuse.

Ryan ya estaba sentado a una mesa, mirando su plato con el ceño fruncido.

—¿Cómo se les ocurrirá servir aceitunas para el desayuno? —comentó con un tono que daba a entender que el jet lag le afectaba más que a mí.

—¿No te gustan las aceitunas?

—Por la tarde sí, después de las cinco. —Apartó el plato y atacó un montón de huevos más grande que el monte Rushmore—. En la ginebra.

Deduje que no íbamos a tener una conversación fluida. Así que me centré en mi paté de garbanzos con queso.

—¿Vas a ir a ver a Kaplan con Friedman? —le pregunté cuando ya había reducido el Rushmore a un montículo.

Ryan asintió con la cabeza y consultó el reloj.

—¿Vas a llevarle el «Max» de Masada a Blotnik? —preguntó.

—Sí, pero le prometí a Jake que nos veríamos antes de ponerme en contacto con nadie. No tardará en llegar; luego iremos a la AIA.

Ryan dejó la taza de café, se levantó y me apuntó con el dedo.

—Ve con cuidado, recluta.

Me llevé dos dedos a la frente.

—Entendido.

Ryan me devolvió el saludo y salió del comedor a buen paso.

A las siete se presentó Jake con vaqueros, chaleco de camuflaje y una camisa hawaiana azul abierta sobre camiseta blanca. Curiosa concesión a la moda para un individuo de un metro noventa y cinco, cráneo rapado y cejas espesas como un seto.

—¿Has traído botas? —preguntó mientras se sentaba en la silla que había dejado Ryan.

—¿Para ir a ver a Blotnik?

—Quiero enseñarte una cosa.

—Jake, he venido a entregar un esqueleto.

—Antes quiero que veas algo.

—Antes quiero que me digas qué demonios es todo esto. Jake asintió con la cabeza.

—Hoy —añadí con voz más fuerte de lo que pretendía. O no.

—Te lo explico por el camino.

—¿Empezando por lo del osario?

Pasaron dos hombres hablando en árabe y Jake los observó hasta que desaparecieron por el arco de piedra del restaurante.

—¿Puedes guardar el esqueleto en la caja fuerte de tu habitación? —dijo Jake en un susurro casi inaudible.

—No cabe —contesté, negando con la cabeza.

—Pues tráetelo.

—Sí, más vale —dije, tirando la servilleta en el plato.

—Y botas. —Jake señaló mis pies.

Mientras cruzábamos Jerusalén, Jake me contó la extraña historia del osario de Santiago.

—Nadie pone en duda la autenticidad de la arqueta. La controversia surgió con la inscripción. La AIA dictaminó que era falsa. Otros opinan que las palabras «hermano de Jesús» son auténticas, pero que «Santiago, hijo de José» es un añadido. Otros afirman lo contrario, sosteniendo que es la primera frase la que se añadió. Sin embargo, hay quien piensa que toda la inscripción es un fraude.

—¿Por qué?

—Para elevar el precio del osario en el mercado de antigüedades.

—Pero ¿el comité de la AIA no analizó a fondo la pieza?

—Sí. Desde luego. En primer lugar, se crearon dos subcomités. Uno examinó la inscripción y su significado, y el otro analizó los materiales. El subcomité de la inscripción estaba formado por expertos en epigrafía hebrea, pero otros especialistas no menos expertos impugnan sus conclusiones.

—¿Los epigrafistas son especialistas en inscripciones antiguas?

—Exacto. Escucha esto: un genio del comité señaló unas variaciones en la escritura de la inscripción y en el grosor y profundidad de incisión de las letras como indicio de falsificación. Te ahorraré los detalles, pero en una inscripción manual lo lógico es precisamente la variación. Las letras uniformes serían indicio irrefutable de fraude. Y la combinación de escritura en cursiva y en redonda es un fenómeno muy frecuente en las inscripciones antiguas.

»Otra de las controversias fue la ortografía. José aparecía escrito YWSP, y Santiago o Jacobo, Y'OB. Un miembro del comité dijo que José tendría que haberse escrito YHWSP, y que la forma Y'OB para Santiago nunca había aparecido en osarios de la época del segundo templo.

—La época del segundo templo es la de Jesús...

Jake asintió con la cabeza.

—Yo he hecho mi propia investigación. La ortografía de José del osario de Santiago aparece en más del diez por ciento de las inscripciones con ese nombre que he podido localizar. He comprobado cinco ejemplos del nombre de Santiago y tres de ellos tienen idéntica ortografía que la inscripción del osario de Santiago.

—¿No estaba al corriente el comité de la existencia de esos casos?

—Tú dirás.

Los ojos de Jake concentraban su atención en el tráfico.

—Por cierto, en el comité no había ningún erudito o historiador del Nuevo Testamento ni del primer período del cristianismo.

—¿Y la espectrografía de masas de los isótopos de oxígeno? —pregunté.

Jake me miró.

—Veo que te has documentado.

—Sólo un poco de navegación por Internet.

—El subcomité de materiales encargó un análisis del isótopo del oxígeno, que no demostró pátina profunda en las letras pero sí una extraña concreción grisácea de creta y agua.

El comité concluyó que era una pasta aplicada ex profeso para imitar el desgaste producido por el paso del tiempo. Pero el asunto no es tan sencillo.

Jake corrigió la posición de los retrovisores central y lateral.

—Resulta que la pátina de la parte de la inscripción referida a «Jesús» es idéntica a la pátina general de la arqueta. En antiguo arameo, Jesús habría debido ser la última palabra de la inscripción. Así que si esa palabra es auténtica, y hay miembros de la AIA que coinciden en que lo es, yo creo que toda la inscripción es auténtica. A ver si no. ¿Por qué iba a tener un osario la inscripción aislada de «hermano de alguien»? Es absurdo.

—¿Cómo explicas lo de la pasta?

—Tal vez la pátina de las letras despareciera al limpiarlas. O podría haberse alterado la composición química de la pátina al formarse partículas de carbonato. El dueño del osario dijo que en el transcurso de los años se había limpiado varias veces.

—¿Quién es el dueño?

—Un israelí coleccionista de antigüedades que se llama Oded Golan. Dice que cuando él lo compró le dijeron que el osario procedía de una tumba de Silwan. Ahora estamos en las afueras de Silwan. —Jake señaló con el dedo la ventanilla de mi lado.

Jake volvió a mirar el tráfico que discurría por delante y por detrás. Su nerviosismo se me estaba contagiando.

—El problema es que el osario no está registrado como objeto prodecente de una excavación en Silwan ni en ningún otro yacimiento del país.

—Tú crees que es producto de un saqueo.

—¡Ja! ¿Tú que crees? —replicó en tono sarcástico—. Golan afirma que es dueño del osario hace más de treinta años, lo cual lo convierte en legal, puesto que las antigüedades adquiridas antes de 1978 no son ilegales.

—¿Tú no le crees?

—Se dice que Golan pide por la pieza un precio inicial de dos millones de dólares. Figúrate —contestó Jake con desdén.

Me parecía mucho dinero.

Jake señaló a través del parabrisas una elevación al lado de la carretera.

—Ése es el Monte de los Olivos. Llegamos por el lado este y vamos camino del lado sur.

Jake giró a la izquierda por una calle estrecha bordeada de casas bajas de color ocre, muchas de ellas decoradas con toscos dibujos de aviones o coches, señal de que sus ocupantes habían hecho la peregrinación a La Meca. Unos niños jugaban a pelota entre perros que corrían tras ellos. Las mujeres sacudían alfombras, arrastraban carritos de la compra y barrían el umbral de las puertas, mientras los hombres charlaban sentados en sillas de jardín oxidadas.

Mis pensamientos volaron a la imagen de los palestinos aparcados frente a la abadía de Sainte-Marie-des-Neiges. Se lo conté a Jake y le repetí algunas de las afirmaciones de Morissonneau.

Jake abrió la boca, pero no dijo nada.

—¿Qué? —pregunté.

—No es posible.

—¿Qué no es posible?

—Nada.

—¿Qué es lo que me estás ocultando?

Se limitó a sacudir la cabeza en un gesto de negación.

La premonición de tragedia que había sentido aquella madrugada invadió mi mente.

Jake giró de nuevo y detuvo el coche en un claro, detrás

del pueblo. Más adelante, a la izquierda, una escalera de piedra descendía hacia lo que parecía un colegio. Había niños de pie, sentados o subiendo y empujándose por la escalera.

—¿Está relacionada la muerte de Morissonneau con...? ¿Con qué? No tenía ni idea de lo que estábamos haciendo. ¿... Con esos hombres? ¿Con esto? —añadí con un gesto que abarcaba la bolsa de jockey, el pueblo y el valle.

—Olvídate de los musulmanes. A los musulmanes les importa un bledo Masada y Jesús. El Islam considera a Jesús un simple hombre santo.

—¿Un profeta como Abraham y Moisés?

—Incluso un mesías. Según los musulmanes, Jesús no murió en la cruz y subió vivo al cielo, desde donde regresará.

Me sonaba a algo familiar.

—¿Y los guerreros santos de Alá? ¿Los radicales?

—¿Qué sucede?

—¿No les gustaría a los yihadistas apoderarse de los restos de Jesús?

—¿Por qué?

—Por hundir el cristianismo.

Un cuervo bajó en picado mientras nosotros aparcábamos. Miramos cómo saltaba entre la basura con las alas medio desplegadas, como sin saber si quedarse o levantar el vuelo.

Jake no dijo nada.

—Me da mala espina la muerte de Morissonneau —dije.

—No pienses en los musulmanes.

—¿En quién pensarías tú?

Se volvió hacia mí.

—¿Lo preguntas en serio?

Asentí con la cabeza.

—En el Vaticano.

No pude evitar echarme a reír.

—Hablas como un personaje de *El código Da Vinci*.

Jake no contestó.

Por la ventanilla vi que el cuervo picoteaba una carroña y pensé en Poe. Un pensamiento poco estimulante.

—¿Tú eres producto de la educación católica?

—Sí.

—¿Te enseñaron las monjas el Nuevo Testamento?

—Eran únicas infundiendo sentimientos de culpabilidad, pero mediocres en la enseñanza de las Escrituras.

—¿No te enseñaron que Jesús tuvo hermanos?

—No.

—Naturalmente que no. Por eso el osario de Santiago dejaba al Papa en ridículo.

Me pareció un comentario fuera de lugar.

—La Iglesia católica romana está obsesionada con la virginidad de María.

Y éste, todavía más.

—Además, es una idiotez. En el Nuevo Testamento se pueden encontrar abundantes referencias a los hermanos de Jesús. Mateo 13,55: «¿No es éste el hijo del carpintero? ¿No se llama su madre María y sus hermanos, Jacobo, José, Simón y Judas?». Marcos repite lo mismo en 6,3. Pablo, en la Epístola a los gálatas 1,19 habla de su encuentro con «Jacobo, el hermano del Señor». Mateo en 13,56 y Marcos en 6,3 dicen que Jesús tenía hermanas.

—¿Pero no hay eruditos de la Biblia que interpretan estas referencias como si se tratara de hermanastros, nacidos tal vez de otra esposa de José antes de casarse con María?

—Tanto Mateo en 1,25 como Lucas en 2,7 afirman que Jesús era el primogénito de María, aunque eso no descarta que José tuviera otros hijos. Pero no es sólo la Biblia la que habla de hermanos de Jesús. El historiador Flavio Josefo cita al «hermano de Jesús —llamado Cristo— cuyo nombre era

Santiago». —Jake iba lanzado—. En la época de Jesús, la virginidad después del matrimonio habría sido impensable, una violación de la ley judía. Hubiera sido algo inaudito.

—Entonces, Santiago y los otros serían hijos posteriores de María.

—En el Evangelio de Mateo se afirma claramente que después de nacer Jesús, José «conoció» a María —añadió Jake con particular énfasis en «conoció»—. Y Mateo no hablaba de besitos y arrumacos. Empleó esa palabra en el sentido bíblico.

»Aunque José no es el único candidato a ser padre de los hermanos de Jesús. Una vez que Jesús se hace adulto, José desaparece totalmente y nunca más se vuelve a hablar de él.

—Entonces, ¿María habría vuelto a casarse?

—Si José murió o se fue, es lo que cabría esperar.

Comprendía la zozobra de la Iglesia católica.

—Fuera por obra de José o de otro, la conclusión es que María dio a luz a otros hijos. Y uno de ellos fue Santiago. Por tanto, si ese osario de Santiago es auténtico, caería por tierra el concepto de la virginidad y el dogma de nacido de una virgen. —Jake acompañó la afirmación con un bufido—. San Jerónimo y sus amigos cocinaron una historia en el siglo IV, en virtud de la cual la compañera de Jesús, María Magdalena, se convertía en prostituta y la madre de Jesús en virgen. Las mujeres buenas no tienen sexo, las malas sí. Era una idea complaciente para el ego machista y misógino de la época. El concepto se erigió en dogma y el Vaticano lo ha defendido desde entonces.

—Así pues, si el osario de Santiago es auténtico y la arqueta perteneció al hermano de Jesús, el Vaticano tendría que dar algunas explicaciones.

—Figúrate. El concepto de la maternidad de María es un problemón para el Vaticano. ¡Demonios! Aunque esa arqueta sólo significara que José tuvo otros hijos, sigue siendo un problema, porque indicaría que José inseminó a sus esposas, y eso echa por tierra la credibilidad del Vaticano.

Otros cuervos se habían unido al primero y observé por unos instantes cómo se peleaban por la basura.

Bien. El osario de Santiago destapaba la olla de la virginidad de María. Comprendía perfectamente la preocupación del Vaticano. Comprendía que los radicales cristianos o musulmanes quisieran apoderarse de los restos. Era el mismo razonamiento de Morissonneau. Salvar la fe o hundir la fe. Pero ¿qué relación existía entre el osario y el esqueleto de Masada? ¿Existía alguna relación? ¿Habían salido a la luz al mismo tiempo ambos hallazgos?

—¿Qué tiene que ver el osario de Santiago con el esqueleto que guardaba Morissonneau?

Jake se mostró indeciso.

—No estoy seguro. Pero hay una circunstancia secundaria interesante. Oded Golan trabajó como excavador voluntario en Masada.

—¿Con Yigael Yadin? —pregunté.

Jake asintió con la cabeza y volvió a mirar a su alrededor. Yo quería estar segura de la relación entre el esqueleto de Masada y el osario de Santiago, pero Jake no me dio la oportunidad.

—Vamos —dijo.

—¿Adónde? —pregunté.

—A la tumba de la familia de Jesús.

20

Antes de que tuviera tiempo de reaccionar, Jake saltó de la furgoneta. Los cuervos protestaron con un graznido y alzaron el vuelo.

Jake estiró el brazo detrás del asiento y metió varios objetos de su bolsa en el compartimento de cremallera de la mía. Se colgó la bolsa al hombro, echó una mirada alrededor, cerró el coche y se puso en marcha.

Yo le seguí con una cascada de preguntas en mi mente.

¿La tumba de la familia de Jesús? Si se confirmaba, sería un hallazgo impresionante. La CNN, la BBC y todo el circo mundial.

¿Qué pruebas tenía Jake? ¿Por qué no me lo había dicho hasta ahora? ¿Qué relación tendría aquella tumba con los huesos que yo había recogido en la abadía de Sainte-Maire-des-Neiges? ¿Y con el osario de Santiago?

Sentí miedo. Un fuerte respeto. Estaba pletórica de energía.

A diez metros de la pendiente, Jake se detuvo en una cornisa.

—Esto es el valle de Kidron. —Señaló el barranco abajo—. El Kidron se une al Hinom más al sur de donde estamos, y después sigue en dirección oeste.

Debí de poner cara de idiota.

—El valle de Hinom se extiende hacia el sur, desde la puerta de Jaffa, al oeste de la ciudad vieja, y hacia el este, bordea la ladera sur del Monte Sión y confluye con el Kidron. El valle de Kidron separa el Monte del Templo del Monte de los Olivos, al este de Jerusalén. Hacia allí —señaló—. ¿Sabes algo del Hinom?

—Poca cosa.

—Es un lugar con una historia muy pintoresca. Se cree que allí, en la época precristiana, se sacrificaba a niños a los dioses Moloch y Baal. Los judíos lo convirtieron en un basurero donde arrojaban cuanto se consideraba impuro, y allí se quemaban, entre otras cosas, los cadáveres de los ajusticiados. En la literatura judía posterior se le denomina Ge-Hinnom, y en el griego del Nuevo Testamento, Gehenna. Debido al fuego de las basuras, el Hinom sirvió como alegoría de un infierno terrible en los libros de Isaías y en el Nuevo Testamento. —Jake señaló con el dedo un viejo árbol a mi espalda—. Se supone que ahí se ahorcó Judas. Según la tradición, el cadáver cayó del árbol y sus intestinos se esparcieron.

—No creerás que ese árbol...

Un pajarillo cruzó entre los dos a tal velocidad que no pude apreciar su color. Al alzar un brazo, Jake dio un resbalón cuesta abajo.

Mi adrenalina se disparó. Jake recobró el equilibrio y planteó una pregunta:

—¿Adónde fue Jesús tras la crucifixión, según la Biblia?

—A un sepulcro.

—Fue al infierno y al tercer día resucitó. ¿De acuerdo?

Asentí con la cabeza.

—En la época en que se escribió eso, en el Hinom había fuego constantemente. En el imaginario popular era el «allá abajo», donde los malos perecían entre las llamas. El infierno. El valle del Infierno. La referencia bíblica corresponde a un lugar de enterramiento en el Hinom, o cerca de allí. —Y añadió sin pausa para que yo pudiera hacer algún comentario—: Estos valles eran el lugar de las tumbas de los ricos.

—Como José de Arimatea.

—Exacto. —La palma de su mano señaló hacia la izquierda y hacia atrás, describiendo un amplio arco—. Silwan es el pueblo que tenemos a nuestra espalda. Y enfrente está Abu Tor. —Cerró el círculo hasta la elevación de la derecha—. El Monte de los Olivos queda al norte.

Yo seguí su mano y vi que Jerusalén se extendía a partir del oeste del Monte de los Olivos y que sus cúpulas se alzaban más allá del Kidron y se mezclaban con los minaretes de Silwan.

—Estos montes están plagados de tumbas antiguas. —Sacó una banda deportiva y se enjugó el sudor de la frente—. Voy a llevarte a una que se descubrió hace unos años, durante las obras de una carretera palestina.

—¿Está muy abajo? —pregunté.

—Bastante.

Jake se guardó la banda en el bolsillo de los vaqueros, se agarró a una mata y saltó de la cornisa. Vi cómo bajaba entre las piedras, con la cabeza reluciente como una cazuela de barro.

Me agarré al arbusto, me puse en cuclillas y saqué las piernas de la cornisa, apoyada en el vientre; cuando mis pies tocaron tierra, me solté, me giré y comencé a descender a tropezones por las piedras sueltas, agarrándome a las plantas para no resbalar.

El sol ascendía en un cielo azul. Empecé a sudar dentro de la cazadora.

No dejaba de pensar en la pareja de palestinos de la abadía Sainte-Marie-des-Neiges. Mis ojos iban del suelo bajo mis pies al pueblo a mis espaldas. En el lugar que Jake había elegido para descender la cuesta tenía una inclinación de sesenta grados por lo menos. Si alguien quería dispararnos, éramos un blanco fácil.

Al mirar hacia atrás, vi a un hombre que caminaba por el borde del barranco.

Mi corazón se aceleró.

¿Un asesino? ¿Un simple caminante por el borde del barranco?

Miré hacia abajo. Jake continuaba bajando sin cesar.

Aceleré el ritmo.

Cinco metros más abajo, resbalé y me di un golpe en la espinilla. Estuvieron a punto de saltárseme las lágrimas.

A la mierda. Si alguien quisiera matarnos, ya lo habría hecho.

Recuperé el paso reposado.

Jake había acertado. La tumba no estaba en el fondo del valle, pero sí bastante abajo, en una franja herbosa con piedras y rocas.

Cuando llegué, estaba sentado en un montículo de tierra y miraba con los ojos entrecerrados un rectángulo del tamaño de un microondas. Vi cómo enrollaba un periódico, lo encendía por un extremo y lo echaba por la abertura.

Dios mío.

Cerré los ojos y me sosegué.

Sensaciones. El viento en la cara.

Olores. Hierba calentada por el sol. Humo de carbón.

Sabores. Polvo en los dientes y en la lengua.

Sonidos. El zumbido de un insecto. Herramientas en lo alto del valle.

Respiré hondo. Otra vez. De nuevo otra vez.

Abrí los ojos.

Unas flores rojas a mis pies.

Respiré otra vez y conté. Seis, siete, diez flores.

Miré a Jake y vi que me observaba con una expresión extraña.

—Soy un poco claustrofóbica —dije, haciendo alarde mediante aquel eufemismo.

—Si no quieres, no entramos —dijo Jake.

—Bueno, ahora ya estamos aquí.

Jake parecía escéptico.

—Estoy bien —dije otra vez, por decir algo.

—El aire es puro —comentó él.

—¿Qué más se puede pedir?

—Yo entraré primero —dijo Jake.

Se tumbó sobre el montículo y se deslizó por la abertura con los pies por delante.

—Dame el esqueleto —comentó con voz amortiguada y hueca.

El corazón me saltaba en el pecho al tenderle la bolsa. Aminoré el ritmo de la respiración.

—Baja ya.

La prueba de fuego. Respiré hondo.

Me tumbé, metí los pies por la abertura y Jake me tiró de los tobillos. Fui entrando poco a poco, hasta que sentí sus manos en la cintura. Me dejé caer.

Era una penumbra tenebrosa. Un rectángulo de luz oblicua se proyectaba desde el exterior.

—¿Te encuentras bien? —preguntó Jake.

—Divinamente.

Jake encendió la linterna.

Estábamos en un espacio de aproximadamente dos metros cuadrados, con un techo tan bajo que no había más remedio que ponerse en cuclillas. El suelo estaba lleno de envases de comida, latas y trozos de cristal, y las paredes llenas de graffitis. Olía a una mezcla de barro y amoniaco.

—Malas noticias, Jake. Se nos han adelantado —dije, señalando un condón usado.

—En estas tumbas entran muchos vagabundos y chiquillos.

El haz de la linterna de Jake bailó de un lado a otro, amarillento e inquietantemente débil.

Una vez que mis ojos se acostumbraron a la penumbra, comencé a captar detalles.

La entrada a la tumba daba al este, orientada hacia la ciudad vieja. Las paredes norte, oeste y sur aparecían interrumpidas por una serie de nichos rectangulares de unos sesenta centímetros de ancho, algunos tapados con una piedra, y otros, abiertos. A la luz amarillenta de la linterna vi que estaban llenos de tierra.

—Esas hornacinas se llaman *loculi* —dijo Jake—. *Kochim* en hebreo. Durante el siglo primero, depositaban en ellas al muerto, envuelto en un sudario, hasta que se pudría. Después recogían los huesos y los guardaban en los osarios.

Sentí un roce en una mano y bajé la vista. Jake se percató y dirigió la luz hacia mí.

Una araña de patas largas me subía por la manga. La cogí suavemente por una pata y me la quité de encima. Me horrorizan los espacios cerrados, pero las arañas no me impresionan.

—En esta tumba hay un nivel inferior.

Jake caminó agachado hacia el extremo suroeste y yo le seguí.

Dirigió la luz hacia lo que yo pensé que era un *loculus*, pero el haz murió en la oscuridad.

—¿Te apetece bajar si te ayudo?

—Adelante —dije sin darle tiempo a intervenir a mi cerebro.

Jake se tumbó boca abajo, metió las piernas y se dejó

caer. Cerré los ojos e hice igual. Sentí unas manos. Afirmé los pies. Me estiré.

Abrí los ojos. No había ni un destello de luz. Jake estaba tan cerca que nuestros hombros se rozaban. Sentí un irresistible interés por la linterna.

—¿La luz?

Un haz amarillento surcó la oscuridad.

—¿Son pilas nuevas? —pregunté.

—Relativamente.

Allí abajo era más intenso el olor a amoniaco. Comprendí qué era: orines. Tomé nota, para no tocar el suelo con las manos.

Jake enfocó la pared contraria y luego la de la izquierda.

La cámara inferior era más pequeña, pero la disposición era similar a la de arriba, con dos *loculi* al norte, dos al sur y tres al fondo.

—¿Dices que hay miles de tumbas como ésta? —Mi voz sonó amortiguada en el espacio subterráneo.

—Hace mucho tiempo que las saquearon casi todas. Yo di con ésta durante una excursión con estudiantes en el 2000. Los chicos descubrieron la abertura y varios objetos fuera, en la tierra. Era evidente que la habían saqueado, así que llamamos a la AIA.

—¿Efectuaron una excavación en toda regla?

—Qué va. Los arqueólogos de la AIA no se lo tomaron muy en serio. Dijeron que no quedaba nada que mereciera la pena proteger y nos la dejaron. Nosotros recuperamos lo que pudimos.

—¿Por qué ese desinterés?

—Según ellos, el sitio no era un yacimiento de particular interés. Yo no sé si el experto tenía una cita amorosa aquel día o qué. Le faltó tiempo para marcharse.

—¿Tú no estabas de acuerdo con su dictamen?

—Menos de dos años después de descubrir esta tumba, Oded Golan, el coleccionista de antigüedades de quien te hablé, reveló la existencia del osario de Santiago a un epigrafista francés llamado André Lemaire.

—¿Y crees que el osario lo robaron de aquí?

—Es lógico. Se dice que el osario procede de un lugar cercano a Silwan. Y a los dos años del saqueo de esta tumba, se da a conocer al público el osario.

—Si el osario de Santiago procede de esta tumba la conclusión sería que es aquí donde fue enterrado el hermano de Jesús.

—Sí.

—Y ésta sería la tumba de la familia de Jesús.

—Impresionante, ¿a que sí?

No sabía qué decir, así que no dije nada.

—Encontramos doce arquetas, todas ellas destrozadas y con los restos esparcidos.

—¿Restos?

—Huesos.

Jake dobló una rodilla, alzó la otra. El movimiento proyectó sombras danzantes en las paredes.

—Pero eso no es lo mejor. El osario de Santiago de Golan tiene una ornamentación muy elaborada con un motivo que es exactamente igual que el de las arquetas que encontramos aquí. Y además...

Jake alzó la cabeza.

—¿Qué ocurre?

Me cogió del brazo.

—¿Qué...? —dije en voz baja.

Jake apagó la linterna y me puso un dedo en los labios.

Sentí la sangre helarse en mis venas.

Recordé el hombre del borde del barranco. ¿Nos habían seguido?

¡Qué fácil sería tapar la entrada! ¡Qué fácil sería pegarnos un tiro allí dentro!

Noté que Jake se quedaba muy quieto. Hice lo mismo.

Con el corazón saltándome en el pecho, traté con todas mis fuerzas de percibir algún sonido.

Nada.

—Falsa alarma —susurró Jake al cabo de lo que me parecieron siglos—. Pero hemos dejado el esqueleto arriba. Voy a recogerlo.

—¿Por qué no vamos a la AIA?

—Cuando te haya contado qué otra cosa encontramos aquí, querrás saber todo lo demás. Y desearás ver lo que guardo en mi laboratorio. Es fantástico. Vuelvo enseguida —dijo Jake tendiéndome la linterna.

—Echa un vistazo de paso —susurré—. Asegúrate de que no hay vigilantes vaticanos al acecho en la entrada.

La broma resultó poco afortunada.

—De acuerdo.

Le vi encaramarse a pulso hasta el túnel, con deseos de tener su misma fuerza en los brazos. Cuando despareció su bota me acerqué a tientas a la pared contraria y enfoqué el primer *loculus*.

Estaba vacío, pero se veía el suelo de tierra escarbado y pisoteado. ¿Los estudiantes de Jake? ¿Los ladrones?

Fui avanzando por la pared hasta los rincones.

En cada *loculus*, lo mismo.

Avancé en cuclillas hasta el final del túnel, alcé la cabeza y presté atención. No se oía nada en la parte de arriba.

Notaba la humedad y el frío. Bajo la chaqueta, sentía la blusa sudada y pegada a la espalda. Comencé a tiritar.

¿Qué demonios hacía Jake?

—Jake —exclamé.

No contestó.

—Seguramente está oteando los alrededores —murmuré para romper el silencio.

Iba avanzando a lo largo de la pared sur cuando el haz de luz disminuyó, aumentó, disminuyó y se apagó.

Negro absoluto.

Sacudí la linterna. Ni un destello. Volví a sacudirla. Nada.

Oí un ruido detrás de mí.

¿Era mi imaginación?

Contuve la respiración. Uno. Dos. Tr...

Lo oí otra vez. El roce de algo blando en la piedra. ¡Dios Santo! ¡Había alguien!

Me quedé helada.

Un instante después sentí, más que oí, algo que se movía.

Se me puso la carne de gallina. Permanecí totalmente rígida. Un segundo. Un año.

Otro ruido. Distinto. Más horripilante.

Me quedé paralizada desde la cabeza al esternón.

21

¿Gruñido? ¿Ronroneo? ¿Quejido?

Antes de que pudiera clasificarlo, el ruido cesó.

Mi mente buscaba a tientas una imagen reconocible de lo que acababa de oír. No daba con ella.

Apreté el interruptor de la linterna. Nada. Lo apreté en dirección contraria. Nada tampoco.

Abrí cuanto pude los ojos escrutando la oscuridad. Todo era negro.

Estaba atrapada bajo tierra, rodeada de piedra bajo una ladera de cientos de metros. A oscuras. Cubierta de humedad. ¡Y no estaba sola! «¡Hay algo aquí dentro!», gritaba una voz en mi cabeza.

Sentía una opresión en el pecho. Aspiré aire por la nariz.

La peste a orines aumentó. Y había otro componente. ¿Materia fecal? ¿Carne podrida?

Traté de respirar por la boca.

Mi mente era un torbellino.

¿Darme la vuelta? ¿Gritar? ¿Lanzarme hacia el túnel?

Estaba petrificada. No osaba moverme. No me atrevía a quedarme quieta.

En aquel momento volví a oírlo. Mitad gruñido, mitad ruido sordo.

Mis dedos se aferraron a la linterna. Al menos me serviría de palo.

Oí rascar la piedra. ¿Eran garras?

Un miedo glacial me atenazó los nervios.

Sacudí la linterna. Las baterías sonaron, pero no se encendió. La sacudí con más fuerza. Un débil haz amarillento surcó la oscuridad. Agachada, me giré lentamente y dirigí la luz hacia el rincón a mi espalda. ¡Algo se movía en el *loculus*!

«¡Vete!», gritó la voz en mi mente.

Estaba retrocediendo hacia el túnel cuando volvió a oírse un gruñido. Era un aviso serio de fiera. Volví a quedarme petrificada. Con mano temblorosa, dirigí otra vez la luz hacia el *loculus*.

En la parte inferior brillaron unos ojos, unas pupilas redondas y rojas como arándanos de neón. Bajo ellos se perfilaba un hocico costroso. ¿Un perro salvaje? ¿Una hiena?

¡Un chacal!

El chacal estaba a cuatro patas con el cuello inclinado y las paletillas protuberantes tras las orejas. Tenía un pelaje sarnoso y enmarañado.

Di un paso atrás con cautela.

Los dientes desnudos del chacal eran grises y relucientes. Flexionó las patas delanteras y alzó la cabeza.

Se me paralizaron los músculos.

El chacal movía el hocico de un lado a otro husmeando el aire. El movimiento proyectaba sombras en los surcos del costillar. Aunque estaba esquelético le colgaba un grueso vientre.

¡Dios bendito! ¡Estaba encerrada bajo tierra con un chacal hambriento! ¡Probablemente una hembra preñada!

¿Dónde estaba Jake? ¿Qué podía hacer?

Mi mente recopilaba datos procedentes de documentales sobre la naturaleza.

«Los chacales son depredadores nocturnos en zonas habitadas.»

Lo habíamos sorprendido durmiendo y se había despertado. Mal asunto.

«Los chacales marcan su territorio con olor.»

Los orines. La tumba era el territorio del chacal y yo era la intrusa. Mal asunto.

«Los chacales viven y cazan en parejas monógamas.»

Faltaba el compañero.

¡Jesús bendito! El macho podía regresar de un momento a otro. ¡O podía estar en el *loculus* con la hembra!

No podía esperar a Jake. Tenía que salir de allí. ¡De inmediato!

¡Ya!

Me metí al linterna en el cinturón, giré sobre mis talones y me encaramé hacia la boca del túnel.

A mis espaldas oí gruñir y escarbar. Noté un movimiento de aire. Afirmé los pies entre las piedras y volví a coger la linterna. Tal vez podría metérsela al chacal en las fauces y evitar que me mordiera. Tal vez podría golpearle en la cabeza.

El chacal no atacaba.

«¡Sal antes de que sean dos contra uno!»

Metí de nuevo la linterna en el cinturón y me agarré a las piedras que sobresalían a un lado y a otro del túnel, empujando con las piernas y alzándome con las manos hacia arriba con todas mis fuerzas.

Fui asegurando los pies y agarrándome a otras piedras y seguí subiendo.

El pie derecho lo tenía bien afirmado pero el izquierdo lo apoyé en el vacío.

Caí dando vueltas por el túnel hasta el duro suelo. Sentí un latigazo de dolor en el hombro y en la mejilla.

Oscuridad total.

El corazón iba a estallarme. La sienes me palpitaban.

Oí desprenderse unas piedras del túnel. El tintineo metálico de la linterna al caer y el golpe contra la piedra. Y por debajo de todo, un gruñido cada vez más intenso.

En cuestión de segundos dejaron de caer piedras y la linterna enmudeció.

Sólo se oían mi corazón y el chacal.

El gruñido ya no provenía del *loculus* del fondo. ¿O sí? La tumba era como una cámara de eco en cuyas paredes rebotaba el sonido, y no podía localizar dónde estaba el chacal.

La oscuridad era opresiva.

Había agotado mis alternativas. El chacal tenía ventaja sobre mí. Podía ver, oír y oler en la oscuridad. Yo no tenía ni idea de cómo localizarlo.

Pese a lo débil que era, el haz de la linterna había desconcertado al chacal y le había hecho quedarse inmóvil en el cubículo. Podría volver a intentarlo.

¿Podría azuzar a la fiera con mis movimientos? ¿Funcionarían las pilas? Me arriesgaría.

Estiré el brazo izquierdo y palpé el suelo. Nada.

Oí el frufrú de mi chaqueta, que sonó como un trueno en aquel reducido espacio.

El chacal gruñó más fuerte y calló. Oí un resoplido, un jadeo más horrible que el gruñido. ¿Se disponía a abalanzarse sobre mí?

Me imaginé sus ojos en la oscuridad, mirándome. Busqué a tientas desesperadamente, a la derecha, al frente, a la izquierda. Finalmente, mis dedos tocaron un tubo de metal. Lo atraje hacia mí y pulsé el interruptor. Un débil rayo amarillento incidió sobre mi cuerpo. Casi lloré de alivio.

El gruñido creció.

Con el corazón saltándome en el pecho, barrí poco a poco con la luz las paredes del lado este. No había chacal.

Enfoqué hacia la pared sur. No había chacal.

Giré levemente y proyecté el haz sobre el lado oeste de la tumba. Los nichos estaban llenos de tierra y piedras. No había ningún sitio donde pudiera esconderse un chacal.

Estaba explorando el *loculus* más cercano a mí cuando por la pared se desplomó un hilo de tierra. En ese momento se agotaron las baterías.

Oí moverse algo por encima de mi cabeza.

Conteniendo las lágrimas, sacudí la linterna y volvió a encenderse. Dirigí la luz hacia arriba. En la pared oeste, había dos filas de *loculi*, unos encima de otros. El chacal estaba agazapado en uno de los superiores.

Al recibir la luz, el animal frunció las fauces y lanzó un gruñido. Estaba con el cuerpo tenso y las patas flexionadas.

Nuestras miradas se cruzaron. Los ojos del chacal eran redondos y brillantes.

De pronto comprendí. También el animal se sentía acorralado y quería salir. Yo le bloqueaba el paso hacia el túnel.

Nos miramos, y yo sostuve la mirada una fracción de segundo más.

Con un gruñido, el chacal se lanzó sobre mí.

Reaccioné por instinto. Me tiré al suelo y me cubrí la cabeza con los brazos, en posición fetal. Sentí en la cadera y el muslo izquierdos el peso del chacal. Oí un gruñido y el peso cambió de lugar.

Apoyándome en un codo, traté de apartarme de la boca del túnel. Noté unas zarpas en mi pecho hacia mi garganta. Escondí la barbilla y crucé los brazos esperando una dentellada. A continuación sentí el peso en el torso, un roce de algo peludo en la cabeza y nada más. El chacal había saltado por encima de mí hacia arriba.

Oí un jadeo y un roce de garras sobre la piedra. Dirigí la luz hacia el túnel. El chacal se perdía de vista.

Asombrosamente, la linterna seguía funcionando débilmente. Hice una valoración rápida. Dejé que el chacal pusiera kilómetros de por medio y trepé hacia el túnel. Se había producido un pequeño desprendimiento, pero podría superar aquellos pedruscos.

Tardé dos minutos en apartar y hacer rodar piedras, y a continuación afirmé los pies y me impulsé hacia arriba.

Noté que mi cadera izquierda tropezaba con algo. Estupendo. Sólo me faltaba otro desprendimiento para no acabar nunca.

Descendí un poco y comprobé el apoyo de los pies.

Cambiando el peso de los pies, dirigí la luz hacia arriba y vi el hueco que había causado el derrumbe de piedras.

Exploré con la luz la grieta. Era profunda. Muy profunda. Seguí impulsándome hacia arriba, empotrada en el túnel, para observarla más de cerca.

No era una grieta, sino una brecha.

Incliné la luz hacia la oscuridad del hueco. Tardé un instante en verlo bien.

Y tardé un instante en percatarme de lo que era.

«¡Dios mío! ¡Tengo que mostrárselo a Jake!»

Olvidando las contusiones, continué ascendiendo.

Al llegar a la boca superior, me detuve y miré con cautela, como un perro de caza.

La cámara estaba vacía. Ni Jake, ni chacal.

—¡Jake! —exclamé en voz baja.

No hubo respuesta.

—¡Jake! —dije más fuerte, sin intervención de las cuerdas vocales.

Nada.

Apoyé los pies, estiré los brazos y salí a la cámara superior.

Jake no aparecía por ningún sitio.

Sin hacer caso de las protestas de mi hombro y de mi cadera, me puse en cuclillas y alumbré la cámara con el hilo de luz.

Estaba sola.

Presté atención. No se oía el menor ruido fuera de la tumba.

Me giré con rapidez y moví la linterna a través de la oscuridad que me rodeaba. En el *loculus* norte brilló algo azul. ¿Qué demonios...?

Ah, sí.

Enfoqué hacia allí y, efectivamente, era la bolsa de jockey.

¡Qué raro! ¿Dónde estaba Jake?

—¡Jake! —exclamé.

Caminé a gatas hacia el *loculus* y me detuve. Jake había escondido la bolsa por algún motivo. Retrocedí y me arrastré hacia la entrada de la tumba.

Fue en ese momento cuando oí el primer sonido después de salir del túnel. Me quedé paralizada y atenta a las voces.

Una voz apagada.

Otra.

Gritos.

La voz de Jake. Unas palabras que no entendía. ¿Hebreo?

Más palabras que no entendía. En tono enojado.

Un golpe sordo. Otro.

Carreras.

La oscuridad se acentuó. Miré hacia la entrada y vi unas piernas que tapaban la abertura cuadrada.

22

Acto seguido, penetraron en la tumba unas botas seguidas de un cuerpo. Un cuerpo de buenas dimensiones.

Repté hacia atrás y me apreté contra la pared. Se me clavaban latas estrujadas en las rodillas y chapas de botellas en la palma de las manos.

Mi mente voló de nuevo hacia aquel hombre del borde del barranco. El corazón me saltaba en el pecho. ¡Virgen Santa! ¿Saldría con vida de aquélla?

Agarré con más fuerza la linterna, decidida a utilizarla como objeto contundente.

El cuerpo se había sentado de espaldas a mí. El haz de la linterna iluminó unos cocoteros sobre fondo azul.

Respiré hondo por primera vez desde que vi las piernas. Fuera, se oían gritos.

—¿Qué demonios ocurre?

—Hevrat Kadisha —dijo Jake por encima del hombro, sin apartar la mirada de la entrada.

—No hablo hebreo.

—La maldita policía de osamentas.

Jake jadeaba a causa del esfuerzo. Aguardé a que me lo explicara.

—*Da'ataim*.

—Ah, clarísimo.

—Los ultraortodoxos.

Pensé en hombres con *shtreimel* y *peyos* ocupando el borde del Kidron.

—¿Están ahí fuera?

—Una multitud.

—¿A cuento de qué?

—Creen que tenemos huesos humanos.

—Y tenemos huesos humanos.

—Los reclaman.

—¿Qué hacemos?

—Esperar.

—¿Se marcharán?

—Acabarán por irse.

No era muy tranquilizador.

—Es de locos —dije después de escuchar un rato los gritos del exterior.

—Esos cretinos siempre aparecen en las excavaciones.

—¿Por qué?

—Para acosar. ¡Mierda! En muchas ocasiones necesitamos protección de la policía para trabajar.

—¿Pero no hace falta un permiso para acceder a los yacimientos arqueológicos?

—A esos testarudos les da igual. Se oponen a que se desentierre a los muertos bajo cualquier circunstancia, y provocan disturbios para impedir las excavaciones.

Me imaginaba a los barbudos con carteles y pancartas.

—¿Es la opinión de la mayoría?

—Dios, no.

Fuera, ya no se oían voces. Pero, de algún modo, aquel silencio me parecía todavía más inquietante.

Le conté a Jake lo del chacal.

—¿Estás segura de que era un chacal?

—Estoy segura —dije.

—No le vi salir de la tumba.

—Corría muy deprisa —añadí.

—Y yo estaba pendiente de esos cretinos. ¿Te encuentras bien?

—Estoy bien.

—Lo siento —dijo Jake—. Debería haber explorado ahí abajo antes de entrar.

Me dije para mis adentros que estaba totalmente de acuerdo.

Afuera continuaba el silencio.

Enfoqué la linterna a mi reloj. Eran las nueve y diecisiete.

—¿Cuál es la ley en Israel sobre restos humanos? —pregunté en un susurro, como si estuviéramos en una iglesia.

—Se pueden desenterrar restos humanos cuando existe peligro de destrucción por obras o riesgo de saqueo, y, una vez estudiados, hay que entregarlos al Ministerio de Asuntos Religiosos, para que vuelvan a ser enterrados.

Mientras hablábamos, Jake no apartaba la vista de la abertura por la que acababa de entrar.

—Es razonable. Es el mismo principio de protección de los enterramientos indígenas en Norteamérica.

—Esos fanáticos no son razonables. Según ellos la *halakha*, la ley judía, obliga a dejar que los muertos judíos descansen en paz y punto.

—¿Y si las excavadoras van a destruir un yacimiento?

—Les da igual. —Jake señaló la entrada con la mano—. Prefieren que se haga un puente, que se excave un túnel, se cambie el trazado de la carretera o se cubra la tumba con cemento.

—¿Continúan ahí fuera?

—Probablemente.

—¿Quién determina si los restos humanos son judíos?

Sentía aún un nudo en el estómago, a causa del encuentro con el chacal y, más que nada, hablaba por calmarme.

—Los propios guardianes de la ortodoxia. Sencillo, ¿no?

—¿Y si la ascendencia no está clara? —Estaba pensando en los huesos de la bolsa.

Jake lanzó un bufido.

—El ministro de Asuntos Religiosos paga mil shekels por cada reenterramiento. ¿Tú crees que hay muchos que se declaran no judíos?

—Pero...

—Los Hevrat Kadisha rezan ante los huesos y ya está; los muertos quedan convertidos al judaísmo.

No acababa de entenderlo, pero no dije nada.

Fuera reinaba un silencio ominoso. De vez en cuando, nos movíamos como podíamos para encontrar una postura más cómoda. Por su estatura, Jake era quien más se movía.

Me dolía la cadera y el hombro. Tenía frío y estaba mojada. Estaba sentada sobre un montón de basura en una cripta, esperando a que se marcharan de allí unos tipos que habrían avergonzado a la Inquisición.

Y apenas eran las diez.

Una eternidad más tarde, volví a enfocar la linterna al reloj. Habían transcurrido veinte minutos. Iba a sugerir que mirásemos si no había moros en la costa cuando alguien gritó:

—¡Asur!

—¡Asur! —repitió otro.

Se me cerró el nudo en el estómago. Ahora estaban cerca, en la ladera junto a la tumba.

Miré a Jake.

—Prohibido —tradujo.

—¡Chilul!

—Profanación.

Algo rebotó contra el montículo, frente a la entrada.

—¿Qué diablos es eso?

—Una piedra, seguramente.

—¿Nos están tirando piedras? —susurré en un imposible tono de protesta.

Oí otro impacto en el dintel.

—¡*B'Nei Belial!*

—Dicen que somos hijos del diablo —tradujo Jake.

—¿Son muchos? —pregunté.

—Varios coches.

Una piedra del tamaño de un puño se estrelló contra la entrada.

—¡*Asur! ¡Asur! ¡Asur la'asot et zeh!* —Ahora todos coreaban—: ¡*Asur! ¡Asur!*

Jake enarcó las cejas y me miró. En la oscuridad parecían un seto negro levitando. Yo las alcé también.

—Voy a echar un vistazo —dijo él.

—Ten cuidado —dije a falta de otra cosa.

Se acercó en cuclillas a la entrada, se puso de rodillas, apoyó una mano y salió.

Lo que siguió fue muy rápido.

El coro se fragmentó en gritos individuales.

—*Shalom alichem.*

Jake les deseaba la paz, pero le respondieron con voces airadas.

—¡*Lo!* —gritó Jake.

Mi escaso hebreo me permitió entender que decía «No».

Más gritos.

—*Reik…*

Oí un golpe siniestro, como de piedra sobre hueso.

Jake dobló la espalda y lanzó una pierna hacia atrás, cayendo al suelo.

—¡Jake!

Me arrastré hasta él a gatas.

La cabeza le había quedado fuera de la tumba.

—¡Jake!

No contestó.

Saqué la mano y se la puse en la garganta. Sentí un latir de vena débil pero constante.

Me puse en cuclillas y me asomé por la abertura para ver mejor su cabeza. Estaba boca abajo pero le veía la parte de atrás del cráneo. Por el oído le corría sangre que mojaba la hierba iluminada por el sol. Ya había moscas revoloteando.

Se me heló la sangre en las venas. Primero un chacal, ¡y ahora esto!

¿Qué podía hacer? ¿Moverlo y correr el riesgo de empeorar la herida? ¿Dejarle para ir a pedir ayuda? Imposible sin arriesgarme a que me abrieran la cabeza.

Fuera, se reanudaron las voces.

¿Darles a esos cabrones lo que querían? Enterrarían el esqueleto. Y nunca se sabría la verdad sobre él.

Otra piedra se estrelló en la parte de afuera. Y otra.

¡Hijos de puta! No había ningún misterio antiguo que mereciese perder la vida. Jake necesitaba un médico.

Dejé la linterna en el suelo de la tumba, me arrastré hacia dentro, agarré a Jake de las botas y comencé a tirar de él.

No conseguía moverlo. Tiré de nuevo con más fuerza. Centímetro a centímetro, conseguí meterlo en la tumba. Luego, me arrastré a lo largo de su cuerpo y le volví la cabeza. No quería que se asfixiara atragantado si vomitaba.

En ese momento recordé una cosa. ¡El móvil de Jake! ¿Lo llevaba encima? ¿Podría cogerlo?

Fui retrocediendo, le palpé el bolsillo del pecho, el bolsillo izquierdo del pantalón, los de atrás y todos los de su chaqueta de camuflaje. No llevaba ningún teléfono.

¡Maldita sea!

¿Y en la bolsa de jockey?

Me arrastré hacia los *loculi* de la pared norte. Mis manos estaban tan pálidas que parecían las de otra persona. Vi cómo abrían cremalleras y hurgaban en diversos bolsillos.

Mi cerebro reconoció la ansiada forma al palparla.

Saqué el teléfono y abrí la tapa. La pantalla se iluminó con un azul neón de bienvenida.

¿Qué marcaría? ¿El 911? No tenía ni idea de qué número marcar en Israel en caso de urgencia.

Repasé la lista de Jake, y pulsé «enviar» en lista local.

Un número iluminó la pantalla con la palabra «marcando». Oí una serie de pitidos, un pitido más largo y la pantalla volvió a darme la bienvenida inicial.

Volví a intentarlo, con idéntico resultado.

¡Maldita sea! ¡Estaba bajo tierra y no tenía cobertura!

Iba a repetir la operación cuando oí gemir a Jake.

Me guardé el móvil en el bolsillo y me arrastré hasta él. Cuando llegué, se había tumbado boca abajo y se tocaba el pecho con la palma de las manos.

—Tranquilo —dije, cogiendo la linterna.

Moviéndose torpemente, logró sentarse. Un hilillo de sangre le brotaba de la frente. Al restregárselo se hizo un manchón oscuro en la nariz y la mejilla derecha.

—¿Qué ha ocurrido? —preguntó atontado.

—Que has parado una piedra con la cabeza.

—¿Dónde estamos?

—En una tumba de Kidron.

Permaneció perplejo un instante y luego dijo:

—Los Hevrat Kadisha.

—Uno de ésos tendría un buen futuro en la liga de béisbol.

—Hay que salir de aquí.

—Aunque sea lo último que hagamos.

—¿La bolsa sigue en el *loculus*?

—Sí.

Jake se puso en cuclillas, agachó la cabeza y se apoyó con los brazos en el suelo.

Le ayudé a sostenerse.

—¿Podrás subir para salir?

—Eso está hecho. —Tensó los músculos y se puso a gatas—. Enfoca con la linterna.

Dirigí la luz hacia donde estaba y vi que se arrastraba, pero no hacia la salida sino hacia la pared norte, y tapaba con una gruesa piedra el *loculus* donde había metido la bolsa con el esqueleto de Masada.

—Vámonos —dijo acercándose.

—¿Entrarán aquí?

—Tal vez. Pero con la bolsa no llegaríamos hasta el coche.

—¿No la descubrirán?

—Podría bajarla a la otra cámara.

Por primera vez después de haberme arrastrado boca arriba recordé lo que había descubierto en la cámara baja. No quería que los de He-vrat Kadisha bajaran y lo vieran. Perder el esqueleto sería un desastre, pero perder lo que había en el cubículo de allá abajo sería todavía peor.

—Dejemos la bolsa ahí y esperemos que no la vean. Si entran, no quiero que fisguen abajo. Te lo explicaré en el coche. ¿Cómo salimos?

—Saliendo.

—¿Sin más?

—Cuando vean que estoy herido, seguramente se retirarán.

—Además, verán que vamos con las manos vacías.

—Además eso.

—¿Tú crees que encontrarán la bolsa?

—No tengo ni idea. ¿Lista?

Asentí con la cabeza y apagué la linterna. Jake asomó la cabeza por la abertura y gritó.

¿Sorprendidos? ¿Aburridos? ¿Reagrupándose? Los de Hevrat Kadi-sha no contestaron.

Jake estiró los dos brazos, tensó las piernas y se impulsó hacia fuera. Cuando las botas de Jake despejaron la abertura, yo le seguí.

A media altura sentí una mano en la cintura y acto seguido estaba de rodillas en la ladera.

La luz del sol era cegadora. Mis pupilas se contrajeron como puntas de alfiler y cerré los ojos.

Cuando los abrí, contemplé una de las escenas más extrañas que he visto en mi vida.

23

Nuestros agresores llevaban sombrero de ala ancha y abrigos negros largos. Barbudos y con tirabuzones cayéndoles por los carrillos, todos ellos nos miraban a cuál más indignado.

Vale. Mi imagen mental había sido exacta. Pero en lo que no había pensado era en la cantidad.

Mientras Jake les deseaba de nuevo la paz y entablaba conversación, yo hice un cálculo rápido. Cuarenta y dos, incluidos un par de niños de menos de doce años y otra media docena de quinceañeros. Por lo visto, la ultraortodoxia estaba en auge.

Sólo oía hablar en hebreo. Según mi recién adquirido léxico, pude entender que a Jake y a mí nos acusaban de haber cogido o hecho algo prohibido, y que algunos pensaban que éramos hijos del diablo. Supuse que Jake trataba de rebatirlo.

Hombres y niños gritaban con las gafas y la ropa llena de polvo. Algunos meneaban la cabeza y sus tirabuzones se agitaban como muelles sueltos.

Tras unos minutos de animada discusión, Jake centró su mirada en un tipo de pelo gris que parecía ser el macho alfa, probablemente un rabino. Mientras hablaban ellos dos, los demás callaron.

El rabino bramó con el rostro congestionado, señalándonos amenazadoramente con el índice. Le oí decir «ashem», vergüenza.

Jake le escuchó y le replicó pausadamente, con la voz de la razón.

Finalmente la infantería de la Ortodoxia empezó a cansarse. Unos dejaron de gritar, otros esgrimieron el puño y algunos jovenzuelos, posiblemente estudiantes de la *yeshiva*, cogieron piedras.

Yo no apartaba la vista de estos últimos.

Al cabo de diez infructuosos minutos, Jake alzó los brazos en un gesto de rendición y, volviéndose hacia mí, me dijo:

—No hay nada que hacer. Vámonos.

Me puse a su lado y giramos hacia la izquierda.

El rabino gritó una orden y el batallón se dividió. El flanco derecho se situó junto a la tumba y el izquierdo echó a andar tras nosotros.

Jake comenzó a subir a zancadas la cuesta y yo le seguí lo más rápido que pude.

A cada metro que avanzaba daba un resbalón, jadeante, sudorosa, y me agarraba a las piedras, a las enredaderas, a las matas. La cadera me ardía, las piernas no me obedecían.

De vez en cuando miraba hacia atrás. Una docena de sombreros negros nos iba a la zaga. Subía con el cuello y la espalda en tensión, esperando el impacto de una pedrada.

Afortunadamente, nuestros perseguidores se pasaban la vida entre templos y *yeshivas*; no en gimnasios. Jake y yo coronamos la cuesta con amplia ventaja.

En el claro había ahora media docena de coches. La camioneta de Jake estaba donde la habíamos dejado, pero le faltaba el cristal de la ventanilla del conductor: en el suelo brillaban los fragmentos. Tenía las dos portezuelas abiertas y a su alrededor había papeles, libros y ropa esparcidos.

—¡Mierda!

Jake echó a correr, recogió sus cosas y las tiró en la caja de atrás.

Me uní a él. En unos segundos recogimos todo, subimos al vehículo y pusimos el seguro de las portezuelas.

El primer sombrero negro coronó el borde del barranco en el momento en que Jake le daba al contacto, ponía la primera y pisaba el acelerador. Las ruedas giraron y el coche arrancó de un salto, dejando atrás una estela de polvo.

Miré hacia atrás.

Los hombres se enjugaban la frente, se ajustaban los sombreros y agitaban los puños. Parecían una compañía nerviosa de marionetas negras, momentáneamente enredadas pero firmes en su creencia de que Dios movía los hilos.

Jake giró a la izquierda, después a la derecha, y salió del pueblo. Yo no apartaba los ojos del cristal trasero.

Una vez en el asfalto, Jake aminoró la marcha y me puso una mano en el brazo para tranquilizarme.

—¿Crees que nos seguirán? —pregunté.

Los dedos de Jake me apretaron como un torniquete.

Me volví hacia él. Volví a sentir miedo. La mano izquierda de Jake se aferraba al volante de una manera extraña. Tenía los nudillos blancos como el mármol. Estaba pálido y respiraba entrecortadamente.

—¿Te encuentras bien?

La camioneta perdía velocidad, como si Jake fuese incapaz de mantener la atención en el acelerador y la dirección.

Se volvió hacia mí. Una pupila era una mota y la otra un agujero negro sin fondo.

Agarré el volante en el momento en que Jake se desmayaba y caía sobre él mientras su pie seguía pisando el acelerador.

La furgoneta dio una sacudida y el cuentakilómetros marcó treinta y cinco. Cuarenta. Mi primera reacción fue de pánico. Naturalmente, esto no redujo la velocidad de la camioneta.

Intenté pensar con rapidez. Sujeté con un brazo a Jake hacia atrás contra el respaldo del asiento y con la otra mano controlé el volante. La camioneta seguía ganando velocidad.

Sin dejar de mantener la dirección con la mano izquierda, intenté desesperadamente apartar con la derecha la pierna de Jake. No podía moverla. Ni alzarla ni desplazarla. El vehículo corría cuesta abajo, cada vez más acelerado. Cuarenta y cinco. Cincuenta.

Intenté empujar la pierna de Jake dándole patadas con mi talón.

En mis desesperados movimientos, tiré involuntariamente del volante. El vehículo dio un bandazo y una rueda montó en el bordillo. Lo corregí con un golpe de volante. Saltó grava y la rueda regresó a la calzada.

Veía desfilar los árboles cada vez más deprisa. Íbamos a sesenta. Tenía que hacer algo.

El Monte de los Olivos era un farallón cortado a pico a la izquierda. A unos veinte metros se veía un pequeño claro con hierbas y zarzas. Sentí ganas de girar el volante. Aún no. Espera.

¡Dios mío, detén el tráfico!

¡Ahora!

Giré el volante a la izquierda y el coche cruzó la raya continua sobre las dos ruedas laterales. Abandoné mis intentos de controlar el volante, agarré con las manos el muslo de Jake y tiré hacia arriba. La bota se elevó unos milímetros. El motor perdió velocidad con una sacudida.

La furgoneta fue a chocar contra una valla de protección de madera, se inclinó de lado y patinó, haciendo saltar tierra y grava. Finalmente, embistió unas zarzas y se estampó contra una fría roca cámbrica.

Tiré de Jake hacia mí y hacia abajo. Luego, me eché sobre él tapándome la cabeza.

Las ramas arañaron los laterales y algo golpeó en el parabrisas.

Oí un ruido metálico, un crujido, una sacudida, y los dos fuimos arrojados contra el volante.

El motor se paró. No se oía nada. Ni el zumbido de una abeja. No pasaban coches. Sólo el silencio del Monte de los Olivos y mi respiración acelerada.

Permanecí inmóvil unos instantes, sintiendo correr la adrenalina.

Finalmente, un pájaro lanzó un conato de graznido.

Estiré la espalda y examiné a Jake. Tenía un chichón del tamaño de una ostra en la frente, los párpados morados y la piel fría. Necesitaba a un médico enseguida.

¿Podría moverlo?

¿Funcionaría el motor?

Abrí la portezuela a pesar de las zarzas, salí del vehículo y lo rodeé hasta el otro lado. ¿Sacaría a Jake? ¿Podría empujarle al otro asiento? Era un hombre de un metro noventa y cinco, y pesaba casi cien kilos. Y yo medía un metro sesenta y pesaba mucho menos.

Aparté como pude la vegetación y abrí la portezuela. Subí y, cuando pasaba un brazo por debajo de Jake, un vehículo aminoró la marcha y salió de la carretera. La grava crujió hasta que se detuvo.

¿Un samaritano? ¿Un zelote?

Retiré el brazo y me volví.

Era un Corolla blanco con dos hombres. Me miraron a través del parabrisas y yo les sostuve la mirada.

Hablaron entre ellos.

Bajé la mirada hacia la matrícula. Eran una cifras blancas sobre fondo negro. Sentí una oleada de alivio.

Los dos hombres bajaron del coche. Uno vestía chaqueta deportiva y pantalón caqui. El otro, una camisa azul claro con charreteras negras y un cordón negro trenzado que por debajo de la axila alcanzaba el bolsillo izquierdo de la camisa. Una placa plateada en el bolsillo derecho ostentaba en hebreo lo que supuse sería el nombre del policía.

—*Shalom*. —El policía tenía una frente amplia y lucía corte de pelo a cepillo. Tendría unos treinta años. Le faltarían dos años para tener entradas en el cabello.

—*Shalom* —respondí.

—*Geveret, HaKol beseder?* («Señora, ¿ocurre algo?»)

—Mi amigo necesita un médico —contesté en inglés.

El del pelo a cepillo se acercó, mientras su compañero permanecía detrás de la portezuela abierta del coche con la mano derecha próxima a la cadera.

Aparté los hierbajos y me hice a un lado del vehículo para que me viera bien.

—¿Quién es usted?

—Temperance Brennan. Soy antropóloga forense. Estadounidense.

—Ajá.

—El conductor es el doctor Jacob Drum. Un arqueólogo estadounidense que trabaja en Israel.

Jake profirió un extraño borboteo. El del pelo a cepillo le miró, y a continuación, observó la ventanilla sin cristal.

En ese momento Jake recobró el conocimiento. O tal vez había estado consciente y escuchando. Se agachó, recogió las gafas de sol entre los pedales, se las puso y se incorporó. Mirándonos sucesivamente al policía y a mí, se irguió correctamente en el asiento del conductor para facilitar la conversación.

El policía se le acercó.

Nuevo intercambio de *shaloms*.

—¿Está herido, señor?

—Es sólo un chichón —respondió Jake con una risa persuasiva, a pesar del morado en la frente.

—¿Pido una ambulancia por radio?

—No es necesario.

La cara del policía del pelo a cepillo mostró una expresión de duda. Quizá fuese la incongruencia entre la herida de Jake y los destrozos de la ventanilla. O tal vez era habitual en él. Desde que había bajado del Corolla no había abandonado su actitud de suspicacia.

—De verdad —añadió Jake—. Estoy bien.

Yo habría debido rebatírselo. Pero no dije nada.

—Ha debido de ser un bache o la rueda que tropezó con algo —dijo Jake a guisa de excusa, riéndose—. Una maniobra tonta.

El del pelo a cepillo miró hacia el asfalto y de nuevo a Jake.

—Trabajo en una excavación cerca de Talpiot con un equipo del Rockefeller Museum.

Como si hubiera leído mi pensamiento.

—Estaba enseñando el lugar a la joven.

¿La joven?

El del pelo a cepillo abrió la boca para decir algo, pero se lo pensó mejor y se limitó a pedir la documentación.

Jake le tendió el pasaporte estadounidense, un permiso de conducir israelí y la documentación del vehículo. Yo le tendí mi pasaporte.

El policía examinó los papeles y dijo:

—Aguarden un momento. Quédese en el vehículo —le dijo a Jake.

—¿Puedo intentar arrancar esta chatarra?

—No mueva el vehículo.

Mientras el policía verificaba nuestros nombres, Jake probó una y otra vez con la llave de contacto. La chatarra no daba más de sí por aquel día.

Pasó un tráiler. Un autobús. Un jeep militar. Los contemplé perderse en la lejanía.

Jake se reclinó de nuevo en el asiento y tragó saliva varias veces. Sospeché que sentía mareos.

El policía del pelo a cepillo se acercó y nos devolvió los documentos. Miré por el retrovisor y vi que el de paisano se había sentado al volante.

—¿Quiere que le lleve a algún sitio, doctor Drum?

Jake se había resignado

—Muy bien. Gracias.

Bajamos de la furgoneta, Jake la cerró por puro formulismo, seguimos al policía y subimos al asiento de atrás del Corolla.

El policía de paisano nos miró y nos saludó con una inclinación de cabeza. Llevaba gafas de montura plateada y tenía cara de cansado. El del pelo a cepillo le presentó como sargento Schenck.

—¿Adónde quieren que les llevemos? —preguntó el sargento Schenck.

Jake comenzó a indicarles el camino hacia su apartamento en Beit Hanina, pero le interrumpí:

—Al hospital.

—Estoy bien —protestó Jake débilmente.

—Llévenos a Urgencias —añadí en un tono que no dejaba lugar a dudas.

—¿Se aloja en el American Colony, doctora Brennan? —le preguntó Schenck.

Se habían informado bien.

—Sí.

Schenck hizo girar el vehículo ciento ochenta grados sobre el asfalto.

Durante el trayecto, Jake se mantuvo consciente, pero su postración iba en aumento. A petición mía, Schenk avisó por radio a Urgencias.

Cuando detuvo el coche, dos celadores acudieron a ocuparse de Jake, lo pusieron en una camilla y se lo llevaron sin pérdida de tiempo al CAT, o a la RM, o al aparato de magia tecnológica que utilicen en casos de trauma craneal.

Schenck y el del pelo a cepillo me entregaron un formulario. Firmé y se largaron.

Una enfermera me pidió datos sobre Jake. Le dije cuanto pude, firmé otros formularios y me enteré de que estaba en el Hospital Hadaza, en el campus Mount Scopus de la Universidad Hebrea, a pocos minutos del cuartel general de la policía israelí.

Después de cumplimentar los formularios, me senté en la sala de espera, preparada para una larga espera. Llevaba diez minutos allí, cuando un hombre alto con gafas de aviador cruzó una puerta de doble batiente.

No sé si sentí alivio, gratitud o incomodidad.

Acercándose a mí, Ryan se subió las gafas a la frente. Sus ojos azul intenso mostraban preocupación

—¿Estás bien, recluta?

—De primera.

—¿Y esa cara sucia?

—Resbalé en una tumba.

—Sí, no hay nada peor —añadió él, con esa mueca burlona en los labios que suele hacer cuando mi aspecto es horrendo.

—No digas nada —le previne.

Tenía el cabello sudoroso de bajar y subir por el Kidron. La cara arañada y dolida de mis resbalones por el túnel, la chaqueta sucia y con huellas de patas. Estaba manchada de tierra, con arañazos de las zarzas y mis vaqueros y las uñas acumulaban barro subterráneo suficiente para enlucir una cabaña.

Ryan se sentó a mi lado.

—¿Qué ha ocurrido?

Le conté lo de la tumba y el chacal, y el asedio de los de Hevrat Kadisha.

—¿Y Jake perdió el conocimiento?

—Durante un rato.

Omití los detalles de la furgoneta desbocada.

—Probablemente será una conmoción leve.

—Probablemente.

—¿Dónde está «Max»?

Se lo expliqué.

—Esperemos que los ortodoxos cumplan con sus principios y respeten el reposo de los muertos.

Le expliqué la tesis de Jake según la cual el osario de Santiago había sido robado de aquella tumba y podría pertenecer a la familia de Jesús.

—¿Y la hipótesis se basa en las inscripciones de esas viejas arquetas?

—Jake dice que en su laboratorio tiene más pruebas. Afirma que esto es dinamita.

Entró una mujer con un niño pequeño llorando. La mujer me miró, cruzó la sala y fue a sentarse al fondo.

—He visto una cosa, Ryan. —Me quité el barro de una uña con la del pulgar—. En la cámara inferior.

—¿Qué?

Le expliqué lo que había visto por el hueco que habían dejado al descubierto las piedras al desprenderse.

—¿Estás segura?

Asentí con la cabeza.

Al fondo de la sala el niño lloraba a más y mejor. La madre comenzó a pasear por la sala.

Pensé en Katy. Recordé la noche en que tuvo 40 grados de fiebre y la sala de urgencias con Pete. De pronto, añoré enormemente a mi hija.

—¿Cómo te enteraste de que estábamos aquí? —pregunté, volviendo a la realidad.

—Por Schenck, de la policía. Sabía que Friedman estaba interrogando a Kaplan y que yo había venido a Israel con una antropóloga estadounidense. Sacó conclusiones y llamó a Friedman.

—¿Hay alguna novedad en el caso?

—Kaplan niega que robase un collar.

—¿Nada más?

—Qué va.

24

—Resulta que el acusado, es decir Kaplan, y la víctima del robo, Litvak, se conocen desde hace tiempo.

—¿Kaplan es amigo del tendero a quien robó?

—Es primo lejano y a veces proveedor. Kaplan provee a Litvak, en ocasiones, ¿cómo dijo...?, de algún artículo... curioso.

—¿Litvak comercia con antigüedades?

Ryan asintió con la cabeza.

—¿Ilegales?

—Por supuesto que no.

—Por supuesto que no.

—Litvak y Kaplan discutieron antes de la desaparición del collar.

—¿A propósito de qué?

—Kaplan le prometió algo que no cumplió. Litvak estaba cabreado. El asunto se puso al rojo y Kaplan salió de estampida de la tienda.

—Llevándose el collar.

Ryan asintió con la cabeza.

—Litvak estaba tan irritado que llamó a la policía.

—No me digas.

—Litvak no se distingue por su agudeza, precisamente, y es un tanto exaltado.

El niño se esmeraba en subir el volumen y la mujer se dirigió hacia la salida mientras le daba palmaditas en la espalda.

Ryan y yo les sonreímos al pasar.

—¿Qué es lo que Kaplan tenía que haberle entregado a Litvak? —pregunté cuando madre e hijo estuvieron fuera.

—Un artículo curioso.

Puse los ojos en blanco. Me dolían.

Ryan dobló sus gafas y se las guardó en el bolsillo de la camisa. Se reclinó en el asiento, estiró las piernas y entrelazó las manos sobre el estómago.

—Un resto genuino de Masada.

Estaba a punto de decir alguna lindeza como «¡Hostia!», cuando entró la enfermera y se encaminó hacia nosotros. Nos levantamos.

—El señor Drum sufre una conmoción leve y el doctor Epstein le ha prescrito que permanezca ingresado esta noche.

—¿Van a hospitalizarle?

—Lo tendremos en observación. Es lo habitual. Aparte de dolor de cabeza y, posiblemente, cierta irritabilidad, el señor Drum estará restablecido en un par de días.

—¿Cuándo podré verlo?

—Tardaremos un par de horas en trasladarlo a la planta.

Después de irse la enfermera, Ryan se giró en el asiento.

—¿Vamos a almorzar?

—Buena idea.

—¿Qué tal una buena comida con alcohol fuerte y luego sexo?

—Eres un diablo con pico de oro.

A Ryan se le iluminó el rostro.

—Pero no.

A Ryan se le apagó el rostro.

—Tengo que contarle a Jake lo que vi en la tumba.

Dos horas después, estábamos en la habitación de Jake.

El paciente lucía unos de esos blusones que se abrochan en la parte de la nuca, descolorido a fuerza de lejía. Tenía intubado el brazo derecho, y el brazo izquierdo estaba alzado, con el reverso de la mano apoyado en la frente.

—No era por la tumba —espetó Jake con voz pastosa y más pálido que el blusón.

—Entonces, ¿a cuento de qué esa manifestación?

—¡Los de Hevrat Kadisha iban a por ti!

La enfermera no bromeaba cuando nos habló de una «cierta» irritabilidad.

—¿A por mí?

—Saben a qué has venido a Israel.

—¿Cómo es posible?

—Porque llamaste a la AIA.

—Aquí no he vuelto a hacerlo.

—Pero llamaste a Tovya Blotnik desde Montreal —vociferó como un energúmeno.

—Sí, pero...

—Los teléfonos de la AIA están pinchados.

—¿Por quién? —repliqué sin creérmelo.

—Por los ultraortodoxos.

—Que piensan que eres hija del diablo —añadió Ryan.

Le miré, dándole a entender que no me hacía ninguna gracia.

Jake hizo caso omiso de nosotros.

—Esa gente está loca —prosiguió—. Apedrean a quienes conducen en Sabat, pegan carteles que amenazan a los arqueólogos por su nombre. A mí me llaman a veces a medianoche, y oigo mensajes grabados con maldiciones como que ojalá muera de cáncer y a mi familia le suceda esa misma desgracia.

Jake volvió a cerrar los ojos ante la luz de los tubos fluorescentes—. No era por la tumba —repitió—. Saben que esa tumba está vacía y no tienen ni idea de su gran importancia.

—¿Pues qué querían? —pregunté aturdida.

Jake abrió los ojos.

—Te diré lo que querían. El rabino no hacía más que reclamar los restos del héroe de Masada.

El esqueleto. Y lo habíamos dejado en un *loculus*, a veinte pasos de ellos.

—¿Registrarán la tumba?

—¿Tú qué crees? —replicó Jake con voz de niño desobediente.

Me resistía a dejarme llevar por el malhumor de Jake.

—Creo que depende de si nos vieron o no con la bolsa.

—Premio para la señorita.

La joven.

Jake bajó el brazo y se miró el puño cerrado. Estuvimos callados durante unos instantes.

Yo rompí el silencio.

—Hay otra cosa, Jake.

Jake me miró y vi que sus pupilas se habían normalizado.

—Al subir a la cámara superior desprendí una piedra. En ese túnel hay un hueco que estaba clausurado.

—Normal —comentó con desdén—. Un *loculus* oculto.

—Yo enfoqué con la linterna y observé algo que parecía una tela antigua.

—¿En serio? —Jake trató de incorporarse.

Asentí con la cabeza.

—No hay duda de que esa tumba data del siglo I. La prueba son los osarios. Se han hallado restos textiles de esa época en el desierto, pero nunca en Jerusalén.

—Si me prometes no enfadarte te cuento el resto.

Jake se recostó en la almohada.

—Creo que es la tela de un sudario.

—No puede ser.

—También vi huesos.

—¿Humanos?

Asentí con la cabeza.

En aquel momento entró una enfermera. Sus tacones de goma chirriaban sobre los relucientes baldosines grises. Cuando terminó sus comprobaciones, Jake se volvió hacia mí.

—Tienen que marcharse. El paciente necesita descansar.

Jake se apoyó en los codos.

—Tenemos que volver allí —dijo.

—Túmbese, señor Drum —dijo la enfermera, presionando con las manos sobre sus hombros para que se tendiera en la cama.

Jake se resistió.

La enfermera le dirigió una mirada de advertencia, como si le amenazara con desintubarlo.

Jake cedió.

La enfermera nos lanzó una mirada como si nos amenazara con intubarnos.

—Salgan.

Di unos golpecitos en el brazo a Jake.

—Volveré mañana a primera hora.

—Estoy deseándolo.

La enfermera me miró. Rachet[1] me indicó la salida.

Me aparté de la cama.

—¡Salgan! —dijo con voz idéntica a la de la enfermera Rachet.

Ryan llamó al cuartel general de la policía israelí desde

---

1. Se refiere a la intransigente enfermera de *Alguien voló sobre el nido del cuco* (película dirigida por Milos Forman en 1975), interpretada por la actriz Louise Fletcher. *(N. del T.)*

el vestíbulo del hospital. Yo estaba tan preocupada que ni presté atención.

¿Cómo podría encontrar el camino hacia Kidron? ¿Quién me ayudaría en la tumba? No se lo podía pedir a Ryan. Él había venido para un asunto de la policía. Friedman invertía tiempo en ayudarle. Ryan tenía que centrarse en Kaplan.

—Friedman va a venir a buscarnos —dijo Ryan, cerrando la tapa del móvil que había alquilado.

—¿Ha terminado con Kaplan?

—Le va a conceder tiempo para que se lo piense.

—¿Kaplan cree que le han detenido por lo del collar?

—Y por unos cheques falsos en Canadá.

—¿Todavía no le habéis interrogado sobre Ferris?

Ryan negó con la cabeza.

—Friedman lo enfoca de una manera interesante. Dice poca cosa y deja que el sospechoso hable, para captar detalles y contradicciones con que atacar después.

—Le larga cuerda...

—Cuerda suficiente para colgarle del K2.

—¿Y cuándo entra Ferris en juego?

—Mañana.

—¿Le enseñarás a Kaplan la foto que me dio en el depósito?

—Le va a causar un buen sobresalto.

El sobresalto lo tuve yo.

—¡Dios mío, Ryan! ¿Crees que el esqueleto será la genuina reliquia de Masada? ¿Se enteró Kaplan de que Ferris lo tenía en su poder?

Ryan sonrió feliz.

—¿Quieres estar presente y preguntárselo?

—Podría ayudar a Friedman a presionar.

—Estoy seguro de que aceptaría.

—Yo sé presionar divinamente.

—Te he visto actuar. Eres tremenda.

—Es un don.

Mientras esperábamos, Ryan preguntó si pensaba volver a Kidron.

Tuve que confesar cierta incertidumbre en mis planes.

Llevábamos diez minutos en el vestíbulo cuando llegó Friedman. Camino del American Colony, puso al corriente a Ryan sobre el interrogatorio de Kaplan. No había grandes novedades. Kaplan seguía insistiendo en que pretendía pagar el collar. Y Litvak decía ahora que tal vez se había precipitado.

Ryan contó a Friedman mi excursión matutina.

—¿Cree que es un resto textil auténtico del siglo I? —preguntó Friedman, mirando por el retrovisor.

—Desde luego, es antiguo —dije—. Y el *loculus* no parece saqueado.

—Y eso que en esa tumba habrán entrado ladrones como moscas.

Friedman calló un instante y luego exclamó:

—¡Yujú!

¿Hebreo?

—¡Seremos saqueadores!

Friedman había visto demasiadas películas.

—¿Por dónde se va? —preguntó.

—¿Está seguro de que quiere hacer eso? —dije.

—Tan seguro como lo digo —respondió Friedman—. Me tomo muy en serio el patrimonio cultural de este país.

—¿No necesitamos un permiso? ¿O una autorización?

—Los tengo.

Me bastaba.

—Vamos al hotel, por favor. Quiero recoger mi cámara.

—¿Alguna cosa más? —preguntó Ryan.

—Una pala y algo para desalojar piedras. —Mi mente

voló a la oscuridad de la cámara inferior—. Y unas buenas linternas con pilas nuevas.

Friedman me dejó en el American Colony y se fue con Ryan a hacer las compras. Yo subí al tercer piso sin perder un minuto.

¡Jake se restablecería!

¡Recogería a «Max» y, tal vez, un sudario del siglo I!

¿Cómo recoger los restos?

¿De quién era la tumba?

Estaba tan excitada que subí los escalones de dos en dos.

¡Primero de todo, lavarme! ¡Cepillarme el pelo! ¡Una camisa limpia!

¡Ryan y Friedman iban a ayudarme! ¡Qué bella era la vida! ¡Qué aventura!

Abrí la puerta y me quedé estupefacta.

25

Mi habitación estaba toda revuelta.

Habían tirado las sábanas y desplazado el colchón. El armarito y el ropero estaban abiertos, con las perchas torcidas, la ropa desordenada, zapatos y jerséis revueltos y esparcidos.

Mi euforia se desvaneció.

—¿Quién anda ahí?

¡Qué idiota! Ahí no hay nadie, y aunque estuvieran, no iban a saludarme.

Miré la puerta y vi que no había sido forzada. La cerradura estaba intacta y la madera sin un rasguño.

Con el corazón saltándome en el pecho, entré en la habitación.

Todos los cajones estaban abiertos. La maleta abierta y todo volcado y revuelto.

El portátil estaba incólume en el escritorio.

Traté de comprender qué significaba aquello. ¿Ladrones? ¡Claro que no! ¿Por qué iban a dejar el ordenador?

¿Un aviso? ¿De quién? ¿Sobre qué?

Con manos temblorosas, me quité la ropa interior, la camiseta y los vaqueros.

Igual que Jake, cuando recogía sus cosas alrededor de la furgoneta.

Mi mente llegó a una conclusión. Ahora comprendía. Una idea cargada de indignación se abrió paso a través de mi mente.

—¡Rastreros hijos de puta!

La indignación me endurecía y abortaba mis lágrimas.

Cuando terminé de arreglar el dormitorio, entré en el cuarto de baño y ordené mis cosas, me lavé la cara y me peiné.

Acababa de cambiarme de camisa cuando sonó el teléfono. Ryan me esperaba en el vestíbulo.

—Han registrado mi habitación —dije sin preámbulos.

—*Hijos de puta.*

—Probablemente los Hevrat Kadisha buscaban a «Max».

—*No tienes muy buena estrella hoy.*

—No.

—*Voy a hablar con el director.*

—Ahora mismo bajo.

Cuando bajé, Ryan estaba con Friedman y habían aclarado dos puntos. Nadie había preguntado por mí en recepción ni nadie había entregado la llave de mi habitación.

O al menos, eso decían. Les creí. Tanto la gerencia del American Colony como el personal eran árabes, y dudaba mucho de que entre ellos hubiese ningún simpatizante de Hevrat Kadisha.

La directora, la señora Hanani, me preguntó si quería denunciar el asalto a la policía. Su voz no traslucía gran entusiasmo.

Le dije que no.

Con evidente alivio, la señora Hanani prometió hacer una investigación entre el personal, intensificar la seguridad e indemnizarme si me habían estropeado o robado algo.

Friedman comentó que le parecía una buena idea.

Le pedí un favor a la señora Hanani, y ella se dirigió a la cocina para concedérmelo.

Cuando volvió, guardé los objetos en mi mochila, le di las gracias y le dije que no me faltaba nada de valor.

Mientras subía al coche de Friedman pensé si no iba a lamentar mi imposición de dormir en habitaciones separadas. Al cuerno con la profesionalidad. Sabía que sola, a oscuras en la cama, me gustaría tener a Ryan a mi lado.

Tardamos casi una hora en llegar a Kidron. La policía de Jerusalén había recibido un aviso de que iba a llegar de Belén un terrorista suicida. Había controles extraordinarios y atascos de tráfico. Durante el camino, le pregunté a Friedman sobre el permiso. Se dio unos golpecitos en el bolsillo y me dijo que lo llevaba. Le creí.

En Silwan, le indiqué el camino hacia el mismo claro donde habíamos aparcado Jake y yo. Mientras él y Ryan sacaban las herramientas del maletero, eché un vistazo al barranco. No había ningún sombrero negro a la vista.

Encabecé la bajada, seguida de Ryan y Friedman.

Ante la tumba me detuve un momento a mirar la entrada. El negro rectángulo parecía como si me devolviera la miraba. Sentí que se me aceleraba el pulso, pero, sin hacer caso, me volví. Mis dos compañeros acababan de llegar, sudorosos y jadeantes.

—¿Y el chacal? —pregunté.

—Le diremos que venimos de visita. —Friedman sacó su revólver, se agachó e hizo un disparo hacia el interior de la tumba—. Si está ahí saldrá ahora mismo.

Esperamos, pero no apareció ningún chacal.

—Seguramente está a mil kilómetros de aquí —comentó Friedman.

—Voy a comprobar en la cámara inferior —dijo Ryan, abriendo la palma de la mano.

Friedman le tendió el arma.

Ryan arrojó una pala y una palanca por la entrada y se escurrió hacia el interior. Oí otro disparo y pisadas de botas. Silencio. Más pisadas y Ryan reapareció en la boca de entrada.

—No hay ningún chacal —dijo, tendiéndole el revólver a Friedman.

—Yo haré el primer turno de guardia —dijo Friedman apretando los labios. Pensé si también él sufriría claustrofobia.

Me acerqué a la boca de entrada, metí la mochila y los pies y me dejé caer con la esperanza de engañar a las neuronas encargadas de controlar el espacio físico. Lo logré. Me vi dentro de la tumba antes de que mi cerebro se apercibiera.

A mi lado, Ryan encendió una Mag-Lite. Nuestros rostros eran como máscaras traslúcidas y nuestra sombra se recortaba sobre el blanco de las paredes.

Señalé hacia el *loculus* norte.

—Enfoca hacia allí.

Ryan dirigió el haz hacia donde le decía. La piedra estaba desplazada y no había nada color azul.

Me arrastré hacia el *loculus*, seguida por Ryan.

El hueco estaba vacío.

—¡Maldita sea!

—¿Se lo han llevado? —preguntó Ryan.

Asentí con la cabeza.

No me extrañaba. Pero me sentía muy desolada. Se habían llevado a «Max».

—Lo siento —dijo Ryan.

Al estilo del sur. Casi por reflejo, empecé a decir:

—No importa...

No seguí. Sí que importaba.

Ya no había esqueleto.

Me senté sobre los talones, sintiendo el peso opresivo de la tumba. La piedra fría. El aire maloliente. El opresivo silencio.

¿Era realmente uno de los muertos de Masada? ¿Lo había perdido sin remisión? ¿Estaba en una tumba sagrada?

¿Me vigilaban? ¿Quiénes? ¿Los Hevrat Kadisha? ¿O las almas de quienes acudían a las catequesis de mi infancia?

¿Quién había sido aquel «Max»? ¿Quién descansó en aquella tumba? ¿Quién más seguiría descansando allí?

Sentí una mano en el hombro. Mi cerebro volvió a conectarse.

—Vamos abajo —susurré.

Nos arrastramos hasta el túnel y descendí por él del mismo modo que había entrado en la tumba. Con los pies por delante.

Ryan estuvo a mi lado en cuestión de segundos.

¿No había apartado las piedras a la derecha? Ahora había algunas a la izquierda. ¿Me fallaba la memoria? ¿Habían removido también aquellas piedras?

«¡Dios mío, haz que todavía esté!»

Ryan dirigió la luz de la linterna hacia el hueco que yo había hecho al caer. En la oscuridad brilló algo blanco. Y algo de color rojizo.

Como la vez anterior, mis ojos escrutaron con avidez. Mi cerebro pugnaba por discernir.

Textura basta. Contorno desigual. Por un borde, apenas visible, asomaba un pequeño cilindro grisáceo con un nudo en su extremo. La falange de un dedo.

Agarré el brazo de Ryan.

—¡Está ahí!

No había tiempo de aplicar debidamente el protocolo arqueológico. Teníamos que sacarlo de allí antes de que se dieran cuenta los Hevrat Kadisha.

Mientras yo sostenía la linterna, Ryan metió la palanca en la hendidura, entre dos piedras de la parte superior del hueco. Hizo fuerza y cayeron unos guijarros. La piedra se tambaleó, pero volvió a su posición.

Ryan hizo palanca con más fuerza. La piedra se movió y volvió a encajarse.

Vi cómo Ryan lo intentaba más de diez veces, y me alegré de que Friedman montara guardia fuera. Esperaba que no hiciera falta pedirle ayuda.

Ryan dejó la barra de hierro y cogió la pala. Encajó la hoja en la hendidura e hizo palanca sobre el mango con todas sus fuerzas. La piedra se desencajó y cayó con un ruido sordo.

Me acerqué a la abertura y vi que era bastante amplia. Mi corazón comenzó a latir más aprisa.

«Tranquila. Ryan está aquí y Friedman monta guardia fuera.»

Metí la cabeza y los hombros y entré en el *loculus*. Me arrastré hasta el fondo con muchísimo cuidado, pegada a la pared. Ryan me alumbraba.

Sí, lo que había visto eran restos de tela. Quedaban dos trozos, podridos y descoloridos. El más grande estaba cerca de la entrada del *loculus*, en el sitio que correspondería a los pies. El más pequeño estaba más adentro, en el lugar correspondiente a la cabeza.

Me incliné para examinarlos mejor y vi que se trataba de un tejido basto de cuadros. Las piezas eran trozos muy pequeños, con los bordes deshilachados, señal de que había desaparecido casi todo el lienzo original.

Había algunos huesos debajo del sudario y otros en torno a él. Además de la falange, reconocí fragmentos de cúbito, fémur, pelvis y una calavera.

¿Cómo podía recoger los restos sin romper el sudario? Repasé las posibilidades. Ninguna me satisfacía.

Introduje los dedos y levanté una parte del trozo mayor. La tela se alzó con un leve crujido, como de hojas secas pisoteadas.

Seguí probando a intervalos, con mucho cuidado. Había partes que cedían fácilmente, pero otras permanecían pegadas.

Saqué la cámara digital de la mochila, y mientras Ryan iluminaba el *loculus* como si fuera un pequeño plató, coloqué mi navaja del ejército suizo a modo de referencia de escala e hice dos fotos desde diversos ángulos.

Una vez hechas las fotos, saqué los recipientes de plástico y la espátula que me había facilitado la señora Hanani. Con la hoja de la espátula y la punta de los dedos separé con cuidado la tela de los huesos y de las piedras. Una vez separados, enrollé los trozos de tela y los guardé, cada uno en un envase. No era lo óptimo, pero, dadas las circunstancias, era lo mejor que podía hacer.

Una vez retirado el sudario, vi claramente los restos humanos. La falange y un calcáneo eran los únicos huesos intactos. El resto del esqueleto no eran más que fragmentos muy deteriorados.

Con movimientos que proyectaban en las paredes sombras semejantes a marionetas, estuve una hora recogiendo huesos, dientes y otros vestigios.

Me dolían las articulaciones y la espalda de trabajar encogida en aquel espacio tan reducido. Tenía los pies dormidos.

En un momento determinado, desde arriba, Friedman dijo:

—¿Todo bien?

—Estupendo —contestó Ryan.

—¿Falta mucho? —preguntó poco después.

—Enseguida estamos.

—¿Sigo haciendo guardia?

—Ya falta poco —insistió Ryan.

Cuando salimos, comenzaba a oscurecer.

Ryan salió el primero. Le tendí la pala, la barra de hierro y la mochila con los restos del sudario y del ser humano que había envuelto. Los primeros estaban enrollados en dos recipientes hondos y los últimos, en dos pequeños. Otro envase más pequeño contenía vestigios del suelo del *loculus*.

Encontramos a Friedman sentado en el suelo, con las piernas cruzadas, de espaldas a la ladera. No parecía molesto ni aburrido. Parecía Gilligan esperando al Capitán. Al vernos, apuró su botella de agua y se levantó.

—¿Tenéis al hombre?

Buena pregunta. Yo había echado un vistazo y los fragmentos pélvicos no eran un indicio muy claro del género.

Levanté los dos pulgares y me restregué las manos para quitarme el polvo.

—¿Subimos? —dijo Ryan a Friedman con una voz de ascensorista.

Friedman asintió con la cabeza, cogió la pala y comenzó la ascensión seguido por nosotros dos.

A veinte metros del borde hicimos un alto para recobrar aliento. Friedman tenía la cara roja, Ryan sudaba por la raíz del pelo y yo no estaba en las mejores condiciones para una foto.

Unos minutos más tarde, estábamos en el coche de Friedman.

—¿Almuerzas con nosotros? —preguntó Ryan, mientras salíamos de Silwan.

Friedman negó con la cabeza.

—Tengo que ir a casa.

¿Quién le esperará?, pensé. ¿Una esposa? ¿Una amiga? ¿Una chuleta descongelándose en el fregadero?

Ryan y Friedman no entraron al hotel. Yo fui a recepción. El empleado se las arregló para observar mi aspecto sin mirarme. Me quedé admirada, pero no llegué a darle explicaciones.

Con las llaves en la mano, me encaminé a la salida. Ryan se había despedido de Friedman y cruzaba el pórtico. A su espalda, vi que Friedman hablaba con la señora Hanani.

La directora estaba rígida, con la vista baja y las manos ceñidas a las caderas.

Friedman dijo algo y la señora Hanani contestó con un firme gesto de negación.

Mientras Friedman decía algo más, la señora Hanani sacó un paquete de cigarrillos del bolsillo y trató de encender uno. Le costó prender la cerilla. La señora Hanani aspiró con fuerza, expulsó el humo y volvió a negar con la cabeza.

Friedman se apartó de ella. La señora Hanani dio una calada y expulsó el humo despacio, entrecerrando los ojos, y no pude ver su expresión.

—¿Qué ocurre? —preguntó Ryan.

—Nada.

Yo le tendí la llave y Ryan la envolvió con la mano.

—¿Qué le apetece a la señora?

Me apetecía una ducha. Cambiarme. Comer y dormir doce horas. Pero no tenía ni idea de qué me apetecía comer.

—¿Qué propones?

—Fink's.

—¿Fink's?

—En Histadrut. El restaurante existe desde antes de que naciera el Estado de Israel. Friedman me ha dicho que Mouli Azrieli es una institución.

—Mouli es el propietario.

Ryan asintió con la cabeza.

—Mouli es famoso por haber rechazado a Kissinger, porque se negó a cerrarles las puertas un día a sus clientes. Pero lo más importante es que Mouli tiene fama de «apañar» un goulash estupendo.

¿«Apañar»? Ryan volvía a sus modales de vaquero.

—Dentro de media hora. Con una sola condición —añadí, alzando un dedo sucio.

Ryan abrió los brazos en un gesto de desaliento.

—Que cambies tu lenguaje.

Me volví hacia la escalera.

—Guarda eso en la caja fuerte de la habitación, que hay mucho ladrón suelto por aquí —dijo Ryan a mis espaldas.

Me detuve. Ryan tenía razón. Pero ya habían registrado mi habitación una vez. Era un riesgo. Había perdido un esqueleto y no quería perder otro. Me volví.

—¿Crees que Friedman lo guardaría en la comisaría por esta noche?

—Claro que sí.

Le tendí la mochila y Ryan la cogió.

Jabón y champú. Maquillaje de fondo y un poco de colorete. Media hora más tarde, bajo una luz discreta y desde un ángulo adecuado, tenía un aspecto aceptable.

En Fink's sólo había seis mesas. Y un millón de cachivaches. Aunque la decoración estaba pasada de moda, el goulash era excelente.

Mouli se acercó a nosotros con sus álbumes de recortes de prensa. Golda Meier, Kirk Douglas, John Steinbeck, Shirley MacLaine. Su colección de famosos rivalizaba con la del American Colony.

En el taxi, Ryan preguntó:

—¿En qué piensas, muchacha?

Había cambiado el lenguaje de Texas por el de Galway.

—Que Mouli podría cambiar los visillos. ¿Y tú qué piensas?

Ryan esgrimió una sonrisa mayor que la bahía de Galway.

—Ah, eso —dije.

—Eso.

Se acabaron mis preocupaciones de insomnio angustioso.

26

Dormí hasta la llamada del muecín a la oración. Y seguí durmiendo con el zumbido del tráfico de primera hora bajo mi ventana. Y dormía cuando Ryan se escabulló a su habitación.

Me desperté al oír que mis pantalones vaqueros cantaban *A Hard Day's Night.*

No podía ser.

I should be sleepin' like a dog...

La música cesó.

Algún sueño raro. Me tumbé de espaldas y recordé el revolcón de la víspera después de la cena. La letra seguía sonando en mi cabeza.

You know I feel all right...

La musiquilla volvió a sonar.

¡El móvil de Jake!

Salté de la cama, saqué el teléfono de los pantalones y los tiré al suelo.

—¿Jake?

—*Tienes mi móvil.*

—¿Cómo estás?

Miré el reloj: las siete cuarenta.

—*De primera. Que me saquen sangre y me metan el dedo por el culo es algo que me encanta.*

—Muy expresivo.

—*Me largo antes de que me hagan otra revisión.*

—¿Te han dado el alta?

—*Eso* —respondió Jake con un resoplido.

—Jake, tienes que…

—*Vale, vale. ¿Tienes eso?*

—La bolsa no estaba.

—*¡Me cago en la hostia!*

Permanecí a la expectativa de una explosión.

—*¿Y lo otro?*

—Tengo el sud…

—*¡No lo digas por teléfono! ¿Puedes traerlo a mi casa?*

—¿Cuándo?

—*Tengo que ocuparme de la furgoneta y buscar otro vehículo.* —Una pausa—. *¿A las once?*

—Dime cómo llegar —dije, acercándome al escritorio.

Jake me dio las indicaciones. Los puntos de referencia y los nombres de las calles no me decían nada.

—Tengo que llamar a la AIA, Jake.

Para decirles que había perdido el esqueleto, cosa que me horrorizaba.

—*Primero espera a que te enseñe una cosa que recogí en esa tumba.*

—Llevo dos días en Israel. Tengo que llamar a Blotnik.

—*Cuando hayas visto lo que tengo.*

—Hoy —añadí.

—*Vale, vale* —espetó él—. *Y tráeme el móvil.*

Cortó.

Era evidente que Jake no había superado del todo la irritabilidad. ¿Y la paranoia? ¿Creía en serio que controlaban sus llamadas?

Estaba de pie, desnuda, con el móvil en una mano y el bolígrafo en la otra, cuando llamaron a la puerta.

¡Mierda! ¿Ahora qué?

Miré por la mirilla.

Era Ryan, con unos bollos y café. Se había afeitado y tenía el pelo húmedo de la ducha.

Mientras me aseaba en el cuarto de baño, le expliqué la llamada de Jake.

—Nosotros terminaremos con Kaplan mucho antes de las once. ¿Dónde vive Jake?

—En Beit Hanina.

—Yo te llevaré.

—Me ha dado las indicaciones para llegar allí.

—¿Cómo se encuentra él?

—Hecho una fiera.

Kaplan estaba en la comisaría del Recinto Ruso, uno de los primeros cuarteles extramuros de la ciudad vieja. En sus orígenes había sido construido como un albergue de peregrinos rusos y ahora era un edificio destartalado del centro que pedía a gritos una remodelación.

La comisaría del barrio y las celdas anexas formaban una serie de edificios entre Jaffa Street y la iglesia rusa. Muros de piedra y ventanas enrejadas. Lóbrego y decrépito, el lugar cuadraba bien con su función policial.

Agentes de policía indicaban a los visitantes los diversos accesos. Friedman aparcó entre ellos, junto a una barricada de hormigón que defendía el recinto. Cerca había una enorme columna de piedra caída y semienterrada.

La columna estaba rodeada por una verja de hierro, dentro de la cual había miles de colillas. Me imaginé a policías y detenidos, nerviosos, dando la última calada antes de entrar.

Friedman advirtió que yo miraba la columna.

—Siglo primero —dijo.

—¿Otra vez Herodes? —preguntó Ryan.

Friedman asintió con la cabeza.

—Se dice que estaba destinada al pórtico del palacio de Herodes en el Monte del Templo.

—Ese muchacho no paraba de construir.

—Los canteros detectaron una grieta y ahí se quedó. Y ahí sigue dos milenios después.

Pasamos ante una garita donde nos sometieron a un control electrónico y nos hicieron unas preguntas. En la comisaría volvió a interpelarnos un centinela que no haría mucho que había terminado el bachillerato, y a continuación nos hicieron pasar a un despacho que acababan de dejar libre.

Flotaba humo en el aire, y en la mesa, llena de papeles, había una taza de café medio vacía. Más montones de informes y un fichero Rolodex abierto por la T.

Advertí un nombre en la taza: Solomon. Y pensé que al viejo Sol no le habría hecho mucha gracia que le desalojásemos de su guarida.

Olía como en todas las comisarías del mundo. Un ventilador pequeño hacía lo que podía.

Friedman salió y volvió. Minutos después, un agente uniformado trajo al detenido al despacho. Kaplan vestía pantalones negros y camisa blanca. Sin cinturón y sin cordones en los zapatos.

El agente permaneció de guardia fuera. Ryan se recostó en una pared y yo lo hice en otra.

Kaplan le dirigió a Friedman una sonrisa de Cámara de Comercio. Estaba recién afeitado y más ojeroso de lo que yo recordaba.

—Tengo entendido que el señor Litvak ha entrado en razón.

Aquella voz áspera coincidía: Kessler y Kaplan eran la misma persona. Friedman le señaló una silla. Kaplan se sentó.

—Ha sido un malentendido tan tonto —dijo Kaplan con una risa tonta.

Friedman se sentó en la silla de Solomon y se miró las uñas.

Kaplan volvió la cabeza y me vio. Hubo un brillo imperceptible en sus ojos. ¿Me había reconocido? ¿Se imaginaba por qué estaba allí?

Ryan se apartó de la pared y, sin decir palabra, le enseñó la foto de «Max». Advertí un titubeo en la sonrisa de Kaplan.

—¿Te acuerdas de la doctora Brennan? —preguntó Ryan, señalándome con la barbilla.

Kaplan no contestó.

—¿Recuerdas a Avram Ferris y la famosa autopsia? —dijo Ryan.

Kaplan tragó saliva.

—Vamos, di algo —insistió Ryan.

—¿Qué tengo que decir?

—No he viajado hasta Israel para hablar de ajedrez, señor Kaplan —replicó Ryan con voz cortante—. ¿O debo decir Kessler?

Kaplan cruzó los brazos.

—Sí, agente. Conocía a Avram Ferris. ¿Es eso lo que me pregunta?

—¿De dónde sacaste esto? —preguntó Ryan, dando unos golpecitos en la foto.

—Me lo dio Ferris.

—Ya.

—Es cierto.

Ryan guardó silencio. Kaplan lo rompió.

—De verdad. —Kaplan dirigió una mirada a Friedman, que seguía abstraído en sus uñas—. Ferris y yo hicimos algún negocio.

—¿Negocio?

—Aquí hace mucho calor —dijo Kaplan, ya no tan de buen humor—. Quiero agua.

—Señor Kaplan, ¿cómo se piden las cosas? —replicó Friedman en tono de disgusto.

—Por favor —añadió Kaplan con un suspiro exagerado.

Friedman fue hasta la puerta y habló con alguien en el pasillo. Volvió a su asiento y sonrió a Kaplan con una sonrisa digna de un protoanfibio.

—¿Negocios? —repitió Ryan.

—Compré y vendí algunas cosas en su nombre.

—¿Qué clase de cosas?

Un hombre bajo y narigudo entró y le ofreció a Kaplan un vaso sucio. Miraba con gesto de enfado. ¿Sería Solomon?

Kaplan bebió con avidez y alzó la vista, pero no dijo nada.

—¿Qué clase de cosas? —repitió Ryan.

Kaplan se encogió de hombros y el agua bailó en el vaso.

—Cosas.

—¿Está protegiendo la confidencialidad de su cliente, señor Kaplan?

Él volvió a encogerse de hombros.

—¿Objetos esqueléticos? —dijo Ryan, esgrimiendo la foto del esqueleto.

El rostro de Kaplan se tensó. Apuró el agua y dejó el vaso en la mesa con cuidado, se reclinó y entrelazó las manos.

—Quiero un abogado.

—¿Necesita un abogado?

—No pretenda intimidarme.

—¿Oculta algo, señor Kaplan? —Ryan se volvió hacia Friedman—. ¿Tú qué crees, Ira? ¿No te parece que el señor Kaplan está implicado en asuntos de mercado negro?

—Lo creo muy posible, Andy.

Kaplan puso cara de palo.

—O tal vez le pareció que lo de las antigüedades ilegales era una niñería y se embarcó en asuntos más ambiciosos.

Los dedos de Kaplan eran delgados. Los apretó tanto que sus nudillos se tornaron blancos.

—Podría ser, Andy. Ahora que lo dices, me parece un auténtico renacentista.

Ryan se dirigió a Kaplan.

—¿Es así? ¿Decidió cargarse al finado?

—No sé de qué me habla.

—Hablo de asesinato, Hersh. Se llama Hersh, ¿verdad?

—¡Dios mío! —Kaplan se ruborizó hasta el cuello—: ¿Está loco?

—¿Piensas que Hersh se cargó a Avram Ferris? ¿Tú qué crees, Ira?

—¡No! —dijo Kaplan, mirando a Ryan y a Friedman sucesivamente.

Ryan y Friedman se encogieron de hombros.

—Esto es una locura —comentó Kaplan, ahora ya con el rostro totalmente enrojecido—. Yo no he matado a nadie. No podría.

Ryan y Friedman aguardaron en silencio.

—De acuerdo. —Kaplan alzó las manos—. Escuchen —dijo, eligiendo con cuidado sus palabras—. A veces, procuro objetos de procedencia dudosa.

—¿Hacía eso para Ferris?

Kaplan asintió con la cabeza.

—Ferris me llamó y me preguntó si podía encontrarle comprador para un objeto particular.

—¿Particular?

—Extraordinario. Único.

Una pausa.

—Algo que causaría conmoción en la cristiandad. Ésas fueron sus palabras.

Ryan alzó la foto.

Kaplan asintió con la cabeza.

—Ferris me entregó la foto y me dijo que no hablara de ello con nadie.

—¿Eso cuándo fue?

—No lo sé. Este invierno.

—Eso es muy ambiguo, Hersh.

—A principios de enero.

Ryan y yo intercambiamos una mirada. A Ferris lo asesinaron a mediados de febrero.

—¿Qué sucedió?

—Yo hice correr la voz, el asunto suscitó interés, y le dije a Ferris que lo gestionaría, pero que primero necesitaba algo más que la foto y su palabra como garantía. Él me dijo que me daría pruebas de la autenticidad del esqueleto. Pero, antes de que pudiésemos vernos, lo mataron.

—¿Qué le dijo Ferris sobre el esqueleto? —pregunté.

Kaplan se volvió hacia mí. Por un instante sus ojos se iluminaron, pero nada más.

—Que provenía de Masada.

—¿Cómo llegó a manos de Ferris?

—No me lo dijo.

—¿Le dijo algo más?

—Me señaló que era un personaje de importancia histórica y me aseguró que tenía pruebas.

—¿Nada más?

—Nada más.

Callamos los tres, pensativos. ¿Qué pruebas podía tener Ferris? ¿Lo que le dijera Lerner? ¿El Musée de l'Homme? ¿El expediente del museo que había robado Lerner? ¿La documentación original de Israel, tal vez?

Oí que en el pasillo alguien hablaba con el agente. ¿El pobre Solomon desalojado de su despacho?

—¿Qué me dices de Miriam Ferris? —le preguntó Ryan, cambiando de tema.

—¿Qué ocurre?

—¿Conoces a la señora Ferris?

Kaplan se encogió de hombros.

—¿Eso es sí o no?

—La conozco.

—¿En el sentido bíblico?

—Esto es indecente.

—Lo diré de otro modo, Hersh. Te pregunté si te llamabas Hersh, ¿verdad? ¿Tenías una historia con Miriam Ferris?

—¿Qué?

—Primero te he dicho que me confirmes el apellido. Segundo, te he preguntado si estabas liado con Miriam. ¿Son dos preguntas demasiado difíciles para ti?

—Miriam estaba casada con el hermano de mi ex mujer.

—Después de la muerte de tu cuñado, ¿seguíais en contacto?

Kaplan no contestó. Ryan aguardó. Kaplan cedió.

—Sí.

—¿Es así como conectaste con Ferris?

Kaplan volvió a guardar silencio. Ryan esperó. Y, de nuevo, Kaplan cedió.

—Miriam es una buena persona.

—Responde a mi pregunta, Hersh.

—Sí —respondió cortante.

—¿Por qué acudiste a la autopsia de Ferris con la foto?

Kaplan encogió un hombro.

—Sólo intentaba ayudar.

Ryan siguió insistiendo con tesón. Kaplan se puso muy nervioso, pero se mantuvo en sus trece. Conocía a Miriam a través de su ex cuñado, y a Ferris a través de Miriam. De vez en cuando hacía alguna operación poco importante de compra y venta de objetos ilegales. Había accedido a dar salida al esqueleto de Ferris, pero antes de recibir los papeles de autentificación habían matado a Ferris. Él no había sido. Su conciencia le había dictado entregar la foto.

Kaplan mantuvo todo el tiempo la misma versión.

Aquel día.

27

A las diez y media, Ryan y yo volvimos a hacernos cargo del sudario y los huesos, y después subimos al coche de Friedman, un Tempo de 1984, con una «K» de cinta aislante en la ventanilla derecha de atrás. Friedman se quedó con Kaplan.

—¿Cuál es su plan? —pregunté.

—Dar tiempo al caballero para que pueda reconsidera su cuento.

—¿Y después?

—Decirle que lo repita.

—Repetir es bueno —comenté.

—Salen a relucir las contradicciones.

—Y detalles omitidos.

—Como con mamá Ferris —dijo Ryan.

—Eso nos llevó a Yossi Lerner y a Sylvain Morissonneau —añadí.

Beit Hanina es un pueblo árabe con la oportuna coincidencia de encontrarse dentro de los nuevos límites municipales del moderno Jerusalén, y ahora se llama Beit Hanina Hadashah o New Beit Hanina. Jake tenía allí un piso desde cuando nos conocimos. Sus indicaciones nos condujeron a un territorio que había sido jordano entre 1948 y 1967. Diez minutos después de salir del Recinto Ruso llegábamos al control de Neve Yakov, en la carretera de Ramala, antiguamente llamada de Nablus. En un buen momento, porque la cola no se extendía más que manzana y media. Ryan se incorporó a ella y fuimos avanzando poco a poco.

En nuestro viaje a Kidron, Jake me había dicho que el muro que construían para aislar Israel del resto del mundo pasaba por el centro de la carretera en la que nos encontrábamos en aquel momento. Miré las tiendas de ambos lados.

Pizzerías, tintorerías, pastelerías, floristerías. Como si estuviéramos en St-Lambert, Scarsdale, Pontiac o Elmhurst.

Pero esto era Israel. A mi izquierda quedaban los de dentro, aquellos cuyos negocios seguirían prosperando a pesar del muro. A la derecha, los excluidos, aquellos cuyo negocio se hundiría por culpa del muro. Era una pena. Gente humilde que se esforzaba por sacar a su familia adelante, dividida en ganadores y perdedores en aquella tierra en litigio.

Al no acompañarnos Friedman, Ryan y yo habíamos previsto un largo interrogatorio. Pero —*au contraire*— el centinela miró mi pasaporte y la placa de Ryan, se inclinó a leerlos y nos hizo un gesto para que siguiésemos. Nada más cruzar hacia la orilla oeste giramos a la izquierda dos veces y llegamos a casa de Jake.

Jake había alquilado el piso superior de una casita de estuco propiedad de una arqueóloga italiana llamada Antonia Fiorelli, que ocupaba la planta baja con siete gatos.

Ryan anunció nuestra llegada a través de un destartalado intercomunicador en el muro de la finca. Segundos después, Jake nos abría la cancela y nos conducía por un serpenteante sendero de guijarros que discurría por delante de un recinto de tela metálica con cabras y conejos, hasta la escalera exterior. Cuando llegamos a la puerta de su piso nos acompañaba una escolta de tres gatos.

Hay varios tipos de felinos. Al gato mimoso le encanta que lo acaricien y lo dejen acurrucarse en el regazo. Al siamés le gusta que le den de comer, pero que no lo toquen, a menos que él lo desee. Y el gato arisco no deja de mirar si sigues respirando cuando duermes.

El trío en cuestión pertenecía a la tercera categoría.

La mayor parte del piso de Jake estaba ocupada por una gran habitación central con suelo de baldosines marrones, paredes encaladas y puertas y ventanas enmarcadas con ladrillo. En un extremo se alineaban armarios de madera que separaban la cocina-comedor y la sala de estar.

El dormitorio de Jake no era mayor que un asador: una cama deshecha, una cómoda y una caja de cartón para la ropa sucia.

El resto era la «oficina». La zona del vestíbulo la ocupaban el ordenador y mapas, en una pequeña galería acristalada guardaba los utensilios de limpieza, y un dormitorio trasero lo utilizaba para catalogar, registrar y analizar.

La actitud de Jake había mejorado desde nuestra conversación por teléfono. Nos recibió amablemente, y nos preguntó qué tal nos había ido por la mañana, antes de inquirir sobre el sudario. Incluso añadió un sonriente «por favor».

—Es lo mejor que pude hacer, dadas las circ...

—Sí, sí —me interrumpió con un gesto, incitándome a ir al grano.

Bueno, su recuperación del buen humor no era tan completa.

Puse los *tuppers* de la señora Hanani en el mostrador. Jake abrió y examinó el contenido del primero.

—¡Dios mío!

Abrió el segundo.

—¡Dios mío!

Ryan me miró.

Jake examinó los recipientes con los restos de sudario.

«Dios mío», vocalizó Ryan en silencio, a espaldas de Jake.

Yo enarqué las cejas en un gesto de advertencia. Sin decir palabra, Jake miró el trozo más grande de sudario.

—¡Dios mío!

Fue derecho al dormitorio de atrás y volvió con una lupa para examinarlo.

—Se lo llevaré esta misma tarde a Esther Getz —dijo.

Examinó el trozo durante un minuto y se irguió.

—Getz es la perito textil del museo Rockefeller. ¿Has examinado los huesos?

Negué con la cabeza.

—No hay mucho que examinar.

Jake dejó la lupa, retrocedió un paso e hizo un florido gesto de invitación con su largo brazo. Ryan hizo una mueca burlona con los labios.

Me acerqué al mostrador y eché con cuidado el contenido de los recipientes pequeños en las tapas.

—¿Tienes guantes?

Jake se dirigió al dormitorio de atrás.

—Y unas pinzas. Y un pincho o un palillo de dientes —añadí.

Volvió con las tres cosas, y, mientras Jake y Ryan miraban, los separé, nombrando cada fragmento.

—Falange. Calcáneo. —Eran los fáciles, porque el resto no superaban el tamaño de un lóbulo de oreja—. Cúbito, fémur, pelvis y cráneo.

—Bueno, ¿y qué te parece? —preguntó Jake.

—Creo que es poca cosa para un examen.

—¿Varón o hembra?

—Sí —respondí.

—Maldita sea, Tempe. Esto es importante.

Examiné un trozo del hueso occipital. La protuberancia occipital era prominente pero no determinante. Lo mismo se podía aplicar a la línea áspera de algunos fragmentos del fémur central. Lo único que quedaba de la pelvis era la eminencia de la sínfisis con el sacro. No presentaba ninguna característica específica de género.

—Las inserciones de los músculos son marcadas. Probablemente «varón», sin que pueda decir más. No hay fragmentos suficientes para hacer una medición.

Cogí y giré el hueso del talón. Me llamó la atención un pequeño defecto circular. Jake advirtió mi interés.

—¿Qué ocurre?

Señalé un pequeño túnel en la parte externa del hueso.

—Eso no es natural.

—¿Qué quieres decir con que no es natural? —dijo Jake.

—Que no tendría que estar.

Jake repitió hizo mayor hincapié que antes en su gesticulación de impaciencia.

—No es el foramen de un vaso ni de un nervio. El hueso presenta una acusada erosión, pero, por lo que veo, los bordes del orificio son cortantes, no suaves.

Dejé el calcáneo y tendí la lupa a Jake. Se inclinó y observó la porción media.

—¿Tú qué crees? —me preguntó Ryan.

Antes de que pudiera contestar, Jake salió disparado hacia la zona de los mapas. Abrió y cerró cajones y volvió repasando unas páginas grapadas.

Dejó las páginas en el mostrador y señaló una con el dedo. Me incliné para ver lo que me indicaba. Era un artículo titulado «Observaciones antropológicas sobre los restos humanos de Giv'at ha-Mivtar». Su dedo apuntaba a unas fotos. Como era una fotocopia, no se apreciaban bien los detalles, pero el tema era evidente.

Cuatro de las fotos correspondían a fragmentos de calcáneos y de otros huesos del pie, algunos tal como habían sido hallados y otros una vez seleccionados y reconstruidos.

Aunque recubierto por una gruesa capa calcárea, se veía un clavo de hierro que atravesaba completamente el calcáneo. Medio escondida debajo del clavo, se apreciaba una placa de madera.

La quinta foto mostraba un calcáneo actual a título comparativo, con una lesión circular en el mismo punto que el defecto del calcáneo del sudario.

Miré a Jake con expresión interrogante.

—En 1968 se descubrieron quince osarios de piedra caliza en tres cuevas de enterramiento. Trece de ellos contenían restos humanos y los huesos estaban muy bien conservados. Había ramos de flores silvestres, espigas de trigo y objetos similares. El tipo de trauma óseo indicaba que una serie de individuos había tenido una muerte violenta, por herida de flecha o por objeto contundente.

Jake dio unos golpecitos sobre las fotos.

—Este pobre desgraciado murió crucificado.

Jake colocó otro artículo al lado del primero y señaló un dibujo con un cuerpo en la cruz. Tenía los brazos abiertos sobre el travesaño, pero al contrario de las imágenes actuales, sus muñecas estaban atadas, no clavadas, y tenía las piernas abiertas con los pies clavados a los laterales y no al frente del montante de la cruz.

—Sabemos, por Josefo, que en Jerusalén no abundaba la madera, por lo que los romanos dejarían montantes fijos in situ y traerían nuevos largueros. Tanto los unos como los otros se utilizaban varias veces.

—Y les ataban los brazos, no los clavaban —dijo Ryan.

—Exacto. La crucifixión tiene su origen en Egipto, donde ataban a los reos. Tened en cuenta que la muerte no la producía el enclavamiento. Colgar de una cruz debilita los músculos que contribuyen a la respiración, los intercostales y los del diafragma, y se produce la muerte por asfixia.

»Colocaban a la víctima con las piernas abiertas abrazando el poste y les clavaban los pies sobre los lados. El calcáneo es el hueso mayor del pie. Por eso el clavo lo atravesaba desde fuera hacia dentro.

La tumba de la familia de Jesús. Un crucificado en un sudario. Al ver adónde quería ir a parar Jake, señalé con la mano abierta el calcáneo que había en el mostrador.

—No se puede saber si ese defecto es debido a un trauma. Podría ser consecuencia de un proceso patológico. Puede tratarse de una lesión *post mortem* o de un orificio obra de un gusano o un caracol.

—¿Podría ser por causa de un clavo?

Los ojos de Jake irradiaban apasionamiento.

—Es posible —dije con poca convicción.

¿Por crucifixión? ¿De quién? Ya habíamos excluido a un candidato. «Max» era demasiado viejo en el momento de la muerte, en contradicción con las escrituras. O demasiado joven, de creer la teoría de Joyce basada en el pergamino de Grosset. ¿Sugería Jake que aquéllos eran los huesos de Jesús de Nazaret?

Del mismo modo que me había sentido respecto al esqueleto, un recoveco de mi cerebro quería aceptarlo, pero la mayor parte de él lo rechazaba.

—¿Dices que recogiste muchos más huesos en la tumba de Kidron? —pregunté.

—Sí. A los saqueadores les importan un bledo los restos humanos. Tiran los huesos en las tumbas y se llevan los osarios. Tenemos lo que dejaron, y tenemos también huesos que quedaron adheridos a los osarios rotos que no se llevaron.

—Espero que estuvieran en mejores condiciones que éstos —dije, señalando el contenido de los recipientes.

Jake negó con la cabeza.

—Todo estaba hecho trizas y no muy bien conservado.

Pero los huesos abandonados estaban apilados en montones, mezclados con fragmentos de osario, lo cual permitió clasificar a los diferentes individuos.

—¿Analizó alguien el material?

—Un antropólogo físico del grupo de Ciencia y Antigüedades de la Universidad Hebrea lo hizo. Logró identificar tres mujeres adultas y cuatro varones adultos. Manifestó que era lo único que podía decir de todo el conjunto. No había ningún elemento mensurable, y por tanto no pudo calcular estaturas ni establecer ninguna comparación poblacional. Tampoco encontró indicadores de edad específicos ni características individuales particulares.

—¿No observó lesiones similares a ésta?

—Mencionó algo de osteoporosis y artritis. Eso fue todo, en lo concerniente a traumatismos o enfermedades.

—¿Y los otros huesos hallados en los *loculi* eran como los que tenemos aquí? —pregunté.

Jake negó con la cabeza.

—Los ladrones querían las arquetas, no los huesos. Gracias a Dios que los cabrones no echaron abajo las paredes. Aún me cuesta creer que hayas descubierto un *loculus* oculto. Y un sudario. ¡Dios mío! Dos mil años. ¿Sabes la cantidad de gente que ha entrado y salido de esa tumba? Y tú descubres un enterramiento intacto. ¡Dios mío!

Detrás de Jake, Ryan remedaba con los labios: «Dios mío».

—¿Dónde están ahora esos huesos? —pregunté.

—Han vuelto a suelo sagrado —dijo Jake con el gesto tembloroso de los dedos de E.T.—. Y los Hevrat Kadisha no dicen dónde. Pero tenemos el informe del antropólogo.

Ryan imitó el gesto de E.T.

—Bueno, de casi todos ellos —dijo Jake con una sonrisa.

—¿Ah, sí? —pregunté enarcando una ceja.

—Algunos fragmentos debieron de quedar descolocados.

—¿Descolocados?

—¿Recuerdas nuestra conversación telefónica sobre el análisis de ADN del esqueleto de Masada?

Asentí con la cabeza.

—En ese laboratorio son muy atentos.

—¿La AIA envió muestras?

—No exactamente.

—¿Las enviaste tú por tu cuenta?

Jake se encogió de hombros.

—Blotnik se negó. ¿Qué iba a hacer yo?

—Muy bien hecho —comentó Ryan.

—Te vuelvo a preguntar lo que te dije entonces —tercié—. ¿De qué sirve establecer el perfil genético si no hay nada con qué compararlo?

—Pues hay que hacerlo. Venid conmigo.

Jake nos condujo al dormitorio de atrás, donde tenía unas fotos desplegadas sobre la mesa de trabajo. Unas eran de osarios completos, otras mostraban sólo fragmentos.

—Los ladrones se llevaron muchos osarios —dijo Jake—, pero dejaron suficientes piezas y fue posible reconstruirlos.

Jake sacó una foto de diez por veinte del montón y me la tendió. Eran ocho osarios; todos con roturas y algunos a los que les faltaban trozos.

—Los osarios son de distintos estilos, tamaños, formas, grosores de piedra y con diferentes clases de tapa. Son casi todos bastante lisos, pero hay algunos con muchos adornos. El de José Caifás, por ejemplo.

—El sumo sacerdote del sanedrín que envió a Jesús ante Poncio Pilatos —comentó Ryan.

—Sí. Aunque su nombre en hebreo era Yehosef bar Qayafa. Caifás era el sumo sacerdote de Jerusalén entre los años 18 y 37 de la era actual. Su osario fue descubierto en 1990.

Está admirablemente tallado con preciosas inscripciones. También por aquel entonces se descubrió un osario con la inscripción de «Alejandro, hijo de Simón de Cirene». Un osario que tenía también una rica ornamentación.

—Simón fue quien ayudó a Jesús a llevar la cruz camino del Gólgota.

Ryan, el erudito bíblico…

—Conoces bien el Nuevo Testamento —dijo Jake—. A Simón y su hijo Alejandro los menciona Marcos en 15,21.

Ryan sonrió con modestia y dio unos golpecitos sobre la foto de las reconstrucciones de Jake.

—Me gustan éstos del adorno floral —dijo.

—Son rosetas. —Jake cogió otras dos fotos—. Mira éste.

Le pasó las fotos a Ryan y yo me acerqué.

El osario era casi rectangular, con la tapa y la superficie deterioradas. En una foto se advertía el trazo de las rosetas talladas. Los pequeños círculos inscritos en el círculo mayor me recordaron las figuras que trazábamos con compás en el colegio.

En la segunda foto se veía un extremo roto en forma de ángulo recto que llegaba hasta el lado de la arqueta más próximo a la cámara.

Era exactamente como los que había reconstruido Jake.

—¿Es el osario de Santiago? —pregunté.

—Mirad la inscripción —dijo Jake, entregándonos sendas lupas—. ¿Entiendes el arameo? —preguntó a Ryan.

Ryan negó con la cabeza. Yo lo miré, fingiendo sorpresa. Jake no se percató, o hizo caso omiso.

—Lo sorprendente del osario de Santiago es el extraordinario refinamiento de la inscripción. Es muy similar a las que adornan los osarios de estilo más lujoso.

A mí me habría pasado desapercibido. Incluso con el aumento de la lupa, se me antojaban garabatos infantiles.

El dedo de Jake comenzó a señalar a partir de la derecha.

—El nombre judío Jacobo o Ya'akov, equivalente a Santiago.

—Y de ahí viene el término jacobitas, aplicado a los partidarios del rey Jacobo II de Inglaterra.

Ryan me estaba atacando los nervios.

—Exacto —dijo Jake moviendo el dedo sobre los famosos símbolos incomprensibles—. «Jacobo, o Santiago, hermano de Jesús» —añadió, dando unos golpecitos en el extremo izquierdo—. Yeshua, o Joshua, se traduce por Jesús.

Jake recogió las fotos y las dejó encima de la mesa.

—Venid conmigo.

Nos llevó al fondo de la pequeña galería y abrió con llave un gran armario dejando las puertas abiertas de par en par. En las dos estanterías superiores había restos de piedra caliza, y ocupaban las seis inferiores los osarios reconstruidos.

—Por lo visto no eran saqueadores muy rigurosos, porque se dejaron diversos fragmentos con inscripciones.

Jake me tendió un fragmento triangular de la última estantería. Las letras eran poco profundas y apenas legibles. Las examiné con la lupa y Ryan acercó su cara a la mía.

—Marya. «María» —dijo Jake.

Señaló una inscripción en una de las arquetas reconstruidas. Los símbolos parecían iguales.

—Matya. «Mateo».

deslizó un dedo sobre las letras de una arqueta mayor que reposaba en la estantería más baja.

—Yehuda, hijo de Yeshua. «Judas, hijo de Jesús».

Se inclinó hacia la tercera estantería.

—Yose. «José».

Señaló el osario contiguo.

—Yeshua, hijo de Yehosef. «Jesús, hijo de José».

Cuarta estantería.

—Mariameme. «La llamada Mara».

—Esas letras parecen distintas —comentó Ryan.

—Buen ojo. Ésta es griega. Ésta, hebrea. Ésta, latina. Ésta, aramea, y ésta, griega. Oriente Medio era en aquella época un mosaico lingüístico. Marya, Miriam y Mara es el mismo nombre: María. Entonces también se utilizaban diminutivos, igual que ahora. Mariameme es el diminutivo de «Miriam». —Jake señaló la tercera estantería—: Y Yehosef y Yose es lo mismo que José.

Volvió a la primera estantería superior, seleccionó otro fragmento y me lo cambió por el anterior. La inscripción de Marya parecía nueva al lado de ésta, en la que casi no se leían las letras.

—El nombre es, probablemente, Salomé —dijo Jake—, pero no puedo asegurarlo.

Repasé los nombres mentalmente: María. María. Salomé. José. Mateo. Judas.

Jesús… ¿La familia de Jesús? ¿La tumba de la familia de Jesús? Todos los nombres cuadraban, menos el de Mateo.

«Oh, Dios mío.» Lo pensé pero no lo dije.

28

—¿Cuál es la tesis vigente entre los eruditos bíblicos y los historiadores sobre la familia de Jesús? —pregunté con voz monocorde.

—Históricamente, Jesús, sus cuatro hermanos, Santiago, José, Simón y Judas, y sus dos hermanas María y Salomé fueron hijos biológicos de José y María. Los protestantes dicen que Jesús no tuvo padre biológico, pero que María tuvo otros hijos de José.

—Por lo tanto, Jesús es el hermano mayor —dijo Ryan.

—Sí —dijo Jake.

—Para el Vaticano, María se mantuvo virgen.

—Nada de hermanos —añadió Ryan.

Jake asintió con la cabeza.

—La Iglesia católica de Occidente dice que eran primos, hijos de Clopas, hermano de José, que estaba casado también con una mujer llamada María. La Iglesia ortodoxa oriental dice que Dios es el padre de Jesús, que María se mantuvo virgen y que los hermanos y hermanas son hijos de José, viudo de un matrimonio anterior.

—Esto haría que Jesús fuera el más joven. —Ryan era puntilloso con el orden de nacimiento.

—Sí —dijo Jake.

Yo hice una clasificación mental. Dos Marías. Salomé,

Judas, José. Y alguien llamado Mateo. Sentí un nudo en el estómago.

—¿No se trata de nombres corrientes, como Juan y Pedro en la actualidad? —pregunté.

—Ya lo creo —respondió Jake—. ¿Tenéis hambre?

—No —contesté.

—Sí —dijo Ryan.

Fuimos a la cocina. Jake sacó unos restos de queso, rebanadas de pan, naranjas, pepinillos y aceitunas. Los gatos no nos quitaban ojo. Ryan no tocó las aceitunas.

Cuando terminamos de hacer los bocadillos, nos trasladamos a la mesa del comedor. Charlamos mientras comíamos.

—María era el nombre femenino más corriente en el siglo I en la Palestina romana —dijo Jake—. Para los varones, era Simón, seguido de José. Es corriente encontrar osarios con esos nombres. Pero lo extraordinario es que esos nombres se hallen reunidos en una misma tumba. Es algo sensacional.

—Pero Jake...

—He estudiado los catálogos oficiales judíos de osarios. De las miles de arquetas de las colecciones de Israel, sólo en seis aparece el nombre de Jesús. Y en esas seis, sólo una dice «Jesús, hijo de José». Y en ésta.

Jake espantó a un gato.

—¿Sabéis lo que es prosopografía?

Ryan y yo negamos con la cabeza.

—Es el análisis estadístico de los nombres. —Jake se llevó una aceituna a la boca y siguió hablando mientras la mordisqueaba—: Por ejemplo, en ese catálogo oficial de los osarios, un arqueólogo israelí llamado Rahmani contabilizó diecinueve Josés, diez Joshuas y cinco Jacobos o Santiagos. —Se sacó de la boca el hueso de la aceituna y cogió otra—. Otro experto estudió los nombres registrados en el siglo primero en Palestina y estableció un catorce por ciento de José, un nueve por ciento de Jesús y un dos por ciento de Jacobo. Manejando esas cifras, un paleoepigrafista francés, llamado André Lemaire, calculó que sólo un 0,14 por ciento de los varones de Jerusalén habrían llevado el nombre de «Jacobo, hijo de José». —Un hueso afuera. Una aceituna adentro—. Basándose en el supuesto de que cada varón tuviera aproximadamente dos hermanos, Lemaire calculó que en torno al dieciocho por ciento de los hombres llamados «Jacobo, hijo de José» habrían tenido un hermano llamado Jesús. Por lo tanto, en dos generaciones, aproximadamente sólo un 0,05 por ciento de la población podría haber sido «Santiago, hijo de José, hermano de Jesús».

—¿Qué población tenía Jerusalén en el siglo primero? —pregunté.

—Lemaire barajó una cifra de ochenta mil habitantes.

—De los cuales sólo unos cuarenta mil serían varones —dijo Ryan.

Jake asintió con la cabeza.

—Lemaire llegó a la conclusión de que en Jerusalén, durante las dos generaciones anteriores al año 70 de la era actual, no habría más de veinte personas que se ajustaran a la inscripción del osario de Santiago.

—Pero no todas acababan en un osario —dije.

—Exacto.

—Y no todos los osarios llevaban inscripción.

—Muy sagaz, doctora Brennan. Pero resulta, además, que no es nada frecuente la mención de un hermano. ¿Cuántos Santiagos, hijos de José, tenían un hermano, Jesús, con suficiente fama para mencionar el parentesco en el osario?

No sabía qué responder, así que planteé otra pregunta.

—¿Hay más especialistas en prosopografía que estén de acuerdo con Lemaire?

Jake lanzó un resoplido.

—Claro que no. Algunos argumentan que es una cifra muy alta y otros que es muy baja. Pero ¿qué posibilidades hay de que se dé ese grupo de nombres en una misma tumba? ¿Dos Marías, José, Jesús, Judas y Salomé? La probabilidad es infinitesimal.

—¿Es ese el mismo Lemaire a quien Oded Golan reveló la existencia del osario de Santiago?

—Sí.

Mi mirada se dirigió al hueso del pie con la extraña lesión. Pensé en Donovan Joyce y en su extraña teoría sobre un Jesús vivo que combatió y murió en Masada. Pensé en Yossi Lerner y en su extraña teoría de que la osamenta que había ido a parar al Musée de l'Homme de París era el esqueleto de Jesús.

Convencido de que era Jesús, Lerner había robado el esqueleto que nosotros llamábamos «Max». Pero la edad de «Max» en el momento de su muerte demostraba que Lerner se equivocaba. Yo le calculaba entre cuarenta y sesenta años. Según esta estimación también resultaba demasiado joven para ser el octogenario que habría escrito el pergamino que Grosset le atribuía.

Jake sugería otra extraña teoría y un nuevo candidato. Jesús había muerto en la cruz, pero su cuerpo no había resucitado, sino que había permanecido en la tumba. Y la tumba era el lugar de eterno reposo de la familia de Jesús. Un sepulcro de Kidron. Los ladrones habían descubierto esa tumba y habían robado el osario de Santiago. Jake localizó aquella tumba y recogió los fragmentos de osarios y los huesos que habían dejado los saqueadores. Yo había tropezado en ella con un *loculus* oculto y un enterramiento intacto. El sudario con los huesos de Jesús.

Se me hizo un nudo en el estómago. Dejé el bocadillo. Uno de los gatos comenzó a acercarse con cautela.

—¿Santiago era famoso en su época? —preguntó Ryan.

—Ya lo creo. Hagamos un poco de historia. Las pruebas históricas indican que Jesús pertenecía al linaje de los davídidas, descendientes directos de David, en el siglo x antes de la era actual. Según los profetas hebreos, el Mesías, el rey que haría resurgir Israel, nacería de esa estirpe real. Los davídidas, con su potencial revolucionario radical, eran muy conocidos tanto por la familia de Herodes que reinaba en Palestina en aquel momento, como por los romanos. Estos «realistas» estaban muy vigilados, y en ocasiones se les perseguía y se les asesinaba.

»Cuando crucificaron a Jesús, en el año 30 de la era actual, por reivindicar su mesianismo, su hermano Santiago, el siguiente en la línea sucesoria, se convirtió en el principal representante del cristianismo en Jerusalén.

—¿No fue Pedro? —preguntó Ryan.

—Ni Pedro, ni Pablo. Santiago el Justo. No es un dato muy difundido, y no se le concede la debida importancia. Cuando Santiago fue lapidado, en el año 60 de la era actual, prácticamente por la misma reivindicación mesiánica que Jesús, le sustituyó su hermano Simón. Al cabo de cuarenta y cinco años, Simón fue crucificado en tiempos del emperador Trajano, concretamente por causa de su linaje real. ¿Sabéis quién dio la cara a continuación?

Ryan y yo negamos con la cabeza.

—El tercero, Judas, fue quien se hizo cargo del movimiento en Jerusalén.

Reflexioné al respecto. ¿Jesús y sus hermanos reivindicando el título de rey de los judíos? Muy bien. Lo aceptaba en su justa perspectiva histórica. Pero ¿qué más sugería Jake? ¿Que Jesús seguía en la tumba?

—¿Cómo puedes estar seguro de que la tumba de Kidron data de esa época en concreto? —pregunté con voz tensa, un tanto nerviosa.

—El empleo de osarios corresponde únicamente al período que transcurre entre el año 30 antes de la era actual y el año 70 de la era actual, más o menos.

—Una de las inscripciones está en griego. —Señalé el recipiente del mostrador—. A lo mejor esos muertos ni siquiera eran judíos.

—La mezcla de griego y hebreo es muy corriente en las tumbas del siglo I. Y los osarios sólo se empleaban en los enterramientos judíos, y casi exclusivamente en Jerusalén y alrededores —añadió Jake, anticipándose a mi pregunta.

—Yo creía que la tumba de Jesús estaba en la iglesia del Santo Sepulcro, fuera de la ciudad vieja —dijo Ryan, envolviendo un pepinillo en una rodaja de Muenster.

—Y mucha gente.

—¿Tú no?

—Yo no.

—Jesús era de Nazaret —dije yo—. ¿Por qué no iba a estar la tumba de la familia allí?

—El Nuevo Testamento dice que María y sus hijos vivieron en Jerusalén después de la crucifixión. Y según la tradición, María murió y fue enterrada aquí, no en el norte, en Galilea.

Se hizo un largo silencio, durante el cual el gato se aproximó a pocos centímetros de mis pies.

—Dime una cosa. —El gato retrocedió al oír mi voz—. ¿Estás convencido de que la inscripción del osario de Santiago es auténtica?

—Lo estoy —respondió Jake.

—Y que lo robaron de la tumba que hemos visitado.

—Los rumores siempre han situado el origen del osario en esa tumba.

—Y esa tumba es la última morada de la familia de Jesús.

—Sí.

—Y la lesión en el calcáneo de ese sudario indica que uno de los ocupantes de la tumba fue crucificado.

Jake asintió despacio con la cabeza.

Miré a Ryan. Estaba muy serio.

—¿Le has explicado a Blotnik tu teoría sobre esa tumba?

—Sí. Claro que no le he dicho nada sobre el calcáneo atravesado; porque tú acabas de descubrirlo. Aún no puedo creérmelo.

—¿Y qué?

—No me hizo caso. Es un cretino integral.

—Jake...

—Lo verás cuando le conozcas.

No dije nada y pensé en diversas alternativas.

—Guardaste unas muestras de los huesos adheridos a los osarios rotos y de los huesos del suelo de la tumba y las enviaste para un análisis de ADN. ¿Cuándo?

—Me guardé unas muestras cuando lo devolví todo para que lo analizaran y volvieran a enterrarlo. Las envié para que hicieran el análisis justo después de llamarte por teléfono. Tus observaciones confirmaron lo que yo esperaba. Por el ADN mitocondrial se puede determinar el parentesco entre los individuos de la tumba, y el ADN nuclear servirá para determinar el género.

Mi mirada se dirigió otra vez hacia los huesos del mostrador. Una pregunta fue tomando forma en mi cerebro, pero aún no estaba preparada para plantearla.

—Generalmente dejaban el cadáver un año completo, y después recogían los huesos y los guardaban en el osario, ¿verdad? —preguntó Ryan—. ¿Por qué el individuo del sudario estaba en un *loculus*?

—Según la ley rabínica, los huesos de un muerto debe recogerlos su hijo. Tal vez ese hombre no tenía hijos. O acaso fue por la forma en que murió. O quizá la familia no pudo volver por causa de algún impedimento.

¿Impedimento? ¿Como la ejecución de un rebelde y el aplastamiento del movimiento, que obligaran a los partidarios y a la familia a pasar a la clandestinidad? La insinuación de Jake era evidente.

Ryan parecía tener algo que decir, pero se lo calló.

Yo me levanté y cogí el artículo con las fotos de huesos de pies. Mientras lo llevaba a la mesa reparé en el membrete de las páginas.

«N. Haas. Departamento de Anatomía. Facultad de Medicina de Hadassah, Universidad Hebrea.»

Mi mente se aferró a eso. Piensa en «Max», en Masada. En cualquier cosa menos en el hueso del pie y su inquietante lesión.

—¿Este es el mismo Haas que excavó en Masada?

—Sí, señora.

Hojeé el artículo. Edad. Sexo. Craneometría. Trauma y patología. Diagramas. Tablas.

—Es muy detallado.

—Defectuoso pero detallado —dijo Jake.

—Sin embargo, Haas no escribió una sola palabra sobre los esqueletos de la cueva 2001.

—Ni una palabra.

El esqueleto de Masada no apareció en ningún informe. Fue sacado de Israel, robado de un museo e introducido ilegalmente en Canadá. Según Kaplan, Ferris afirmaba que correspondía a un personaje de relevancia histórica y que fue hallado en Masada. Jake admitía haber oído rumores sobre tal esqueleto. El hallazgo del esqueleto lo confirmaba un excavador voluntario. La foto de Kaplan había impulsado a Jake a volar a Montreal y luego a París. Y a causa del esqueleto me había dejado convencer para viajar a Israel.

Lerner pensaba que era el esqueleto de Jesús. Estaba equivocado. Existía discrepancia con la edad en el momento de la muerte. Jake sugería que los restos auténticos estaban allí, en el mostrador, a mi vista.

¿Por qué, entonces, tantos años de intriga a propósito del esqueleto de Masada? ¿Quién era aquel individuo a quien llamábamos «Max»?

Pensé en «Max», robado y probablemente perdido para siempre.

Reviví mentalmente el alucinante trayecto en la furgoneta de Jake. Reviví mentalmente mi habitación revuelta. Sentí una punzada de ira.

Estupendo. Aplícala. Céntrate en «Max». Olvídate de la imposible coincidencia descubierta en una tumba de Kidron. Olvídate de los restos que descansan en unos *tuppers* sobre la encimera de la cocina.

—El esqueleto de Masada se ha perdido irremisiblemente, ¿no? —dije.

—No, si yo puedo evitarlo —replicó Jake con una extraña expresión en el rostro que no supe interpretar—. Hoy mismo hablaré con Blotnik.

—¿Blotnik recibe información de los Hevrat Kadisha? —preguntó Ryan.

Jake no contestó. Fuera, baló una cabra.

—¿En qué piensas? —pregunté.

Jake frunció el ceño.

—¿De qué se trata? —insistí.

—Hay algo más importante. —Se restregó los ojos con el dorso de la mano.

Yo abrí la boca, pero Ryan advirtió mi gesto y me disuadió con un imperceptible movimiento de cabeza. Cerré la boca.

Jake bajó los brazos y apoyó los codos en el mostrador.

—Se trata de algo más grave que esa simple bobada de

volver a enterrar los restos humanos. Los Hevrat Kadisha tienen que haber recibido instrucciones. Nos siguieron a Kidron a causa de ese esqueleto de Masada. —Jake recogía migajas con el dedo mayor—. Creo que a Yadin le metió el miedo en el cuerpo algo que sabía sobre ese esqueleto.

—¿Algo como qué?

—No estoy seguro. Pero enviar un emisario desde Israel a Canadá..., registrar una habitación de hotel..., casi matar a un hombre... Tiene que haber algo más que Hevrat Kadisha.

Observé cómo Jake convertía un montoncito de migas en una larga línea. Pensé en Yossi Lerner, Avram Ferris y Sylvain Morissonneau. Pensé en Jamal Hasan Abu-Jarur y en Mohamed Hazman Shalaideh, los dos palestinos del coche aparcado en la abadía de Sainte-Marie-des-Neiges. No conocía a los protagonistas. Ni conocía el terreno de juego, pero el instinto me decía que Jake tenía razón. Se trataba de un juego mortal cuya meta era «Max», y nuestros adversarios estaban decididos a ganar la partida. Y siempre la misma pregunta. ¿Quién era «Max»?

—Escucha, Jake.

Jake estiró las piernas, se reclinó en la silla, cruzó los brazos y nos miró, sucesivamente, a Ryan y a mí.

—Tendrás los resultados del análisis de ADN y los de la tela, en cuanto a la tumba. Son importantes. Pero, de momento, centrémonos en Masada.

En aquel momento sonó el móvil de Ryan. Miró la pantalla y salió de la estancia.

Me volví hacia Jake.

—Haas no redactó ningún informe sobre los esqueletos de la cueva, ¿no es eso?

—Eso es.

—¿Y no hay notas de campo?

Jake negó con la cabeza.

—Algunos excavadores llevaban diarios, pero las notas, tal como tú y yo las entendemos, no formaban parte del protocolo en Masada.

Debí de mostrar sorpresa.

—Yadin se reunía con los responsables del equipo por la tarde para hablar del progreso de las excavaciones. Esas sesiones están grabadas y transcritas.

—¿Dónde se guardan las transcripciones?

—En el Instituto de Arqueología de la Universidad Hebrea.

—¿Se permite consultarlas?

—Puedo hacer unas llamadas.

—¿Cómo te encuentras? —pregunté.

—De primera.

—¿Qué te parece si vamos a la universidad y buscamos en los archivos?

—¿Y si llevamos el sudario a Esther Getz y luego vamos a la universidad?

—¿Dónde está el laboratorio de Getz?

—En el Museo Rockefeller.

—¿No es también la sede de la AIA?

—Sí —contestó Jake con un suspiro espectacular.

—Perfecto —dije—. Ya es hora de que me presente a Tovya Blotnik.

—No te va a gustar.

Mientras quitaba la mesa, Jake hizo unas llamadas. Estaba enroscando la tapa del tarro de los pepinillos cuando volvió a entrar Ryan. Su rostro daba a entender que no había recibido una buena noticia precisamente.

—Kaplan ha modificado su declaración —dijo.

Permanecí a la expectativa.

—Ahora dice que le ofrecieron dinero por matar a Ferris.

29

Parpadeé sorprendida, dejé el tarro y recuperé ánimos para hacer una pregunta:

—¿Pagaron a Kaplan para que matara a Ferris?

Ryan asintió firmemente con la cabeza.

—¿Quién?

—Aún no ha confesado ese pequeño detalle.

—Pero si no cesaba de proclamarse inocente… ¿A cuento de qué dice ahora que es culpable?

—A saber.

—¿Friedman lo cree?

—Él escucha lo que dice.

—Parece una intriga de *Los Soprano*.

—Y que lo digas. —Ryan consultó el reloj—. Tengo que volver allí.

Hacía cinco minutos que se había marchado Ryan cuando Jake volvió a hablar. Buenas noticias. Podíamos consultar las transcripciones de Masada y Getz nos recibiría. Jake le había explicado lo del sudario sin mencionar los huesos. Aunque a mí no me parecía bien la ocultación, pensé que, como estábamos en Israel, él sabía lo que se hacía. Por otra parte, añadió que únicamente trataba de ganar unos días.

Y quedarse con unas muestras, me imaginé.

Mientras se tomaba dos aspirinas y yo guardaba el sudario en el recipiente, hablamos sobre qué hacer con los huesos. Era evidente que los de Hevrat Kadisha no sabían de su existencia, si no, nos habrían exigido su devolución. Y como ya se habían apoderado de «Max», no tenían motivos para continuar vigilándome y siguiéndome. Decidimos que en casa de Jake estarían a buen recaudo.

Guardó los huesos bajo llave en el armario de los osarios, cerramos la puerta y la cancela exterior y nos pusimos en camino. Aunque la tensión de su mandíbula indicaba que comenzaba a dolerle la cabeza, Jake se empeñó en conducir el Honda que había alquilado.

Volvimos a cruzar el control de la carretera de Nablus y nos incorporamos al denso tráfico de Sultán Suleiman Street en Jerusalén Este. En el sector nordeste de la muralla de la ciudad vieja, frente a la Flower Gate, tomó por un camino particular que discurría cuesta arriba hasta dos puertas metálicas. Un viejo letrero indicaba, en inglés y en hebreo: MUSEO ROCKEFELLER.

Jake bajó del coche y habló por un intercomunicador oxidado. Minutos después se abrió la puerta y rodeamos un hermoso parterre de césped.

Retrocedimos a pie hasta una puerta lateral con un cartel que decía: GOBIERNO DE PALESTINA – DEPARTAMENTO DE ANTIGÜEDADES.

Los tiempos cambian.

—¿Cuándo construyeron este edificio? —pregunté.

—Se inauguró en 1938, destinado sobre todo a conservar las antigüedades descubiertas en las excavaciones realizadas durante el mandato británico.

—De 1919 a 1948. —Tal como había leído en el libro de Winston—. Es precioso.

Y lo era, efectivamente. Una construcción de piedra caliza blanca con profusión de torreones, jardines y arcos.

—Conserva también objetos prehistóricos. Y algunos malditos osarios.

Malditos o no, no se veía un alma.

Jake me condujo a través de varias salas, hasta una escalera sobre la que nuestros pasos retumbaron en los muros de piedra. Flotaba en el aire un fuerte olor a desinfectante. Arriba, cruzamos varios arcos, doblamos a la derecha y entramos en una antesala.

Una placa anunciaba el despacho de Esther Getz. Jake llamó suavemente y entreabrió la puerta.

Al fondo de la habitación vi a una mujer de mi edad aproximadamente, alta y con una mandíbula capaz de surcar los hielos del San Lorenzo en primavera. Al vernos, dejó el microscopio y se acercó solícita.

Jake hizo las presentaciones.

Sonreí y le tendí la mano. Getz la estrechó como si temiera un contagio.

—¿Traes el sudario?

Jake asintió con la cabeza.

Getz hizo sitio en una mesa y Jake colocó sobre ella los dos *tuppers*.

—No te lo vas a creer…

Getz le cortó en seco.

—Repíteme la procedencia.

Jake le describió la tumba sin mencionar la localización concreta.

—Lo que yo dictamine hoy será estrictamente provisional.

—Por supuesto —dijo Jake.

Getz levantó una de las tapas y examinó el sudario, haciendo lo mismo con el segundo recipiente. Acto seguido, se embutió unos guantes y retiró con cuidado los restos. Quince minutos después había desenrollado la pequeña muestra.

Los tres lo vimos a la vez y nos inclinamos como críos en una clase de química.

—Esto es cabello —dijo Getz, como hablando consigo misma.

Quince minutos más tarde, tras guardar con pinzas la mayor parte en un frasquito, colocó media docena de pelos bajo el microscopio.

—Están recién cortados. Algunos brillan y no hay señal de piojos ni de liendres.

Getz sustituyó los pelos por el fragmento grande de tela.

—Es de trenzado homogéneo.

—Típico del siglo primero —Jake movió un brazo con nerviosismo.

Getz corrigió la posición de la muestra y enfocó de nuevo.

—La fibra está degradada, pero no se observa la lisura y variación propia de la fibra de lino.

—¿No será lana? —preguntó Jake.

—A la vista del fragmento, yo diría que sí.

Getz situó el trozo en diversas posiciones.

—No hay defecto de tejido. No hay rotos ni remiendos. —Hizo una pausa—. Qué extraño.

—¿El qué? —preguntó Jake dejando de mover el brazo.

—La urdimbre del tejido está en dirección contraria a la típica del siglo primero en Israel.

—¿Y eso qué quiere decir?

—Que es de importación.

—¿De dónde?

—Yo diría que de Italia o de Grecia.

Media hora más tarde, Getz examinaba los trozos más pequeños.

—Lino. —Getz se incorporó—. ¿Por qué estaban en un envase aparte estos dos fragmentos?

Jake se volvió hacia mí. Se lo expliqué.

—El más pequeño lo recogí en el fondo del *loculus*, junto con fragmentos craneales. El mayor, cerca de la entrada, mezclado con fragmentos poscraneales.

—Un lienzo para la cabeza y otro para el cuerpo —comentó Jake.

—Exactamente, como lo describe Simón Pedro en Juan 20,6-7. «Y vio los lienzos puestos allí y el sudario que estaba sobre la cabeza de Jesús, no puesto con los lienzos, sino enrollado en un lugar aparte».

Getz miró su reloj.

—Ustedes comprenderán, naturalmente, que la AIA se haga cargo de la custodia. Tienen que dejarme los restos.

Sin sutilezas.

—Por supuesto. Nuestro hallazgo está plenamente documentado. —Jake hizo hincapié en «nuestro», sin andarse tampoco con sutilezas—. Voy a solicitar un análisis de radiocarbono 14 para establecer la antigüedad. —Sonrió a Getz con expresión beatífica—. Mientras tanto, estaré sobre ascuas, esperando tu informe.

Contra toda previsión, Getz no cedió ante la simpatía de Jake.

—Todos lo estarán —replicó, señalando la puerta. Nos despedía.

Mientras seguía a Jake por el pasillo, estaba segura de una cosa: Esther Getz no debía de hacerse querer entre sus colegas.

Próxima parada, Tovya Blotnik.

El despacho del director de la AIA se hallaba cuatro puertas más allá del de Getz. Blotnik estaba de pie cuando entramos, pero no se movió de detrás de la mesa.

Era gracioso. Las voces por teléfono sugieren imágenes. A veces esas imágenes son exactas. A veces no tienen nada que ver con la realidad. El director de la AIA era un hombre bajo y enjuto, con perilla gris y una pelambrera que sobresalía de su *yarmulke* de seda azul. Yo me lo había imaginado como un Papá Noel, pero parecía más bien un elfo judío.

Jake hizo las presentaciones.

Blotnik puso cara de sorpresa, se sobrepuso y se inclinó sobre la mesa tendiéndome la mano.

—*Shabbat shalom* —dijo, con sonrisa nerviosa y voz de Papá Noel—. Siéntense, por favor.

La elección era limitada, porque sólo había dos sillas libres de papeles y libros. Nos sentamos en ellas.

Blotnik lo hizo detrás de su mesa. Por primera vez, pareció advertir mi cara.

—¿Se ha lesionado? —preguntó en inglés estadounidense. Tal vez de Nueva York.

—No es nada —dije.

Blotnik abrió los labios, pero finalmente los cerró sin saber qué decir.

—¿Ha superado ya el jet lag? —preguntó al fin.

—Sí. Gracias —respondí.

Blotnik asintió con la cabeza y puso las manos sobre la mesa. Todos sus movimientos eran rápidos y nerviosos como los de un colibrí.

—Ha sido muy amable por su parte transportar el esqueleto. Algo verdaderamente excepcional —comentó con una gran sonrisa—. ¿Lo ha traído?

—Pues no exactamente —terció Jake.

Blotnik le miró. Jake le relató el incidente con los Hevrat Kadisha, pero omitió los detalles respecto a la tumba. El rostro de Blotnik se ensombreció.

—Qué absurdo.

—Sí —dije—. ¿Conoce a los Hevrat Kadisha?

—No mucho.

Jake enarcó las cejas.

—¿Dónde está esa tumba? —Blotnik juntó la punta de los dedos y apoyó la palma en el secante.

—En el Kidron.

—¿Proceden de ella los restos de tela que ha mencionado Esther?

—Sí.

Blotnik hizo varias preguntas sobre la tumba. Jake respondió con términos vagos y un tono glacial.

Blotnik se puso en pie.

—Lo siento, pero han llegado cuando ya me marchaba —dijo, sin poder evitar una sonrisa avergonzada—. Es Sabat y hay que acostarse pronto.

—*Shabbat shalom* —dije.

—*Shabbat shalom* —respondió él—. Y muchas gracias por intentarlo, doctora Brennan. La AIA le está muy agradecida por haber realizado un viaje tan largo. Es una lástima. Su gesto es realmente encomiable.

En el pasillo pensé en todo aquello, y mientras nos dirigíamos a la universidad, Jake y yo comentamos la entrevista con Blotnik.

—Ya veo que detestas a ese hombre —dije.

—Es un farsante egoísta y arribista.

—Bueno, di lo que pienses, Jake.

—Y no me fío de él.

—¿Por qué?

—Carece de honradez profesional.

—¿Cómo?

—Se aprovecha del trabajo de los demás sin mencionarlo en sus publicaciones. ¿Quieres que siga?

Jake odiaba a los científicos mayores que explotaban a los colegas jóvenes y a los estudiantes. Me sabía de memoria sus cuitas y dejé que se desahogara.

—Getz informó a Blotnik acerca del sudario —dije.

—Me imaginé que lo haría, pero es un riesgo que asumo. Esther es la mejor especialista local en telas antiguas y necesito la autentificación de los fragmentos. Además, si Getz está de por medio, Blotnik no podrá apropiarse del descubrimiento.

—Pero en lo que respecta a los huesos, no te fías de ninguno de los dos.

—No voy a permitir que nadie vea esos huesos hasta que los tenga perfectamente documentados.

—Blotnik no pareció muy decepcionado por la pérdida del esqueleto de Masada —dije—. Ni se mostró tan sorprendido de verme como yo esperaba.

Jake me miró.

—Cuando llamé desde Montreal no le dije qué día llegaba.

—¿No?

Jake dobló a la izquierda.

—¿Y qué me dices del comentario sobre el jet lag? —pregunté.

—¿Por qué lo dices?

—Es como si Blotnik supiera exactamente el tiempo que llevo aquí.

Jake iba a decir algo, pero le interrumpí.

—¿Y acaso es posible que una persona relacionada con la arqueología israelí no sepa nada de los Hevrat Kadisha?

—¡Uf! —Jake resopló—: Te diste cuenta, ¿no?

—¿No será que a Blotnik le da igual porque ya tiene el esqueleto?

—Eso es mucho decir. Ese tipo no tiene arrestos. Pero si está en su poder —añadió Jake, mirándome—, le haré correr a patadas hasta Tel Aviv.

Hablamos de los comentarios de Getz.

—No es muy parlanchina que digamos, ¿verdad?

—Esther va al grano.

—Pero te gustó lo que dijo —comenté.

—Ya lo creo. Cabello limpio y sin piojos. Tela de importación. Y en aquella época la lana era un lujo. Casi todos los sudarios eran exclusivamente de lino. El desconocido de la tumba era de cierta condición social —dijo Jake, mirándome de nuevo—. Y tiene el hueso del talón perforado. Y familiares con nombres evangélicos.

—Jake, debo admitir que me siento escéptica. Primero, el esqueleto de Masada, y ahora esos huesos del sudario. ¿Te lo dices a ti mismo porque deseas desesperadamente que sea verdad?

—Yo nunca pensé que el esqueleto de Masada fuera el de Jesús. Ésa era la interpretación de Lerner, basada en el razonamiento desmadrado de Donovan Joyce. Pero sí que creo que es de alguien que no debería haberse encontrado en aquel lugar. Alguien cuya presencia allí va a hacer que a los israelíes, y tal vez al Vaticano, les entre canguelo.

—Alguien que no era zelote.

Jake asintió con la cabeza.

—¿Quién?

—Eso es lo que vamos a averiguar.

Continuamos rodando en silencio. Poco después, volví al asunto del sudario.

—¿El sudario de la tumba se parece a la sábana de Turín? —pregunté.

—La sábana de Turín es de lino y está tejida con una trama más complicada, de tres sobre uno. Y es lógico. Ese sudario es de la época medieval, entre los años 1260 y 1390 de la era actual.

—¿Datado por carbono 14?

Jake asintió con la cabeza.

—Fecha confirmada por laboratorios de Tucson, Oxford

y Zurich. Y el sudario de Turín es de una sola pieza que cubre el cadáver completo. El nuestro consta de dos partes.

—¿Cuál es la opinión vigente sobre la impresión de la sábana de Turín? —pregunté.

—Que probablemente es consecuencia de la oxidación y de la deshidratación de las fibras de celulosa del tejido.

Otro palo para el Vaticano.

Tardamos menos en llegar a la universidad que en encontrar sitio para aparcar. Jake logró estacionar por fin su Honda de alquiler en un espacio pensado para un escúter, y nos encaminamos hacia el extremo este del campus.

El sol brillaba en un cielo azul inmaculado y el aire olía a hierba recién cortada.

Cruzamos espacios de sombra y luz por delante de aulas, oficinas, residencias de estudiantes y laboratorios. Había estudiantes tomando café en mesas al aire libre o paseando con bandas deportivas en la cabeza, mochilas y zapatillas deportivas Birkenstocks. Un niño le tiraba un Friskee a su perro. Era como el campus de cualquier universidad. En lo alto del Mount Scopus, la Universidad Hebrea era una isla de tranquilidad rodeada por un mar urbano de centinelas, parapetos, polución y cemento.

Pero no hay nada invulnerable en esta tierra. Mientras caminábamos, mi mente superponía otras imágenes sobre aquella apetecible estampa. Escenas de noticiarios: 31 de julio de 2001, un día igual que éste, con estudiantes en plenos exámenes y matriculándose para los cursos de verano. Un paquete olvidado en la mesa de un café. Siete muertos y ochenta heridos. Hamás reivindicó el atentado. La represalia de Israel: el asesinato de Salah Shehadeh en Gaza. Murieron catorce palestinos.

Y la racha continúa.

El portero del Instituto de Arqueología era una mujer llamada Irena Porat. Vestía anticuadamente, con un sentido de la moda que oscilaba entre lo lanudo y lo floral, y resultaba mucho menos amenazadora que Esther Getz.

Intercambiamos *shaloms*.

Porat le dijo algo a Jake en hebreo. Jake le contestó y yo imaginé que le estaba recordando su llamada.

Mientras Jake le explicaba lo que queríamos, Porat examinó algo quebradizo que había retirado de su oído. Entendí la palabra Masada y el nombre de Yadin.

Cuando Jake terminó, Porat le hizo una pregunta. Jake contestó.

Porat dijo algo y movió la cabeza hacia mí. Jake respondió.

Porat se inclinó hacia él y añadió algo en voz baja. Jake asintió con la cabeza, muy serio.

Porat me dirigió una gran sonrisa de bienvenida.

Le devolví la sonrisa con gesto de conspiradora.

Porat nos condujo escaleras abajo hasta una habitación lúgubre sin ventanas. Las paredes y el suelo eran grises, estaba llena de mesas viejas y sillas plegables, y había estanterías desde el suelo hasta el techo. Unas cajas grandes ocupaban dos rincones.

—Por favor —dijo Porat, señalando una mesa con el mismo dedo con que se hurgaba el oído.

Me senté.

Porat y Jake desaparecieron tras las estanterías. Cuando volvieron, Jake traía tres archivadores de cartón marrón y Porat otro más.

Porat dejó el suyo en la mesa, dio una última instrucción, nos dirigió una última sonrisa y nos quedamos a solas.

—Simpática —dije.

—Se pasa un poco con la angora —comentó Jake.

Los archivadores estaban marcados con rotulador en hebreo. Jake los colocó en fila, cogió el primero y sacó los cuadernos que contenía.

Jake se encargó de uno y yo de otro.

Eran hojas de tamaño europeo, mecanografiadas en hebreo por ambas caras. Hojeé una cuantas. No entendía nada.

En un cursillo rápido, Jake me escribió una lista de términos clave: Yoram Tsafrir, Nicu Haas, cueva 2001, esqueleto, hueso, y me enseñó a leer las fechas en hebreo.

Él comenzó por el primer cuaderno y yo por el siguiente. Con ayuda de la lista, fui pasando hojas, diciendo para mis adentros: «Sésamo, ábrete». ¿Qué era igual? ¿Qué era distinto?

Al principio, todo eran registros irrelevantes. Llevábamos una hora cuando localicé el primero que podía resultar válido.

—¿Qué es esto? —pregunté, tendiéndole el cuaderno a Jake.

Jake leyó el texto y se inclinó sobre la mesa.

—Es la reunión del veinte de octubre de 1963, en la que se habla de la cueva 2001.

—¿Y qué dicen?

—Yoram Tsafrir comunica el progreso en otra cueva, la 2004. Escucha.

No hacía falta que me lo dijera.

—Tsafrir dice que los hallazgos son «... mucho más preciosos que las piezas halladas en las cuevas 2001 y 2002».

—Entonces, la cueva 2001 se exploró antes del veinte de octubre —dije.

—Sí.

—¿No comenzaron a excavar a principios de octubre?

Jake asintió con la cabeza.

—Por lo tanto, la cueva debió de ser descubierta durante las dos primeras semanas de la campaña.

—Pero no he encontrado ninguna mención a ella hasta este día. —Jake frunció el ceño—. Continúa, yo voy a repasar las páginas que tengo.

La siguiente referencia a la cueva 2001 era del 26 de noviembre de 1963, más de un mes después. Habían invitado a Haas a unirse al grupo.

—Haas comunica el hallazgo de los tres esqueletos en el Locus 8, que comprende la zona norte del palacio, y en el Locus 2001, la cueva de los huesos. —El dedo de Jake recorrió el texto—. Dice que hay entre veinticuatro y veintiséis individuos y un feto de seis meses. Catorce varones, seis mujeres, cuatro niños y restos sin catalogar.

—Ya sabemos que las cifras no cuadran —dije.

—Exacto. —Jake alzó la vista—. Pero lo más interesante es ¿dónde está la primera referencia a la cueva y sus contenidos?

—A lo mejor nos la hemos saltado —dije.

—A lo mejor.

—Vamos a repasar todo lo anterior al veinte de octubre —sugerí.

Nos pusimos manos a la obra.

No encontramos una sola mención de la exploración o excavación de la cueva.

Pero descubrí una cosa. Las páginas estaban numeradas en caracteres arábigos. Esas cifras podía leerlas yo.

Volví hacia atrás y comprobé las páginas de todo aquel período. Faltaban las de las primeras semanas de octubre.

Esperándonos lo peor, fuimos repasando, página por página, la numeración de los cuadernos de los archivadores. No había ningún error en el orden.

Faltaban páginas.

30

—¿Se pueden examinar los materiales? —pregunté

—No. Y Porat me aseguró que aquí están reseñadas todas las piezas.

—Si faltan páginas, tiene que haber sido una cuestión interna.

Reflexionamos en silencio.

—Yadin anunció el descubrimiento de los esqueletos del palacio en una conferencia de prensa en noviembre del sesenta y tres —dije—. Es evidente que le interesaban los restos humanos.

—Sí, claro. Era el mejor método para documentar los suicidios de Masada.

—Y Yadin habló de los tres individuos hallados en la cumbre, en la zona ocupada por el grupo principal. La heroica «familia» zelote —dije, haciendo hincapié en la palabra—, pero no dijo nada de los restos del Locus 2001, los veintitantos individuos hallados en la cueva por debajo del perímetro amurallado, en el extremo sur de la cumbre. Los ocultó a la prensa.

—Nada de nada.

—¿Qué dijo Yadin a los periodistas?

Jake se masajeó las sienes con la punta de los dedos. Unas venas azules palpitaban bajo su cutis pálido.

—No lo recuerdo.

—¿Tal vez tenía dudas sobre la antigüedad de los huesos?

—En el primer informe de la campaña, Yadin dijo que no había nada en la cueva que fuera posterior a la época de la primera sublevación. Y tenía razón. Las dataciones de carbono radiactivo publicadas a principios de los años noventa sobre fragmentos de telas halladas entre los huesos se sitúan entre el año 40 y el 115 de la era actual.

Páginas que faltaban. Esqueletos robados. Un comerciante asesinado. Un fraile muerto. Era como mirar a través de una galería de espejos deformantes. ¿Qué era lo real? ¿Qué era lo distorsionado? ¿Qué pista seguir?

De una cosa estaba casi segura: había un hilo invisible que lo relacionaba todo con los huesos de la cueva. Y con «Max».

Vi que Jake consultaba su reloj.

—Tienes que acostarte —dije, guardando los cuadernos en los archivadores.

—Estoy bien —replicó él, pero su aspecto decía lo contrario.

—Estás peor cada minuto que pasa.

—Es que tengo un dolor de cabeza horrendo. ¿No te importaría llevarme a casa y quedarte tú el coche?

Me levanté.

—Claro que no.

Jake me dio un plano, varias direcciones y las llaves del Honda. Se quedó dormido antes de que yo saliera de su casa.

Yo sé orientarme muy bien con un plano, pero soy un desastre con los signos desconocidos en un idioma extraño.

En el trayecto de Beit Hanina al American Colony habría debido tardar veinte minutos, pero al cabo de una hora estaba irremediablemente perdida. Sin saber cómo, me encontraba en Sderot Yigal Yadin. Y luego acabé en Sha'arei Yerushalaim, a pesar de haber seguido un itinerario recto.

Miré el nombre de la calle en un cruce, paré junto al bordillo, desplegué el plano de Jake y traté de orientarme.

Por el retrovisor vi que un coche se detenía junto al bordillo diez metros detrás de mí. Mi mente recopiló rápidamente los datos: Sedán azul oscuro con dos hombres.

Un indicador señalaba que me encontraba cerca de la salida a la carretera de Tel Aviv. ¿Pero cuál? En el plano había dos. Miré en derredor en busca de alguna indicación.

Banco de datos: no se baja nadie del sedán.

Vi un indicador de la estación central de autobuses y de un Holiday Inn. En cualquiera de los dos sitios podrían orientarme.

Estaba cabreada. Se me ocurrió algo. Arranqué, decidida a parar en la primera de las dos entidades que encontrara.

Banco de datos: el sedán me está siguiendo.

Sentí una punzada de aprensión. Era viernes y pronto oscurecería. Las calles se estaban quedando vacías por el Sabat.

Giré a la derecha. El sedán hizo lo mismo.

Me habían seguido dos veces en mi vida. Y en ninguna de las dos con buenas intenciones.

Doblé a la derecha y, una manzana más allá, a la izquierda. El sedán hizo lo mismo.

Aquello no me gustaba nada. Agarré el volante con las dos manos y aceleré.

El sedán no se despegaba de mí. Doblé en una esquina a la izquierda. El sedán la dobló acto seguido. Volví a girar. Ahora me hallaba perdida en una maraña de callejuelas. Sólo veía una furgoneta. El sedán estaba cada vez más cerca.

Me vino un único pensamiento: ¡Huir! Aceleré sin pensarlo más y di un golpe de volante para evitar la furgoneta, mirando hacia delante, en busca de salvación. Vi un emblema familiar. Una cruz roja. Primeros auxilios. ¿Clínica? ¿Hospital? Me daba igual.

Miré por el retrovisor. El sedán estaba más cerca.

Vi una clínica junto a un centro comercial. Me metí en el aparcamiento, paré el coche y eché a correr hacia la puerta.

El sedán pasó de largo como una exhalación. A través de la ventanilla, capté una imagen fugaz: una boca con una mueca de enojo. Ojos de víbora. La desarreglada barba de un fundamentalista.

Me reuní con Ryan en el vestíbulo del hotel a las siete. Por entonces ya no estaba segura de si me habían seguido o no. Habían revuelto mi habitación. Me las había visto con un chacal. A Jake y a mí nos habían apedreado. Nos habían robado a «Max». Habíamos destrozado la furgoneta. Mientras tomaba un apacible baño caliente, comencé a considerar la posibilidad de que mis nervios hubieran trastocado algunos acontecimientos.

Tal vez el sedán seguía mi mismo camino. Tal vez el conductor estaba perdido igual que yo. Tal vez los ocupantes eran la versión israelí de los paletos que al otro lado del Atlántico salen los viernes por la noche a ligar en coche.

«No seas ingenua», me dije con un profundo suspiro. Aquel coche me seguía por algo.

Ni Ryan ni yo estábamos con ánimos de cenar mucho. En recepción nos indicaron cómo llegar a un restaurante árabe cercano.

Mientras nos lo explicaba, la recepcionista no dejaba de mirarme de vez en cuando. Y en una ocasión en que la miré yo a ella, apartó los ojos. Me dio la impresión de que quería decirme algo. Intenté mostrar una actitud amistosa, invitándola a hablar con la mirada, pero ella no soltó prenda.

El rótulo del restaurante era del mismo tamaño que una pastilla de jabón de tocador. Lo encontramos después de pasar por delante dos o tres veces. Un portero armado nos franqueó la entrada.

El interior era oscuro y pequeño, con muros bordeados de compartimentos y una fila de mesas en el centro. La mayor parte de los clientes eran hombres. Las pocas mujeres presentes vestían el *hiyab* y no había sección para fumadores.

Nos ofrecieron un reservado con tan poca luz que era imposible leer la carta. Eché un vistazo y se la cedí a Ryan con gesto despectivo.

El camarero vestía camisa blanca y pantalón negro. Tenía los dientes amarillentos y el rostro arrugado de tantos años de fumar.

Ryan le dijo algo en árabe. Yo entendí la palabra «Coke». El camarero hizo una pregunta y Ryan alzó ambos pulgares. El camarero garabateó en una libreta y se fue.

—¿Qué has pedido? —pregunté.

—Pizza.

—¿Con el léxico de la guía Friedman?

—También sé preguntar dónde está el váter.

—¿De qué clase?

—¿Tipo americano?

—¿La pizza?

—No lo sé muy bien.

Le conté a Ryan mi visita al museo Rockefeller.

—Getz cree que el sudario data del siglo primero, es de lino y lana, y probablemente, de importación.

—O sea, que es caro.

—Sí. Y el cabello estaba limpio, sin liendres.

Ryan lo captó enseguida.

—Buenas fibras textiles y cabello limpio. El cadáver del sudario era de clase alta y tenía un hueso del talón perforado. Jake cree que es Jesucristo.

Le repetí la explicación de Jake sobre la historia de Kidron e Hinom. El valle del Infierno. Luego, fui enumerando con los dedos:

—Individuo de clase alta hallado en una tumba de Kidron que Jake cree que es el sepulcro de la familia de Jesús. En la tumba había osarios con inscripciones de nombres evangélicos. Jake cree que el osario de Santiago, posible receptáculo de los huesos del hermano de Jesús, procede de esa tumba. —Bajé la mano—. Jake está convencido de que el individuo del sudario es Jesús de Nazaret.

—¿Y tú qué crees?

—Vamos, Ryan. ¿Qué posibilidades hay? Piensa en las implicaciones.

Reflexionamos sobre ello por unos instantes. Ryan rompió el silencio.

—¿Qué relación hay entre «Max» y esa tumba de Kidron?

—Yo no creo que haya ninguna. Y ya que lo dices, ¿qué probabilidad existe de que dos esqueletos que se supone son de Jesucristo aparezcan exactamente en la misma fecha?

—Bueno, no exactamente. «Max» fue descubierto en los años sesenta, y el asunto ha vuelto a surgir hace poco.

—Matan a Ferris. Kaplan me enseña la foto. Localizo el esqueleto y descarto la posibilidad. Tres semanas después encuentro a ese individuo del sudario y ¿es Jesucristo? Es absurdo.

—Jake tenía tanto interés en «Max» que te pagó el viaje a Israel. ¿De quién cree que era ese esqueleto?

—De alguien importante que no debería haberse encontrado en Masada.

Le expliqué mi visita a la Universidad Hebrea y las páginas que faltaban de las transcripciones de Masada.

—Es curioso —comentó.

Le relaté también la entrevista con Tovya Blotnik y las dudas de Jake sobre su persona.

—Es curioso —comentó.

No sabía si explicarle lo del sedán. ¿Y si todo era producto de mi imaginación? ¿Y si no lo era? Mejor equivocarse que cargar con ese peso yo sola. O algo peor.

Le conté el incidente. Ryan escuchó. ¿Sonreía? No podía verlo con tan poca luz.

—Seguramente no tiene importancia —dije.

Ryan estiró el brazo y puso su mano sobre la mía.

—¿Te encuentras bien? —preguntó.

—Más o menos.

Ryan me acarició la mano con el pulgar.

—Sabes que prefiero que no vayas por ahí sola.

—Lo sé.

El camarero puso dos salvamanteles y dos latas de Coca-Cola normal. Por lo visto, las lecciones de árabe de Ryan no habían incluido el término «sin azúcar».

—¿No tomas cerveza? —pregunté.

—No hay.

—¿Cómo lo sabes?

—No he visto ningún anuncio de cerveza.

—Tú siempre tan detective —dije sonriendo.

—El crimen nunca duerme.

—Creo que mañana iré al *Jersualem Post* para buscar en los archivos y ver qué declaró Yadin sobre los esqueletos de Masada en los años sesenta —dije.

—¿Por qué no miras en la biblioteca de la universidad?

—Jake dice que en el *Post* archivan los artículos por temas. Será más rápido que revisar rollos de microfichas.

—El *Post* está cerrado los sábados —dijo Ryan.

Claro. Cambié de tema.

—¿Qué tal el interrogatorio?

—Kaplan insiste en que le encargaron matar a Ferris.

—¿Quién?

—Dice que ella no le dijo el nombre —contestó Ryan.

—¿Ella? —Me pareció que Ryan asentía—. ¿Y qué le dijo esa misteriosa mujer?

—Que necesitaba un pistolero.

—¿Por qué quería matar a Ferris?

—Quería verlo muerto.

Puse los ojos en blanco. Un gesto inútil, por la oscuridad.

—¿Cuándo se lo pidió?

—Él cree que fue la segunda semana de febrero.

—La época en que Ferris pidió a Kaplan que vendiera el esqueleto.

—Sí.

—A Ferris lo mataron a mediados de febrero.

—Sí.

El camarero trajo servilletas, platos y utensilios, y colocó entre los dos una pizza llena de aceitunas, tomate y unas pequeñas cosas verdes que supuse eran alcaparras.

—¿Cómo se puso en contacto con él esa mujer? —pregunté nada más irse el camarero.

—Le llamó a la tienda de mascotas.

Ryan sirvió unos trozos de pizza.

—Vamos a ver. Una desconocida le llama, pide información sobre cobayas y a continuación dice: «Oiga, por cierto, quiero que mate a una persona»...

—Eso es lo que él dice.

—Qué curioso.

—Es lo que dice.

—¿La mujer no dio ningún nombre?

—No.

—¿Te ha dado Kaplan algún detalle sobre ella?

—Dice que hablaba como una cocainómana.

La pizza era excelente. Me puse a distinguir los sabores. Tomate, cebolla, pimiento verde, aceitunas, feta y una especia que no identifiqué.

—¿Qué le ofreció?

—Tres de los grandes.

—¿Y Kaplan qué dijo?

—Diez de los grandes.

—¿Y consiguió diez mil dólares?

—La mujer hizo una contraoferta de tres mil antes y otros tres mil después de cumplir el encargo.

—¿Y Kaplan qué hizo?

—Dice que cogió el anticipo y desapareció.

—¿La estafó por las buenas?

—¿Qué iba a hacer ella, llamar a la policía?

—Aún le quedaban tres mil para encargar que lo mataran.

—Muy ingenioso. —Ryan sirvió nuevos trozos de pizza.

—¿Kaplan se entrevistó personalmente con esa mujer?

—No. Le dejó el dinero debajo de un cubo de basura en Jarry Park.

—Muy James Bond.

—Insiste en afirmar que fue así.

Seguimos comiendo y observando a la gente del restaurante. Frente a nuestro reservado había una mujer cuyo rostro en la oscuridad era amarillento. No se veía más. Su *hiyab* le ocultaba el pelo y el cuello. Llevaba una blusa oscura de manga larga con puños ceñidos en la muñeca.

Nuestras miradas se cruzaron; ella la sostuvo y finalmente yo la aparté.

—Yo creía que Kaplan era un simple estafador de poca monta —dije.

—A lo mejor se cansó y decidió cambiar de carrera.

—Tal vez Kaplan se inventa todo eso para desbaratar tus pesquisas.

—Me las han desbaratado lumbreras de menor categoría.

Ryan repartió los dos últimos trozos de pizza. Volvimos a comer en silencio. Cuando terminé me recliné sobre la pared.

—¿Podría ser Miriam Kessler la misteriosa mujer?

—Se lo pregunté tal cual a Kaplan, y el caballero me respondió negativamente, y declaró que la viuda era una persona por encima de toda sospecha.

Ryan arrugó la servilleta y la echó en el plato.

—¿Se te ocurre quién pudo ser? —pregunté.

—Madonna, Katie Couric,[2] María Castaña... Hay infinidad de mujeres que se dedican a llamar a delincuentes de poca monta sin antecedentes de homicidio y les ofrecen dinero por matar a alguien.

—Muy intrigante —comenté.

2. Famosa presentadora de la televisión norteamericana. *(N. del T.)*

31

—ALLLAHUU-UUU-AKBAAAR...

La plegaria grabada estalló contra mi ventana.

Abrí un ojo. Los objetos del cuarto comenzaban a perfilarse bajo la luz del amanecer. Uno de ellos era Ryan.

—¿Estás despierto?

—*Humdulillah* —contestó él con voz ronca y poco clara.

—Humm —dije.

—Alaba a Dios —me tradujo en un susurro.

—¿A cuál? —pregunté.

—Demasiado complicado para las cinco de la mañana.

Sí que era una pregunta complicada. Me la había estado planteando durante un buen rato después de que Ryan se quedara dormido.

—Estoy convencida de que es «Max».

—¿El muecín?

Sacudí a Ryan con la almohada, y él se dio la vuelta y se echó sobre mí.

—Alguien quería a «Max» a toda costa, aunque hubiera que matar.

—¿A Ferris?

—Por una parte.

—Te escucho —le dijo Ryan con sus ojos azules somnolientos.

—Jake tiene razón. Es mucho más que Hevrat Kadisha.

—Yo creí que los Hevrat Kadisha iban a por todas.

Negué con la cabeza.

—No se trata de los muertos judíos, Ryan. Se trata del esqueleto de Masada.

—Bueno, ¿y quién es?

—Quién fue —corregí con voz tensa por reproche conmigo misma.

—No es culpa tuya.

—Pero yo lo perdí.

—¿Qué podías hacer?

—Haberlo entregado directamente a la AIA sin llevármelo a Kidron. O al menos haber adoptado las necesarias precauciones.

—No deberías haberte dejado la Uzi en el Bradley.

Miré a Ryan de nuevo, y él se apoderó de la almohada, se incorporó y se la puso detrás de la cabeza. Yo me acurruqué contra él.

—Hechos, señora —dijo él.

Era el juego al que recurríamos cuando estábamos empantanados en algo.

—En el siglo primero —empezó— enterraron a unos individuos en una cueva en Masada, probablemente durante el séptimo año de la ocupación de la cumbre por los zelotes. En 1963, Yigael Yadin y su equipo excavaron esa cueva pero no comunicaron el hallazgo de restos humanos en la misma. Nicu Haas, el antropólogo físico encargado del análisis de los huesos, declaró verbalmente a Yadin y a su equipo que los restos correspondían a veinticuatro o veintiséis individuos mezclados. Haas no mencionó el esqueleto completo del individuo separado del montón, que posteriormente describió a Jake Drum un excavador voluntario que había trabajado en la cueva. Ese esqueleto completo —prosiguió— al que llamamos «Max», fue a parar al Musée de l'Homme de París. Remitente: desconocido.

—En 1973, Yossi Lerner robó a «Max» del museo y lo entregó a Avram Ferris —dije.

—Ferris envió a «Max» a Canadá y posteriormente se lo confió al padre Sylvain Morissonneau, de la abadía de Sainte-Marie-des-Neiges —siguió Ryan.

—El veintiséis de febrero, Morissonneau entregó «Max» a Brennan. Días después encontraron muerto a Morissonneau.

—Te dejas algo —comentó Ryan.

—Es cierto. —Repasé las fechas—. El quince de febrero Avram Ferris apareció asesinado en Montreal.

—El dieciséis de febrero un tal Kessler entregó a Brennan la foto de un esqueleto que resultó ser «Max» —añadió Ryan.

—Hirsch Kessler resultó ser Hershel Kaplan, un estafador de poca monta y traficante de antigüedades ilegales.

—Kaplan huyó de Canadá y fue detenido en Israel —dijo Ryan—, y alega que se marchó unos días antes de la muerte del padre Morissonneau el dos de marzo.

—El nueve de marzo Ryan y Brennan llegaron a Israel. Al día siguiente, Drum llevó a Brennan a una tumba y «Max» cayó, presuntamente, en manos de los Hevrat Kadisha. Ese mismo día registraron la habitación de Brennan —añadí.

—Al día siguiente, once de marzo, bajo un hábil interrogatorio —dijo Ryan con una sutil sonrisa—, Kaplan confesó que Ferris le había encomendado vender a «Max» y afirmó que había hecho correr la voz de que podría entregar el esqueleto entre primeros y mediados de enero.

—Ese mismo día Brennan fue seguida por unos hombres de aspecto musulmán. Ah, y no olvidemos a Jamal Hasan Abu-Jarur y Mohamed Hazman Shalaideh —añadió Ryan.

—Los hombres que aparcaron frente a la abadía de Sainte-Marie-des-Neiges —puntualicé.

—«Turistas». —Ryan entrecomilló con un gesto la palabra.

—Cronológicamente, eso ocurrió unas dos semanas después del asesinato de Ferris.

—Anotado. —Ryan añadió—: Bajo otro interrogatorio aún más hábil, ese mismo día Kaplan confesó que una mujer le encargó matar a Ferris, pero negó conocer a esa mujer y negó que lo hubiera matado él.

—El trato se cerró a primeros de enero, semanas antes de que mataran a Ferris. —Pensé unos instantes—. ¿Algo más?

—Ésos son los hechos, señora. A menos que quiera pasar a los huesos del sudario. Pero no creo que estén relacionados con «Max» y Ferris.

—Cierto —moví ficha—. ¿Buenos jugadores?

—Yossi Lerner, un judío ortodoxo y Max el libertador de Masada —contestó Ryan.

—Avram Ferris, víctima y antiguo dueño de «Max» —comenté.

—Hershel Kaplan, alias Hirsch Kessler, sospechoso de homicidio y aspirante a la venta de «Max» —dijo Ryan.

—Miriam Ferris, viuda relacionada con Hershel Kaplan —dije yo.

—Y beneficiaria de los cuatro millones de dólares del seguro.

—Sí.

—Sylvain Morissonneau, posible víctima de asesinato y poseedor temporal de «Max».

—La misteriosa mujer de Kaplan.

—Muy bien —comentó Ryan.

—¿Personajes secundarios?

Ryan reflexionó.

—El señor Litvak, socio israelí de Kaplan y denunciante.

—¿Cómo encaja Litvak en todo esto? —pregunté.

—Por ser otra de las partes interesadas en «Max» —respondió Ryan.

—De acuerdo, pues, entonces, Tovya Blotnik —añadí.

—¿Y el director de la AIA?

—Por el mismo motivo —dije.

—Jake Drum —añadió Ryan.

—No, no —dije yo.

Ryan se encogió de hombros.

—¿Periféricos? —pregunté.

—Dora Ferris, madre de la víctima.

—Courtney Purviance, empleada de la víctima.

—Estamos divagando.

—Es verdad —dije—. Pero una cosa está clara. Todo acaba relacionándose con «Max».

Ryan dio paso a la fase tres.

—¿Hipótesis?

Comencé yo.

—Primera. Un grupo de judíos ultraortodoxos ha descubierto la identidad de «Max» y teme que su presencia en Masada manche la imagen del lugar sagrado del judaísmo.

—Pero sabemos que «Max» no es Jesucristo. ¿Quién es?

—Un nazareno. Supongamos que los judíos ultraortodoxos saben que los que vivían en la cueva no formaban parte del grupo de zelotes judíos. Que en realidad eran discípulos de Jesús, tal vez incluso miembros de su parentela.

—¿Lo sabía Yadin? ¿La AIA?

—Eso explicaría la reticencia de Yadin a hablar sobre los restos de la cueva y la negativa del gobierno a completar los análisis.

—Repítemelo. ¿Por qué es inconveniente la presencia de seguidores de Jesús en Masada?

—Masada es para los israelíes un símbolo de la libertad judía y de la resistencia contra las fuerzas enemigas. ¿Y si resulta que allí vivían cristianos, judíos o no? Ellos creen que han vuelto a enterrar los huesos de los últimos defensores de Masada, pero ¿y si hubiera también cristianos enterrados con ellos? Sería enormemente preocupante, sobre todo para los judíos israelíes.

—O sea, que la primera hipótesis sugiere que un grupo de ortodoxos de sombrero negro está dispuesto a hacer lo que haga falta para que no se descubra nada.

—Yo simplemente lo planteo.

Recordé la extraña teoría de Donovan Joyce y la reacción de Lerner.

—¿Recuerdas ese libro que leí, *El pergamino de Jesús*?

—¿El que pretendía que Jesús había muerto octogenario?

—Sí. —Alcé dos dedos—. Segunda hipótesis: Un grupo de militantes cristianos de extrema derecha se ha enterado de la existencia de «Max», cree que es Jesús y temen que el esqueleto eche por tierra los evangelios.

—Es lo que creía Yossi Lerner —dijo Ryan.

—Sí. Y tal vez Ferris. Y Morissonneau, durante un tiempo.

—Pero «Max» no es Jesucristo.

—Nosotros sabemos que no puede serlo. Pero Lerner estaba seguro de que era Jesucristo, y ya ves cómo reaccionó. Tal vez haya otros que piensen lo mismo y que harían todo lo posible para hacer desaparecer los huesos.

—Hipótesis tres. —Ryan enfocó la cuestión desde una perspectiva diferente—: Un grupo fundamentalista islámico descubre la existencia de «Max» y cree que es Jesús. Y quiere utilizar los restos para minar la teología cristiana.

—¿Cómo?

—La presencia de Jesús en Masada haría añicos el crucial

dogma de la resurrección. ¿Qué mejor represalia contra el cristianismo?

—Y esos fanáticos no se detendrán ante nada para apoderarse de «Max». Podría ser.

Me imaginé a Sylvain Morissonneau en su despacho del convento. Tomé nota de ponerme en contacto con LaManche para saber si había ordenado la exhumación y la autopsia.

—Hipótesis cuatro. —Intenté combinar mi segunda hipótesis con la tercera, de Ryan—: Un grupo de fundamentalistas islámicos se ha enterado de la existencia de «Max» y cree que es un nazareno, quizás, incluso un miembro de la familia de Jesús. Temen que cristianos y judíos aprovechen el hallazgo para reinterpretar Masada con zelotes y nazarenos primitivos luchando codo a codo contra los romanos. Temen que el esqueleto sirva para revitalizar el fervor religioso en el mundo judeocristiano.

—Y están decididos a impedirlo —añadió Ryan—. Podría ser.

Reflexionamos unos instantes sobre las hipótesis. ¿Cristianos fanáticos, judíos o musulmanes convencidos de que los huesos eran de Jesús, de alguien de su familia o de alguno de sus seguidores? Todas ellas eran a cual más explosiva.

Ryan rompió el silencio.

—¿Y quién es la mujer misteriosa de Kaplan? —preguntó—. ¿Qué relación tiene con Ferris? ¿Y qué relación tiene con «Max»?

—Excelente pregunta, detective.

—Espero recibir esta tarde el control de llamadas telefónicas.

Ryan me atrajo hacia sí.

—Friedman se propone dejar a Kaplan cocerse en su propia salsa un día entero.

Ryan me besó en la mejilla.

—Ryan, creo que vamos por buen camino.

—Aunque vayamos por buen camino, no hay que dormirse en los laureles.

—Estoy de acuerdo contigo.

Ryan puso su mano en mi cuello.

—En Sabat hay poca cosa que hacer —añadió.

Sus labios me rozaron el oído.

—Es el día de descanso —dije.

—Poco podemos investigar.

—Humm —dije. Eso pensaba yo.

—Pero tengo otra pregunta estupenda —susurró Ryan.

Yo tenía una respuesta estupenda.

¡Sí!

En el aeropuerto de Toronto había visto un libro sobre el tao, del sexo, salud y longevidad. No lo compré, pero por el ritmo que llevábamos pensé que alcanzaría los 180 años. Sólo con la respiración profunda ya ganaría quince.

Tras el desayuno y un debate sobre mi incursión en solitario a Beit Hanina, Ryan se dirigió a la central de policía y yo fui en coche a Beit Hanina.

Encontré a Jake de mejor humor que la última vez.

—Tengo algo que te va a encantar —dijo, enarbolando una hoja por encima de la cabeza.

—La receta de empanada de urogallo.

Jake bajó la mano.

—Tus contusiones tienen mejor aspecto.

—Gracias.

—¿Te has puesto crema facial o algún tratamiento?

—Crema hidratante. ¿Qué es eso? —Señalé el papel con la barbilla.

—Un informe de Haas a Yadin con datos sobre los restos

de la cueva 2001. —Jake se inclinó hacia mí y bizqueó—:
¿Sólo hidratante?

—«Positively Radiant» —repliqué, bizqueando a mi vez.

—¿Y sin tratamiento?

El «tratamiento» no se lo iba a contar.

—Déjame ver el informe. —Alargué la mano.

Jake me dio el papel con notas escritas en hebreo.

—¿Desde cuándo lo tienes?

—Desde hace un par de años.

Lo miré extrañada.

—Estaba traspapelado entre unos documentos que pedí
sobre esas ruinas de la sinagoga del siglo primero que estoy
excavando. Probablemente porque hay una sinagoga del siglo
primero en el yacimiento de Masada. Se me ocurrió buscarlo
esta mañana porque, mientras desayunaba, recordé vagamente haber visto un memorando de Haas que no guardaba
relación con el yacimiento de Talpiot y que había guardado
en algún sitio. Miré en mis archivos y lo encontré. La verdad
es que ni lo había leído.

—¿Menciona Haas un esqueleto completo aislado?

—No. De hecho, según este informe queda claro que él
nunca vio ese esqueleto. Pero habla de huesos de cerdo —añadió con una gran sonrisa.

—¿Huesos de cerdo?

Gesto de asentimiento.

—¿Qué dice?

Jake me lo tradujo: «Esto no tiene nada que ver con el
enigma o *tallith* del cerdo».

—¿Eso qué quiere decir?

—No lo sé, pero habla dos veces del *tallith*, enigma o
problema, del cerdo.

—¿Qué harían en Masada unos huesos de cerdo? ¿Y qué
tiene eso que ver con la cueva 2001?

Jake no contestó a mis preguntas.

—Otra cosa: Yadin calculó que había más de veinte esqueletos en la cueva, pero en el catálogo de Haas sólo figuran doscientos veinte huesos. Y él los clasifica en dos grupos: los que están claros y los que no están claros en relación con la edad.

Volvió a traducirme lo que decía el documento.

—En la categoría que está clara señala ciento cuatro de ancianos, treinta y tres de individuos maduros, veinticuatro de jóvenes y siete de niños. —Jake alzó la vista—. Dice que seis huesos eran de mujeres.

El esqueleto del ser humano consta de 206 huesos. Hice un cálculo rápido.

—Haas catalogó doscientos veinte huesos. Lo cual significa que faltaba el noventa y seis por ciento del total.

Jake se mordisqueó una cutícula en la base del pulgar.

—¿Tienes copia de la foto del libro de Yadin?

Jake fue a sus archivadores y volvió con una foto en blanco y negro de doce por veinte.

—Cinco cráneos —dije.

—Otra cosa que no tiene sentido —dijo Jake—. Tsafrir escribió en el diario de campo que había entre diez y quince esqueletos en la cueva; ni veintitantos ni cinco.

Yo ya no escuchaba. Algo en la foto había llamado mi atención. Algo familiar. Algo raro.

—¿Puedo verla ampliada?

Jake me condujo al cuarto de atrás. Me senté ante el microscopio de disección, encendí la luz y enfoqué el cráneo central.

—Maldita sea.

—¿Qué?

Le di más aumento y enfoqué hacia la esquina superior de la izquierda, barriendo despacio la foto. En cierto momento

Jake comentó algo. Yo asentí. En otro momento advertí que Jake no estaba. Mis temores crecían a medida que observaba los detalles. El mismo temor que había sentido al captar el diente extemporáneo de «Max». ¿Nadie lo había advertido? ¿Se habían equivocado los especialistas? ¿Me equivocaba yo?

Comencé de nuevo por la esquina izquierda de arriba. No me equivocaba.

32

Jake estaba en la cocina, tomándose unas aspirinas.

—Esos esqueletos no fueron arrojados a la cueva —dije señalando la foto de Yadin—. Estuvieron enterrados en tumbas.

—¡No puede ser!

Situé la foto en el mostrador.

—Observa los pies y las manos.

—Son huesos articulados —dijo Jake—, colocados en posición anatómica.

—Lo cual indica que al menos algunos procedían de enterramientos.

—Nadie ha interpretado nunca de ese modo el yacimiento. ¿Por qué está todo tan tergiversado?

—Fíjate en los huesos largos. Ahí. —Con un bolígrafo, señalé una pequeña incisión—. Y ahí. —Señalé otra.

—¿Señales de dientes?

—Puedes estar seguro. —Le indiqué varios huesos largos y algunos fragmentos rotos—: Los rompieron para extraer la médula. Y mira esto. —Señalé con el bolígrafo un orificio en la base de un cráneo—: Alguna criatura intentó comerse el cerebro.

—¿Qué estás diciendo?

—No era una fosa de huesos. Era un pequeño cementerio y fue escarbado por animales. Los soldados romanos no arrojaron simplemente los cadáveres a la cueva después del asedio. Tuvieron tiempo de cavar tumbas y enterrar los cadáveres. Posteriormente los desenterraron los animales.

—Si la cueva sirvió como cementerio, ¿cómo interpretar los cacharros, lámparas y restos de utensilios?

—El yacimiento pudo estar habitado anteriormente y servir después como cementerio. O quizá vivió gente en la cueva adyacente que utilizó la 2001 como enterramiento y para arrojar los desechos. Demonios, no lo sé. Tú eres el arqueólogo. Pero la presencia de un cementerio sugiere que la interpretación de que los soldados romanos arrojaron allí los cadáveres es errónea.

—En esta región la depredación por hienas y chacales es un problema secular. —Jake hablaba en un tono escéptico—. En la Antigüedad, las tumbas de judíos y cristianos en el norte de Neguev se cubrían con losas para impedir que las escarbaran los animales. Los beduinos actuales las cubren con piedras.

—A la vista de la fotografía, yo diría que hay dos o tres inhumaciones y quizás una tumba común para cinco o seis individuos —dije—. La remoción se produciría, probablemente, poco después del enterramiento. Por eso está todo tan desordenado.

—Es sabido que las hienas se llevan los despojos a su madriguera —comentó Jake, menos escéptico—. Eso explicaría la ausencia de huesos grandes.

—Exacto.

—Muy bien. Son tumbas. ¿Y qué? Seguimos sin saber de quiénes.

—No —asentí—. En su documento, Haas menciona huesos de cerdo. ¿No indicaría su presencia que no se trataba de enterramientos judíos?

Jake encogió un hombro.

—Haas habla del problema de los huesos de cerdo y de un *tallith*, sea cual fuere, pero no está claro dónde encontraron esos huesos y ese chal de oración. Huesos de cerdo en la cueva significaría que eran esqueletos de soldados romanos. Esa interpretación tiene partidarios. O sería una forma de sugerir que eran restos de los monjes bizantinos que vivieron en una pequeña comunidad en el recinto de Masada en los siglos v y vi.

—Según Haas, los restos de la cueva incluían seis mujeres y un feto de seis meses. A mí esto no me cuadra con soldados romanos ni con monjes —dije.

—Y recuerda que la tela hallada con los huesos remite a fechas comprendidas entre el año 40 y el 115 de nuestra era. Eso es demasiado pronto para la comunidad de monjes.

Jake volvió a enfocar la foto.

—Eso que dices de un cementerio escarbado tiene mucho sentido, Tempe. ¿Recuerdas los esqueletos del palacio?

Los recordaba.

—En el libro de Yadin da la impresión de que halló tres individuos separados, un joven, una mujer y un niño. Él llega a la conclusión, espectacular a mi entender, de que eran los esqueletos de los últimos defensores de Masada.

—¿Es inexacto? —pregunté.

—Es muy forzado. Hace poco me permitieron examinar las pruebas archivadas de los puntos de excavación del palacio norte, con los diarios y las fotos. Yo esperaba ver tres esqueletos diferenciados. Pero no es así. Los huesos estaban dispersos y muy fragmentados. Un momento. —Jake se inclinó sobre la foto y cogió el informe de Haas—. Lo que yo pensaba. Haas habla también de los esqueletos del palacio. Describe a los dos varones como adultos, uno de unos veintidós años y el otro de unos cuarenta.

—No el de un niño, como dijo Yadin.

—No. Y, si no recuerdo mal, un varón estaba representado sólo por las piernas y los pies.

Comencé a hablar, pero Jake me cortó.

—Y otra cosa. El diario de Yadin habla de heces de animal en el locus del palacio.

—Las hienas o los chacales arrastrarían hasta allí partes de tres cadáveres diferentes.

—Un escenario muy distinto al de la heroica familia que resiste hasta el final.

De pronto comprendí lo que me había fastidiado respecto a los esqueletos del palacio.

—Jake, piensa una cosa. Tras la toma, los romanos habitaron en Masada treinta y ocho años. ¿Iban a dejar cadáveres en uno de los lujosos palacios de Herodes?

—Los palacios se habrían deteriorado durante la ocupación zelote. Pero tienes razón; no los dejarían.

—Yadin deseaba desesperadamente que los esqueletos del palacio fuesen de una familia judía rebelde. Se tomó ciertas libertades al interpretar los restos y comunicó el descubrimiento a la prensa. ¿Por qué esa negligencia en torno a los esqueletos de la cueva?

—Tal vez Yadin conocía la presencia de huesos de cerdo en la cueva —le comentó Jake—. Tal vez los huesos de cerdo le inquietaban con relación a la identidad de los individuos de la cueva. Tal vez sospechara que no eran judíos. Quizá pensó que eran soldados romanos. O algún grupo ajeno que vivió en Masada durante la ocupación, al margen de los zelotes.

—Tal vez Yadin sabía mucho más —dije, pensando en «Max»—. Quizá fue al revés. Tal vez Yadin o alguien de su equipo se imaginó exactamente quién estaba enterrado en esa cueva.

Jake se imaginó lo que yo pensaba.

—El esqueleto completo.

—Ese esqueleto nunca llegó a Haas con el resto de los huesos.

—Salió de Israel y fue a parar a París.

—Quedó oculto en las colecciones del Musée de l'Homme y fue descubierto por Yossi Lerner diez años más tarde.

—Después de dar con el esqueleto, Lerner leyó el libro de Donovan Joyce, quedó convencido del potencial explosivo del descubrimiento y decidió robarlo.

—Y ahora han vuelto a robar el esqueleto. ¿Menciona Haas en algún lugar de su documento la existencia de un esqueleto completo?

Jake hizo un gesto de negación.

—¿Crees que su referencia a los huesos de cerdo es significativa?

—No lo sé.

—¿Qué querría decir Haas con el «enigma del cerdo y el *tallith*»?

—No lo sé.

Más preguntas sin respuesta. Y sobre todo la principal: ¿Quién demonios era «Max»?

Ryan me recogió a las once con el Tempo de Friedman. Jake me dio las gracias por devolverle su coche de alquiler y se fue a la cama.

Ryan y yo volvimos al American Colony.

—Ha mejorado su humor —dijo Ryan—. Pero sigue un poco atontado.

—No han transcurrido ni dos días. Dale tiempo.

—La verdad es que estaba un poco atontado por...

—Te he oído.

Le conté a Ryan lo del memorando de Haas y su referencia al enigma «*tallith* de cerdo». También le dije que no estaba claro si Haas había incluido en el inventario el esqueleto de «Max». Añadí que creía que los cadáveres habían sido enterrados y no arrojados a la cueva y que, más tarde, los animales habían escarbado el enterramiento.

Me preguntó qué quería decir eso. Aparte de que sembraba dudas sobre la interpretación tradicional de Masada, no sabía qué decirle.

—¿Te ha llegado el control de llamadas?

—Sí, señora. —Ryan se dio unos golpecitos en el bolsillo del pecho.

—¿Siempre tardan tanto las listas de llamadas?

—Hay que obtener autorización judicial. Una vez obtenida, Bell Canada se toma su tiempo. Pedí las llamadas de entrada y salida a partir de noviembre y les dije que me las enviaran cuando las tuviesen todas.

—¿Todas, cuáles?

—Las del domicilio y la oficina de Ferris y las del domicilio y la tienda de Kaplan.

—¿Y las de los móviles?

—Afortunadamente, no habrá que comprobarlas.

—Lo cual simplifica el trabajo.

—Mucho.

—¿Y?

—Acabo de echar una ojeada al fax. Como aquí todo está cerrado en Sabat, he pensado que podríamos repartírnoslas y dedicarles la tarde.

—¿Quieres que las comprobemos entre los dos?

—¿Qué te parece?

¿Qué mal había en ello?

Una hora y media más tarde lo supe. En un mes una persona normal hace y recibe llamadas para llenar entre dos y cuatro folios. De letra muy pequeña. Nos tocaba comprobar los números de dos negocios y de dos domicilios durante un período correspondiente a cuatro meses y medio. Hágase un cálculo.

¿Cómo hacerlo? Tras un intercambio de opiniones optamos por un abordaje científico. Si salía cara, por orden cronológico; si salía cruz, por abonado. La moneda optó por el tiempo.

Empezamos por noviembre. Yo cogí las del domicilio de Ferris y las de Les Imports Askhenazim; Ryan las del piso de Kaplan y el *Centre d'animaux Kaplan*. En la primera hora averiguamos lo siguiente:

A Hersh Kaplan no le abrumaban sus amistades. La única persona que le había llamado a casa en noviembre era Mike Hinson, su oficial de libertad condicional. Ídem para sus llamadas.

En el *Centre d'animaux Kaplan*, la mayoría de las llamadas eran de proveedores de mascotas, de comida para mascotas y de artículos para mascotas, o de gente de la vecindad, probablemente clientes.

En casa de Ferris, las llamadas se dividían entre Dora, los hermanos, el carnicero, el tendero kosher y una sinagoga. Ninguna sorpresa.

En Mirabel, las llamadas procedían de la oficina a proveedores y viceversa, tiendas y templos del este de Canadá. Había varias llamadas a Israel. Courtney Purviance telefoneaba al almacén o la llamaban a casa. Miriam también telefoneaba, pero no con tanta frecuencia. Avram rara vez llamaba a su casa en Côte-des-Neiges.

Al cabo de tres horas observamos que en diciembre la pauta era muy parecida a noviembre. A final del mes se habían efectuado varias llamadas desde casa de los Ferris a una agencia de viajes. Habían llamado también al Hotel Renaissance Boca Raton. Dos llamadas al mismo hotel desde el almacén.

A las tres me recosté en la silla con ligero dolor de cabeza. A mi lado, Ryan dejó el rotulador y se restregó los ojos.

—¿Hacemos una pausa para almorzar?

Asentí con la cabeza.

Bajamos deprisa al restaurante. Una hora más tarde estábamos otra vez manos a la obra en la mesa de mi habitación. Yo volví a coger las hojas de Ferris y Ryan las de Kaplan.

Media hora más tarde encontré algo.

—Qué raro.

Ryan levantó la cabeza.

—El cuatro de enero Ferris llamó a la abadía de Sainte-Marie-des-Neiges.

—¿El monasterio?

Deslicé la hoja hacia Ryan y él la miró.

—Hablaron catorce minutos. ¿Mencionó Morissonneau haber hablado con Ferris?

—Ni una palabra —dije, negando con la cabeza.

—Buen ojo, recluta. —Ryan resaltó la línea con un marcador amarillo.

Diez minutos, quince. Media hora.

—Premio. —Señalé otra llamada—: El siete de enero Ferris llamó a Kaplan.

Ryan dejó las llamadas de la tienda de mascotas y miró las del piso de Kaplan.

—Es de veintidós minutos. ¿Ferris pidiéndole a Kaplan que venda a «Max»?

—La llamada se hizo tres días después de que Ferris hablase con Morissonneau.

—Tres días después de que Ferris hablase con alguien del monasterio.

—Cierto. —No había pensado en eso—. Pero la llamada

del cuatro de enero duró casi un cuarto de hora. Ferris debió de hablar con Morissonneau.

Ryan alzó el índice con un gesto que significaba «voy a citar una cita».

—La suposición es la madre del desastre.

—Te lo acabas de inventar —dije.

—Es de Angelo Donghia.

—¿Quién es?

—Está en Internet. Citas de Simpson. Búscalo en Google.

Tomé nota para hacerlo.

—La autopsia de Ferris fue el dieciséis de febrero —comentó Ryan—. Cuando Kaplan te dio la foto, ¿te dijo desde cuándo la tenía?

—No.

Volvimos a las hojas. Unas líneas más abajo vi un número que me resultaba vagamente familiar precedido del indicativo de Israel. Me levanté y busqué en mi agenda.

—El ocho de enero Ferris llamó a alguien de la AIA.

—¿A quién?

—No lo sé. Es el número de la centralita.

Ryan se recostó en la silla.

—¿Tienes idea de para qué llamaría?

—A lo mejor para proponer la devolución del esqueleto de Masada.

—O para revenderlo.

—Tal vez buscaba documentación.

—¿Para qué?

—Para asegurarse de la identidad de los restos.

—O para multiplicar su valor.

—Con la autentificación lo conseguiría.

—¿Mencionó Blotnik si conocía la existencia del esqueleto cuando te pusiste en contacto con él?

Negué con la cabeza. Ryan tomó nota.

Transcurrió otra media hora. El fax estaba algo borroso y casi no se leían los números y las letras. Me dolía el cuello y me escocían los ojos.

Me levanté nerviosa y me puse a pasear por la habitación. Me dije que era el momento de tomarse un descanso. Pero rara vez hago caso de mi voz interior. Volví a la mesa y seguí verificando, sintiendo cómo mi respiración se acompasaba con las palpitaciones de mi cabeza.

Yo lo vi primero.

—Ferris volvió a llamar a Kaplan el día diez.

—«Alguien» del almacén de Ferris volvió a llamar a Kaplan el día diez.

Tal vez fuese por el dolor de cabeza. O tal vez por el tedio. Pero la puntillosidad de Ryan no me hizo gracia.

—¿Es que soy un estorbo?

No pretendía usar un tono tan brusco. Ryan alzó sus ojos azules, sorprendido, y los clavó en los míos durante un largo instante.

—Perdona —dije—. ¿Te apetece tomar algo?

Ryan negó con la cabeza.

Fui al minibar y abrí una coca-cola sin azúcar.

—Kaplan recibió otra llamada de Ferris el día diecinueve —dijo Ryan a mis espaldas.

Me dejé caer en la silla y localicé la llamada en la hoja del almacén.

—Es de veinticuatro minutos. Supongo que trazando el plan.

Las venas de la cabeza me martilleaban sin piedad. Ryan vio que me apretaba las sienes y me puso la mano en el hombro.

—Lo dejamos, si estás cansada.

—Estoy bien.

Los ojos de Ryan recorrieron mi rostro. Me apartó el flequillo de la frente.

—No es tan apasionante como la vigilancia.

—Ni tan apasionante como la mitosis.

—Pero se averiguan cosas interesantes.

—¿En serio? —repliqué ya totalmente enfadada—. En cinco horas ¿qué hemos averiguado? Que Kaplan llamó a Ferris, que Ferris llamó a Kaplan. Vaya cosa. Ya lo sabíamos. Kaplan nos lo dijo.

—No sabíamos que Ferris llamó a Morissonneau.

Sonreí.

—No sabíamos que Ferris llamó «al monasterio» —comenté.

—Hagamos las paces —dijo Ryan alzando la palma de la mano.

Se la choqué con la mía sin entusiasmo. Pero derribé la coca-cola con el codo. La chispa de la vida mojó todo lo que había sobre la mesa y goteó hasta el suelo.

Nos levantamos de un salto. Mientras yo iba a buscar servilletas, Ryan cogió las hojas y las sacudió. Yo recogí el líquido, sequé la mesa y luego pusimos las hojas a orearse en el suelo del cuarto de baño.

—Lo siento —dije sin convicción.

—Tienen que secarse —dijo Ryan—. Vamos a cenar.

—No tengo hambre.

—Hay que comer.

—Yo no.

—Sí, tienes que comer.

—Pareces mi madre.

—La alimentación es la clave de la salud.

—La salud no es más que la manera más lenta de morir.

—Eso no es tuyo.

Probablemente no. ¿Era de George Carlin?

—Hay que comer —repitió Ryan.

No quise seguir discutiendo.

Cenamos en el restaurante del hotel. El ambiente en nuestro reservado era tenso y poco natural. Por culpa mía. Me sentía bloqueada, con los nervios de punta.

Hablamos de otras cosas, de su hija, de la mía. Nada de homicidios ni de esqueletos. Aunque Ryan se esforzó, hubo largos silencios.

En el pasillo, en la puerta de mi habitación, Ryan me dio un beso. Yo no le dije que pasara y él no insistió.

Aquella noche tardé mucho en dormirme. No era el dolor de cabeza. Ni el muecín ni los gatos que se peleaban abajo, en la calle.

No soy de las que se afilian a nada. Ni a una asociación, ni a un club, ni a una peña. Soy una alcohólica que nunca se ha enganchado a Alcohólicos Anónimos. No tengo nada en contra de las asociaciones. Soy, simplemente, una mujer que se vale por sí misma. Leo. Absorbo. Voy desentrañando poco a poco mi propia confusión.

En aquel momento, por ejemplo, deseaba emborracharme de Merlot.

Alcohólicos Anónimos nos marca a los principiantes como futuros alcohólicos. Otros, ingenuamente, nos llaman recuperados. Se equivocan. Cerrar la botella con el tapón no pone fin al baile alcohólico. Nada lo hace. Está en la doble hélice. Un día eres la reina de tu promoción. Y al día siguiente no encuentras motivación para levantarte de la cama. Una noche duermes con el sueño de los justos. A la noche siguiente estás despierta, angustiada y agitada sin saber por qué.

Ésta era una de esas noches. Estuve hora tras hora mirando el minarete a través de la ventana, preguntándome hacia quién se elevaba su aguja. ¿Hacia el dios del Corán? ¿El de la Biblia? ¿El de la Tora? ¿El de la botella?

¿Por qué había sido tan cortante con Ryan? Cierto que habíamos perdido horas sin encontrar casi nada. Claro que habría podido dedicarlas a descifrar el misterio de «Max». Pero ¿por qué hacérselo pagar a él?

¿Por qué sentía aquellas ganas irresistibles de beber? ¿Y por qué había sido tan torpe con la coca-cola? Ryan se habría divertido de lo lindo.

Me dormí pasada medianoche y tuve sueños inconexos. Teléfonos. Calendarios. Números, nombres y fechas sueltos. Ryan en una Harley. Jake persiguiendo chacales en una cueva.

A las dos me levanté a beber agua y me senté cansinamente en el borde de la cama. ¿Qué significaban aquellos sueños? ¿Eran una simple repetición provocada por el dolor de cabeza y el tedio de la tarde? ¿Trataba mi subconsciente de enviarme algún mensaje?

Al final me dormí.

Me desperté varias veces con las sábanas retorcidas entre mis puños cerrados.

33

No puedo decir que me levantara a la hora de la oración del muecín. Pero casi.

Ya salía el sol y se oían trinos de pájaros. No me dolía la cabeza. Los demonios se habían ido.

Después de despejar el suelo del cuarto de baño de papeles, me duché y dediqué un buen rato al maquillaje de fondo y al rímel. A las siete llamé a Ryan.

—Perdona por lo de ayer.

—*Tal vez podríamos apuntarnos a una escuela de ballet.*

—No lo digo por lo de la coca-cola, sino por mi comportamiento.

—*Tú eres una bella flor, un duendecillo cautivador, un ser encantador y...*

—¿Por qué me aguantas?

—*¿No soy el ser más galante y maravilloso de tu mundo?*

—Eso sí.

—*¿Y sexy?*

—A veces soy insoportable.

—*Sí, pero eres «mi» insoportable.*

—Procuraré enmendarme.

—*¿Con unas braguitas?*

El tío es admirable. No se rinde.

Friedman llamó durante el desayuno. Kaplan quería decir

algo sobre Ferris. Friedman se ofreció a recoger a Ryan y a dejarme a mí el Tempo. Acepté.

Subí a la habitación y llamé a Jake, pero no contestó. Pensé que aún estaría durmiendo.

¿Esperar? Ni hablar. Llevo dos días esperando.

El *Jerusalem Post* está en Yirmeyahu Street, una arteria importante que arranca en la autovía a Tel Aviv para doblar después hacia los núcleos religiosos de Jerusalén Norte y confluir con Rabbi Meir Bar Ilan Street, famosa por sus activistas del Sabat, que apedrean a cualquiera que vaya en coche, judío o no judío; a esos tipos no les gusta que conduzcas en su día santo. Qué curioso: en mi extravío, el viernes había pasado a escasos metros de la sede del *Post*.

Aparqué y caminé hacia el edificio, mirando atrás por si había activistas o yihadistas. Por el plano que me había dibujado Jake, sabía que me encontraba en el barrio de Romena, en el extremo de Jerusalén Oeste. El «quartier» no era desde luego un destino turístico. Era un barrio feísimo, repleto de talleres de coches y de solares vallados con montones de neumáticos viejos y piezas de automóvil oxidadas.

Entré en un largo rectángulo con una inscripción lateral de JERUSALEM POST. Desde el punto de vista arquitectónico, el lugar era tan acogedor como un hangar de aviones.

Tras superar numerosos controles de seguridad y sus respectivos *shaloms*, me indicaron que bajara al sótano. La encargada de los archivos era una mujer de unos cuarenta años, con un discreto bigote y maquillaje reseco en la comisura de los labios. Su cabello, rubio teñido, mostraba dos centímetros de raíz negra.

—*Shalom.*

—*Shalom.*

—Tengo entendido que ustedes guardan los artículos archivados por temas.

—Sí.

—¿Hay un dossier sobre Masada?

—Sí.

—¿Podría verlo, por favor?

—¿Hoy? —Su tono daba a entender que no pensaba dejármelos ni en broma.

—Sí, por favor.

—Aquí nos encargamos principalmente de informatizar los archivos.

—Es un trabajo agobiante —comenté, dejando caer los hombros en un gesto solidario—, pero inestimable.

—Tenemos material desde la época en que el periódico era el *Palestinian Post*.

—Comprendo. —Traté de obsequiarle con mi mejor sonrisa—: No tengo prisa.

—No se pueden sacar de aquí.

—Naturalmente —dije con expresión de repulsa.

—¿Trae dos documentos de identificación?

Enseñé mi pasaporte y el carnet de la Facultad. La mujer los examinó.

—¿Investiga para un libro?

—Pues no.

—Espere ahí. —Señaló una de las mesas largas de madera.

La Señora Archivista rodeó el mostrador, se dirigió hacia una batería de archivadores metálicos grises, abrió un cajón y sacó una gruesa carpeta. Al dejarla en la mesa, casi sonrió.

—Tómese el tiempo que quiera, querida.

Los recortes estaban pegados en hojas en blanco. Había docenas. Los artículos tenían la fecha anotada al margen, y en algunos de ellos la palabra «Masada», en el titular o dentro del texto, aparecía rodeada por un círculo.

Al mediodía me había enterado de tres cosas importantes.

Primera: Jake no exageraba. Salvo la breve mención en la conferencia de prensa convocada después de la segunda campaña de excavación, los periódicos no se hicieron eco de los restos hallados en la cueva. El *Jerusalem Post*, en noviembre de 1964, había publicado una sección especial sobre «Masada», donde Yadin describía los sensacionales hallazgos de la campaña anterior: mosaicos, pergaminos, la sinagoga, los *milvehs* y los esqueletos del palacio. Pero ni una palabra sobre los huesos de la cueva.

Segunda: Yadin sabía lo de los huesos de cerdo. En un artículo de marzo de 1969 decía que entre los restos de Masada se habían encontrado huesos de animales, incluidos los de cerdo.

Además, Yadin señalaba que las autoridades del Ministerio de Asuntos Religiosos sugerían que tal vez habían llevado cerdos a Masada para eliminar las basuras. Al parecer, eso se había hecho también en el gueto de Varsovia en los años cuarenta del siglo XX.

No lo acababa de entender. Si los zelotes hubieran tenido problemas con la basura se habrían contentado con tirarla por el precipicio, y que los romanos se las apañaran.

Yadin no había desmentido su afirmación de 1969, porque en una entrevista con un reportero del *Post* en 1981 declaró que, en 1969, le había comentado al rabino Yehuda Unterman que no podía avalar que los restos de la cueva 2001 fuesen de judíos, porque estaban mezclados con huesos de cerdo.

Tercera: Yadin afirmaba que no se habían realizado análisis de radiocarbono sobre los restos de la cueva. En la misma entrevista de 1981, en la que hablaba de los huesos de cerdo, afirmaba que no había solicitado análisis de carbono 14 porque no era de su incumbencia hacerlo. Un antropólogo descartó esa posibilidad por su alto coste. Esa era la entrevista que Jake recordaba.

Me recosté en la silla y reflexioné.

Era evidente que Yadin dudaba de que los restos de la cueva fuesen de zelotes judíos. Pero no había enviado muestras para someterlas al análisis de radiocarbono.

¿Por qué no? El análisis no era tan caro. ¿Qué sospechaba Yadin? ¿O qué sabía? ¿Se imaginaba él o alguien de su equipo la identidad de los restos de la cueva? ¿O de «Max»?

Volví a guardar las hojas en el archivador.

¿Y si Yadin o alguien de su equipo hubiera enviado muestras para el análisis de radiocarbono? ¿Podría alguien haber pedido un análisis de radiocarbono o de otra clase fuera del país para cubrirse ante la eventualidad de encontrarse con pruebas conflictivas?

¿Pruebas conflictivas sobre «Max»? ¿Habría enviado alguien a «Max» a París para ocultarlo? ¿Para hacerlo desaparecer?

Ahora sabía cuál sería mi siguiente paso.

Como en mi primera visita, me llamó la atención la similitud entre el campus de Mount Scopus y el de otras universidades. El sábado por la tarde estaba más desierto que Kokomo.

Pero el aparcamiento seguía siendo más difícil que en una audiencia con el Papa.

Dejé el Tempo en el mismo sitio donde Jake había metido el Honda y fui directamente a la biblioteca. Tras pasar un control de seguridad, pregunté dónde estaba la hemeroteca, localicé la revista *Radiocarbon* y saqué los ejemplares editados a principios de los años sesenta.

Encontré una sala de estudio y me puse a repasarlos, ejemplar por ejemplar. Tardé menos de una hora. Me recosté en la silla y cotejé mis anotaciones. Me sentía como una buena alumna que acaba de hacer un descubrimiento importante y no sabe cómo interpretarlo.

Volví a colocar las revistas en las estanterías y salí disparada.

Jake tardó una eternidad en abrir la cancela. Tenía la mirada apagada y su mejilla izquierda parecía un mapa de arrugas.

Le arrastré hasta dentro del piso, temblando de emoción por el descubrimiento. Él fue a la cocina y puso agua a hervir mientras yo reventaba de ganas de decírselo.

—¿Quieres un té?

—Sí, sí. ¿Conoces la revista *Radiocarbon*?

Jake asintió con la cabeza.

—He hecho una comprobación rápida en la biblioteca de la universidad. Entre 1961 y 1963, Yadin envió materiales de las excavaciones de Bar Kochba al laboratorio de Cambridge.

—¿De qué yacimiento?

—No sé si de las cuevas de Bar Kochba cerca del Mar Muerto de la rebelión fallida contra los romanos o del siglo segundo de la era actual. El yacimiento es lo de menos.

—Ajá —dijo Jake, echando las bolsas de té en las tazas.

—Lo que nos interesa es que Yadin envió materiales de sus excavaciones en Bar Kochba para que hicieran el análisis de carbono 14.

—Ajá.

—¿Me escuchas?

—Con los cinco sentidos.

—He repasado también el archivo sobre Masada del *Jerusalem Post*.

—Qué trabajadora.

—En una entrevista realizada en 1981, Yadin le dijo a un periodista del *Post* que no entraba en sus competencias encargar los análisis de radiocarbono.

—¿Y bien?

—Que se contradijo.

Jake se llevó la mano a la boca para encubrir un eructo.

—Yadin siempre afirmó que no se habían enviado muestras de Masada para el análisis de carbono 14, ¿no es así?

—Es lo que me consta.

—Pero Yadin sí que envió materiales de otros yacimientos. Y no sólo Yadin en Bar Kochba. Durante ese mismo período, otros arqueólogos israelíes utilizaron otros laboratorios. El laboratorio de Washington D.C. del Servicio Geológico de Estados Unidos, por ejemplo.

—¿Leche, azúcar?

—Leche. —Sentía ganas de zarandearle para despertarle—. Dijiste que en los años sesenta un diputado del Knesset insistió en que se habían enviado al extranjero esqueletos de Masada.

—Shlomo Lorinez.

—¿Lo ves? Lorinez debía de tener razón. Puede que se enviaran también fuera de Israel huesos de la cueva 2001.

Jake echó agua en las tazas y me tendió una.

—¿El esqueleto completo?

—Exacto.

—Es una simple conjetura.

—En su memorando, Hass habla de un total de doscientos veinte huesos, ¿de acuerdo?

Jake asintió con la cabeza.

—El esqueleto de un adulto normal consta de doscientos seis huesos. Por lo tanto, Haas no incluía a «Max».

—¿Quién es «Max»?

—«Max» de Masada. El esqueleto completo.

—¿Por qué le llamas «Max»?

—A Ryan le gustan las aliteraciones.

Jake enarcó una de sus espesas cejas, pero no hizo ningún comentario.

—Es evidente que Haas nunca vio ese esqueleto —dije—. ¿Por qué?

Jake dejó de remover la bolsita de té.

—¿Porque lo enviaron al Musée de l'Homme de París?

—Bienvenido al mundo de los vivos, Jake.

—Bonito eufemismo.

—¿A cuento de qué mantenerlo en secreto? —pregunté.

No esperaba respuesta.

—¿Y por qué al Musée de l'Homme si allí no hacen análisis de radiocarbono? ¿Y por qué un esqueleto completo? Basta con una pequeña muestra de hueso. ¿Y por qué ese esqueleto precisamente? Yadin nunca habló de él. Haas nunca lo vio.

—Siempre he dicho que en ese esqueleto hay más de lo que dicen.

—Tú me dijiste que ibas a preguntar a los Hevrat Kadisha si se habían llevado a «Max». ¿Lo has hecho?

—Dos veces.

—¿Y?

—Aún estoy esperando que me contesten —replicó sarcástico.

Estrujé la bolsita contra la cucharilla.

—El té te resultará más amargo así —comentó Jake.

—Me gusta fuerte.

—Pero estará más amargo.

Jake estaba tan despierto como su espíritu de contradicción.

—Casi prefiero que estés dormido.

Nos servimos leche y removimos la mezcla.

—¿Qué hay del ADN? —preguntó Jake.

—Hace días que no he comprobado mi correo electrónico. En el hotel es una pesadilla entrar en la red.

Era cierto, pero la verdad era que no esperaba resultados tan pronto. Y debo reconocer que, al no tener con qué compararlos, suponía que los datos del ADN de «Max» y del diente intruso de poco nos iban a servir.

—Cuando envié mis muestras de la tumba de Kidron, después de llamarte a Montreal, solicité a los dos laboratorios que te enviasen informes por correo electrónico. Pensé que necesitaría una intérprete.

¿Otra vez la paranoia de Jake? No hice comentarios.

—¿Por qué no pruebas? Hazlo desde mi ordenador. —Jake señaló con la barbilla el cuarto de archivo—: Yo voy a darme una ducha.

¿Por qué no? Llevé la taza junto al portátil y tecleé.

En mi cuenta tenía ya los informes de los dos laboratorios sobre el ADN.

Primero abrí el archivo de los huesos de la tumba de Kidron. Había alguna información, pero no me decía mucho. Supuse que cada número de las muestras correspondía a un osario o a un hueso de los que recogí en el suelo de la tumba.

A continuación, abrí los informes sobre el ADN nuclear y mitocondrial de «Max» y su diente.

De entrada me sorprendió, y luego me desconcertó.

Leí los últimos párrafos una y otra vez. No acababa de entender qué querían decir.

Pero una cosa estaba clara. Yo tenía toda la razón respecto a «Max».

Y estaba totalmente equivocada en lo que concernía a la relevancia del ADN.

34

Debí de poner cara de tonta.

—¿Qué estás mirando?

El rostro de Jake estaba terso y sin arrugas. Y en vez del chándal, se había puesto vaqueros y una camisa hawaiana.

—Los resultados de ADN.

—¿Ah, sí?

Jake hizo clic en la opción imprimir y obtuvimos copias. Leyó los informes con cara de palo, y dijo:

—Estupendo. —Arrastró una silla a mi lado y se sentó—. Bien, ¿qué quiere decir?

—El ADN mitocondrial...

—Ve despacio.

Respiré hondo.

—Y desde el principio.

—¿El principio? —No estaba de humor para impartir una lección de biología.

—Desde el origen.

Respiré hondo. Calma. Vamos allá.

—¿Sabes lo que es el ADN nuclear?

—Es la doble hélice contenida en el núcleo de una célula.

—Sí. Hace años que los investigadores trabajan para trazar el mapa de la molécula del ADN. Gran parte de la investigación se ha centrado en un área que codifica las proteínas específicas comunes a toda la especie humana.

—Suena a la dieta Atkins. Nada de carbohidratos ni de grasas.

—¿Quieres escucharlo o no?

Jake alzó las dos manos.

Traté de encontrar una forma más sencilla de explicarlo.

—Algunos investigadores se dedican a trazar el mapa del área del ADN que nos hace semejantes, los genes que nos confieren dos orejas, poco vello corporal o una pelvis útil para la marcha. Los investigadores médicos tratan de identificar los genes que pueden mutar y provocar enfermedades como la fibrosis quística o el mal de Huntington.

—O sea que los primeros identifican los genes que nos hacen a todos iguales y los segundos, los genes que estropean el equilibrio.

—Es una buena manera de decirlo. Por otro lado, los científicos forenses buscan las partes del ADN que diferencian genéticamente a las personas. El ADN redundante contiene polimorfismos o variaciones que diferencian a una persona de otra. Diferencias que no son físicamente observables.

»Es decir, hay científicos forenses que han pasado del ADN redundante y sus variantes al de los genes que determinan las características físicas, las diferencias visibles en el aspecto físico de una persona. Estos investigadores persiguen hallar un modo de predecir, a partir de los genes, rasgos individuales como el color de la piel o de los ojos.

Jake parecía desconcertado. No me extrañaba. Yo estaba encantada con mis explicaciones de andar por casa.

—Pongamos que la policía recoge una muestra de un asesino no identificado; sangre o semen del escenario del crimen, por ejemplo. Si no sospechan de nadie, no hay base para una comparación de la muestra. Existe un vacío. Pero si la muestra puede utilizarse para reducir el número de posibles sospechosos, es un buen instrumento de investigación.

Jake vio adónde quería ir a parar.

—Si se conoce el sexo, la cifra de sospechosos se reduce a la mitad.

—Exacto. Existen programas que permiten establecer el origen biogeográfico. Cuando me llamaste a Montreal, estábamos discutiendo sobre un caso en que se había aplicado.

—O sea, la ventaja consiste en que se solventa la limitación de comparar una muestra de un desconocido con otra de alguien concreto, y puedes predecir el aspecto de un hombre.

—O de una mujer.

—Sí, señora. ¿O de un individuo como «Max» o los de la tumba?

—Exacto. Bien, esto con respecto al ADN nuclear. ¿Sabes lo que es el ADN mitocondrial?

—Recuérdamelo.

—El ADN mitocondrial no está localizado en el núcleo de la célula, sino fuera de ella.

—¿Para qué sirve?

—Imagínate una fuente de energía.

—Es lo que me vendría bien a mí. ¿Cuál es su utilidad en el contexto forense?

—La banda de codificación del ADN mitocondrial es reducida, tal vez once mil pares base, y muestra poca variación. Pero, igual que en el ADN nuclear, hay una parte del genoma que casi no cuenta pero que posee muchos enlaces polimórficos.

—¿Qué ventajas tiene respecto al ADN nuclear?

—En cada célula humana hay sólo dos copias de ADN nuclear, frente a cientos o miles de copias de ADN mitocondrial. Por consiguiente, la posibilidad de recuperar ADN mitocondrial de una muestra pequeña o degradada es mucho mayor.

—Pequeña y degradada como mi hueso de Kidron. O el bimilenario «Max».

—Eso es. Cuanto más antiguo es el hueso, menor es la posibilidad de extraer una muestra en la que se detecte ADN nuclear. Otra ventaja del ADN mitocondrial es que se hereda únicamente a través del linaje femenino, de modo que los genes no están mezclados y recombinados en cada nacimiento. Eso significa que si no se dispone de un individuo para una comparación directa, cualquier miembro de la familia relacionado con la madre puede servir de referencia. Tu ADN mitocondrial es idéntico al de tu madre, tus hermanas y tu abuela.

—Pero mis hijas tendrán el ADN mitocondrial de la madre, no el mío.

—Exacto.

—A ver si puedo situar todo esto en el contexto de nuestra tumba, que es lo que me interesa. Con huesos antiguos y degradados es más fácil obtener ADN mitocondrial que nuclear.

—Sí.

—Tanto el ADN mitocondrial como el nuclear sirven para comparar desconocidos con conocidos. Es como vincular a un sospechoso con la escena del crimen o determinar quién es el padre en una reclamación de paternidad. Los dos sirven para evidenciar relaciones familiares, aunque de maneras distintas. Pero, ahora, el ADN nuclear sirve para determinar rasgos individuales.

—De un modo muy limitado —dije—. El sexo y ciertos datos sobre el origen étnico.

—De acuerdo. Pasemos a la tumba.

Cogí el informe del laboratorio.

—No todas tus muestras dieron resultados. Pero el ADN nuclear indica que había cuatro mujeres y tres hombres. Ten en cuenta que esto es una verdad a medias.

—Muy graciosa. Explícate.

—Tu genoma estándar incluye marcadores amelogenina X e Y. Simplificando mucho: si aparecen esos dos marcadores en una muestra, se trata de un hombre. Si no hay Y, es de una mujer.

»Pero las cosas son siempre más complicadas con huesos antiguos. En las muestras degradadas, los alelos, o genes, presentes a veces, no muestran la firma. Pero si repites el test sucesivamente y sólo aparece X, es casi seguro que la muestra es de una mujer.

—¿Qué más?

Jake miró por encima del hombro hacia la puerta. Mis ojos siguieron su movimiento.

—Por lo menos seis individuos de la tumba están relacionados —dije.

—¿Ah, sí? —Jake se acercó más y proyectó una sombra sobre el papel.

—Pero eso es lo que cabe esperar en una tumba familiar. Lo sorprendente es...

—¿Cuáles seis? —Ahora estaba muy serio.

—No lo sé. Tus individuos figuran sólo por el número de muestra.

Jake se llevó la mano a la boca por un instante. Cogió las hojas, se puso en pie y cruzó el cuarto en tres zancadas.

—Jake, eso no es lo más importante.

Hablaba al vacío.

Me daban igual los huesos de la tumba. Yo quería hablar de «Max». Eso era lo importante. En ese momento recordé el informe sobre el diente. «No», dije para mis adentros. Todo era importante.

Encontré a Jake en el dormitorio de atrás. Estaba colocando hojas en una mesa.

Al acercarme, vi que eran las fotos de los osarios que nos había enseñado a Ryan y a mí. Vi que escribía un nombre en el margen inferior de cada hoja y añadía al nombre el número de referencia del laboratorio. Jake me dio las hojas y leyó el primer número de las muestras. Yo miré el informe del ADN.

—Mujer —dije.

—Marya —dijo él.

Jake trazó el símbolo femenino sobre la foto del osario de Marya y yo busqué en una serie de páginas grapadas.

—El antropólogo físico calculó que era una mujer de sesenta y cinco años o más. —Marcó el número y me leyó el siguiente.

—Mujer —dije.

—Mariameme. La llamada María. —Volvió a mirar el informe del antropólogo físico—. Adulto viejo —dijo marcando la foto y cantándome el número.

—Varón —dije.

—Yehuda, hijo de Jeshua.

Judas, hijo de Jesús, traduje mentalmente.

—Entre veinticinco y cuarenta años —dijo Jake.

Leyó el siguiente número.

—Mujer —dije.

—Salomé. Adulto viejo.

Uno a uno, fuimos identificando los restos relacionados con los osarios y su inscripción: María, José, Mateo, Judas, Salomé, Jesús. En cada caso, la inscripción coincidía con el género detectado por el ADN nuclear, o viceversa.

Dos series de muestras del suelo de la tumba correspondían a una mujer y a un hombre.

La ampliación del ADN nuclear no había dado resultados

en Jesús y Mateo, ni en los restos recogidos del suelo de la tumba. Eran individuos sin datos.

Nos miramos el uno al otro, como si nos encontráramos ante algo irresoluble. Ninguno de los dos lo dijo. Pero a pesar de aquella laguna, todo concordaba. Era la familia de Jesús.

—Bien, ¿quién está relacionado a quién? —le preguntó Jake.

—Con quién —dije en un acto reflejo. Pasé del informe del ADN nuclear al del ADN mitocondrial—. Ten en cuenta que estos resultados demuestran vínculos o ausencia de éstos a través de la línea femenina. Madre-hija, madre-hijo, hermanos de la misma madre, etcétera. Bien. Ahí va. Mariameme y Salomé están relacionadas —dije, mientras asignaba a cada nombre su número respectivo—. También Marya y la anciana María.

Jake hizo anotaciones en las tres hojas.

—Yose forma parte del linaje. Y Judas también.

Más anotaciones.

—El varón del suelo de la tumba está relacionado con ellos.

—Lo cual quiere decir que tiene la misma secuencia de ADN mitocondrial que Mariameme, Salomé, Marya, Yose y Judas.

—Sí —dije—. La mujer del suelo de la tumba no tiene relación con ninguno. No tiene importancia. Podría haberse casado con alguien de la familia. Al ser pariente por matrimonio y no consanguínea, ella y sus hijos, si los tuvo, sí que tendrían el ADN mitocondrial materno.

—Nada del padre.

—El ADN mitocondrial no se recombina. Todas sus secuencias proceden de la línea materna. —Continué con el informe—: Mateo tampoco está relacionado. Pero insisto, si su madre era de otra familia, tendría el ADN mitocondrial de ella, no el del padre.

—Podría ser un primo.

—Sí. Hijo de un hermano y su esposa. —Levanté la vista—. Las muestras de Jesús estaban demasiado degradadas para la ampliación y no pudieron secuenciarlas.

Veloz como un rayo, Jake comenzó a esbozar un árbol genealógico.

—Todo coincide. Maria la anciana es la madre —dijo trazando un círculo en torno al nombre y unas flechas hacia abajo—. Salomé, María, José, Jesús. Según los evangelios, cuatro de los siete hijos de María.

La inscripción *Yehuda, hijo de Yeshua*. Judas, hijo de Jesús. La descabellada teoría de Donovan Joyce. Jesús no murió en la cruz, se casó y tuvo un hijo. ¿Otra vez con eso? Mi mente lo rechazaba.

Al diablo con lo irresoluble. Hice un comentario:

—¿De qué modo encaja Judas?

Jake enarcó las cejas y abrió la boca. ¿Tendría que decir yo lo obvio?

—¿Jesús con hermanos, no muerto en la cruz y padre de un hijo? Se trata de tres dogmas fundamentales de la Iglesia católica: nacido de una virgen, resucitado y célibe.

Jake se encogió de hombros en un gesto casi espasmódico.

—No, Jake. Lo que tú infieres es imposible. Ese Judas tiene un ADN que lo vincula a las otras mujeres de la tumba, a la anciana María, a Salomé y a Mariameme. Si Jesús hubiera tenido un hijo, éste habría heredado el ADN mitocondrial de la familia de la madre, no el de la familia del padre.

—Muy bien. Judas podría ser un sobrino de Jesús. Un nieto de María. —Añadió un círculo al final de una flecha y trazó otra flecha a partir de él—. Una de las hermanas podría haberse casado con un hombre llamado Jesús y haber tenido un hijo llamado Judas.

—Donovan Joyce afirmó haber visto un pergamino escrito por alguien llamado Jesús, hijo de Santiago —dije yo, casi en contra de mi voluntad.

—No pudo ser el Santiago del osario, hermano de Jesús. La mujer de Santiago no habría tenido relación familiar y el hijo de Santiago habría heredado el ADN mitocondrial de la madre, no de su abuela, ¿no es eso?

—Sí.

Ciertos pensamientos atormentaban mi cerebro.

—Jake, hay una co...

Jake volvió a interrumpirme.

—La mujer del suelo de la tumba no está relacionada. Podría ser... —Se detuvo al asaltarle la idea—: ¡Dios mío, Tempe! Donovan Joyce pensaba que Jesús se casó con María Magdalena. Otros han suscrito la misma idea. Esa mujer podría ser María Magdalena. —Continuó, casi sin respirar—: Pero realmente no importa quién fuera. Mateo no está relacionado, ¿verdad? Podría ser uno de los discípulos que, por la razón que fuese, acabó enterrado en la tumba. O un hijo de los hermanos, otro sobrino.

—Muchos «podría» y muchos «quizá» —repliqué, resistiéndome a la euforia de Jake.

Pero él no hizo caso.

—Santiago no aparece porque robaron su osario. Y Simón murió décadas más tarde. ¡Hostia, Tempe! Está prácticamente toda la familia.

Una misma idea cruzó por nuestra mente al mismo tiempo, pero fue Jake quien la expresó.

—¿Quién es, entonces, el crucificado del sudario?

—El «posible» crucificado —dije.

—De acuerdo. El Jesús del osario podría ser otro sobrino. ¡Maldita sea! ¿Por qué no pudo secuenciarlo el laboratorio?

Jake se dirigió de pronto hacia el armario de los osarios. Abrió el candado y miró en el interior. Satisfecho, volvió a cerrar las puertas y puso el candado.

¿Jesús vivo y con hijos? ¿Jesús muerto y enterrado con un sudario? El asunto era cada vez más incongruente.

—Son simples especulaciones —dije.

Jake se volvió y me miró fijamente a los ojos.

—No, si puedo demostrar que el osario de Santiago procede de esa tumba.

Cogí el informe del ADN mitocondrial. Marya, Mariameme, Salomé, Yose, Yehuda y el varón desconocido eran de un mismo linaje materno. Mateo procedía de otro y la mujer desconocida del suelo de la tumba, también. Los huesos del osario con la inscripción «hijo de Yehosef» estaban demasiado degradados para analizar el ADN.

Jesús, hijo de José. ¿Pero qué Jesús? ¿Qué José?

¿Había encontrado Jake realmente la tumba de la Sagrada Familia? En caso afirmativo, ¿quién era el individuo del sudario que yo había descubierto en el *loculus* oculto?

—Hay otra cosa, Jake.

—¿Qué?

Comencé a hablar, pero el teléfono de Jake interrumpió mis palabras.

—Milagro de milagros, ¿será una llamada de los Hevrat Kadisha contestando a mi pregunta sobre «Max»? —dijo mientras se dirigía a zancadas hacia la oficina.

En su ausencia, volví a leer los informes sobre «Max» y su diente. El ADN nuclear revelaba que «Max» era varón. Nada extraordinario. Yo lo había comprobado al examinar el esqueleto. Y lo mismo en cuanto al molar insertado en el maxilar: varón.

El ADN mitocondrial revelaba que «Max» no pertenecía al linaje materno de la tumba de Kidron. Su secuenciación era particular. Si los individuos de la tumba eran realmente la familia de Jesús, «Max» no pertenecía a ella. O, al menos, no era descendiente de ninguna de las mujeres.

El ADN mitocondrial confirmaba además que el molar correspondía a otro individuo. De acuerdo. Era lo que Bergeron me había dicho. Y estaba seguro de que pertenecía a un individuo más joven. Pero lo que se afirmaba a continuación no tenía sentido.

Estaba leyéndolo por tercera vez, cuando volvió Jake.

—Gilipollas…

—¿Hevrat Kadisha?

Firme inclinación de cabeza.

—¿Qué te han dicho?

—*Baruch Dayan ha-emet.*

Le hice una señal con los dedos para que desembuchara.

—Bendito sea el eterno Juez.

—¿Qué más?

—Que somos de la prole de Satán. Ellos cumplen con la ley del *mitzvah*. Y esos gilipollas santurrones quieren clausurar mi yacimiento de Talpiot.

—¿Has desenterrado restos humanos en una sinagoga del siglo primero?

—Claro que no. Se lo dije, pero no me creyó. Dice que hoy acudirán en masa al yacimiento.

—¿Les has preguntado si se llevaron a «Max»?

—El gran rabino no quiso hablar de ello—. Jake mostró cierta indecisión—. Pero me dijo algo muy raro.

Esperé.

—Exige que cesen todas las llamadas de acoso.

—¿Y?

—Yo sólo les he llamado dos veces.

—¿Quién les llamará, entonces?

—Por lo visto, el rabino no lo sabe.

Siguió un extraño silencio. Lo rompí.

—Tienes razón, Jake. —Sujeté los informes sobre el ADN mitocondrial de Max y el diente—. Esto puede ser más fuerte de lo que pensábamos.

—Explícate.

Lo hice.

Ahora era Jake quien parecía una liebre bajo los faros.

35

Se lo repetí dos veces, pero Jake no acababa de entenderlo.

—El molar y el esqueleto tienen una secuenciación de ADN mitocondrial distinta. Eso quiere decir que el diente pertenece a otro individuo. Pero eso ya lo sabíamos, porque me lo dijo mi amigo, el dentista de Montreal. Ese diente es de alguien más joven que «Max».

—Y el ADN mitocondrial de «Max» es distinto al del individuo del diente y al de los miembros matrilineales de la tumba. Aunque «Max» fuera miembro de la familia, su madre procedería de otra.

—Era esposa de alguien de esa familia.

—Posiblemente. Pero lo más sorprendente es que el ADN mitocondrial del molar es idéntico al ADN mitocondrial de la familia de la tumba de Kidron.

—¿El ADN relaciona el diente, pero no el esqueleto, con el linaje de María?

—La secuenciación relaciona los individuos matrilinealmente relacionados de tu tumba con el diente ajeno de «Max».

—¿El diente insertado en el maxilar de «Max»?

—Sí, Jake. Eso significa que el propietario del diente estaba relacionado con las personas de la tumba. Era miembro de esa familia por línea materna.

—Pero el diente no pertenecía a ese maxilar. ¿Cómo fue a parar allí?

—Yo imagino que por simple error. Probablemente, ese diente se desprendió del maxilar de otro de los individuos del montón mezclado y, por error, lo insertaron en el esqueleto. Tal vez durante la recogida o durante el traslado. No puede haber sucedido en el laboratorio de Haas, porque ahora sabemos que Haas no vio el esqueleto.

—Entonces, al menos una persona de la cueva 2001 estaba, sin lugar a dudas, relacionada con las personas de la tumba de Kidron. ¿Qué demonios hacía un miembro de esa familia en Masada?

Jake se acercó a la ventana, metió las manos en los bolsillos y miró hacia abajo. Esperé, mientras él se entregaba a sus pensamientos.

—Reticencia de Yadin a hablar de los enterramientos de la cueva y omisión por parte de Haas de informar sobre ellos —dijo Jake con voz queda—. Sí, claro, no eran zelotes. En esa cueva vivía un grupo de nazarenos. —Aunque no hablaba realmente conmigo, no me quitaba ojo—. ¿Qué demonios hemos descubierto? ¿Quién era ese «Max»? ¿Por qué no entregaron ese esqueleto a Haas? ¿Quién fue ocultado en ese *loculus* de la tumba de Kidron? ¿Por qué esos huesos no se recogieron y se guardaron en un osario? —Como si pensara en voz alta, añadió—: Discípulos de Jesús en Masada, uno de ellos relacionado biológicamente con los restos de la tumba de Kidron. Uno de ellos era miembro de la Sagrada Familia. Y para demostrar eso, tengo que demostrar que el osario de Santiago procedía de esa tumba.

Jake se volvió. Tenía unos ojos tan brillantes que no me atreví a decirle lo que pensaba.

—Yo creía que teníamos dos hallazgos del siglo primero, no relacionados entre sí y a cual más intrigante, pero no es así. Todo está relacionado. El esqueleto escamoteado en Masada y la tumba de Kidron forman parte de la misma historia. Y es fantástico, quizás el mayor descubrimiento del siglo. ¡Qué digo, del milenio!

Jake se acercó a zancadas a la mesa, cogió el informe del antropólogo físico, lo abrió, tocó la foto de un osario, luego la de otro, amontonó las fotos, puso el informe encima y pasó el dedo por el borde.

—Esto es más sensacional de lo que pensaba, Tempe. Y más peligroso.

—¿Peligroso? Ya no tenemos a «Max». Y nadie sabe lo de los huesos del sudario.

—Aún no.

—Tenemos que decírselo a Blotnik.

—¡No! —exclamó Jake, girando sobre sus talones.

Me sobresalté como si hubiera recibido una sacudida eléctrica. Jake alzó una mano en gesto de disculpa.

—Perdona. Me está doliendo otra vez la cabeza. Es que... No, a Blotnik no.

—Jake, ¿vas a dejar que tus sentimientos obnubilen tu buen criterio?

—Blotnik está pasado. No, pasado es poco —añadió con desdén—. Nunca fue nadie. Y es un idiota.

—Como si me dijeras que es Calígula, pero no deja de ser el director de la AIA. Algún mérito tendrá para ocupar ese cargo.

—En los años sesenta publicó un par de artículos brillantes. Deslumbró al mundillo académico y le ofrecieron un montón de chollos, pero luego se durmió en los laureles y nunca más escribió nada que valiera la pena. Ahora conserva su fama aprovechándose del trabajo de otros.

—Pese a tu opinión sobre Blotnik, la AIA es la autoridad en asuntos de antigüedades del país.

Fuera, se oyó el golpe de la portezuela de un coche. Los ojos de Jake miraron sucesivamente a la ventana, al armario con el candado y luego a mí. Suspiró, cogió un bolígrafo y comenzó a manipular su mecanismo.

—Esta tarde iré a ver a Anne Bloom.

—¿La antropóloga física de la AIA?

Jake asintió con la cabeza.

—¿Le dirás lo de los huesos del sudario?

—Sí. —Se apretó el puente de la nariz con la otra mano.

—¿No lo dices por decir?

—No lo digo por decir. —Tiró el bolígrafo—. Tienes razón. Es demasiado peligroso tener aquí los huesos.

«¿Peligroso para quién?», pensé, mirando a Jake, que se había acercado a la ventana. ¿Para los huesos? ¿Para Jake? ¿Para el futuro de su carrera? Conocía a mi amigo. Él también tenía ambiciones académicas.

—¿Quieres que vaya contigo al Museo Rockefeller?

Jake negó con la cabeza.

—Tengo que pasar por el yacimiento para poder prevenir a mi equipo sobre la incursión de los Hevrat Kadisha. Están acostumbrados, pero quiero asegurarme de que esa maldita policía de osamentas no los sorprende.

Consulté mi reloj.

—Yo tengo que reunirme con Ryan en el hotel a las cuatro, pero puedo cambiar mis planes.

—No es necesario. Te llamaré dentro de un par de horas.

—¿Cenarás con nosotros?

Jake asintió con la cabeza, pero ya no escuchaba.

Ryan entró en mi habitación al poco de llegar yo. Debió de notar mi cara de descontento.

—¿Te encuentras bien?

Asentí con la cabeza, para no entrar en detalles sobre mi discusión con Jake.

—¿Cómo está tu amigo?

—Le duele la cabeza, pero está bien. —Cerré el minibar de golpe—. Quisquilloso, pero bien.

Ryan no insistió.

—¿Has averiguado algo de interés en el *Post*?

Mientras daba sorbos a una coca-cola sin azúcar le expliqué a Ryan lo de los artículos en que Yadin se contradecía respecto al análisis de carbono 14.

—Así que envió materiales al extranjero. ¿Por qué no enviaría el esqueleto de Masada?

Eso mismo me preguntaba yo.

—Pero, ¿sabes qué? Tengo los resultados del ADN, y en unos cuantos individuos de la tumba de Kidron la secuenciación es idéntica.

—O sea, que están relacionados.

—Sí, pero eso es lo de menos, porque se trata de una tumba familiar y lo lógico es que los individuos estén relacionados. Lo sorprendente es que el ADN mitocondrial relaciona el diente ajeno de «Max» con esa familia.

—Y eso significa que alguien enterrado en la cueva 2001 era miembro de la familia enterrada en la tumba de Kidron.

Me encanta la sagacidad de Ryan.

—Exacto. Y como Jake está convencido de que la tumba de Kidron era el sepulcro de la Sagrada Familia, eso significaría que algunos de los primeros cristianos se encontraban en Masada durante el asedio.

—¡Uauh!

—Sí. Los israelíes rechazarán semejante posibilidad.

—Discípulos de Jesús en Masada... Tal vez, incluso, un miembro de la Sagrada Familia.

—Exacto. Pero aún no tengo ni idea de quién es «Max»; perdón, era. —Bebí un sorbo—: Su secuenciación del ADN es única. Si estaba relacionado con los de la tumba de Kidron no era con ninguna de las mujeres cuyos restos recogió Jake.

—Esta mañana Kaplan estuvo hablando del asunto.

El comentario llamó mi atención.

—Dice que Ferris conocía la identidad de «Max».

—¿Tenía pruebas?

—Muchas, según Kaplan.

Un hormigueo de excitación me recorrió la espina dorsal. Llevaba un mes tratando de esclarecer la identidad del esqueleto de Masada y había sido como intentar atrapar humo en un túnel a oscuras. A decir verdad, había llegado a perder toda esperanza.

—Por Dios bendito, Ryan, dime lo que ha contado Kaplan.

—Kaplan dice que él no lo sabe, pero que se rumoreaba que ese esqueleto era algo sensacional.

—¿Se rumoreaba en los ambientes del tráfico de antigüedades?

Ryan asintió con la cabeza.

—Ahora viene la mala noticia. Friedman ha tenido que soltar a Kaplan.

—Lo dices en broma.

—Kaplan pidió un abogado y el letrado sugirió muy educadamente que se habían vulnerado los derechos de su cliente y que su detención rebasaba con mucho el límite legal. Creo que le mencionó a Friedman algo de «anticonstitucional».

—¿Y lo del robo en la tienda?

—Litvak retiró la denuncia. Y yo no tengo nada para imputar a Kaplan en el homicidio de Ferris.

—Kaplan confesó que lo habían contratado para matarle.

—Pero dice que él no lo mató.

—Planeaba vender un esqueleto robado —dije con voz chillona.

—Intentar algo no es un delito. Además, ahora dice que nunca pensó llevar a cabo el negocio. Que hizo algunas llamadas de sondeo por curiosidad.

—Maldita sea.

—Pero hay una novedad interesante. Courtney Purviance se ha esfumado.

—¿Ha desaparecido la secretaria de Ferris?

—Cuando Kaplan nos contó lo del esqueleto de Masada, le preguntamos por qué Ferris había decidido venderlo después de guardarlo durante más de treinta años.

Me hice la misma pregunta.

—Y nos dijo que el negocio de Ferris andaba mal.

—Eso no es lo que te dijo Purviance.

—Todo lo contrario. Así que alguien miente. Por eso queríamos interrogar a Purviance. Mandé una requisitoria. Un agente llamado Birch se ocupa de ello.

—Es el policía rubio que vi en la autopsia de Ferris.

Ryan asintió con la cabeza.

—Birch lleva varios días intentado ponerse en contacto con ella. No está en el almacén de Ferris ni para en casa. Se ha esfumado.

—¿Nadie le dijo que no saliera de la ciudad?

—No es una sospechosa. No podía obligarla. Le sugerí que sería conveniente que estuviéramos en contacto, pero mucho me temo que Purviance tenía otros planes.

—¿Hay evidencia de algún viaje previsto?

Ryan negó con la cabeza.

—Mal asunto —dije.

—Sí que lo es. Birch está en ello.

Ryan se acercó y me puso las manos en los hombros.

—Friedman y yo vamos a convertirnos en la sombra de

Kaplan. Conocemos todos los sitios a donde va, lo que hace y con quién se ve.

—Friedman le está dando cuerda.

—Esperemos que Kaplan se haga un nudo con ella.

Ryan me atrajo hacia sí.

—Estarás sola un tiempo.

—No pasa nada.

—Tienes el número de mi móvil.

Me aparté de él y le dirigí una gran sonrisa falsa.

—Pierde cuidado, guapo. Voy a cenar con un hombre alto y simpático.

—Pero un poco calvo.

—Los calvos están de moda.

Ryan sonrió.

—No soporto verte llorar por mí.

—Vete. —Lo acompañé a la puerta—: Te espera una apasionante vigilancia.

Una vez que se hubo marchado, llamé a Jake para citarnos en algún restaurante. No contestó.

Mi reloj marcaba las cinco. Estaba en pie desde el amanecer y comenzaba a notarlo.

¿Un sueñecito de recuperación? ¿Por qué no? Jake me llamaría dentro de una hora.

Segundos después me despertó un ruido en la puerta.

¿Una llave? ¿El picaporte? Desorientada, miré el reloj. Las siete y treinta y dos. Salté de la cama.

—¿Jake?

No contestaban.

—¿Ryan?

Noté un frufú en los baldosines. Bajé la vista y vi deslizarse un papel doblado por debajo de la puerta.

Abrí. Una mujer joven se alejaba a toda prisa por el pasillo. Vestía un *hijab*, falda negra y zapatos de tacón bajo.

—¡Señorita!

—Ése es el hombre que registró su habitación —dijo por encima del hombro, sin detenerse.

Sin más, torció por el pasillo y oí sus pasos bajar por la escalera de piedra.

Cerré la puerta con llave. Fuera, se oía el zumbido del tráfico. En la habitación, gritaba el silencio.

Me agaché, cogí el papel y lo desdoblé. Tenía escrito lo mismo que había dicho la mujer y un nombre: Hossam al-Ahmed.

¿Era una camarera? ¿Había sido testigo del allanamiento de mi habitación? ¿Por qué lo decía ahora? ¿Y por qué de ese modo?

Cogí el teléfono con decisión y pedí que me pusieran con la señora Hanani. Me dijeron que la directora ya se había marchado, y dejé un mensaje pidiendo que me llamase.

Guardé la nota en el bolso y llamé a Jake. Seguía sin contestar. ¿Estaría aún fuera? ¿Me habría llamado y yo no lo habría oído, mientras dormía?

Volví a llamarle a las ocho menos cuarto, a las ocho y a las ocho y cuarto. A las ocho y media decidí bajar al restaurante del hotel.

Aunque cené bien, estaba demasiado inquieta para apreciar el arte del chef. No dejaba de pensar por qué Jake no me habría llamado. ¿Estaría todavía en el Museo Rockefeller?

¿Pero no había planeado ir al yacimiento antes de ver a Bloom en el museo? ¿Habría cambiado de idea? ¿O habría decidido no viajar solo con los huesos del sudario? Era imposible que estuviera todavía en el yacimiento. Ya era de noche.

A lo mejor me había llamado a la habitación, y al no recibir respuesta optó por cenar con su equipo. ¿Estaba tan cansada que no había oído el móvil? Lo dudaba.

Cuanto más vueltas le daba, mayor era mi preocupación.

En el bar vi a dos hombres de piel oscura sentados en otro reservado. Uno era bajo y fuerte, con el pelo muy corto y un diente mellado. El otro era un ballenato con cola de caballo. Pensé en Hossam al-Ahmed. ¿Quién sería? ¿Habría sido él quien registró mi habitación? ¿Por qué?

Los dos hombres bebían zumo y no hablaban. Una vela amarilla alumbraba su mesa, y las sombras que proyectaba sobre sus facciones las transformaba en máscaras de Halloween.

¿Me vigilaban? ¿O era mi imaginación, que se desbordaba? Les dirigí una mirada furtiva.

El gordo sacó unas gafas de sol del bolsillo, se las caló y me dirigió una sonrisa empalagosa. Aparté la mirada hacia mi plato.

Después de firmar la nota, me dirigí a toda prisa a la habitación y volví a llamar a Jake. No contestó. Tal vez había empeorado su dolor de cabeza y tenía el teléfono desconectado para dormir.

A falta de un plan mejor, me di un baño. Mi remedio habitual contra la inquietud. No había nada que hacer.

¿Quiénes eran los tipos del bar? ¿Quién era Hossam al-Ahmed?

¿Qué había sido de Courtney Purviance?

¿Dónde estaba Jake? ¿Cómo estaría? ¿Habría tenido una recaída? ¿Habría sufrido una embolia? ¿Tendría un hematoma subdural?

¡Virgen Santa! Me estaba venciendo la paranoia.

Mientras me secaba, dirigí la vista a las listas de las llamadas telefónicas de Ryan, ya secas, marrones y arrugadas por el derrame de coca-cola.

¿Por qué no? Intentaría no preocuparme más por Jake.

Me incorporé en la cama y, apoyándome en la almohada, encendí la lámpara y miré por la ventana. Una tenue neblina envolvía la aguja del minarete. Aunque incompleta, la amplia panorámica de Jerusalén era una vista tranquilizadora. Cielo nocturno. Impresionante. El mismo cielo que se cernía sobre aquel lugar desde siempre.

Miré la panorámica interior. Unos dardos de luz jugaban sobre el techo. El calor diurno había pasado y en la habitación reinaba un fresco agradable. Una humedad perfumada flotaba en el aire.

Cerré los ojos y presté atención, con las hojas sobre mis rodillas dobladas.

Tráfico. El tintineo de la puerta de una tienda. Gatos en el patio. La alarma de un coche rasgó la noche con sus estridentes pitidos.

Abrí los ojos y cogí las hojas de Ryan. Resultó más rápido que en el primer intento. Ahora veía las pautas y reconocía más números. Pero el baño había sido más relajante de lo que pensaba. Se me cerraban los ojos y perdía el sentido de lo que estaba haciendo.

Estaba a punto de apagar la luz cuando un número llamó mi atención. ¿Estaba adormilada o era una equivocación? Repasé la secuencia varias veces. Sentí la sangre agolpándose en mi cerebro.

Cogí el teléfono y llamé a Ryan.

36

—*Ryan al habla.*

—Soy Tempe.

—*¿Qué tal la cena?* —preguntó con voz apagada.

—Jake no apareció.

Una breve pausa de sorpresa.

—*Flagelaré a ese canalla.*

—Ha sido mejor así. Creo que he descubierto algo en las hojas de llamadas telefónicas.

—*Te escucho.*

—¿Cuándo llevó Ferris a Miriam a Boca? —pregunté.

—*A mediados de enero* —contestó Ryan escuetamente.

Me imaginé que Friedman y él estarían agazapados en un coche a oscuras.

—Bien. Esta es la secuencia que he logrado reconstruir. El veintiocho y veintinueve de diciembre se hicieron varias llamadas desde el almacén de Mirabel al Hotel Renaissance Boca Raton. Era Ferris pidiendo las reservas.

—*De acuerdo.*

—El cuatro de enero se hizo una llamada a la abadía de Sainte-Marie-des-Neiges. Era Ferris comunicando a Morissonneau sus planes para recoger a «Max».

—*Continúa.*

—El siete de enero hay una llamada a casa de Kaplan. Era

Ferris para hablar con su intermediario. A Kaplan volvieron a llamarle el diez de enero. Luego, entre el dieciséis y el veintitrés, hay una notable ausencia de llamadas desde Mirabel.

—*Ferris estaba en el sur con Miriam.*

—Exacto. Al centro turístico de Boca se hicieron dos llamadas. Probablemente de Purviance, para consultar al jefe. Pero escucha esto: el diecinueve de enero volvieron a llamar al número de Kaplan desde el almacén.

Ryan lo captó enseguida.

—*Ferris estaba en Florida. No pudo ser él. ¿Quién llamó a Kaplan?*

—¿Purviance? —aventuré.

—*Ella se ocupaba del negocio en ausencia de Ferris. Pero ¿por qué iba Purviance a llamar a Kaplan? No es un cliente ni un proveedor. Y los negocios de Ferris con Kaplan no eran kosher precisamente. Purviance no debía de saber nada de esas transacciones.* —Una pausa—: *¿No sería que Purviance contestaba a un mensaje?*

—Eso pensé yo. Pero en las hojas del almacén no aparecen llamadas de la casa ni de la tienda de Kaplan.

—*O sea, que alguien llamó a casa de Kaplan desde el almacén de Ferris mientras él estaba en Florida. Pero Kaplan no había llamado al almacén, ni desde su casa ni desde la tienda, por lo cual parece inverosímil que Purviance llamara a Kaplan en respuesta a algún mensaje que éste hubiese dejado para Ferris. Entonces, ¿quién demonios hizo la llamada? ¿Y por qué?*

—¿Alguna otra persona con acceso al almacén? ¿Un miembro de la familia?

—*¿Y por qué?*

—Muy buena pregunta, detective.

—*Maldita sea.*

—Maldita sea. ¿Tienes noticias de Birch?

Oí un crujido y me imaginé que Ryan adoptaba una postura más cómoda.

—*Purviance sigue sin aparecer.*

—Mal asunto, ¿no?

—*Si ella oyó o vio algo, el asesino la habrá matado para impedir que hable.*

—¡Jesús!

—*Pero el departamento de balística ha averiguado algo respecto al Jericho de nueve milímetros con que mataron a Ferris. Un fontanero de setenta y cuatro años llamado Ozols denunció el robo. Forzaron su coche en Saint-Léonard.*

—¿Cuándo?

—*El veintidós de enero, menos de tres semanas antes de la muerte de Ferris. Birch lo atribuye a delincuentes callejeros. Roban una pistola, entran en un almacén, las cosas se tuercen y matan a Ferris.*

Algo se revolvió en mi inconsciente.

—Según Purviance, no faltaba nada de valor —dije, perturbada por un aviso procedente de mi rombencéfalo.

—*Tal vez los ladrones se asustaron y huyeron.*

—El robo del arma sugiere premeditación. Alguien quería matar a alguien y necesitaba una pistola. Además, Ferris recibió dos tiros en la nuca. Eso sugiere la acción de un profesional, no de alguien que dispara por miedo.

—*Miriam estaba en Florida.*

—Sí. Estaba en Florida —dije.

Oí una voz en segundo plano.

—*Kaplan se pone en marcha* —dijo Ryan, y cortó la comunicación.

Ya no tenía sueño y volví a las hojas de llamadas. Esta vez comencé con el montón del teléfono del domicilio de Kaplan. Las listas de enero y febrero eran cortas. Casi inmediatamente tuve otro sobresalto.

El uno de febrero: nueve-siete-dos. El prefijo internacional de Israel. Cero-dos: la zona de Jerusalén y de Hebrón. El número me resultaba familiar. El del museo Rockefeller. Y esta vez no era el de la centralita. Kaplan había llamado al despacho de Tovya Blotnik. Era una conversación de veintitrés minutos.

Blotnik estaba implicado, desde al menos diez días antes de la muerte de Ferris.

¿Había visto el número de Blotnik en otra hoja? ¿Era eso el mensaje que me había dictado el inconsciente? Volví atrás y repasé la lista de llamadas del almacén de Ferris en febrero.

¡Premio! Ferris había llamado a la centralita del museo Rockefeller el ocho de enero. Y un mes más tarde había llamado al despacho de Blotnik.

¿Era esa la señal que me había enviado el rombencéfalo? Pero mi recelo no acababa de despejarse. ¿Qué era? Era como un espejismo. Cuanto más me centraba en la señal, más rápido se desvanecía.

¡Al diablo con ello!

Comencé a marcar el número de Ryan, pero me detuve. Él y Friedman estaban ocupados siguiendo a Kaplan y el sonido del teléfono podía delatarlos. O lo tendría desconectado.

Volví a llamar a Jake. Seguía sin contestar. Frustrada, cerré la tapa de golpe. Las once y diez. ¿Dónde demonios estaría?

Intenté volver a repasar las hojas, pero no conseguía concentrarme.

Me levanté y comencé a pasear por la habitación, mirando a la mesa, a la ventana, a los dibujos trenzados en la alfombra. ¿Qué historia describían?

¿Qué historia contaría «Max» si pudiera hablar?

Blotnik y Kaplan hablaban. ¿Por qué? ¿Había llamado

Kaplan a la AIA para averiguar todo cuanto pudiera sobre el esqueleto? No, eso lo habría hecho Ferris. Kaplan no era más que un intermediario. ¿Era Blotnik un posible comprador?

¿Estaba Jake enfermo? ¿Estaría desmayado en el suelo de su casa?

¿Estaba enfadado? ¿Estaba más resentido de lo que aparentaba por mis comentarios sobre Blotnik?

Una idea terrible: ¿Era Blotnik algo más que ambicioso? ¿Era un peligro?

Volví a llamar a Jake. Y volvió a dispararse el contestador automático.

«¡Maldita sea!»

Me puse unos vaqueros y una cazadora, cogí las llaves del coche de Friedman y salí disparada.

No había ninguna ventana iluminada en el piso de Jake. La niebla se había espesado y difuminaba los contornos de las casas. Estupendo.

Dejé el coche y cruce rápido la calle, preguntándome cómo iba a entrar en la casa. Por encima de la tapia veía las copas de los árboles, con sus ramas como garras arañando el cielo nocturno.

Me preocupaba en vano. La cancela estaba entreabierta. ¿Buena suerte? ¿Mala señal? Entré.

En el patio, una bombilla solitaria proyectaba un tenue haz amarillento sobre el corral de cabras. Al pasar por enfrente sentí movimiento y vi unas masas borrosas con cuernos.

—Beee —musité.

No contestaron.

Los olores húmedos de la ciudad se mezclaban con los efluvios animales. Heces. Sudor. Lechuga podrida y tronchos de manzana.

La escalera de Jake era un túnel estrecho y oscuro. Las sombras se amalgamaban configurando extrañas formas. Tardé una eternidad en subir. No podía dejar de mirar atrás.

Llamé suavemente a la puerta.

—¿Jake?

¿Por qué susurraba?

—Jake —dije en voz alta, golpeando más fuerte.

Tres veces, sin respuesta.

Giré el pomo y la puerta se abrió. Sentí un estremecimiento. Primero la cancela y ahora la puerta. ¿Las habría dejado Jake abiertas? No, si había salido. ¿Cerraba cuando estaba en casa? No lo recordaba.

Estaba indecisa. Si Jake se encontraba en casa, ¿por qué no contestaba? En mi cerebro comenzaron a surgir imágenes. Jake tendido en el suelo. Jake desmayado en la cama.

Noté que algo rozaba mi pierna. Di un salto y me llevé la mano a la boca. Con el corazón saltándome en el pecho, miré hacia abajo. Uno de los gatos me miraba con ojos brillantes en la penumbra. Antes de que pudiera reaccionar, las bisagras de la puerta chirriaron levemente y el gato desapareció.

Miré por la abertura. Vi varios objetos amontonados junto al ordenador, en el cuarto de estar. Pese a la oscuridad, pude identificarlos: las gafas de sol de Jake, la cartera de Jake, su pasaporte. Sabía lo que significaba verlos allí. Franqueé la puerta.

—¿Jake?

Busqué a tientas el interruptor, pero no lo encontré.

—Jake, ¿estás en casa?

Intenté orientarme en la oscuridad. Avanzaba hacia el cuarto de estar palpando la pared, cuando algo se estrelló a mis pies. Mientras un torrente de adrenalina recorría mi cuerpo, mi mano dio al fin con el interruptor. Lo pulsé, temblorosa, y la luz inundó la habitación.

El gato estaba en la encimera de la cocina, con las patas flexionadas y en tensión, dispuesto a huir. Sobre los baldosines había un jarrón roto, del cual fluía agua como si fuera la sangre de un cadáver.

El gato saltó al suelo para oler el charco.

—¡Jake!

El gato alzó la cabeza y se quedó inmóvil, con una pata levantada. Me miró y emitió un leve gruñido.

—¿Dónde demonios está Jake? —pregunté.

El gato se quedó encogido como un contribuyente sorprendido en un fraude fiscal.

—¡Jake!

Alarmado, el gato salió como una exhalación por la misma puerta por la que había entrado.

Jake no estaba en el dormitorio. Ni en el cuarto de trabajo.

Mi mente captaba detalles mientras recorría el piso. Una taza en el fregadero. Aspirinas en el mostrador. Las fotos y los informes ya no estaban en la mesa. Aparte de eso, todo parecía estar igual que cuando me fui.

¿Habría llevado Jake los huesos a Ruth Anne Bloom?

Me dirigí rápidamente a la galería trasera y palpé la pared, buscando el interruptor. Cuando lo encontré y lo pulsé, no se encendió la luz.

Frustrada, regresé a la cocina y revolví varios cajones, hasta que encontré una linterna. La encendí y volví a la galería.

El armario estaba al fondo. En la unión de las puertas se apreciaba una hendidura oscura que lo cruzaba de arriba abajo. El corazón me dio un vuelco.

Alcé la linterna y avancé con cautela. Olía a cola, a polvo y a barro milenario. A los lados del haz de luz, las sombras se superponían y componían formas extrañas.

A unos dos metros del armario, me detuve en seco. Faltaba el candado y una puerta estaba abierta. Con huesos o sin huesos, Jake habría cerrado el armario con candado. Y la puerta del piso.

Me di la vuelta. Oscuridad. Oía mi propia respiración.

En dos zancadas me acerqué al armario. Enfoqué la linterna hacia el interior y examiné las estanterías, mientras las partículas de polvo bailaban en el haz de luz. Los osarios reconstruidos estaban allí. Los fragmentos también.

Los huesos del sudario habían desaparecido.

37

¿Se los habría llevado Jake a Bloom?

Ni pensarlo. Él no habría dejado el armario abierto, y no habría salido sin la cartera y el pasaporte, y sin cerrar la puerta.

¿Habían robado los huesos? Antes habrían tenido que pasar por encima del cadáver de Jake. Dios mío. ¿Lo habrían secuestrado? ¿O algo peor?

El miedo dio paso a un alud de emociones. Un torrente de nombres cruzó mi cabeza. Hevrat Kadisha, Hershel Kaplan, Hossam al-Ahmed. ¡Tovya Blotnik!

Un suave crujido se sumó a mi miedo. ¿Pasos en la grava? Apagué la luz, contuve la respiración y presté atención. El roce de la manga en la cazadora. Ramas arañando la fachada. Un balido de cabra abajo en el patio. Sólo ruidos benignos; nada amenazador.

Me puse en cuclillas y empecé a buscar el candado. No lo encontraba por ninguna parte. Volví a la cocina y guardé la linterna. Al cerrar el cajón, advertí el contestador automático en la encimera. La luz parpadeante marcaba la cifra diez.

Reconté mis llamadas a Jake. Eran ocho; la primera de ellas alrededor de las cinco y la última poco antes de salir del hotel. Uno de los otros dos mensajes podía encerrar la clave del destino de Jake.

¿Violaría la intimidad de su vida privada?

Claro que sí. La situación lo requería.

Pulsé el botón de repetición. La primera llamada era la mía, efectivamente.

El segundo mensaje era de alguien que hablaba hebreo. Entendí Hevrat Kadisha e *isha*, mujer. Nada más. Afortunadamente, era un mensaje breve. Volví a pulsar el botón varias veces y me lo apunté en transcripción fonética.

La siguiente llamada era de Ruth Anne Bloom. Dejaba su nombre y decía que estaría trabajando hasta tarde.

Los últimos siete mensajes eran también míos.

La cinta se desconectó.

¿De qué me había enterado? De nada.

¿Había salido ya Jake la primera vez que le llamé? ¿Había hecho caso omiso de mi mensaje o no lo había escuchado? ¿Tenía conectado el contestador? ¿Se había marchado después de recibir la primera llamada? ¿Para ver a Ruth Anne Bloom? ¿Había salido por voluntad propia?

Miré la anotación que tenía en la mano. Consulté el reloj. Era más de medianoche. ¿A quién llamar?

Ryan contestó tras el primer tono. Le dije dónde estaba y lo que había visto.

La respiración de Bryan reveló su disgusto porque hubiera salido sola. Sabía lo que iba a decir y no estaba de humor para reprimendas.

—Jake podría encontrarse en peligro —dije.

—*No cuelgues.*

Se puso Friedman.

Le dije lo que quería y le leí despacio los fonemas que había anotado. Tuve que repetírselos varias veces pero Friedman logró por fin recomponer el mensaje en hebreo.

El que llamaba era un miembro de Hevrat Kadisha, en contestación a la llamada de Jake. Bien. Era lo que yo me imaginaba. Lo que Friedman me tradujo a continuación me sorprendió.

Varias de las llamadas de «acoso» las había hecho una mujer.

—¿Nada más?

—*El que llamó desea que a su amigo se le sequen y se le caigan las manos si profana otra tumba.*

¿Una mujer llamando a Hevrat Kadisha?

Oí un crujido al pasarle Friedman el teléfono a Ryan.

—*¿Sabes lo que quiero que hagas?* —dijo con brusquedad.

—¿Qué?

—*Que vuelvas al American Colony.*

—Bueno —dije al final.

Ryan no se quedó convencido.

—*¿Qué vas a hacer antes?*

—Fisgar por aquí a ver si encuentro algún detalle que me permita ponerme en contacto con el equipo de Jake. A lo mejor hay una lista de los que trabajan en el yacimiento de Talpiot.

—*¿Y luego?*

—Llamarlos.

—*¿Y luego?*

Sentí un subidón de adrenalina. El paternalismo de Ryan me exacerbaba.

—Acercarme al reducto de Arafat y enseñar una pierna, a ver si me sale plan para el sábado por la noche.

Ryan ignoró mis palabras.

—*Si vas a algún sitio que no sea el hotel, haz el favor de llamarme.*

—Lo haré.

—*Lo digo en serio.*

—Te llamaré.

Silencio. Lo rompí yo.

—¿Qué hace Kaplan?

—*Jugando al chico ejemplar.*

—¿Qué quieres decir?

—*Que ya se ha ido a la cama.*

—¿Y estáis al acecho?

—*Sí. Escucha, Tempe. Es muy posible que Kaplan no sea el asesino. Si eso se confirma, significa que es otro.*

—De acuerdo. No voy a ir a Ramala.

Ryan replicó con una de sus frases preferidas:

—*Eres insoportable, Brennan.*

Y yo con una de las mías:

—Se hace lo que se puede.

Después de cortar la comunicación, fui al despacho de Jake y centré la atención en los objetos que había junto al ordenador. Mi angustia se disparó.

El yacimiento de Jake estaba en el desierto. No iría allí sin sus gafas de sol. Y no podía ir a ningún sitio sin el pasaporte.

¿Y las llaves del coche?

Comencé a revolver papeles, busqué en las bandejas, abrí y cerré cajones. No había llaves.

Miré en el dormitorio, en la cocina, en el cuarto de trabajo. No había llaves.

Y no encontré ningún dato sobre su equipo. Ninguna lista de nombres. Ninguna lista de los turnos de trabajo. Ningún libro con marcador de páginas. Nada.

Al volver al ordenador, advertí una etiqueta autoadhesiva amarilla que asomaba por debajo del teclado. La cogí con avidez.

Eran garabatos de Jake. Un nombre: Esther Getz, y un número de teléfono con cuatro cifras distintas a las del número de Blotnik en el Museo Rockefeller.

Me asaltó una idea. ¿No sería Getz la mujer que llamaba al Hevrat Kadisha?

No tenía la menor prueba en que basarme. Nada. Tan sólo el género. De todos modos, ¿de qué naturaleza serían las llamadas a Hevrat Kadisha? Jake había intentado ver a Getz o a Bloom, o a las dos. ¿Era eso? Miré el número. Sería inútil llamar a aquella hora. Y de mala educación.

«Pues que sea de mala educación». Quería que Bloom supiera que buscaba a Jake.

Cuatro timbrazos. Contestador. Mensaje.

Aguardé un instante, aferrada al receptor. ¿Getz? ¿Por qué no?

Contestador. Mensaje.

¿Y ahora qué? ¿A quién más llamar?

Sabía que mis llamadas serían inútiles, pero me sentía angustiada y no se me ocurría otra cosa.

Volví a sentir el aviso de mi inconsciente. Era como una señal que se encendía y se apagaba. ¿Qué podía significar? Cuando nada tiene sentido, suelo repetir los hechos una y otra vez, con la esperanza de que emerja alguna pauta.

Piensa.

El esqueleto de Masada. Robado.

Los huesos del sudario. Robados.

Jake. Desaparecido.

Courtney Purviance. Desaparecida.

Avram Ferris. Muerto.

Sylvain Morissonneau. Muerto.

Hershel Kaplan. Le proponen un asesinato. Una mujer. Tal vez. Ahora está en Israel. ¿Intentando vender huesos?

Registran mi habitación del hotel.

Me siguen en coche.

Llamadas Ferris-Kaplan-Blotnik.

Ruth Anne Bloom. No me fío de ella. ¿Por qué? ¿Por las recomendaciones previas de Jake de no ponerme en contacto con la AIA?

Tovya Blotnik. Jake desconfía de él.

Los huesos de la cueva 2001, relacionados con los huesos de la tumba de Kidron.

¿Había alguna pauta? Sí. Todo giraba en torno a «Max».

¿Por qué me avisaba el inconsciente? ¿Había alguna cosa que no encajaba? Si la había, no era capaz de descubrirla.

Mi mirada se posó en una foto colocada encima del ordenador. En ella se veía a Jake, sonriente, con un recipiente de piedra en la mano. Mi mente dio un salto.

Jake. Desaparecido.

Marqué otro número. Me extrañó oír aquella voz.

—*Sí, diga.* —Era una voz ahogada, como si alguien hablara con la mano tapando el receptor.

Le dije quién era.

—*¿La americana?* —Parecía sorprendido.

—Perdone que llame a esta hora, doctor Blotnik.

—*Me he quedado trabajando hasta muy tarde.* —Fuera de juego. No era mi voz la que Blotnik esperaba oír—. *Tengo esa costumbre.*

Recordé mi primera llamada a la AIA. Aquel día Blotnik no se había quedado trabajando hasta tan tarde.

Omití los formalismos.

—¿Ha visto hoy a Jake Drum?

—*No.*

—¿Y a Ruth Anne Bloom?

—*¿Ruth Anne?*

—Sí.

—*Ruth Anne está en el norte, en Galilea.*

Bloom le había dejado un mensaje a Jake diciendo que estaría trabajando hasta tarde. ¿Trabajando tarde, dónde? ¿En el museo? ¿En un laboratorio en otra parte? ¿Había cambiado de planes? ¿Mentía Bloom? ¿Mentía Blotnik? ¿Era un malentendido por parte de Blotnik?

Tomé una decisión.

—Tengo que hablar con usted.

—*¿Esta noche?*

—Ahora mismo.

—*Imposible. Yo no...* —Blotnik no sabía qué decir.

—Estaré ahí dentro de media hora. Espéreme.

No escuché su respuesta.

En el coche pensé en Ryan. Habría debido llamarle y decirle adónde iba, pero no lo había pensado y no llevaba el móvil. Tal vez podría llamarle desde el despacho de Blotnik.

Era una noche de puertas abiertas.

Habría tenido que interpretarlo como un presagio. Pero supuse que Blotnik había previsto mi llegada.

Conduje hasta el interior del recinto, aparqué el coche en la rotonda y caminé a toda prisa por el camino de entrada. La niebla se estaba convirtiendo en llovizna. El aire olía a tierra revuelta, a flores y a hojas muertas.

El edificio del museo se alzaba ante mí como una enorme fortaleza negra, cuyas aristas se fundían con la noche aterciopelada. Al rodear una de las esquinas miré hacia la entrada que acababa de cruzar.

Al otro lado, la Ciudad Vieja dormía, como un paraje de piedras oscuras y tranquilas. No había mensajeros, amas de casa, estudiantes ni compradores dándose codazos por las estrechas calles. Mientras miraba, un coche dobló por Sultan Suleiman hacia Derech Jericó, y sus faros blancos barrieron la bruma.

Llegué a la entrada lateral que utilizaba el personal del museo. Igual que la principal, no estaba cerrada con llave. Empujé la puerta de madera con el hombro y entré.

Una vieja lámpara bañaba el vestíbulo con una luz ocre.

Frente a mí, un corto pasillo desembocaba en las puertas que daban acceso a las salas de exposición. A la derecha, una escalera de caracol hecha de hierro ascendía hasta el rellano que daba a la antesala de las oficinas que Jake y yo habíamos visitado.

Vi un teléfono en una repisa de madera, junto a las puertas de las salas de exposición. Fui hacia él, descolgué el auricular y el tono sonó como un corno francés en el edificio solitario.

Marqué el número de Ryan. No contestaba. ¿Estaría siguiendo a Kaplan? Le dejé un mensaje.

Suspiré profundamente y subí las escaleras pisando sobre los talones y sin soltar el pasamanos. Una vez arriba, giré y seguí por el largo pasillo al compás del eco de mis pasos.

Un simple aplique en la pared arrojaba algo de luz en la nave. A mi derecha había una serie de balcones con baranda que daban a la nave inferior. A la derecha, varios pasillos con arcada morían en la oscuridad, excepto uno de ellos. El primero era el que Jake y yo habíamos cruzado para visitar a Getz.

El cuarto dejaba escapar algo de luz. Al llegar allí vi por qué. A través de las junturas de la puerta del despacho de Blotnik se escapaba una luz amarillenta.

Sonaban unas voces apenas audibles, pero pausadas.

Era la una de la madrugada. ¿Quién podría estar con Blotnik a aquellas horas? ¿Jake? ¿Bloom? ¿Getz?

Crucé la arcada y llamé suavemente.

Las voces no cesaron.

Volví a llamar más fuerte.

No se interrumpió la conversación.

—¿Doctor Blotnik?

Los hombres continuaban charlando. ¿Eran hombres?

Me incliné y arrimé el oído a la puerta.

—¿Doctor Blotnik? —dije más fuerte—. ¿Está ahí?

Es curioso cómo la mente capta las escenas. Aún puedo ver aquel picaporte, viejo y con verdín. Aún siento la frialdad del latón en la palma de la mano.

Mi sexto sentido relampagueaba y trazaba perspectivas, mientras mis demás sentidos aún rastreaban puntos de referencia físicos.

La puerta gimió sobre sus goznes al abrirse.

Las voces. El olor.

Una parte de mi mente trazó un mapa.

Sin saberlo, lo sabía.

38

Captación de la realidad. Bytes de datos entrando a toda velocidad por los oídos, la nariz, los ojos. Una charla pausada. Voces de la BBC. Una radio sobre un armarito junto a la mesa de Blotnik.

Un aroma a cordita. Y algo más. Cobrizo. Salobre. Se me puso la carne de gallina. Mis ojos se clavaron en la mesa.

La lámpara de sobremesa proyectaba una inquietante luz verdosa. Montones de papeles revueltos sobre el secante. Libros y bolígrafos esparcidos. Una maceta volcada, rota en dos trozos, con el cactus preso aún en la tierra, en el suelo.

El sillón de Blotnik había quedado girado de un modo extraño. Aunque la luz del techo estaba apagada, vi unas gotas de sangre a media altura de la pared, como si la hubieran herido mortalmente. Como la salpicadura de un coche.

Dios mío. ¿A quién habían disparado? ¿A Blotnik?

No quería verlo. Pero tenía que verlo.

Me acerqué con cautela a la mesa y miré detrás. No había ningún cadáver.

¿Alivio? ¿Desconcierto?

A la derecha, advertí la puerta entreabierta de un trastero. Un leve fulgor escapaba por la abertura.

Avancé, pegada al borde de la mesa, me acerqué y empujé la puerta con la punta de los dedos.

Nueva asimilación de imágenes. Maderas oscuras y gastadas por el uso, con exceso de barniz. Estanterías metálicas con material de oficina, cajas y recipientes con etiquetas. Una luz tenue procedente de un recoveco, a la izquierda.

Avancé con cautela, rozando con la mano el borde de una estantería.

Había dado unos cinco pasos cuando mi pie resbaló en algo pegajoso. Miré al suelo. Un reguero oscuro serpenteaba desde el recoveco.

Igual que el crujido antes del derrumbe, la sombra antes del ataque del halcón, sonó la alarma mental. Demasiado tarde.

¿Demasiado tarde para quién?

Tuve que aplicar toda mi voluntad para que mis piernas dieran la vuelta hacia el recodo.

Blotnik estaba tendido boca abajo, con el solideo empapado en sangre y embutido en un orificio en el cráneo. Tenía otro impacto en la espalda y un tercero en el hombro. La sangre comenzaba a coagularse en el charco que rodeaba el cuerpo y en los regueros que se habían formado.

Me llevé la mano a la boca. Me sentía mareada, casi a punto de vomitar. Me apoyé en la pared pensando en una sola cosa.

«Jake no. Jake no. Dime que no has sido tú, Jake.»

¿Quién, entonces? ¿Los radicales ultraortodoxos? ¿Fanáticos cristianos? ¿Fundamentalistas musulmanes?

Un segundo. Cinco. Diez.

Recobré los cinco sentidos.

Bordeé el charco de sangre, me puse en cuclillas y apoyé los dedos en el cuello de Blotnik. Sin pulso. La piel aún estaba tibia, no fría. No hacía mucho que había muerto. Evidentemente. Lo sabía porque había hablado con él hacía menos de una hora.

¿El asesino todavía estaba allí?

Como una autómata, volví al despacho y descolgué el teléfono. No daba tono.

Mis ojos se desplazaron a lo largo del cable. Lo habían cortado a diez centímetros del auricular.

Miedo cerval.

Mi mirada recorrió la mesa y se clavó en un papel. ¿Por qué en ése? Estaba en el centro del secante, solo y bien colocado. Pese al desorden, destacaba en aquel caos. ¿Desde antes del caos? ¿Lo estaría leyendo Blotnik? ¿Encerraría alguna pista sobre Jake?

«¡Escena del crimen! ¡No toques nada!», me gritó mi hemisferio izquierdo.

«¡Encuentra a Jake», replicó mi hemisferio derecho.

Cogí el papel. Era el informe de Getz sobre el sudario. Dirigido a Jake. ¿Tenía que estar en manos de Blotnik el informe de Getz? ¿Lo había robado él del despacho de Getz? ¿O recibía esa clase de informes rutinariamente? Getz trabajaba para el museo, no para la AIA. ¿Formaba parte del personal de Blotnik? ¿Trabajaba para el museo y para la AIA? No se lo había preguntado a Jake.

¿Mantenía Getz un enfrentamiento con Blotnik en relación con los huesos del sudario? Pero Jake no le había comentado a Getz lo de los huesos del sudario. ¿O sí? El nombre y el número de Getz estaban anotados en una etiqueta autoadhesiva, encima de la mesa de Jake. ¿Había hablado con ella después de entregarle el sudario?

Jake detestaba a Blotnik, y no le habría dado ese informe. Me asaltó una idea horrible. Habían robado los huesos del sudario, y Jake, sospechando de Blotnik, había irrumpido en su despacho para exigirle la devolución. Jake tenía una pistola. ¿Se le habría ido la situación de las manos? ¿Habría matado a Blotnik, enfurecido?

Miré el informe. Dos palabras atrajeron mi atención: «Restos de huesos». Leí el párrafo. Getz había encontrado restos microscópicos de hueso en el sudario. El informe daba a entender que podían existir restos mayores de huesos. ¡Blotnik lo sabía!

Eché una rápida ojeada al despacho. No había rastro de los huesos del sudario. Estaba mirando en el trastero cuando oí un leve crujido. El corazón se me puso en la garganta.

¡Los goznes de la puerta! ¡Alguien estaba entrando en el despacho!

Sentí unos pasos. Rozar de papeles. Más pasos. ¿Hacia el trastero?

Sin pensarlo, retrocedí hasta el recoveco. Mi zapato pisó el charco de sangre y resbalé, inclinándome hacia delante. Por instinto, estiré los brazos buscando un apoyo y me agarré a un montante metálico. La estantería se tambaleó. Perdí la noción del tiempo. Una caja de paquetes de toallas de papel cayó al suelo. *¡Zas!*

Se hizo un silencio en el despacho.

Un silencio absoluto en el trastero.

El depredador y la presa olfateando el aire.

Unos pasos apresurados. ¿Marchándose? Alivio. A continuación, miedo; como un puño presionándome el pecho. Los pasos se aproximaban.

Me agaché, paralizada, atenta al más mínimo sonido. En mi mente hubo un destello de advertencia. «No le des la ventaja de la luz encendida.»

El visitante de Blotnik me vería a mí mejor que yo a él.

Cogí un libro, apunté y lo lancé contra el aplique. La bombilla explotó y los fragmentos se esparcieron sobre el cadáver de Blotnik.

El vano de la puerta enmarcó una figura con una bolsa colgada del hombro izquierdo y el brazo derecho flexionado, apuntando con un objeto oscuro a la altura del pecho. La visera de la gorra ensombrecía el rostro.

Un carraspeo.

—*¿Mi sham?* ¿Quién hay ahí?

Era una voz femenina. Me quedé rígida.

La mujer volvió a aclararse la garganta y habló en árabe.

En el despacho, una vocecita anunció el noticiario de la BBC.

La mujer retrocedió un paso. A la luz verdosa del fondo advertí que llevaba botas, vaqueros y una blusa caqui. Tenía las axilas mojadas. Un rizo rubio sobresalía por el lateral de la gorra.

Era una mujer gruesa y demasiado baja para ser Getz. Y era rubia.

¿Ruth Anne Bloom?

Sentí sudor en la frente y un escalofrío en el pecho. ¿Era la mujer que había matado a Blotnik? ¿Me iba a matar?

Una idea brotó del fondo de mi cerebro.

¡Entretenerla!

—¿Quién es usted?

—Las preguntas las hago yo —me contestó también en inglés.

No era Ruth Anne Bloom. Bloom hablaba un inglés con fuerte acento extranjero.

No dije nada.

—Conteste o su vida corre peligro —añadió con dureza. Pero nerviosa. Insegura.

—Eso no importa.

—Yo decido lo que importa —replicó en voz más alta. Amenazadora.

—El doctor Blotnik ha muerto.

—Y a usted también le meteré unos balazos en el culo, así, sin más.

¿Jerga de poli? ¿Era una profesional? ¿O una de esas que ven demasiada televisión?

Antes de que pudiera decir nada, volvió a hablar.

—Un momento... Conozco esa voz. Sé quién es usted.

Y yo también había oído su voz. ¿Cuándo? ¿Dónde? ¿Nos habíamos cruzado en Jerusalén? ¿En el hotel? ¿En el museo? ¿En la central de la policía? Yo no había conocido a ninguna mujer en Israel.

De repente, me acordé de algo. La persona que había llamado al piso de Jake mencionó a una mujer que insultaba por teléfono a los Hevrat Kadisha.

«*Una mujer ha hecho varias de esas llamadas de acoso.*»

¿Sería esta mujer? ¿Tenía sus propios planes respecto a «Max»? ¿Había robado los huesos del sudario?

Ignoraba con qué propósito. Hablaba inglés, hebreo y árabe. ¿Era cristiana? ¿Judía? ¿Musulmana?

—¿Robando huesos en nombre del Señor? —espeté.

No hubo respuesta.

—La cuestión está en qué Señor.

—Vamos, por favor...

Aspiró por la nariz. La mujer se llevó la mano libre a la cara.

No sabía qué decir para pincharla.

—Sé lo del esqueleto de Masada.

—Usted no sabe una mierda. —Otro sorbetón—. ¡Póngase en pie!

Me levanté.

—¡Las manos arriba y sobre la cabeza!

Levanté las manos y las entrelacé sobre la coronilla. Me zumbaban los cinco sentidos. Probé con otras preguntas.

—¿Por qué mató a Blotnik?

—Daños colaterales.

¿Ferris...? ¿Por qué no?

—¿Y por qué mató a Ferris?

—No tengo tiempo para historias —le replicó ella, más tensa.

Comprendí que había tocado una fibra sensible y seguí pinchando.

—Dos balazos en la cabeza. A sangre fría.

—¡Cállese! —Aspiró de nuevo la nariz y carraspeó.

—Si hubiera visto cómo lo dejaron los gatos...

—Aquellos animales asquerosos...

Cuando las cosas comienzan a encajar, lo hacen rápido. No sé qué es lo que percibieron mis sentidos. La cadencia de su manera de hablar. El moqueo. El pelo rubio. Los tres idiomas que dominaba. El hecho de que me conociera. Y que supiera lo de los gatos. De pronto, concordaban los hechos más heterogéneos. El remedo de la jerga policial. La reposición de *Ley y orden*. «El detective Briscoe replicando a un sospechoso que no sabía una mierda.»

Una mujer había contratado a Hershel Kaplan para que asesinara a Avram Ferris.

«Kaplan dijo que parecía cocainómana.»

El moqueo. El carraspeo. «Padezco sinusitis.»

A Kaplan le llamaron desde el almacén de Mirabel la semana en que el jefe estaba de vacaciones con Miriam.

«O sea, que alguien había llamado a casa de Kaplan desde el almacén de Ferris mientras él estaba en Florida. Pero Kaplan no había llamado al almacén, ni desde su casa ni desde la tienda, por lo cual parece inverosímil que Purviance llamase a Kaplan en respuesta a algún mensaje que éste hubiese dejado para Ferris. ¿Quién demonios hizo la llamada, y por qué?»

A Ferris lo mataron con una Jericho semiautomática de nueve milímetros. Un arma cuyo robo había denunciado un tal Ozols, de Saint-Léonard.

«Ozols es *roble* en letón. Tenemos un auténtico congreso arborícola en Saint-Léonard.»

Ozols. Roble. Era el apellido letón que había visto en aquel portal de Saint-Léonard. El portal de la casa de Courtney Purviance.

«Y otro razonamiento interesante. Courtney Purviance ha desaparecido.»

En mi subconsciente se dibujó un mapa a todo color. Courtney Purviance había matado a Avram Ferris. No la habían raptado. Estaba en la puerta, apuntándome al pecho.

Sí, claro. Purviance sabía lo que había en el almacén. Probablemente, sabía lo de «Max». Viajar a Israel formaba parte de su trabajo. Para ella, tomar el avión era pura rutina.

¿Por qué había matado a Ferris? ¿Y a Blotnik? ¿Por convicciones religiosas? ¿Por codicia? ¿Por una extraña venganza personal?

¿Me mataría con igual crueldad? Sentí una punzada de pavor, después otra de rabia, y a continuación, un sosiego casi extático. Tendría que salir de aquella situación. Pero me lo impedía la pistola.

—¿Qué ocurrió, Courtney? ¿Ferris se negó a darle una buena tajada?

La pistola descendió levemente, pero inmediatamente enderezó el cañón.

—¿O es que quería más?

—Cierre el pico.

—¿Ha tenido que robar otra pistola?

Purviance volvió a ponerse tensa.

—¿O es fácil conseguir una en Israel?

—Tenga cuidado ¡Se lo advierto!

—Pobre señor Ozols. Es muy feo hacerle una cosa así a un vecino.

—¿A qué ha venido? ¿Por qué se ha metido en esto?

Me imaginaba el dedo de Purviance acariciando el gatillo. La notaba nerviosa. Decidí tirarme un farol.

—Soy de la policía.

—Muévase. —Hizo un movimiento con el arma—. Despacio.

Di dos pasos y ella retrocedió.

Nos miramos las dos bajo aquel tenue fulgor verdoso.

—Ah, claro. Por eso vino a mi casa con aquel poli de homicidios.

—Los polis la buscan por cargarse a Ferris —añadí, utilizando su lenguaje televisivo.

—Y usted está con ellos —comentó con desdén.

—Y a usted la van a trincar.

—¿En serio? —Volvió a aspirar por la nariz—. Claro, y hay una patrulla esperando una señal para irrumpir en el museo.

Había adivinado mi farol. Vale. Seguiría con la jerga de comisaría, pero en otra modalidad.

—¿Quiere que le diga una cosa? Se está metiendo en un buen lío. Ferris traficaba con cosas chungas. Sacrilegio. Historicidio. Y todo por la pasta.

Purviance se humedeció los labios sin replicar.

—Usted se enteró y le aconsejó que no vendiera el esqueleto. Al menos, no sin darle su parte. Pero él no le hizo caso.

El conflicto interior se reflejaba en su rostro. Purviance estaba furiosa y dolida. Y nerviosísima. Una mezcla explosiva.

—¿Y quién era usted para criticar al jefe? No pasaba de ser una simple secretaria. La criada. La que le planchaba los calzoncillos. Seguro que el tío la trataba como a un obrero.

—¡Eso no es cierto!

Seguí presionando.

—Ese Ferris era un cabrón sin entrañas.

—Avram era un buen hombre.

—Sí. Y a Hitler le encantaban los perros.

—Avram me amaba —espetó.

Tuve un presentimiento. Purviance vivía sola. Todas esas llamadas del almacén de Mirabel a su casa. Su relación con Ferris no era estrictamente laboral. Eran amantes.

—Se lo tenía bien merecido. El muy cabrón jugaba con usted. Seguro que le hacía tragar el cuento de que iba a dejar a su mujer.

—Aram me amaba —repitió—. Él sabía que yo era diez veces mejor que la vaca de su mujer.

—¿Por eso se fue a Florida con Miriam? Usted no es estúpida. Comprendió que no pensaba dejarla.

—Ella no le quería, pero él era demasiado débil para tomar una decisión —añadió en tono amargo.

—Primera decepción. Mientras Miriam se bronceaba en la playa, usted se pudría de frío en un piso. Usted era su querida, pero ¿quién se quedaba de guardia para contestar al teléfono? Y el tacaño cabrón ni siquiera quería darle su parte en lo del esqueleto.

Purviance se limpió la nariz con el dorso de la mano que sujetaba la pistola.

—Segunda decepción. Kaplan también la engañó. Primero el amante y luego el pistolero. Lleva usted una mala racha.

Purviance adelantó el arma y arrimó el cañón a mi cara. «Calma. No la contraríes», pensé.

—Ferris le falló, Kaplan le falló. Y usted sabía que con ese esqueleto podría ganarse unos buenos dólares. ¿Por qué no cogerlo?

—¿Por qué no? —replicó desafiante.

—Pero el esqueleto volvió a desaparecer. Tercera decepción. Otro palo.

—¡Cállese!

—Ha hecho este viaje a Israel para recuperarlo. No lo ha encontrado. Cuarta decepción. Otro fallo.

—¿Fallo? Creo que esto me compensará.

Purviance dio unas palmaditas en la bolsa y oí el sonido hueco de un recipiente de plástico.

—Agallas no le faltan. Mató a su jefe, ¿por qué no matar a Blotnik?

—Blotnik era un ladrón.

—Así se ahorró la molestia de forzar puertas y allanar moradas.

Una sonrisa cruzó el rostro de Purviance.

—No tenía ni idea de qué eran esos huesos hasta que Blotnik habló. El imbécil no los tuvo ni dos horas.

—¿Cómo conocía él su importancia?

—Una vieja descubrió unos fragmentos al examinar con el microscopio el sudario que los envolvía. Qué demonios —repitió, tocando de nuevo la bolsa—, puede que no sea nada o puede que resulte el Santo Grial. Esta vez no pienso arriesgarme.

—¿Qué le ofreció a Blotnik? ¿Creía él que usted tenía el esqueleto de Masada?

—El cazador cazado —dijo Purviance con una sonrisa glacial.

Había matado a Blotnik y, tras robar los huesos del sudario, había huido. ¿Por qué habría vuelto?

—Si ya había puesto tierra de por medio, ¿a santo de qué ha vuelto aquí?

—Usted y yo sabemos que una antigüedad sin papeles no vale nada.

Las dos lo oímos en el mismo instante: el tenue chasquido de unas suelas de goma.

El dedo de Purviance se movió indeciso sobre el gatillo. No sabía qué hacer.

—¡Atrás! —dijo entre dientes.

Retrocedí hacia el recodo, con los ojos clavados en la pistola.

La puerta del trastero se cerró de golpe. Sonó un cerrojo.

Pasos apresurados. Silencio.

Arrimé el oído a la madera. Un sonido como de oleaje al que se superponían el murmullo de los comentarios del locutor de radio.

¿Qué hacer? ¿Estarme quieta o llamar la atención?

¡Qué demonios! Comencé a dar golpes. A gritar.

Segundos después, la puerta del despacho golpeó contra la pared al abrirse de golpe. Con el corazón saltándome en el pecho, retrocedí hasta el recodo.

Una línea de luz por debajo de la puerta del trastero.

Suelas de goma.

Descorren el cerrojo.

La puerta se abre.

39

Nunca en mi vida me había alegrado tanto de ver a una persona.

—¿Qué demonios haces ahí? —exclamó Jake, estupefacto.

—¿La has visto?

—¿A quién?

—A Purviance.

—¿Quién es Purviance?

—No importa. —Salí y lo sujeté del brazo—. Tenemos que alcanzarla.

Tiré de él y echamos a correr.

—Sólo nos lleva tres minutos de ventaja.

Salimos del despacho. Cruzamos el pasillo.

—¿Quién es Purviance?

—La que tiene tus huesos del sudario.

Agarrándome al pasamanos, bajé los escalones de tres en tres. Jake no se quedaba atrás.

—¿Conduces tú? —pregunté por encima del hombro.

—Tengo la furgoneta. Tempe...

—¿Dónde? —pregunté jadeante.

—En el camino de entrada.

Al salir al exterior un coche pasó a toda velocidad; la cabeza del conductor casi a la altura del volante.

—Es ella —dije sin aliento.

El coche cruzó la cancela de entrada como una bala.

—¡Vamos!

Abrimos las portezuelas de golpe y subimos a la furgoneta.

Jake le dio a la llave de contacto y el vehículo se caló, dio unos acelerones en punto muerto, puso la primera e hizo tres breves giros cerrados.

Mientras pasaba todo esto, el coche de Purviance desaparecía por el otro extremo del camino de acceso.

—Ha doblado a la izquierda, hacia Sultan Soleiman.

Jake pisó el acelerador. Los neumáticos escupieron grava y salimos lanzados como una flecha.

—¿Qué coche lleva?

—Un Citroën C-3, creo. No lo he visto bien.

Continuamos cuesta abajo. Al otro lado, la Ciudad Vieja se difuminaba en la niebla.

Sin frenar apenas, Jake dio un golpe de volante hacia la izquierda. La fuerza centrífuga me lanzó contra la ventanilla de la derecha.

Las luces traseras del Citroën, a lo lejos, doblaron a la izquierda.

Jake pisó a fondo el acelerador. Yo estiré el brazo hacia atrás y me ajusté el cinturón de seguridad.

Jake dobló hacia Derech Jericho.

El Citroën iba ganando ventaja. Sus luces de posición eran ya dos puntitos rojos borrosos.

—¿Adónde irá?

—Ahora estamos en HaEgoz, y detrás tenemos la llamada carretera de Jericó. Tal vez se dirija a Jericó. O puede que vaya a Jordania.

Circulaban pocos coches. La niebla humeaba bajo el alumbrado público.

El coche de Purviance rodaba a ochenta kilómetros por

hora. La camioneta de Jake, también. Purviance aumentó a cien.

—¡Agárrate!

Apoyé las manos en el salpicadero. Jake pisó a fondo. La distancia se redujo.

La atmósfera en la furgoneta era húmeda y cerrada. El vaho empañaba el parabrisas. Jake puso el limpiaparabrisas. Yo abrí un poco la ventanilla.

Las luces discurrían rápidas a ambos lados de la calle. ¿Apartamentos? ¿Talleres? ¿Discotecas? ¿Sinagogas? Los edificios parecían bloques oscuros de LEGO. No sabía dónde estábamos.

A mi derecha se perfiló un edificio muy alto con un cartel de neón que brillaba en la niebla. El Hyatt. Estábamos a punto de cruzar Nablus Road.

Purviance dobló en el cruce.

—Va en dirección norte —dije con nerviosismo.

Jake lo captó.

El semáforo se puso rojo, pero él, sin hacer caso, giró el volante. Patinamos. Jake enderezó la dirección.

Las luces de posición del Citroën se habían convertido en dos puntitos. Purviance nos llevaba cuatrocientos metros de ventaja.

El corazón me daba saltos. Sentía el sudor en las palmas de las manos, apoyadas en el salpicadero.

Fugaces, los indicadores iban quedando atrás. Rodábamos cada vez más rápido.

De pronto, vimos un indicador luminoso en la niebla: MA'ALEH ADUMIN. JERICÓ. MAR MUERTO.

—Va hacia la autopista uno —dijo Jake con voz tensa.

Algo sucedía. Las luces de posición del Citroën crecieron de tamaño.

—Está reduciendo la velocidad —dije.

—Porque se acerca a un puesto de control.

—¿La detendrán?

—En éste no suelen parar a nadie.

Jake tenía razón. Tras una breve pausa, el Citroën reanudó la marcha, dejando atrás la garita.

—¿Les decimos que la detengan?

—Es imposible.

—Podrían darle alcance.

—Estos son guardias fronterizos, no policías.

Jake frenó y la furgoneta disminuyó la velocidad.

—¿Y si les preguntamos…?

—No.

—Es un error.

—No digas una palabra.

Nos detuvimos. El guardia nos echó un vistazo y nos hizo un gesto para que continuásemos. Antes de que yo pudiera decir palabra, Jake pisó el acelerador.

De repente, me vino un pensamiento. Jake, en el museo, no me preguntó por Blotnik. ¿Era porque yo no le había dado tiempo de hacerlo? ¿O sabía ya que Blotnik estaba muerto?

Miré de reojo. Jake era un perfil oscuro, con un cuello largo del que sobresalía la nuez. ¡Jesús bendito! ¿Tendría sus propios planes?

Jake aceleró con ganas, y la furgoneta dio un tirón.

Mis palmas chocaron contra el tablero de instrumentos.

El paisaje era desértico. Mi mundo se redujo a los dos puntos rojos borrosos de la parte trasera del Citroën.

Purviance aumentó a ciento veinte. Luego, a ciento cincuenta.

Cruzábamos un desierto antiquísimo. Sabía lo que había a ambos lados de la autopista. Montículos de terracota, quebradas áridas, aduares de beduinos con sus toscas tiendas y rebaños dormidos. La yerma Judea. Un paisaje lunar de huesos calcinados y arena escurridiza, cubierto aquella noche por la niebla.

Kilómetros y más kilómetros de soledad. De vacío. De vez en cuando, una solitaria farola de alumbrado bañaba con su luz artificial el Citroën. Segundos después, destellaba sobre nuestra furgoneta. Podía ver mis manos color salmón, irreales, aferradas al tablero de instrumentos.

Purviance rozaba los ciento cincuenta. Jake le pisaba los talones.

El Citroën tomaba curva tras curva. Sus luces de posición centelleaban en nuestro campo visual: desaparecían y reaparecían. La furgoneta no daba más de sí, y comenzamos a perder distancia.

La tensión era tangible. Ninguno de los dos decía nada, sin apartar la vista de los dos puntos rojos.

La furgoneta dio una sacudida y Jake redujo una marcha. Las ruedas delanteras perdieron contacto con la calzada, y a continuación, las traseras. Sentí un trallazo en la cabeza al golpear el vehículo con el pavimento.

Cuando alcé la vista, las luces de posición del Citroën se perdían en la niebla.

Jake volvió a poner la cuarta y pisó el acelerador. Las luces aumentaron de tamaño. Eché un vistazo por el retrovisor lateral. Ningún coche a la vista.

Lo que ocurrió a continuación, mi memoria lo reproduce a cámara lenta, como si fuera el fugaz rebobinado de un vídeo. En realidad, todo debió de suceder en minuto y medio.

El Citroën tomó una curva, seguido de cerca por nosotros. Recuerdo el asfalto brillante. La aguja marcando casi ciento cincuenta. Las manos de Jake firmes sobre el volante.

De pronto, surgió un coche en el carril contrario, con los faros como cintas borrosas taladrando la niebla. Las cintas temblorosas destellaron sobre el Citroën.

Purviance dio un golpe de volante. El coche respondió con un bandazo hacia la derecha, y dos ruedas cayeron al arcén. Purviance dio otro bandazo y el Citroën saltó al asfalto.

El coche en dirección contraria cruzó el carril central iluminando al Citroën. Vi cómo Purviance movía la cabeza de delante atrás haciendo esfuerzos con el volante, y por las luces de posición doblemente rojas, comprendí que pisaba a fondo el freno.

El otro coche se desvió hacia afuera para evitar el Citroën. Acción y reacción. El Citroën viró también, y mordió la grava.

Purviance dio un golpe de volante seco y el coche volvió al asfalto. Inexplicablemente, en esa fracción de segundo, el otro coche bandeó hacia la derecha y embistió al Citroën, que se salió del asfalto y continuó rozando el guardarraíl. Saltaron chispas.

Despavorida, Purviance intentó maniobrar hacia la izquierda, pero el Citroën patinó e hizo un trompo.

El otro coche se nos echaba encima, dando bandazos de un carril a otro. Vi la cara del conductor y un pasajero. Me sujeté con fuerza, esperando la colisión. Por el fuerte golpe de volante que dio Jake, bandeamos a la derecha y una de las ruedas delanteras reventó.

El otro coche pasó como una exhalación.

Una rueda trasera también reventó.

Jake pisó frenéticamente el freno, mientras mantenía las manos aferradas al volante. El vehículo dio un tirón y se inclinó hacia un lado, despidiendo piedras y grava contra el guardarraíl. Apoyé las manos en el salpicadero, procurando flexionar los codos y hundir la barbilla en el pecho. Oí el impactó del metal contra el metal. Alcé los ojos a tiempo de ver los faros del Citroën torcer hacia un lado y quedarse un instante en el aire para, a continuación, hundirse en picado en la oscuridad. Oí un estallido de metal, tierra y arena. Otro. El lamento prolongado, espeluznante, de un claxon. Fuimos perdiendo velocidad y vi cómo la barrera de protección discurría cada vez más despacio.

Cuando se detuvo la furgoneta, Jake abrió la tapa del móvil.

—¡Mierda!

—¿No hay cobertura?

—¡Aparato de mierda! —Jake tiró el móvil sobre el salpicadero y abrió la guantera—. Linternas.

Mientras yo buscaba las Mag-Lites, Jake sacaba luces intermitentes de socorro de la caja de la furgoneta. Echamos a correr por el asfalto.

La barrera metálica de protección estaba rota y retorcida. Nos asomamos al precipicio. La niebla era muy densa y absorbía los haces de luz.

Mientras Jake situaba las luces de socorro, salté la barrera y emprendí con dificultad la bajada de la cuesta.

En la hondonada enfoqué con la linterna una serie de objetos: un tapacubos, un panel lateral y un retrovisor.

El Citroën era un montón informe en la oscuridad. Dirigí hacia él el haz de la Mag-Lite. Había dado una vuelta de campana al caer y estaba boca arriba. Tenía las ventanillas destrozadas. Una columna de humo salía del capó arrugado.

El cuerpo de Purviance sobresalía por la ventanilla del conductor, doblado como una muñeca de trapo. La sangre le bañaba completamente el rostro y empapaba su chaqueta.

Oí crujir la tierra a mis espaldas y, acto seguido, Jake ya estaba a mi lado.

—¡Dios bendito!

—Hay que sacarla —dije.

Entre los dos, intentamos liberarla, pero su cuerpo rezumaba niebla y sangre y se nos escurría de las manos.

Arriba, frenó un camión. Dos hombres se apearon y comenzaron a hacernos preguntas a gritos. Sin hacerles caso, seguimos atendiendo a Purviance.

Jake y yo cambiamos de lado. Era inútil. No podíamos moverla.

Purviance gemía débilmente. Dirigí el haz de la linterna a lo largo de su cuerpo. Sus ropas estaban sembradas de esquirlas de vidrio, igual que su cabello, bañado en sangre.

—Tiene un pie trabado entre los pedales —dije—. Voy a probar por el otro lado.

—No hay nada que hacer.

No quería discutir. Rodeé el Citroën. Miré el espacio que quedaba en la ventanilla destrozada y ví que cabía.

Dejé la linterna, me incliné, metí la cabeza y, apoyándome en los codos, me introduje hasta el asiento del conductor. Me arrastré a tientas y comprobé que, efectivamente, Purviance tenía un pie roto y encajado contra la palanca del freno. Estiré los brazos e intenté retorcérselo suavemente, pero no cedió. Tiré un poco más fuerte; fue en vano.

Un olor acre comenzó a irritarme la nariz. Mis ojos se bañaron en lágrimas. ¡Goma ardiendo! El corazón me dio un vuelco en el pecho.

Estirándome cuanto pude sobre el vientre, bajé la cremallera de la bota de Purviance, la agarré del tacón y tiré. Noté que cedía. Con un segundo tirón, logré dejar libre el talón y le rodeé el pie con los dedos.

—¡Ya! —grité cuando lo tuve desencajado.

Mientras Jake tiraba de ella, hice pasar el pie entre los pedales y salí hacia atrás por la ventanilla.

Comenzaba a salir humo del motor.

Se escuchaban voces y gritos arriba, en la carretera. No necesitaba traducirlas.

—¡Apártense!

—¡Va a explotar!

Rodeé el Citroën y sujeté a Purviance por una axila, mientras Jake lo hacía por la otra. Entre los dos la sacamos y la dejamos en el suelo.

Jake volvió a acercarse al coche.

—¡Hay que apartarse!

Jake estaba envuelto en humo. Veía su figura larguirucha, acercándose y apartándose del coche en llamas.

—¡Jake!

Jake estaba enloquecido, yendo de una ventanilla a otra.

—¡Yo no puedo con ella sola!

Jake se apartó del coche, vino a ayudarme a arrastrar a Purviance otros cinco metros, volvió corriendo al Citroën y comenzó a darle patadas.

—¡Va a explotar! —grité.

Jake no cesaba de arrearle puntapiés.

Sonó un estallido. El silbido de vapor se acentuó y el humo se espesó. ¿Estábamos lo bastante lejos? Si se producía una fuerte explosión, los trozos del coche saldrían proyectados como misiles.

Me volví, agarré a Purviance por las axilas y comencé a alejarla con gran esfuerzo. Era un peso muerto. ¿Arrastraba un cadáver? ¿Le hacía más mal que bien?

Seguí tirando de ella poco a poco. Tres metros.

Se me escurría de las manos a causa de la sangre. Miles de fragmentos de vidrio se clavaban en mi piel. Cinco metros.

Oí ulular sirenas a lo lejos.

Sentía un hormigueo en los dedos y las piernas pesadas, pero me impulsaba la adrenalina y una imperiosa energía interna.

Finalmente, consideré que ya estábamos bastante lejos. La tendí en tierra, me arrodillé y le palpé la garganta. ¿Un tenue latido? No estaba segura.

Desgarré su chaqueta y busqué el origen de la hemorragia. Una herida enorme en forma de media luna surcaba su vientre. Lo taponé con la palma de la mano.

En ese momento una deflagración rompió la noche. Oí un horrísono estrépito de metales. Alcé la cabeza y vi el Citroën convertido en una bola de fuego. Del motor brotaban llamas que surcaban como géiseres la niebla azul negruzca.

¡Dios mío! ¿Y Jake?

Eché a correr hacia el Citroën. A los veinte pasos, un muro abrasador me obligó a detenerme. Levanté un brazo.

—¡Jake!

El coche era una pira. Las llamas lo lamían por debajo y surgían por las ventanillas. No veía a Jake.

—¡Jake!

Una segunda explosión proyectó trozos de metal y llamas hacia el cielo.

Un sollozo brotó de mi garganta.

Unas manos me agarraron por los hombros y me apartaron bruscamente del lugar.

40

Lo diré de entrada: todos salvamos la vida.

Con la excepción del individuo del sudario, que pasó del estado de osamenta al de cenizas.

Jake se quemó las manos y se chamuscó las cejas. Nada grave.

Purviance perdió mucha sangre y se fracturó algunas costillas y el pie. Le extirparon el bazo hecho trizas y le colocaron un clavo en el tobillo. Pero se recuperó y fue a la cárcel.

No hubo recuperación para el Citroën. Sus restos no valieron ni para chatarra.

Purviance recobró el conocimiento veinticuatro horas después.

Mientras tanto, la historia fue desentrañándose. Poco a poco. Ya que Ryan aportó algunas variaciones, basadas en informaciones de Kaplan y Birch.

Mi mapa mental era exacto. Ferris y Purviance habían sido amantes. Birch encontró lo que era de esperar en su apartamento en Saint-Léonard: ropa de hombre en el armario, y una maquinilla de afeitar y pasta de dientes en el armario del cuarto de baño.

La relación se inició poco después de que Purviance comenzara a trabajar en Les Imports Ashkenazim. Con el paso de los años, ella aumentó sus exigencias de que Ferris se divorciase de Miriam, y mientras él le daba largas, ella fue acrecentando su intervención en el negocio. Estaba al corriente de las operaciones del almacén. Léase: lo sabía todo e intervenía en todo.

Oyó a Ferris hablar con Kaplan y pedirle que hiciera de intermediario en la operación del esqueleto de Masada. Estaba al tanto de sus conversaciones con el padre Morissonneau y Tovya Blotnik, y por ellas se enteró de los datos relativos al esqueleto. Le dolió que Ferris hiciera el trato él solo sin contar con ella.

Además, había oído la conversación de Ferris con la agencia de viajes. Planeaba pasar unas vacaciones al sol en Florida con su esposa. Aquello fue la gota que colmó el vaso. Ferris prescindía de ella e intentaba salvar su matrimonio. Purviance renovó sus exigencias a su amante.

Ya fuera por remordimiento de su adulterio o por el cansancio de mantener una doble vida, el caso es que Ferris decidió cortar con Purviance. Les Imports Ashkenazim pasaba por un período de crisis, pero no iba mal. Su relación con Miriam mejoraba. Podía prescindir de Purviance. El negocio tenía sus altibajos, pero con la venta del esqueleto lo pondría a flote. Lo mejor sería despedir a Purviance. Ferris le dijo que se fuera y le ofreció seis meses de indemnización.

La primera llamada a Boca durante la semana playera la había hecho Purviance para suplicar a Ferris que se lo pensase. Pero Ferris no quiso saber nada y ella se sintió absolutamente abandonada. Sin amante y sin trabajo.

La segunda llamada de Purviance a Boca fue para negociar un trato. Sabía lo que era aquel esqueleto y lo que valía. Quería su parte o pondría a Miriam al corriente de su relación y denunciaría a las autoridades el asunto del esqueleto. Ferris se rió de ella.

Cuanto más lo pensaba, más se indignaba. Ella había consolidado el negocio de Ferris. Él se había acostado con ella. Y ahora la dejaba tirada como una bolsa de basura. Delatándole a la esposa y a la policía le haría daño, pero ella no ganaba nada.

No era suficiente venganza. Ferris tenía que pagarlo más caro. Como en las series de televisión *CSI*, *Ley y orden* y *Policías de Nueva York*, que tanto le gustaban, Purviance decidió contratar a un asesino, eliminar a Ferris y hacerse cargo del negocio.

Ella era una buena chica judía que no conocía a nadie, y menos a un pistolero. ¿A quién llamar? Kaplan era un ex convicto que se dedicaba a actividades fraudulentas. Purviance tenía su número en la agenda del almacén.

Sí, claro, Kaplan era un delincuente, pero no un asesino; vio la oportunidad de aprovecharse y se quedó con el dinero de Purviance por la cara.

Amante despreciada, socia marginada y contratista burlada, Purviance estaba furiosa. Impulsada por una cólera obsesiva, decidió pasar a la acción. Sabía que un vecino tenía una pistola en el coche, la robó y mató a Ferris.

Tras obsequiarle con dos balazos, Purviance le puso la pistola en la mano y efectuó otro disparo por delante. Otro recurso policial de la televisión. Con un disparo autoinfligido, el médico hallaría restos de pólvora en la mano. Pero Purviance estaba furiosa, y su furia obnubiló sus precauciones estratégicas. Cometió un grave error: dejó el arma pero recogió los casquillos, con lo cual descartaba la posibilidad del suicidio.

Al final, la policía halló en el trastero un fragmento de bala procedente del impacto en ojal sobre el cráneo de Ferris. Otra bala apareció incrustada fuera, en la pared del pasillo. Con la primera bala, hallada en el techo del trastero, y los fragmentos recogidos en el cráneo de Ferris, quedaba demostrado que había efectuado tres disparos. La reconstrucción balística sugería que Ferris recibió los disparos mientras estaba situado de cara a la puerta, probablemente ajeno a las intenciones homicidas de Purviance, que entró en el trastero y se colocó detrás de él.

¿Y qué más, por lo que respecta a Courtney? Para ella había sido una gran sorpresa la frialdad con que había eliminado a Ferris. Le faltaba el segundo objetivo. Desaparecer y compensar las pérdidas económicas. Sacó un billete para Israel a nombre de Channah Purviance, la versión pre-canadiense de su pasaporte tunecino. Esta leve diferencia le permitió eludir el control.

Como sabía que Ferris había llamado a Blotnik, se personó en la AIA y declaró ser la representante del jefe, para formalizar el pago de la operación. Nueva adversidad: Blotnik no había recibido el esqueleto de Masada. Purviance se marcó un farol y dijo que podía entregarlo si Blotnik le daba dinero o algo de valor a cambio. Blotnik le mostró los huesos del sudario. Convencida de que eran algo susceptible de convertirse en dinero, Purviance apretó de nuevo el gatillo y se los llevó.

La historia de Kaplan era sencilla. Miriam y Ferris siempre habían sido amables y se habían portado bien con él cuando estuvo en la cárcel. Miriam le enviaba bombones y le escribía. La nota que habíamos encontrado en el apartamento de Kaplan era una de tantas para darle ánimos.

Kaplan conocía, por boca de Purviance, su relación con Ferris. Fue la primera pregunta que le hizo cuando ella se puso en contacto con él para que matara a su jefe. Durante las negociaciones, Kaplan llegó a la conclusión de que era una mujer traicionera y despiadada, y pensó que si se veía acorralada lanzaría una cortina de humo para salvarse. ¿Quién más vulnerable que la esposa engañada? Temiendo que Purviance acusara a Miriam, Kaplan me entregó la foto de «Max» para orientar las pesquisas en otro sentido.

Kaplan temía, además, que Purviance tratara de implicarle. O peor. Si había previsto matar a su amante y era capaz de hacerlo en persona, ¿no intentaría también acabar con la comadreja que le había timado tres mil dólares? Y su amigo Litvak estaba cabreado con él porque le había prometido el esqueleto de Masada y le había fallado. Kaplan vio la oportunidad de una jugada doble: desaparecer de Canadá y arreglar las cosas en Israel. Él también sacó un billete.

¿Por qué robó Blotnik los huesos del sudario? En eso tal vez Jake tenía razón.

Blotnik había sido un estudiante extraordinario en su época de Nueva York, autor de artículos publicados en prestigiosas revistas antes de licenciarse. Luego, con su obra de trescientas páginas *Eclessiastes Rabbah*, un comentario rabínico sobre la época talmúdica, le llovieron las ofertas de trabajo. Blotnik se trasladó a Israel, se casó y obtuvo un permiso tras otro para excavar. El mundo era suyo.

Una joven colega vio en él también su mundo. Fue una historia apasionante mientras duró, pero acabó mal. Blotnik se quedó sin esposa y sin amante.

Quizá por vergüenza, por soledad o por depresión, después del divorcio, Blotnik redujo sus actividades; organizó algunas excavaciones, publicó algunos artículos y un exiguo estudio sobre los antiguos baños de Hammat-Gader. Después, veinte años en blanco.

La llamada de Ferris debió de ser como el maná para él. ¿El esqueleto de Masada desaparecido cuarenta años atrás? Durante su larga carrera arqueológica en Israel, Blotnik había oído rumores. Sólo cabe especular sobre lo que pudieron decirle Ferris o Kaplan, o lo que se comentara entre sus colegas. ¿Eran los restos de un personaje importante de la Palestina romana del siglo primero? ¿Una figura bíblica? Blotnik debió de imaginarse un futuro tan luminoso como una marquesina de Hollywood.

Pero el maná falló con la muerte de Ferris. Luces fuera. Poco después, le llamé yo. Tenía el esqueleto de Masada. ¡Aurora de esperanza! ¡Que vengan los créditos!

Al ver la posibilidad de darle un nuevo impulso a su marchita carrera, o de engrosar su cuenta bancaria, según Ryan, Blotnik se documentó sobre el esqueleto de Masada y la cueva 2001. Pero, de nuevo, se lo arrebataban. Jake y yo le dijimos que lo habían robado. Blotnik estaba abatido. Su vuelta al plató quedaba en agua de borrajas. Igual que Purviance, el niño prodigio no supo encajar la frustración y se lo llevaban los diablos.

Luego, un nuevo maná. Un documento negligentemente olvidado en una fotocopiadora. Blotnik leyó el informe de Getz y se hizo una copia. ¿Un sudario del siglo primero? ¿Con posibilidad de restos humanos? ¿Descubierto por Jake Drum? ¿Cuál era aquella teoría del tal Drum sobre una tumba de la familia de Jesús?

A Blotnik no se le escapó la fantástica implicación entre la teoría de Jake y el sudario que yo había descubierto. Si no podía hacerse con el esqueleto de Masada, aquello le vendría de perlas. Provisto de una herramienta para cortar el candado, se dirigió a Beit Hanina y aguardó a que Jake saliera de casa. No fue difícil.

¿Y Jake?

Tal como dijo, fue al yacimiento y se encontró con los Hevrat Kadisha armando jaleo. Al final, hubo que llamar a la policía, y cuando pudo marcharse, era demasiado tarde para ir a ver a Getz o a Bloom. La policía le pidió el permiso de excavación que guardaba en casa.

Al volver al piso vació los bolsillos en el lugar habitual

y sacó copias de los permisos de excavación del yacimiento de Talpiot. Entonces descubrió que el armario estaba abierto y que los huesos habían desaparecido. Enfurecido, salió corriendo sin cerrar con llave. Tratando de resolver las dos cosas, primero fue a la policía a entregar la documentación y, a continuación, a hablar con Blotnik.

Yo llegué primero al museo Rockefeller y él me liberó del trastero.

En resumen:

Los huesos del sudario se habían convertido en ceniza.

Blotnik había muerto.

Kaplan estaba en libertad.

Purviance estaba acusada del homicidio de Blotnik en Israel. ¿Posible extradición?

¿Y «Max»?

Dirigentes de Hevrat Kadisha admitieron bajo presión de Friedman que habían liberado y vuelto a enterrar el esqueleto de Masada. No hubo manera de que revelaran su paradero ni bajo amenaza de llevarles ante los tribunales. No era la primera vez. Para ellos estaba en juego la sagrada ley judía, la *halakka*. Rechazaron igualmente la posibilidad de permitir el acceso al esqueleto bajo su supervisión.

Así que sólo quedaron tres cosas: la foto original de Kaplan, las muestras óseas recogidas para el análisis de ADN y las fotos que yo había tomado en mi laboratorio de Montreal.

Era todo cuanto quedaba de «Max».

41

Era jueves, cuatro días después del accidente. Ryan y yo regresábamos a Montreal en el vuelo de medianoche. Pero antes de marcharnos de Israel decidimos hacer una última visita.

Me vi de nuevo en la carretera de Jericó. Habíamos pasado Qumran, famoso por los esenios y las cuevas de los pergaminos, y Ein Gedi, por sus playas y balnearios. A nuestra izquierda se extendía el Mar Muerto, verde cobalto, hasta Jordania. A la derecha, una tierra baldía de montículos y colinas.

Finalmente, la tuve ante mi vista: de un rojo intenso, la fortaleza de Herodes se alzaba bajo un cielo azul puro en el extremo del desierto de Judea.

Ryan tomó un desvío y dos kilómetros después entrábamos en un aparcamiento. Indicadores para alivio de los turistas: restaurantes, tiendas, servicios.

—¿Teleférico o Senda de la Serpiente? —pregunté.

—¿Es muy dura la subida?

—Pan comido.

—¿Por qué ese nombre?

—Porque serpentea lo suyo.

Me habían advertido de que la senda era mala y polvorienta y que ascender por ella requería una hora o más. Pero estaba llena de energía.

—¿Y si tomamos el teleférico para evaluarlo?

—Debilucho —dije sonriendo.

—Una legión romana tardó siete meses en llegar a la cima.

—Pero se enfrentaba a los zelotes.

—Y dale con los detalles.

Masada es el lugar más visitado de Israel, pero no aquel día.

Ryan sacó los billetes y subimos a una cabina vacía. En la cima, tras una escalera en zigzag, el histórico lugar se abría ante nosotros.

Era impresionante. Romanos, zelotes, bizantinos, nazarenos... Pisaba el mismo suelo que ellos. Suelo hollado mucho antes de que los europeos pusieran pie en el Nuevo Mundo.

Eché un vistazo a lo que quedaba de la muralla, actualmente más baja que una persona y con sus viejas piedras erosionadas y descoloridas. Mi mirada abarcó la explanada interior del recinto amurallado. Yerma como el desierto del Mojave, salvo alguna cepa raquítica aquí y allá. Flores rojas. Asombroso. Belleza en medio de la más brutal desolación.

Pensé en soldados, monjes y familias. Entrega y sacrificio. Mi imaginación voló. ¿Cómo? ¿Por qué?

A mi lado, Ryan consultaba el plano. Sobre mi cabeza, una bandera israelí ondeaba al viento.

—El itinerario turístico comienza ahí.

Ryan me tomó de la mano y echamos a andar hacia el extremo norte.

Vimos los almacenes, los acuartelamientos, el palacio norte, donde Yadin recuperó su «familia». La iglesia bizantina, el *mikveh*, la sinagoga.

Había poca gente. Una pareja que hablaba alemán, un grupo de escolares escoltados por sus padres/guardianes. Jóvenes con vestimenta militar y Uzis en bandolera.

Concluido el circuito turístico, Ryan y yo dimos la vuelta y fuimos al extremo sur de la cima. Allí no había turistas.

Consulté el plano de mi folleto. En éste aparecían marcadas la ciudadela sur y la muralla. Una cisterna. El aljibe principal. Ni una palabra sobre las cuevas.

Me detuve junto a la muralla, impresionada, una vez más, por la llanura de arena y piedras que se perdía a lo lejos, bajo la brillante calima. Por las formaciones gigantes y mudas moldeadas por el viento eterno. Señalé un cuadrado apenas visible en el paisaje lunar que se extendía a nuestros pies.

—¿Ves ese contorno?

Ryan, a mi lado, apoyado con los codos en la barandilla, asintió con la cabeza.

—Ahí estuvo uno de los campamentos romanos.

Me asomé y miré hacia la izquierda. Allí estaba. Era una herida oscura en la falda del precipicio.

—Ahí está la cueva —me oí decir.

La miraba hipnotizada. Ryan sabía lo que sentía. Me apartó suavemente y me rodeó los hombros con su brazo.

—¿Alguna teoría sobre quién era?

Alcé las manos en gesto de ignorancia.

—¿Suposiciones?

—«Max» era un hombre que murió entre los cuarenta y los sesenta años hace unos veinte siglos. Fue enterrado con otros veintitantos individuos en esa cueva de ahí abajo —dije, señalando la muralla—. El diente de una persona más joven acabó insertado en su maxilar. Probablemente por error. Feliz error, porque de no haber sido por eso tal vez nunca habríamos descubierto la relación entre los individuos de la cueva y la familia de la tumba del sudario de Jake.

—La que él cree que es de la familia de Jesús.

—Sí. Por lo tanto, «Max» pudo muy bien haber sido un nazareno y no un zelote.

—Jake está totalmente convencido de que esa tumba es la de la Sagrada Familia.

—Los nombres coinciden. Y también los motivos de la decoración de los osarios y la antigüedad del sudario —dije, dando un puntapié a una piedra—. Jake está convencido de que el osario de Santiago procede de esa tumba.

—¿Y tú?

—Yo estoy intrigada.

—Lo cual quiere decir...

Pensé un instante. ¿Qué quería decir?

—Que puede tener razón. Es una idea demoledora. Las tres grandes religiones que se entrecruzan en la historia de Palestina establecen su legitimidad basándose más en misterios divinos y creencias espirituales que en la ciencia o la razón. Se han dado interpretaciones diversas a los hechos históricos, para adaptarlos a su respectiva ortodoxia, y los hechos que la contradicen son ignorados.

»Los hechos que Jake postula en cuanto a la tumba de Kidron podrían socavar los fundamentos de la religión cristiana. Tal vez María no permaneció virgen. Tal vez Jesús tuvo hermanos, incluso hijos. Tal vez, después de ser crucificado, permaneció en el *loculus* en ese sudario. —Me asomé a mirar hacia la cueva—. Lo mismo puede decirse de la cueva 2001 y de ciertos hechos venerados de la historia judía. Tal vez Masada no estuviera sólo habitada por zelotes judíos durante la sublevación del siglo primero. Tal vez entre ellos había cristianos. ¿Quién sabe? Lo que yo sé es que es trágico que no se detectara el ADN en los huesos del sudario. Sobre todo porque está claro que al menos un individuo de la cueva estaba relacionado con los individuos de la tumba de Jake.

Ryan reflexionó.

—Entonces —dijo—, incluso si el ADN vincula un diente de Masada con la tumba de Kidron, ¿tú crees que la reaparición de «Max» y el descubrimiento de los huesos del sudario con pocas semanas de diferencia fue pura coincidencia?

—Sí. El diente formaba parte indudablemente del osario de la cueva 2001, y se incorporó por error al esqueleto de «Max». Pero el esqueleto podría haber sido únicamente el mensajero, no el mensaje de la historia. Tiene gracia. Siento mayor curiosidad por saber de quién era el diente que por saber quién era «Max».

—No te sigo.

—Todo comenzó con «Max», pero Max simplemente podría pertenecer a un enterramiento anterior.

—Sigo sin entender.

—Porque la tumba de «Max» estaba al fondo de la cueva y ningún animal desenterró el cadáver. Es posible que se mantuviera intacto no porque fuese enterrado de modo distinto ni porque su condición social fuese más elevada, sino simplemente porque lo sepultaran más lejos de la boca de la cueva. Pero como era el único esqueleto completo, se conceptuó como algo especial. Alguien lo envió fuera de Israel. Lerner lo robó. Ferris y Morissonneau lo escondieron. Al final, la principal contribución de «Max» sería el haber permanecido intacto y habernos dado la pista del extraño molar.

—Que vincula la tumba de Kidron con Masada. ¿Tiene Jake alguna teoría sobre a quién puede pertenecer el diente?

—En la cueva había muchos restos. Jake cree que es de un sobrino de Jesús, tal vez el hijo de una de sus hermanas. El ADN mitocondrial demuestra relación matrilineal.

—¿No es un hermano?

—No puede ser. Las inscripciones citan a Judas, José, Santiago, si el osario es auténtico, y a María y Salomé. Simón murió años después.

Volvimos a guardar silencio. Yo hablé primero.

—Es curioso que todo empezara con «Max». Lerner lo

robó del Musée de l'Homme porque creía en la historia de Joyce sobre el pergamino y su teoría de que Jesús vivió en Masada. Resulta que Joyce podría haber tenido razón sobre Jesús, cierto Jesús, pero estaba equivocado sobre «Max». «Max» no puede ser el Jesús de Nazaret que murió a la edad de treinta y tres años, según las Escrituras. Su edad no coincide y, por su ADN mitocondrial, es ajeno al linaje matrilineal de la tumba de Kidron. Pero podría ser un sobrino de Jesús.

—El pergamino de Grosset lo escribió supuestamente un tal Jesús, hijo de Santiago.

—Exacto. Pero el diente también podría ser de un sobrino de Jesús. Según Bergeron, el dueño del diente murió a la edad de treinta y cinco o cuarenta años. Si una hermana de Jesús se casó con un hombre llamado Santiago y tuvieron un hijo, el niño tendría su ADN mitocondrial. Si los hechos tuvieron lugar en la época de la crucifixión, la edad coincidiría. El diente podría ser de un Jesús, hijo de Santiago. Qué demonios, Ryan, cualquier varón de ese revoltijo podría haber tenido ese nombre. Jamás lo sabremos.

—¿Quién era el septuagenario de la cueva 2001 en el informe de Yadin y en el libro?

—Estamos en las mismas. No era «Max»; no era el dueño del diente, pero podría ser cualquier varón del revoltijo de restos.

El siguiente comentario de Ryan dio justo en el clavo.

—La cuestión está, independientemente de quién sea el dueño del diente, en saber si Jake tiene razón sobre el osario de Santiago y, en consecuencia, sobre la tumba de Kidron y la Sagrada Familia. La presencia del diente en esa cueva demostraría la presencia de nazarenos en Masada durante el asedio. Un hecho que contradice la historia oficial israelí sobre Masada.

—Desde luego. Los teólogos israelíes, en particular, considerarían un sacrilegio relacionar a un nazareno con Masada. Ten en cuenta su reticencia a hablar de los esqueletos de la cueva y a efectuar análisis de los restos. —Me volví y señalé el extremo norte de la cima—. Hay un modesto monumento en el lado oeste, en el extremo del campamento romano, en el lugar en que enterraron los restos humanos de Masada en 1969. Podrían exhumarse los huesos de la cueva 2001, pero los israelíes no querrán.

—¿Y los huesos del sudario?

—Jamás lo sabremos. Si Jake hubiera podido analizar el ADN o efectuar otros análisis, tal vez con el microscopio de barrido electrónico en la lesión del calcáneo, tendríamos más elementos de juicio. Pero sólo contamos con las pésimas fotos que yo hice en el *loculus*.

—¿Y el pelo y las muestras de hueso que descubrió Getz?

—El pelo tal vez podría aportar algo en el futuro. Los fragmentos óseos son apenas partículas de polvo. Me sorprende que Getz las detectara.

—¿Jake no se reservó parte de ellas?

—No tuvo la oportunidad.

—¿Tiene previsto encargar un análisis de ADN de los huesos del osario de Santiago?

—Lo solicitó, pero los israelíes no lo autorizaron, y son ellos quienes tienen los huesos. Conociendo a Jake, sé que persistirá.

—El osario de Santiago puede ser falso.

—Puede —asentí.

—Y la teoría de Jake, un error.

—Puede.

Ryan me estrechó entre sus brazos. Sabía que ocultaba sentimientos de culpabilidad y decepción. Habíamos perdido a «Max», que yacía enterrado en un lugar desconocido. Los

431

huesos de la cueva 2001 estaban sepultos bajo uno de los monumentos más sagrados de Israel, y los huesos del sudario habían sido destruidos en la pira del Citroën.

Permanecimos unos instantes contemplando aquel solitario paraje del universo, vacío, muerto.

Durante años, había leído noticias sobre aquel conflictivo rincón del planeta. ¿Quién no?

El libro de los Salmos llama a Jerusalén Ciudad de Dios. Para Zacarías era la Ciudad de la Verdad. ¿De qué Dios? ¿De qué verdad?

—LaManche me ha telefoneado. —Volví a un mundo en el que parecía posible cierto control sobre mi vida.

—¿Cómo está el viejo?

—Encantado de mi regreso el lunes.

—Sólo llevas fuera una semana y media.

—Pero hay novedades. Han realizado una exhumación y resulta que Sylvain Morissonneau padecía insuficiencia cardíaca congestiva.

—¿El fraile de la abadía?

Asentí con la cabeza.

—Murió de un ataque al corazón.

—¿Nada de yihadistas con ojos de perturbados?

—Padecía del corazón y seguramente le afectó el fuerte estrés causado por la reactivación del asunto del esqueleto.

—Ah, por cierto. Friedman tiene noticias interesantes. Entregó la nota de la camarera a la señora Hanani y al final se ha aclarado el asunto del allanamiento de tu habitación. No hubo allanamiento. Hossam al-Ahmed es un cocinero del hotel que le ponía los cuernos a su novia, una camarera del mismo hotel. Y la engañada decidió vengarse del sinvergüenza revolviendo la habitación y acusándole. Tú no habías cerrado la puerta con llave.

—Qué absurdo, comparado con nuestras grandes teorías sobre la muerte de Ferris y el robo del esqueleto: judíos ultraortodoxos, cristianos zelotes, fundamentalistas musulmanes...

»Al final todo fue venganza y codicia. Dos móviles tradicionales. No había ningún secreto de Estado, ni guerra santa, ni cuestiones religiosas trascendentales. Hemos descubierto los móviles de un crimen y hemos dado con el asesino. Debería estar contenta, pero en el contexto de estas dos últimas semanas, de algún modo, el homicidio resulta banal, casi como la muerte de Charles Bellemare.

—¿El vaquero drogado que se cayó por la chimenea?

—Sí. Al perseguir a nuestros pequeños actores sobre un escenario tan amplio me vi rebasada por el amplio contexto. Un homicidio parecía algo casi insignificante.

—Nos vimos envueltos en ello.

—Leí algo publicado por el Gallup Internacional Millenium Survey. Los investigadores hicieron una encuesta sobre una muestra de la población en sesenta países, lo cual representaba algo más de mil millones de almas del planeta, para determinar cómo percibe la gente a Dios. El ochenta y siete por ciento respondió que se consideraban creyentes de alguna religión y el treinta y uno por ciento creía que su religión era la única verdadera.

Ryan quiso decir algo, pero no le dejé.

—Pero están equivocados, Ryan. A pesar de los rituales, de la retórica e incluso de las bombas, todas las religiones vienen a decir lo mismo. El budismo, el taoísmo, el zoroastrismo, el sijismo o el chamanismo. La que sea.

—Me desorientas, cielo.

—La Tora, la Biblia o el Corán ofrecen una receta para la satisfacción espiritual, la esperanza, el amor y el control de las pasiones humanas, y cada una afirma por su lado poseer el método auténtico para llegar a Dios a través de un mensajero distinto. No aspiran más que a dar la fórmula para llevar una vida disciplinada y espiritual, pero el mensaje se degrada de algún modo, como las células cancerosas. Portavoces autodesignados determinan los límites correctos de la fe, a los que quedan fuera se les llama herejes y se apela a los fieles para que los combatan. Yo no creo que la religión, en su origen, fuera para eso.

—Sé que tienes toda la razón, cielo, y si este poli de servicio hace tiempo que abandonó toda esperanza de acabar con el crimen en La Belle Province, menos capaz se cree de resolver las diferencias religiosas. En Canadá hay cadáveres en el depósito que reclaman nuestro trabajo. Hacemos lo que podemos, y ¿sabes qué te digo? Que lo hacemos bastante bien.

Dirigí una última mirada a la hermosa e impresionante llanura, escenario de tantos conflictos. Luego, a regañadientes, dejé que Ryan me apartase de la muralla.

Adieu, Israel. Que la paz sea contigo.

DE LOS ARCHIVOS FORENSES
DE LA DOCTORA KATHY REICHS

Casi todas las novelas sobre el personaje de Temperance Brennan tienen su origen en una combinación de mis casos forenses reales. Comencé con el esqueleto de un niño desenterrado en una granja seguido del hallazgo de un trozo de cuerpo humano en los cimientos de un bloque de pisos, y revolví esos dos ingredientes. La presente historia comenzó con unos recortes de prensa amarillentos, una fotografía en blanco y negro, una serie de fotocopias poco claras y un relato muy curioso.

El doctor James Tabor, colega de la Universidad de Carolina del Norte en Charlotte, está especializado en dos campos: arqueólogo y erudito bíblico, y experto en movimientos religiosos milenaristas modernos. Por sus conocimientos en esta última especialidad, actuó como asesor del FBI en el conflicto con la secta davidiana de Waco, Texas, y me asesoró a mí durante la redacción de *Death du Jour*. En su condición de erudito bíblico, ha trabajado sobre los Pergaminos del Mar Muerto y ha llevado a cabo excavaciones en Qumran, el lugar donde fueron hallados, así como en la cueva de «Juan el Bautista», al oeste de Jerusalén, y ha realizado estudios de investigación sobre Masada, el yacimiento arqueológico más famoso de Israel.

En otoño de 2003, una vez concluida *Lunes de Ceniza*,

comencé el proceso de selección mental que finalmente culminaría en mi octava novela. Una mañana, Tabor me habló por teléfono de tumbas saqueadas y esqueletos robados, a propósito de un ensayo que él estaba redactando, *The Jesus Dynasty*. En este trabajo de no ficción, Tabor presentaba los hechos históricos sobre la familia de Jesús a la luz de los últimos descubrimientos arqueológicos. Me preguntó si me gustaría conocer la historia para una posible trama con Temperance Brennan.

¡Vaya si me gustaría! Yo había comenzado mi carrera trabajando de arqueóloga, igual que Tempe. ¿Por qué no implicar a mi protagonista en una intriga arqueológica? Acordamos vernos y, durante el almuerzo, Tabor me enseñó fotos y recortes de prensa, y me contó la historia que sigue.

Entre 1963 y 1965, el arqueólogo israelí Yigael Yadin y un equipo internacional de voluntarios excavaron el yacimiento de Masada. En una cueva situada bajo la muralla perimetral en el extremo sur de la cima, hallaron veinticinco esqueletos y un feto.

Yadin no comunicó el descubrimiento a la prensa, pero sí el hallazgo de tres esqueletos descubiertos en las ruinas de los edificios del extremo norte. Además, los restos de la cueva no figuran reseñados en el informe del antropólogo físico de la excavación, Nicu Haas. Salvo su mención en un apéndice, ni esas osamentas ni el contenido de la cueva aparecen reseñados en los seis volúmenes sobre las campañas de excavación en Masada.

Al cabo de treinta años apareció la foto de un esqueleto intacto, hallado en la misma cueva en la que el equipo de Yadin desenterró los restos de veinticinco individuos. Yadin jamás mencionó ese esqueleto completo en ninguno de sus informes ni en ninguna declaración a la prensa.

Intrigado, Tabor localizó las transcripciones de las reuniones del equipo, conservadas a título de notas de campo de la excavación de Masada. En ellas faltan las páginas relativas al período del descubrimiento y de la recogida del esqueleto.

Tabor localizó las notas manuscritas de Nicu Haas y, por su inventario de huesos, es evidente que él no vio aquel esqueleto completo.

Tabor repasó los artículos de prensa de la época de las excavaciones de Masada y encontró una declaración de Yadin a un periodista a finales de los años sesenta, en la que afirma que no era de su incumbencia solicitar el análisis de carbono 14. Tabor buscó en la revista *Radiocarbon* y comprobó que durante los años sesenta Yadin había enviado muestras de otras excavaciones para someterlas al análisis de carbono 14.

Yo miré aquella foto en blanco y negro del esqueleto, hojeé las fotocopias de las notas de Hass y de las transcripciones de las reuniones del equipo de excavación, y me quedé enganchada. Pero Tabor aún me reservaba más sorpresas.

Mucho tiempo después, en el verano de 2000, mientras recorrían el valle de Hinom con unos alumnos, él y el arqueólogo israelí Shimon Gibson encontraron una tumba recién saqueada. Excavaron en ella y descubrieron unos osarios destrozados y restos óseos en un sudario de enterramiento. Por el análisis de carbono 14, el sudario es del siglo I. La secuenciación del ADN demuestra relación familiar entre los individuos enterrados en la tumba, y en los fragmentos de los osarios aparecen los nombres de María y Salomé.

Más adelante todavía, en octubre de 2002, un coleccionista de antigüedades anunció la existencia de un osario del siglo I con la inscripción de «Santiago, hijo de José, hermano de Jesús». El coleccionista afirmaba que había comprado la arqueta en 1978, pero Tabor halló evidencia circunstancial de que procedía del saqueo de la tumba donde él había descubierto el sudario dos años antes. La construcción coincidía, los elementos decorativos también coincidían, y en Jerusalén empezaron a correr rumores.

Tabor considera bastante verosímil la posibilidad de haber descubierto la tumba de la familia de Jesús. En 2003 solicitó una muestra ósea del «osario de Santiago» para efectuar un análisis de ADN mitocondrial, con objeto de compararla con la secuenciación del linaje de individuos de la tumba del «sudario». El director de la Autoridad Israelí de Antigüedades (AIA) denegó su petición y alegó que el caso estaba en fase de investigación, en manos de la policía.

Esqueletos misteriosos. Páginas perdidas. Tumbas saqueadas. ¿El sepulcro de la familia de Jesús? ¡Qué pasada! ¡Volvería a mis orígenes arqueológicos y enviaría a Tempe a Tierra Santa! Mi mente comenzó a elaborar la intriga mientras examinaba las fotos y los mapas de Tabor, pero ¿cómo vincular a Ryan y a los otros?

A veces los jueces de instrucción y los forenses ordenan practicar la autopsia a pesar de las protestas de los familiares del difunto. En ocasiones, éstos plantean objeciones de índole religiosa.

Durante el período de mi ejercicio en el Laboratorio de Ciencias Jurídicas y de Medicina Legal se practicaron una serie de autopsias a judíos ultraortodoxos víctimas de la violencia en las que se modificó en la medida de lo posible el protocolo forense, para no vulnerar los principios religiosos.

¡Lo tenía! Comenzaría con un homicidio en Montreal y enviaría a Tempe a Jerusalén.

Dediqué un año entero a estudiar transcripciones, catálogos y artículos de prensa, examiné fotos de osarios y de la excavación de Masada, leí libros sobre la Palestina romana y el Jesús histórico. Volé con Tabor a Israel y visité museos, excavaciones, tumbas y lugares históricos. Hablé con anticuarios, arqueólogos, científicos y miembros de la Policía Nacional Israelí.

Y, como suele decirse, el resto es historia.

Para mayor información sobre los hechos que documentan *Tras la huella de Cristo* consúltese el libro de James Tabor *The Jesus Dynasty* (www.jesusdynasty.com).

AGRADECIMENTOS

Como es habitual, quedo muy agradecida a muchos de mis colegas, familiares y amigos por su tiempo, conocimientos y consejos.

El doctor James Tabor, presidente del Departamento de Estudios Religiosos de la Universidad de Carolina del Norte, chispa inicial de *Tras la huella de Cristo*, me hizo partícipe de sus notas privadas y hallazgos de investigación, verificó mil puntos delicados y fue mi amable acompañante en Israel.

El doctor Charles Greenblatt y Kim Vernon, del Science and Antiquity Group y de la Universidad Hebrea de Jerusalén, y el doctor Carney Matheson, del laboratorio de paleo-ADN de la Universidad de Lake-head, me orientaron sobre ADN antiguo. El doctor Mark Leney, coordinador de ADN, del CILHI, Joint POW-MIA Accounting Command, y el doctor David Sweet, director del Bureau of Forensic Dentistry, Universidad de Columbia Británica, me aclararon extremos sobre ADN contemporáneo.

Ariel Gorsky, jefe emérito del Laboratorio de Fibras y Polímeros de la División de Identificación y Ciencia Forense de la Policía Nacional Israelí, me aconsejó sobre análisis de fibras y cabellos y sobre el ámbito de aplicación de la ley israelí.

El doctor Elazor Zadok, general de brigada y director de la División de Identificación y Ciencia Forense de la Policía

Nacional Israelí, me autorizó a visitar las dependencias de la entidad. El doctor Tzipi Kahana, inspector jefe y antropólogo forense de la División de Identificación y Cienca Forense de la Policía Nacional Israelí, me puso al corriente del sistema forense de Israel.

El doctor Shimon Gibson, de la Unidad de Campo Arqueológica de Jerusalén, me acompañó a diversos yacimientos israelíes y contestó a mis preguntas sobre el país.

Debbie Sklar, de la Agencia Israelí de Antigüedades, me permitió una visita privada al museo Rockefeller.

El agente Christopher Dossier, del Departamento de Policía de Charlotte-Mecklenburg y el sargento-detective Stephen Rudman, *superviseur* del servicio de Analyse et Liaison de la Policía de la Communauté Urbaine de Montreal (jubilado) me facilitaron información sobre cómo obtener listas de llamadas telefónicas.

Roz Lippel me ayudó a depurar el vocabulario hebreo, y Marie-Eve Provost hizo lo mismo en el caso del francés.

Gracias en particular a Paul Reichs por sus perspicaces comentarios sobre el manuscrito original.

Soy deudora de los dos libros mencionados en el texto: *Masada: Herod's Fortress and the Zealots' Last Stand*, de Yigael Yadin, George Weidenfeld & Nicholson Limited, 1966, y *The Jesus Scroll*, de Donovan Joyce, Dial Press, 1973.

Y por último, y no por ello menos importante, gracias de todo corazón a mi editora Nan Graham, cuyos consejos me ayudaron a mejorar enormemente *Tras la huella de Cristo*. Gracias, igualmente, a mi editora trasatlántica Susan Sandon.

Y, naturalmente, a Jennifer Rudolph Walsh, codirectora del Worldwide Literary Department, vicepresidenta ejecutiva, y una de las dos primeras mujeres miembro del Consejo Directivo de la William Morris Agency. ¡Adelante, muchacha! Gracias por seguir siendo mi agente.